U0142517

徐之卉 著

中國戲劇與劇場史

國立臺灣藝術大學 出版

五南圖書出版公司 印行

序

筆者家世代習醫，家祖官拜中將，曾任職軍醫局長；家父也成就輝煌，當過國際牙醫學士臺灣地區的召集人，及中華牙醫學會第一任理事長。可惜先人遠矣，不肖子孫竟不能繼先人遺業，光耀門楣，反而成了戲子！愧哉！愧哉！

其實，戲子也沒有什麼不好。中國人很矛盾，既愛看戲，又看不起戲子。好像寫經世文章的，要比吟詩作詞的來得高明；吟詩作詞的，要比寫劇本的來得高明；寫劇本的，又要比演戲的來得高明。像是《宦門子弟錯立身》中，完顏壽馬本「良家子弟」，為了愛上「戾家把式」，竟被父親鎖在家中，連作者都說他是「錯立身」，實在頗不公平。再說，壽馬的父親不也在驛館招戲班來演戲嗎？

家父也愛看戲，曾經能唱全本的《鎖麟囊》。每逢週日，「電視國劇」成了全家必看的節目之一。筆者之愛戲、學戲、教戲，其實源自於小時的耳濡目染。高中畢業後，筆者考入了現在「國立臺灣藝術大學」戲劇系的前身——「國立藝專戲劇科」。西洋戲劇的理論與實務，及「中國戲劇史」、「中國俗文學」等，都是必修的科目。當時的「中國戲劇史」，是由德高望重的鄧公綏甯開授。鄧公學富五車，「言者諄諄」，但同學們仍是「聽者藐藐」，先生只好自我挖苦說：「這年頭，老師要比學生還認真！」

民國 76 年至 78 年，筆者在中壢啓英工家電影電視科任教。曾試圖把中國戲劇的美，介紹給這群半大不小的孩子們，但他們接受的程度也極有限。舉個簡單的例子來說：筆者在課堂上播放京劇《拾玉鐲》的演出錄影帶（筆者認為這是京劇中極簡單易懂的劇目之一），其中好幾段精彩的默劇表演應該能喚起他們的興趣，但結果令筆者失望。原來他們從不曾看過雞要怎麼餵，也不知道為什麼要把針往頭髮上插一插。對於整個拾鐲子的

過程，他們竟然覺得「做作得離譜」。面對這樣的回答，我還能說什麼呢？

　　民國 78 年至 80 年，筆者在文化大學藝術研究所就讀，特別關心中外戲劇比較的問題。在閻振瀛、曾永義、牛川海及筆者的指導教授顧乃春等幾位國內知名教授的引導下，的確收穫不少。80 年畢業後，隨即返回母校兼任，並在 82 年 2 月，改聘助教。這期間，又得以向鄧師請益，並常常得到先生的鼓勵，直到先生於 85 年 3 月與世長辭。

　　自 85 年 8 月至今，教授「中國戲劇與劇場史」、「中國名劇研究」、「戲劇原理」等科目，筆者發現三十多年前，發生在同學們身上的問題，同樣存在於現在這些孩子的身上。這使筆者想起了一個曾經和鄧師討論過的話題：為什麼戲劇系的學生大多不喜歡上「中國戲劇史」？我們的結論有下面四點：

1. 學生閱讀古文的能力太差。

2. 學生不理解為什麼要去「和死人打交道」。

3. 理論課程看不出「立即」的效果。

4. 中國戲劇史有太多不確定，像是個無底洞，越挖越深。

　　就第一點來說，我們從國中一年級開始接觸古文，到了高中畢業，少說也有 6 年的時間。6 年還不能培養閱讀古文的能力嗎？這不可思議，卻是事實。所以中國戲劇史的研究，幾乎成了中文系的天下；就像研究西洋戲劇史而有成就的，多半是英文系出身一樣。工具很重要，研究中國戲劇史，閱讀古文的能力就是最基本的工具。更讓人挫折的是，我們不能把「中國戲劇史」上成了國文課。

　　第二和第三點是密切相關的。來報考戲劇系的，多半想要上臺演戲，這其中還有不少是抱著明星夢來的。此外，也有少數人是因為入學考試的學科分數較低，「奉國防部命令」來的。這兩種人中，愛念書的不多，當然也就不會願意花時間在無法立即看出成效的理論課程上。而這些理論課程中，在西潮的鼓舞下，「西洋戲劇史」又比「中國戲劇史」情況好些。

　　其實，如果金元雜劇或宋元南戲是過時的，希臘戲劇就更老套了！但學生們總不想這些，他們好像是「吃臺灣小劇場的奶水長大的」，好像只有小劇場中的戲是好戲，其他的形式都不足論。正如同他們以為表演是一蹴可幾的，好像任何人只要放得開，都可以演戲。甚至於幾年來參與入學面試的作業，問到為什麼會來考戲劇系，每每遇到這樣的回答：「因為我很會搞怪！」會搞怪和會演戲有什麼必然的關係嗎？這種一知半解的心態，既可笑，又可悲。

　　就第四點來說，中國古代的名儒大哲對戲劇，甚至是對歷史的不尊重，加之歷朝歷代的戰火摧殘、校書、禁書、燬書等浩劫，戲曲史上多的是斷層。學者們遇到斷層，既然沒有明確的證據，也就只有自圓其說了。因此，對某一個問題的見解，往往是百家爭鳴，各說各話。連學者都弄不清楚，讀者更是如墜五里霧中。

　　所幸，戲曲史的研究，從清末王國維（靜庵）先生開始，至今不過百年左右，因為敦煌「變文」及《永樂大典戲文三種》的發現，已經解決了許多歷史公案。學者如秉持前人努力不懈的態度，佐之以科學方法，定能將歷史還原。

　　筆者編撰此書，就是希望使學生從簡入繁，一步一步了解戲曲史。除了清楚自身的歷史定位，不要妄自菲薄或妄尊自大；更要以古為鏡，既知歷代興替，而後能有發揚。如此，戲曲才有新生命，才能永續發展。自1930年代起，中國傳統戲曲，已經被許多世界級的戲劇大師當作是解決西方戲劇發展瓶頸的良方。如果我們反而要去數典忘祖，唯西方當代劇場馬首是瞻，卻不知反求諸己，豈不是大開倒車，不進反退了嗎？

　　因此，筆者不想把這本書寫死，更不希望讀者把這本書讀死。書中章節，多列有進階閱讀之書目，期望讀者諸君多加利用。

　　另外，此書之寫成，要感謝的人很多，不便一一列出，特別要提的是：如果沒有鄧師綏甯當年的鼓勵，不會有這本書的出現。特以此書，獻給他老人家在天之靈。

目 錄 ◇ CONTENTS

第一章

緒論

　　「中國戲劇與劇場史」，過去稱爲「中國戲劇史」，也有人稱爲「戲曲史」。這是一門曾經讓很多戲劇科系的學子們既「恨之入骨」，又「害怕頭痛」的科目。不少人這樣質疑：「藝術創作既要不斷地求新求變，何必還要反其道而行，去和死人打交道，學一些不合時宜的舊東西呢？」下面的幾節，就在解決這個問題，使大家能了解：第一，什麼是「戲曲」？在一般人生活中，常會把一些意義相近而不相同的名詞混用，而不去講究它的定義。像是現在大家所說的「崑曲」，其實就包含了用崑山方言製曲形成的「崑山腔」、用「崑山腔」編製的樂曲：「崑曲」，以及用「崑曲」演唱的「崑劇」，「崑劇」又包含了明中葉以後到清中葉盛行的「傳奇」、「南雜劇」和崑山腔「水磨調」形成以前，作爲地方戲曲的崑劇。如果不先把定義搞清楚，就往往不明所指，也就難免各說各話了。

　　第二，爲什麼要學「戲曲史」？已經進入 21 世紀的今天，社會現象、思考模式、人際關係都和古人天差地別，難免有人要問：「古人的戲曲和我有什麼關係？我認識戲曲的發展對我有什麼好處？」第三，戲曲的起源是什麼？「小戲」和「大戲」有什麼關係？有人說戲曲只有八百多年的歷史，有人說戲曲有兩千多年的歷史，莫衷一是。戲曲究竟起源於何時？這和戲曲是什麼息息相關，也和曾師永義所謂「大戲」和「小戲」的定義相關。所以在這個問題上，要先解決什麼是「小戲」和「大戲」，再根據這個定義，找出戲曲的起源。

　　第四，是採取何種史觀？用什麼方法研究這一門學科？歷史是一門科學，科學講究實事求是，有一分證據說一分話。研究科學就必須要採取某種觀點，並運用科學方法，才能把浩如煙海的史集之中成千上萬的證據組合成一系列有用的知識。同樣是戲曲史，研究文學的、研究音樂的、和研究戲劇的，採取的史觀就難免不同。對研究戲劇的人來說，韻文學演變的重要性遠不如劇場藝術的演變，所以肯定是以「劇學史觀」，而非「文學史觀」切入，要來得恰當。

第一節
什麼是戲曲
——

　　世間學問，本來都是相通的。所以古希臘的「學園」，都實施「通材教育」。亞里斯多德（Aristotle）既是生物學家，又能寫出西方戲劇與敘事詩的聖經——《詩學（*Poetics*）》。兩千多年前，中國的孔子，也提倡禮、樂、射、御、書、數六藝並重。可見東、西方的先哲，所見相同。

　　但學問越來越多，也越分越細之後，如果將所有的學問都冠以「哲學」之名，雖然照顧到了學問的綜合性和完整性，卻容易使學者，特別是初學者，如陷入五里霧中，不知所云。這時，為某一門學問，或某一個名詞下定義、立界說，就有其必要了。有了定義和界說，這一門學問，或這一個名詞，就有了約定俗成的意義。但定義和界說，絕不是一成不變的。譬如：現在的科學家所指稱的電腦，就一定不同於電腦剛剛發明的那個時代，科學家們為其所下的定義和界說。

一、「戲劇」和「戲曲」命義的演變與異同

　　戲曲是什麼？這的確是一個問題。定義人人會下，各有巧妙不同。下得好，別人一看就懂；下得不好，可能漏洞百出。戲曲的定義，自清末才子王國維（靜庵。圖 1-1）開始，歷來多少名儒大哲，都在其基礎上發展，但大多未必完整而清楚。在多如牛毛的定義中，究竟誰優誰劣呢？我們先來看看「戲曲」和「戲劇」有什麼不同。

　　從這兩個名詞在歷史上的淵源來看，「戲劇」一詞，原本並非今天所指的這種演故事的藝術型態，而是指滑稽、詼諧、可笑而言。這個名詞最早見於杜牧的〈西江懷古〉詩。這首詩是這麼寫的：

上吞巴漢控瀟湘，怒似連山浮鏡光。

魏帝縫囊眞戲劇，符堅投箠更荒唐。

千秋釣艇歌明月，萬里沙鷗弄夕陽。

范蠡清塵何寂寞，好風唯屬往來商。

可見「戲劇」和「荒唐」是相對等的形容詞。另外，《太平廣記・卷74》的「張定」條中有：「與父母往連水省親，至縣，有音樂戲劇，眾皆觀之，定獨不往。」此處「戲劇」和「音樂」並舉，應是一種滑稽詼諧的表演。

至於「戲曲」，最早見於〔元〕陶宗儀的《南村輟耕錄》。其中「院本名目」條有云：「唐有傳奇，宋有戲曲、唱諢、詞說，金有院本、雜劇、諸宮調。」這裡的「戲曲」，應指宋代的雜劇而言。到了明・王驥德的《曲律》一書，則更將「戲曲」指稱爲南戲、北劇。[1]

現在所謂的「戲劇」，大家都知道，指的是：演員在舞臺上表演一段故事給觀眾欣賞。[2] 表演的方式各有不同：用說的，叫「話劇」；用唱的，叫「歌劇」；用舞蹈，叫「舞劇」；用歌舞，叫「歌舞劇」；還有一種不說話、不唱歌，也不一定跳舞，只用肢體動作和臉部表情來表現的，叫「默劇」或「啞劇」。現在更有「廣播劇」、「電影劇」、「電視劇」，或是電腦虛擬的戲劇等不在舞臺上表演的戲劇。

至於「戲曲」一詞，王國維先生認爲是：「合歌舞以演故事。」[3] 就廣

1　明・王驥德，《曲律・論劇戲第三十》：「劇之與戲，南北故自異體。」收入《中國古典戲曲論著集成》（北京市：中國戲劇出版社，1980 年），第 4 冊，頁 137。

2　許多人都給戲劇下過定義，最簡單明瞭的，恐怕要算是英國的文學家漢彌爾頓（C. Clayton Hamilton）所下的定義了。他這麼說："A play is a story devised to be presented by actors on a stage before an audience." Clayton Hamilton, *The Theory of the Theatre, and Other Principles of Dramatic Criticism*. New York: Octagon Books, 1976, c1967.

3　王國維，《戲曲考原》：「戲曲者，謂以歌舞演故事也。」收入《王國維戲曲論文集》（臺北市：里仁書局，1993 年），頁 233。

義來說，戲曲類似於歌舞劇，也是載歌載舞的，所不同的是，歌劇是以劇來表現歌，舞劇是以劇來表現舞，歌舞劇是以劇來表現歌舞，而戲曲則是「歌、詩、舞、樂、劇」的有機綜合體，所謂「無聲不歌，無動不舞」。[4]更重要的，它像是話劇一樣，必須是使用「代言體」的；但在狹義上，通常是指中國的古典戲劇而言。本書所要探討的戲曲，就是這狹義的戲曲。其實王國維所下的這一個命義並不算很清楚。而其關鍵，就在所謂的「代言體」。

什麼叫「代言體」呢？簡單地說，就是演員以人物的身分說話。譬如在說唱藝術中，說書人要介紹某個人物，總是以一個旁觀者的口吻，敘述這個人的長相、出身、背景等等，這是所謂「敘事體」的處理方式。但在戲曲中，這些資料卻多是由演員自己說唱出來的。像是京劇《四郎探母・坐宮》，楊四郎上場，唸完引子及上場詩後，便說：

> 本宮，四郎延輝，山後磁州人氏。我父令公，我母佘氏太君，所生我弟兄七男。十五年前，沙灘赴會，只殺的我楊家四走逃亡。本宮被擒，改名木易，多蒙太后不斬，反將公主匹配。昨日，韓昌奏道，蕭天佐在九龍飛虎峪，擺下天門大陣。宋王御駕親征，六弟掛帥。聞聽老娘，押糧前來。我有心過關見母一面，怎奈關口阻攔，插翅不能飛過。思想起來，好不傷感人也！

在這段自白中，我們知道了楊四郎的姓名、家世、遭遇和他的「意志（Will）」。這在京劇中，叫做「表白」，又叫做「自報家門」。從其中，我們很可以看出其與說唱藝術間的繼承關係，卻是由演員以楊四郎的口吻說出來。所以，對於判斷是否是戲曲來說，「代言體」是很重要的。我們可以把戲曲看作是戲劇的一種，舞劇也好、默劇也好，都是可以不需要「代言體」的。但是，沒有「代言體」不成話劇，沒有「代言體」，也

4　齊如山，《齊如山全集》（臺北市：聯經，1979年），第6冊，頁3-4，總頁3329-3330。

不成戲曲。

　　至此，我們明白了「戲曲」與「戲劇」的區別，之後，便可在王國維的基礎上，爲戲曲下一個簡單的定義：「戲曲爲戲劇的一種，用來專指中國的傳統戲劇而言。意謂演員合歌舞，以代言體演故事。」

二、戲曲的四大要素

　　按照這樣一個定義，戲曲之要素包含故事、歌舞、代言體、扮演。試分就此四大要素，而言其構成戲曲的過程。先說故事，從遠古時代開始，人們就愛說故事，也愛聽故事，所以不論西方或中國，自古到今，都流傳著許多神話。就歌舞來說，《尙書・舜典》及《呂氏春秋・古樂篇》中有兩則上古時代歌舞演出的資料，一是《百獸舞》[5]，一是《葛天氏樂舞》[6]。這種原始歌舞或許出自於人類模擬的天性，隨後因爲對各種大自然現象的無知和畏懼，從趨吉避凶的儺儀中又產生了祭祀性的儺歌、儺舞。到了周代，周公制禮作樂，而有所謂「六舞」和六種「小舞」。這 12 種樂舞除了禮教的作用外，就祭祀儀式的演進上言，也有一定的意義。其中《大武之舞》，敘述周武王滅商的故事。試看《史記・樂書》中有關於《大武》之舞的記載：

　　　　賓牟賈侍坐於孔子。孔子與之言，及樂……子曰：「……夫樂者，象成者也。總干而山立，武王之事也；發揚蹈厲，太公之志也；武亂皆坐，周召之治也。且夫《武》，始而北出，再成而滅商，三成而南，四成而南國是疆，五成而分陝，周公左，召公右，六成復綴，以崇天子，夾振之而四伐，盛（振）威於中國也。

5　見《尙書・舜典》。原文爲：「帝曰：夔，命汝典樂，教冑子。直而溫，寬而栗，剛而無虐，簡而無傲。詩言志，歌永言，聲依永，律和聲，八音克諧，無相奪倫，神人以和。夔曰：於予擊石拊石，百獸率舞。」

6　見《呂氏春秋・古樂篇》。原文爲：「葛天氏之樂，三人操牛尾，投足而歌八闋。」

分夾而進，事蚤濟也。久立於綴，以待諸侯之至也。」

　　至此，舞蹈與故事結合，可以稱之爲「故事性舞蹈」，或可逕稱之爲舞劇，但有沒有代言體既不可知，便不能稱之爲戲曲；一直到戰國時，楚國的祭祀文學《九歌》出現，故事性歌舞開始與代言體融合，也就是「巫、覡（相當於演員）」合歌舞以代言體「表演（扮演人或神）」故事，則眞正的戲曲已經出現。只是從「觀、演關係」上來看，我們實在無法理解當時的觀衆是誰？

第二節
爲什麼要學戲曲史
—

　　學戲曲史究竟有何目的？爲什麼要去記這麼多死人名字呢？或者說，我們爲什麼要學歷史呢？舉一個簡單的例子，大家就很容易了解。我在民國 73 年 6 月 15 日，畢業於國立藝專戲劇科，那時候出生的小孩，現在都已近中年了。現在回頭看看過去的老照片，人事已非不說，景物也不可能依舊。

　　就學制上來說，過去我們學校曾經是高職，後來是五專，我念書的時候是三專，經過了學院，現在是大學。就景物來說，過去的「育樂館」（影劇科的實驗劇場），現在已經成爲音樂系的合奏教室；過去的校園到處是破舊的平房，現在則大樓林立。就人事來說，過去戲劇科的助教，現在都已經退休；過去那個曾經飛揚跋扈，少不更事，心高氣傲，總認爲自己的未來有無限可能的年輕人，如今已爲人師、爲人夫、爲人父，正在爲生活奮鬥。……過去與現在有太多的不同。這些改變，就是歷史。身爲現在國立臺灣藝術大學的學生，沒有機會參與過去，但如果他完全不知道這

個學校的過去，不了解這個學校的發展，要他如何對這個學校產生認同感和使命感呢？

一、人類學的概念

「這個世界是永不止息地在改變的。」

這句話我們現在視之爲理所當然，滄海桑田，冬去春來。沒有哪個社會不是「在時間中消逝（lost in time）」，每一個曾經存在過的人類社會其實都一直處於流動與變遷的狀態。[7]

然而早幾個世紀之前，西方世界，特別是歐洲和北美洲，普遍認爲地球自創世以來就不曾改變過。它們認爲上帝創造了一種固定的秩序：所謂「存有之巨鍊（Great Chain of Being）」，萬物遵循著這種固定秩序，而有一定的位階（如圖 1-2）。

按照此圖來看，人們自認爲是上帝和天使之下的第三位，是地球上萬物的最高位階。會有這樣的排序，顯然是宗教的力量使然。但是這種說法實在難以解釋一些出土的化石，何以在現存生物中找不到同類的問題。於是 17、18 世紀的科學家在基督教的經典中找答案。他們提出了「災難說（catastrophism）」，認爲地球的變化是透過一次來自上帝安排的大災難，如《聖經》中所說的大洪水。如此一來，既解釋了存有之巨鍊的變動，也穩定了萬物的階序。[8]

看似嚴絲合縫的理由，卻無法經過科學的檢驗。19 世紀蘇格蘭的地質學家查理‧萊耶爵士（Sir Charles Lyell）在其所撰《地質學原理（*Principles of Geology*）》中則提出「均變論（uniformitarianism）」，

7　參見 Luke Eric Lassiter 撰，郭禎麟等譯，《歡迎光臨人類學（*Invitation to Anthropology*）》（臺北市：學群，2010 年），頁 9。

8　有關「存有之巨鍊」及「災難說」的詳細論述，可參考 Peter J. Bowler, *Evolution: The History of an Idea*（Berkely: University of California Press, 1984），第三章（p.p. 55-59）。

否定了存有之巨鍊及伴隨而來的災難說，認為地理型態的造成並非因為某一次巨大的災難，而是年復一年的自然侵蝕，像是海蝕、風化，或是水對石灰岩的侵蝕造成喀斯特地形等。

這種思想在 19 世紀中引發了極大的論戰，並影響了查理・達爾文的理論。達爾文積累了許多前輩哲學家、作家、科學家的研究經驗，在 1859 年出版了《物種起源（The Origin of Species）》一書，此後至 1872 年共出了 6 版，在書中第四章以「天擇（natural selection）」取代了「存有的巨鍊」及「災難說」，解釋了物種演化的原因和過程。

日常生活中，人們常把演化等同於進步，但達爾文並不認為演化是有方向性的，演化無關乎進步與否。這給我們很大的啟發：一個新的劇種從主觀上看，或許符合了那個時代或地區觀眾的審美習慣，但在客觀上，並不表示其藝術性比舊的劇種高，或直接說是比舊的劇種更好。如果帶有好或壞的價值判斷，恐怕會掉入「社會達爾文主義」的陷阱。

地質也好，生物也好，都在不停止地演化，戲曲也是如此。從歷史的巨觀來看，劇種的變遷正是演化的過程；如果從歷史現場的微觀來看，是現代化。如此，則整部戲曲史就是一部戲曲演化的歷史，也是一部戲曲現代化的歷史。

二、鏡階理論與文化不平等現象

從前述的人類學概念來看，歷史是變動的。但歷史發展中有一個不變的現象：文化的不平等現象。文化沒有好壞，只有不同。但翻開中國歷史，古代中國以漢族為中心，四周的民族被視為蠻夷，所謂東夷、南蠻、西戎、北狄或胡，可以稱為「漢族中心論」。西方工業革命以後，歐美國家逐漸向外擴張，利用政、經、軍的優勢，重新詮釋、再現其他文化，因而形成新的文化霸權，以西方文化為主流，為優秀；其他文化被視為非主流，是落伍的，是為「歐美中心論」。

這種文化的不平等現象，我們可用法國心理學家雅各・拉岡的「鏡階理論」來解釋。1936 年，他提出「鏡階理論（Mirror Stage）」，認爲在約 15 個月大時，嬰兒會突然出現一種視覺突變，他會對鏡像中母親抱著他的映像產生一種原始的認同，並對自己能作爲一個整體（gestalt），感到快樂。他認知在鏡像中，被母親抱著的小孩，和母親的身體是個別被分開的兩個獨立個體。

拉岡心理分析的核心是「我（le moi）」）的位置，我是心理、認知、性格成形的基礎。人在鏡中建立自我與他者的過程中，逐漸產生了主體與客體——強勢與弱勢——的區別：「我」是擁有權力的主體，主導者，正統，好的，強勢；而「他者」是非權力的客體，被壓抑的，異類，不好的，弱勢。

知識就是力量，對自己的過去沒有足夠的知識，就無從知道自身的定位。沒有力量面對文化霸權，那麼將以霸權文化爲主流，以自己的原生文化爲非主流。清末以後中國的兩度西潮，完全以西方文化馬首是瞻，不能不說是落入了這種迷思之中。

那麼，爲什麼要學戲曲？當年我開始學習「中國戲劇史」這門課程時，鄧綏寧老師告訴我們：「因爲我們是中國人，我們學戲劇，所以要學戲曲。」那時不敢頂嘴，只在心裡默默地問：「那麼，我們不是外國人，爲什麼要學西洋戲劇？」

經過多年的體會，我才發覺這句話的深意，絕不是表面那樣簡單的民族自尊心作祟。其實，學習戲曲的目的，不在於單純的傳承，尤其對於戲劇系的學生而言，戲曲的意義在於：了解舊題材，以古爲鏡，並開發新視域。是難得的資源，不是累贅。

三、爲什麼要學戲曲史

所以，從小學到大學，都有歷史課。就是要讓學生們認識我們的國

家、認識我們的世界，進而對自己成爲一個國民、一個世界公民，產生認同感和使命感。曾師永義常告訴學生們，要「踩著老師的肩膀前進」，就是這個意思。一個人如果不願或不敢面對他的過去，總認爲前人的努力已經過時，那麼他將像一朵「失根的蘭花」般，即使開得再漂亮，終將會被歷史的巨輪碾壓得粉身碎骨。

學戲曲史也有這樣的目的。我把學戲曲史的目的分成三個層次：一是消極的目的，二是積極的目的，三是學術的目的。消極的目的在追求「從哪裡來」的問題；積極的目的在問「往哪裡去」的問題；學術的目的是學者研究態度與方法的養成。

也就是說，我們在了解了戲曲的發展歷程之後，可以學到某些經驗和教訓。這些都是創作的素材。例如魏晉以來的《踏謠娘》，是一部描寫夫妻吵架的小戲，試想：從前的夫妻吵架，現今的夫妻不吵架嗎？如果我們正在創作的戲中，需要夫妻吵架的場景，不就可以把這一部小戲的經驗用上嗎？

至於學術的目的，正是在訓練學生如何去研究一件事情的方法和態度。因爲歷史是一門科學，研究科學必須有某些方法，和實事求是的精神。這些方法和態度，都是學生將來繼續升學或入了社會後，非常有用的技能。

所以，學習戲曲史絕不是死背就好，而要眞正用「心」去學。理解劇種傳承與演變的種種因素，找到一種不狹隘的、全面性的史觀，以古證今，以古鑑今，而非以今論古。更要「尙友古人」，也就是和古人交朋友，拿古人古事和今人今事相交流，它才眞正變成一門有用的學科。

國畫大師李可染曾經說過：「要用最大的力氣打進傳統，然後，再用最大的力氣打出傳統。」一個不尊重傳統、不懂傳統的人，是不能侈言創新的。

第三節
戲曲起源論
———

民國 86 年 6 月 11 日，在由中央研究院中國文哲研究所籌備處主辦的「明清戲曲國際學術研討會」上，有一位學者激動地要求上海戲劇學院的葉長海教授，評論「西方戲劇有 2,500 年的歷史，中國戲劇只有 800 年的歷史」這句話的正確性。

筆者已經不太記得葉教授如何回答這個問題。這句話中，所謂西方戲劇有 2,500 年的歷史，指的自是希臘三大悲劇家生存的年代，是西方戲劇的起源，這一點是無庸置疑的。至於說中國戲劇只有 800 年的歷史，是指兩宋之間興起的南戲，才是中國戲劇的起源。

這樣的說法顯然是以劇本的有無，作為是否為戲劇的標準，是不懂大戲與小戲之分的外行話。紀元前 1 世紀時，西方的亞提拉劇、仿劇及默劇，同樣沒有劇本，西洋戲劇史上仍將之列為戲劇來討論。證之中國，民國初年的文明戲，甚至早年的越劇，只有幕表，沒有劇本，由演員即興發揮，難道那就不是戲嗎？

一、大戲和小戲的相輔相生

其實，就戲曲劇種的分類上說，可分為「體製劇種」與「聲腔劇種」兩大類，就演出形式上來說，又有「大戲」、「小戲」與「偶戲」之分。[9]簡單地說，大戲與小戲是比較出來的，若要嚴格地去劃分大戲與小戲的界說，未必是一件聰明的事。千禧年 12 月 11 日至 16 日，兩岸舉辦了第一屆小戲大展，包括三天的學術研討會，和分別在臺北與彰化兩地舉行的小

9　曾永義，《論說戲曲・論說戲曲劇種》（臺北市：聯經，1997 年）。

戲演出。在這次小戲大展的研討會中，學者專家們討論的重點仍然圍繞著小戲的定義打轉。

　　個人以為：今天的戲曲學者看小戲，應該著重在「從歷史上看，小戲如何滋養並提升大戲的藝術水準」及「今後小戲發展的方向與方法」這兩個重點上。簡而言之，就是在歷史觀及方法論，去探討如何發展和運用小戲。

　　就歷史觀來說，戲曲史上的小戲不少，在南戲（最早有劇本流傳的劇種）出現之前，就有四種具有指標性意義的小戲產生：一是楚辭《九歌》中的〈山鬼〉一篇，二是漢代角觝戲中的《東海黃公》，三是北齊民間流行的《踏謠娘》，四是後趙宮廷上演的《參軍戲》。另外，我認為《詩經・周南》可能也已經是小戲了。只是目前仍欠缺學術的基礎，待日後再加證明吧！

　　曾師永義曾對小戲與大戲有如下的解釋：[10]

　　　所謂「小戲」，就是演員少至一個或三兩個，情節極為簡單，藝術形式尚未脫離鄉土歌舞的戲曲之總稱；其具體的特色是：就演員而言，一人單演的叫「獨腳戲」，小旦小丑二腳合演的叫「二小戲」，加上小生或另一旦腳或另一丑腳的叫「三小戲」，劇種初起時女腳大抵皆由「男扮」；就妝扮歌舞而言，皆「土服土裝而踏謠」，意思是穿著當地人的常服，用土風舞的步法唱當地的歌謠。因為是「除地為場」來演出，所以叫做「落地掃」或「落地索」；而其本事不過是極簡單的鄉土瑣事，用以傳達鄉土情懷，往往出以滑稽笑鬧，保持唐戲「踏謠娘」和宋金雜劇「雜扮」的傳統。

10　同前註。

所謂「大戲」即對「小戲」而言，也就是演員足以充任各門腳色扮飾各種人物，情節複雜曲折足以反映社會人生，藝術形式已屬綜合完整的戲曲之總稱。1982 年，筆者有〈中國古典戲劇的形成〉一文，曾嘗試給發展完成的「大戲」（即文中的「中國古典戲劇」）下一定義：「中國古典戲劇是在搬演故事，以詩歌爲本質，密切融合音樂和舞蹈，加上雜技，而以講唱文學的敘述方式，透過俳優妝扮，運用代言體，在狹隘的劇場上所表現出來的綜合文學和藝術。」可見「綜合文學和藝術」的「大戲」是由故事、詩歌、音樂、舞蹈、雜技、講唱文學的敘述方式、俳優妝扮、代言體、狹隘的劇場等九個因素構成的。

如果將「小戲」看作戲曲的雛形，那麼「大戲」就是戲曲藝術完成的形式。

之所以一字不差地完全引用曾師的定義，是因爲這個定義已經十分清楚而完整。我們今日所看到的戲曲大戲劇種，像是京劇、崑劇、或是才從小戲步入大戲的歌仔戲，其許多構成的要素，無疑地都是從四大小戲及民間說唱等「難登大雅之堂」、「故士夫罕有留意者」的表演藝術中萃取、醞釀、轉化而來的。像是戲曲中詩化的語言、寫意的審美觀、舞蹈及武打的程式、套曲的結構、自報家門的人物介紹，以及流動式的時空結構等，無一不能在四大小戲及民間說唱中找到原型。

施德玉教授在其所著《中國地方小戲之研究》一書中，對小戲形成的基礎、小戲發展的路徑及小戲發展的類型，有詳細的論述。茲撮其要簡介如下：[11]

11　施德玉，《中國地方小戲之研究》（臺北市：學海，2001 年），頁 69-134。

（一）小戲形成之基礎

1. 以鄉土歌舞（即踏謠）爲基礎形成小戲。

2. 以小型說唱爲基礎形成小戲。

3. 以化妝雜技爲基礎形成小戲。

4. 以宗教儀式爲基礎形成小戲。

5. 以偶戲爲基礎形成小戲。

6. 以多元因素爲基礎形成小戲。

（二）小戲發展的徑路

1. 由連綴劇目成爲「小戲群」。

2. 由小戲吸收其他小戲劇種再注入大戲滋養形成大戲。

3. 由小戲吸收說唱發展形成大戲。

4. 由小戲吸收其他大戲發展爲大戲。

（三）小戲發展的類型

1. 保持小戲型態。

2. 構成「小戲群」。

3. 由小戲將過渡爲大戲。

4. 已成爲大戲尚含小戲。

5. 大戲傳播中餘存小戲再由此發展爲新型大戲。

就方法論來看，曾師永義曾言簡意賅地認爲：「小戲是大戲的雛型，大戲是小戲的完成。」小戲在歷代都有其發展，但在這個東洋與西洋文化不斷入侵的臺灣現代社會，我們的小戲要如何發展呢？千禧年來臺表演的大陸小戲團體，皆以中壯年演員爲其主體，相對說來，臺灣的小戲演員正

面臨高齡化的危機。如果小戲沒有發展，大戲又要何去何從呢？朱之祥老師提出了一套理論，可供大家參考。

他認為，藝術的創造有三把金鑰匙：一是形象的建立，二是語言的選擇，三是藝術家選擇最好的表現。藝術家在創作之初，如果沒有建立清楚的形象，則他所創作出來的藝術品，傳達給觀眾的形象也是模糊的。例如明代畫家徐渭的名作《黃甲圖》，在寫意的荷葉下，有一隻恣意橫行的螃蟹。徐渭如果不是生長在水鄉紹興，如果沒有親眼見到螃蟹在荷池中舉螯闊步的神氣，則這畫中的荷葉，在觀者看來，可能只是一團濃得化不開的黑墨；那隻螃蟹，就更像是鬼畫符了。

戲曲所模擬的，既是人生，既是社會，則創作者的形象必得從現實生活中去建立，語言的表達，也必須使用現代觀眾能有所感的精煉語言（這語言不僅是指說話的語言，還包括了某種藝術的特質，例如電影的「鏡頭語言」。如果在話劇演出中用了「鏡頭語言」，表現得好時猶可，若表現得不好，就容易支離破碎。）但現今戲曲所模擬的，多是古人的形象，觀眾如何感動呢？如要表現當代，服裝要用古人的服裝還是現代的服裝？程式要用傳統的程式還是新創的程式？要是穿著現代服裝，在舞臺上大唱西皮二黃，觀眾是否會覺得奇怪呢？

之所以會奇怪，是因為在我們的服裝、生活方式、語言習慣都改變了之後，戲曲仍然在描寫古人古事，並沒有隨著時代而改變。則戲曲顯然已經和現代人的生活脫了節。大戲要創新，或許有許多沉重的包袱。可是小戲不然，我們大可把現代人的生活寫進小戲中，觀眾習慣了看現代的小戲之後，自然也就很容易去接受現代化的大戲了。形象建立的問題解決之後，語言的選擇與表現形式的問題，自然也就可以迎刃而解了。

研究小戲的學者，常講一句話：「小戲比大戲大，大戲比小戲小。」這句話的意義並不在於簡單的比大小，而在告訴我們，不要忽視了小戲的普遍性和可變性。藝術固然要精緻化，但必要等到普遍化之後，大家都有興趣了，它的精緻化才有意義，否則，一切的努力，只在製造一種「小眾

文化」，就得不償失了。

　　有了以上的基礎，我們再據以探討戲曲的起源，便容易建立正確的論點。有關戲曲之起源，從東漢的王逸開始，便可陸續在文獻中發現許多不同之見解，但大多是個人的揣想，各說各話，而缺乏系統研究。直至晚清王國維起，才從文獻中，作系統化的研究，但仍然是意見分歧。

二、各種戲曲起源的揣想

　　葉長海教授在其所著《戲劇發生與生態》中，整理出「歷代文人」及「晚近智者」在這個問題上所做的猜想及研究。[12]茲略述如下。在「歷代文人的猜想」方面，葉教授歸納出「巫覡說」、「優孟說」、「祭祀說」、「樂舞說」、「娛樂說」、「說唱說」、「性情說」、「文體演變說」、「肖人說」等九種說法。

　　主張「巫覡說」的，有王逸、朱熹、楊愼三人。〔東漢〕王逸在其《楚辭章句・卷二》首先提出「巫以歌舞悅神」的說法：

> 昔楚國南郢之邑，沅湘之間，其俗信鬼而好祠。其祠必作歌樂鼓舞以樂諸神。屈原放逐，竄伏其域……出見俗人祭祀之禮、歌舞之樂，其詞鄙陋，因爲作《九歌》之曲。

　　朱熹約從其說，《楚辭集注・卷二》：

> 昔楚國南郢之邑，沅湘之間，其俗信鬼而好祀。其祀必使巫覡作樂，歌舞以娛神。蠻荊陋俗，詞既鄙俚，而其陰陽人鬼之間，又或不能無褻慢淫荒之雜。原既放逐，見而感之，故頗爲更定其詞，去其泰甚。

　　可見王逸認爲《九歌》乃屈原所作，朱熹則認爲《九歌》乃屈原所

12　葉長海，《戲劇發生與生態》（臺北縣：駱駝出版社，1990 年），頁 47-62。

改作。楊愼（1488-1559）《升庵集‧卷四十四》〈女樂本於巫覡〉：「女樂之興，本由巫覡。……觀《楚辭‧九歌》所言巫以歌舞悅神，其衣被情態，與今倡優何異。」

主張「優孟說」的，如楊愼、錢謙益等人。楊愼在《升庵集‧卷四十四（〈女樂本於巫覡〉）》前引文中，認識到倡優與巫覡的關係，又在卷七十二〈優孟為孫叔敖〉中，認為「優孟衣冠」事，猶「今人下盡開科打諢之類」。清人錢謙益（1582-1664）《有學集》：「此蓋優孟登場扮演，自笑自說，如金元院本、今人談說之類耳。」

此皆以為戲曲源自於倡優的扮演。至清末王國維則合巫、優二說，而認為：「後世戲劇，當自巫、優二者出。」

主張「祭祀說」的，如蘇軾《東坡志林‧卷二》：「八蜡，三代之戲禮也。歲終聚戲，此人情之所不免也。因附以禮義，亦曰不徒戲而已矣。……祭必有尸。……非倡優而誰？」就時代來說，「三代」約等於「夏后」，至於「八蜡」，乃是歲末時祭祀與農耕有關諸神的活動，天子祭之，謂之「大蜡」，因神有八位，故曰「八蜡」，名為娛神，實為娛人。[13] 又，倡優扮尸，必定一邊吟誦祭辭，一邊舞蹈，似乎已初具戲劇的要素。王國維在《宋元戲曲考》中就這樣說：「後人以八蜡為三代之戲劇，非過言也。」

主張「樂舞說」的，如王守仁、王驥德。王守仁（1472-1528）強調戲劇的教化功能，而將之視為與「古樂」等量齊觀。《傳習錄‧下》：「《韶》之九成，便是舜的一本戲子，《武》之九變，便是武王的一本戲子。」王驥德《曲律》也開宗明義曰：「曲，樂之支也。」而認為戲曲來自上古樂舞。

主張「娛樂說」的，如高承、楊維楨、焦循等人，北宋元豐（1078-

13　見《禮記‧郊特牲》。

1086）時人高承《事物紀原・徘優》引《古列女傳・孽嬖傳・夏桀末喜》：「（桀）收倡優侏儒狹徒能爲奇偉戲者，聚之於旁，造爛漫之樂。」認爲「優戲已見於之末世。」元末楊維楨亦持此論，而認爲：「侏儒奇偉之戲，出於古亡國之君。」（楊維楨《東維子文集・優戲錄序》）清・焦循（1763-1820）在其所撰《劇說》中引「倡優徘笑」及優旃「善爲言笑」，說明戲劇「動人之歡笑」的功能。

也有認爲戲曲出之於「說唱藝術」的，主張此說的，如胡應麟、毛奇齡。胡應麟在《莊岳委談》中認爲：戲文始於《西廂》，而《西廂》出自金代董解元的《西廂記諸宮調》。清代毛奇齡《西河詞話・連廂詞》認爲：戲曲乃是自歌、舞、說唱一路演變而來。

有「東方的莎士比亞」之稱的湯顯祖，從「性情」談藝術的起源。《湯顯祖詩文集・卷34〈宜黃縣戲神清源師廟記〉》：「人生而有情。思歡怒愁，感於幽微，流乎嘯歌，形諸動搖。」而認爲歌、詩、舞、戲皆起於情。又，其〈牡丹亭記題詞〉說：「情不知所起，一往而深。」可見其情動乃出於主觀，而與王守仁之「心學」及徐渭的「本色」相呼應。明末張琦《衡曲塵談》：「子亦知夫曲之道乎？心之精微，人不可知，靈竅隱身，忽忽欲動，名曰心曲。曲也者，達其心而爲言者也。」亦是主張情動說。

明、清兩代許多文人認爲戲曲是「文體演變」的結果，如王世貞、沈寵綏、李玉、黃宗羲。王世貞《曲藻》：「曲者，詞之變。」沈寵綏《度曲須知》也有：「顧曲肇自三百篇爾，《風》、《雅》變爲五言、七言，詩體化爲南詞北劇。」李玉《南音三籟序言》：「元夫詞者，詩之餘；曲者，詞之餘也。」黃宗羲《胡子藏院本序》：「詩降而爲詞，詞降而爲曲。」都認爲戲曲是文體演變的結果。

主張「肖人說」的焦循在其所撰《劇說》中，引證《樂記》、《左傳》、《史記》等書，說：「然則優之爲技也，善肖人之形容，動人之歡笑。」

在「晚近智者之言」方面，葉教授提出王國維、姚華、劉師培等三家之言。王氏之言，前文已略有所述，他大抵認為戲劇起源於巫與優，這兩種職業的人都以娛神與娛人為目的，而其工具，則為歌舞，所以戲曲乃是「以歌舞演故事」。姚華則從訓詁學入手，分析「戲劇」二字的字義，而提出：「戲始鬥兵，廣於鬥力，而泛濫於鬥智，極於鬥口，是從『戈』之義也。」從而認為「戲、舞一源」。劉師培亦從文字學的角度，認為古代樂舞中，許多型態都是後世戲曲的起始。

1990 年，大陸的一些戲曲學者在新疆的烏魯木齊，召開了中國戲劇起源研討會，與會學者的見解大致可以劃分為下列幾大類：[14]

1. 歌舞說，2. 外來說，3. 變文說，4. 百戲說，
5. 傀儡說，6. 勞動說，7. 宗教說，8. 多源說。

其實這些主張，從王國維開始的許多戲曲史家，都曾經提過。主張歌舞說的，以王國維為首。他如許之衡、吳梅、青木正兒、盧前、徐慕雲、董每戡、周貽白等人大致依循這個看法。他們所看到的，是戲曲合歌舞以演故事的特質。這也是戲曲起源諸說中主流的說法。王國維就曾經說過：「歌舞之興，其始於古之巫乎？」巫舞乃是儺祭中的重要儀式。事實上，歌舞的發展，的確是戲曲孕育過程中的重要因素。《尚書‧舜典》中說：「夔曰：『於！予擊石拊石，百獸率舞。』」《呂氏春秋‧古樂篇》中說：

> 葛天氏之樂，三人操牛尾，投足以歌八闋：一曰載民，二曰玄
> 鳥，三曰逐草木，四曰奮五穀，五曰敬天常，六曰建帝功，七曰
> 依地德，八曰總禽獸之極。

這是一般所說中國最早的歌舞，到了周代，從原始歌舞發展出了

14　見〈中國戲劇起源研討會紀實〉一文，收入《中國戲劇起源》（上海市：上海知識出版社，1990 年）。

「六舞」（《雲門》、《咸池》、《大韶》、《大夏》、《大濩》、《大武》），及周代人創出的六種小舞（《紱舞》、《羽舞》、《皇舞》、《旄舞》、《干舞》、《人舞》），以致於到楚國的《九歌》，大多包含濃厚的戲劇性。但照我們先前對戲曲下的定義，儺儀或許有歌舞，有沒有代言體？有沒有演故事呢？我們不知道。所以儺歌儺舞不等於戲曲，以歌舞為中國戲曲的起源，在邏輯上自然存在著極大的問題。

主張外來說的，像是曲六乙先生，他在大陸從事少數民族戲曲的研究多年，曾在烏魯木齊所召開的戲曲起源研討會上，認為在新疆出土的古回紇文寫本《彌勒會見記》是中國最早的戲曲。但我們知道，新疆之所以被稱為新疆，是清代乾隆皇帝平定了當地的叛亂後，才新歸入中國版圖的，漢唐時，那裡被稱之為「西域」。中國戲曲的起源怎麼會是西域的戲劇呢？可以見得這種說法具有政治目的，是他們為了安撫疆獨，不得不這麼說的。

民國初年，也有一位主張外來說的學者許地山，認為中國戲曲中的南戲源自於印度的梵文劇。他舉了早期南戲中的《張協狀元》為例，認為劇中書生負心的情節架構，和梵文劇中的《莎特貢拉》一劇類似。這在邏輯上是錯誤的推論。試想：中國人吃米飯，印度人也吃米飯，我們能說這是印度人學中國人嗎？至於其他諸說，其實也犯了以偏概全、倒果為因的錯誤。像是孫楷第在〈傀儡戲考源〉中誤以為戲曲的表演是從人偶的表演來的，正是忽略了人操縱偶的事實，而倒果為因。

三、長江大河說

之所以會有這些錯誤，乃是因為分不清什麼是起源，什麼是溫床。為了釐清觀念上的偏差，在此說明曾師永義提出的「長江大河說」（1982，〈中國古典戲劇的形成〉）。從前我們的地理教科書中，說長江發源於青海省巴顏喀喇山南麓。但大陸的學者發現，其實由青康藏高原流下的融雪所形成的沱沱河才是長江的源頭。出了巴顏喀喇山後，長江流經多省，並

有數百條大小支流匯入其中，最後終於在吳淞口入海。我們如果在吳淞口取一碗長江水，則這碗水中，必融合了沱沱河以及數百條支流的水。

若按照曾師的定義，小戲是戲曲的雛型，大戲是戲曲的成型。則小戲就像是從沱沱河到吳淞口的長江，大戲正是吳淞口外的東海；小戲的源頭是青康藏高原的融雪，大戲則發源於吳淞口。中間幾百條支流，正像是戲曲所吸收來非戲曲的一些元素，如歌舞、說唱、雜技、詩詞等。而這綿延數省的長江水，豈不就是從小戲過渡到大戲的溫床？就好像父精母卵在結合後，以母親的子宮爲溫床，吸收了各種養分，孕育成長，直到嬰兒呱呱墜地，才算是個人。試想，有人把生日訂在母親懷孕的那一天嗎？戲曲在成型的過程中，不斷地從說唱、文學、雜耍、武術中，逐次吸收經驗，終於在宋、元南戲中，展現了複雜而完整的綜合藝術的風格，成爲大戲的源頭。

那麼小戲的源頭呢？由於小戲的構成要素比較簡單，所以會有「多源並起」的現象，隨時隨處可以生發，也隨時隨處可以滅絕。就現存的小戲及文獻上可以引證的資料看來，有的是從民間歌舞的基礎上發源，有的從祭祀歌舞的基礎上發源，有的從百戲雜技的基礎上發源，也有的從說唱的基礎上發源。這些民間歌舞、祭祀歌舞、百戲雜技、說唱藝術等，都是小戲的源頭。

第四節
史觀與方法論
—

戲曲發展至今，仍在持續。但本書的寫作，必須有個範疇。本書將從遠古的時代談起，探討戲曲的淵源與形成、說唱與雜技等「非戲劇」的因素對戲曲的介入與影響、「聯曲體」與「板腔體」戲曲的消長、劇場藝術

與戲劇文學的相互影響、現代戲曲的展望等。至於「偶戲」和種類紛繁的地方戲曲，則限於篇幅，未能顧及。

一、史觀的重要性與誤解

治史必定要面對大量史料，而組織這些史料，使其成有組織、有意義的資訊，就必定要有史觀。對於什麼是史觀，定義極多；但簡而言之，所謂史觀，就是解釋歷史發展的一種觀點。當然，也有人認為運用史觀會曲解或掩蓋史實，如傅斯年就認為新時代的史學應該有什麼材料就說什麼話，僅是「史料學」。胡適則自嘲他所採用的史觀是「禿頭史觀」。這是深受實證主義影響的結果，也可以說是一種「誤區」。事實上，正確採取某種史觀並不會曲解歷史，更不會掩蓋史實。譬如整理臺灣史，無論從「大中國史觀」或「移民史觀」，甚或是「殖民史觀」的角度看，都不可能略去清朝的移民政策、日本的殖民政策等史實。

戲曲既然是歌、詩、舞、樂、劇的有機綜合，那麼採取「文學史觀」或是「曲學史觀」確也無可厚非。從文學的觀點看，戲劇可以被當成是文學的一種載體，如此，則「戲劇（Drama）」與「劇場（Theatre）」成了兩個不同的概念：Drama 指的是戲劇文學，Theatre 指的是劇場藝術。但所有戲劇的文本，其目的都是為了演出。雖然戲曲史上有些不能演出，或是不以演出為目的的劇本（書齋劇，Closet Drama），對文學研究或有其意義，但對戲劇學來說，沒有任何意義；[15] 所以，不講劇場史的戲劇史，充其量只能算是戲劇文學史，是不完整的。再說，戲曲的定義既然是「演員合歌舞，以代言體演故事」，則我們可以從文學的觀點看戲曲，也可以從歌舞的觀點看戲曲，但絕對不能忽略了「演」（也就是劇場藝術）的觀點，而且對學戲劇的人來說，這才應該是主要的觀點。所以，本書將採取「劇學史觀」，以劇場藝術的演變作為史述的核心論點。

---

15 《詩學》第三章中說明 Drama 一詞的意義，是由人物來 dran（實現）一段故事。

二、方法論

　　有了史觀，還需有方法，本書將以人類學中的「過渡儀式理論」爲核心理論，輔以文獻閱讀法和比較法。前文曾言，人類的社會永不止息地在演化。那麼，它是怎麼演化的呢？Victor Turner 在其《戲劇、場景及隱喻：人類社會的象徵性行爲》一書的序中寫道：[16]

> 此外，在某些特定儀式展演的氛圍中，這些途徑還會衍生出前所未有的形式，賦予歷史以新的隱喻及範式。換句話說，我不認爲社會變遷是由一套「程序」引發的一系列「展演」，……。生存行爲之於人類而言絕不僅僅是任何宏大設計依照邏輯順序展開的結果，……，社會行爲本身的過程性結構（processual structure）才是問題的關鍵所在。

　　什麼是社會行爲本身的過程性結構呢？Turner 繼續說明，並標舉出另一位人類學家范‧杰內普：[17]

> 范‧杰內普（van Gennep）在其有關透過儀式的比較研究著作中向我們展現了一個驚人的發現，他認爲人類文化認識到了時空中存在的三個層面。……。杰內普堅信所有的儀式化行爲都至少包括這樣一個時刻，即完全依照某一文化腳本（cultural script）統一行事的參與者，擺脱了各種規範性的約束，它們事實上正處在兩種前後相繼的結構性狀態的中間位置，……。[18]

　　這所謂「兩種前後相繼的結構性狀態的中間位置」即所謂「中介經

16　見 Turner, Victor：劉珩，石毅譯，《戲劇、場景及隱喻：人類社會的象徵性行爲》（北京市：民族出版社，2007 年），頁 3。

17　Arnold van Gennep (23 April 1873-7 May 1957)，法國著名的人種學和民俗學家。

18　見 Turner 前引書，頁 3-4。

驗（liminality）時期」，正是 Gennep 所提出「過渡儀式（The Rites of Passage）」（又譯作「透過儀式」）中的一個重要階段。所謂儀式，按照人類學家的觀點來說：

> 儀式是人們賴之與神靈溝通的手段，它是活動中的宗教。儀式不僅是人們賴以增強群體社會關係和消除緊張形勢的手段，而且是透過慶祝重要事件來減少諸如死亡一類的危機的社會破壞作用的手段。[19]

人在一生當中，會遇到種種不同的儀式，某些或許和「與神靈溝通」相關，例如祭神、祭祖、牽亡魂等等；大部分的儀式都與一種社會關係的改變相聯繫，諸如結婚、離婚、服兵役、成年禮等等。按照 Gennep 的觀察，他指出「過渡儀式」為一種「禮節性活動，在有歷史記載的社會中，它標誌著從一種社會或宗教地位，向另一種社會或宗教地位的過渡。」他認為所有的儀式可以分為分離→閾限→回歸三個階段，即分離期、轉換期、整合期。

Turner 進一步延伸說，過渡儀式與社會結構之間存在一種功能關係，它們是「社會的戲劇」，是人類學者觀察社會的「劇場」。[20]van Gennep 認為過渡儀式的基本程序是分離、轉換、整合三階段。Turner 認為這三階段以閾限為中心，又可改稱為閾限前、閾限、閾限後。[21]閾限階段是一種模糊不定的時空，處於一種中間狀態，世俗社會結構中存在的地位和身分之別消失。[22]

所謂分離的階段，是指人離開一個群體，並開始從一個地方或階層移

19　王銘銘，《社會人類學》（臺北：五南，2000 年），頁 405。

20　王銘銘前引書，頁 411。

21　前註，頁 412。

22　前註，頁 413。

往另一個地方。轉換（transition，又名閾限，liminality），指離開一個地方或階層，但還沒有進入到下一個地方或階層，是一個中間狀態或位置。整合（incorporation）指重返群體、社會，完成了這個儀式。[23]

> The major source of van Gennep's inspiration, of course, came from the tradition of positivism-the insistence that general laws of social process should be derived from empiric observation rather than from metaphysical speculation.（vii）

個人以爲：過渡儀式的三階段就是解構與重新結構的過程，分離是解構的階段，閾限是重新結構的過程，整合則是重構完成的狀態。則不僅僅人生中充滿了這些過渡儀式，在任何物種——包括各種生物及人造的物品、藝術品——演化的過程中，都存在著過渡儀式。戲曲的演化也不例外，而在每個劇種的興衰消長中，蘊含了分離、閾限、整合三個階段。

在小戲的發展過程中，戲曲四大要素的整合將是判斷過渡儀式三階段的標準：四大小戲的成形，標示了戲曲最初的狀態，四大要素初步整合，顯現了與以往的故事型態、敘事型態、歌舞型態完全不同的風貌，應屬分離的階段。四大小戲之後，大量吸收了唐、宋兩代的歌舞、說唱與詩詞，而在戲曲的歌舞、故事與敘事手法上，有了新的突破，可以算是閾限的階段。最後在北宋形成雜劇，並傳到北方的金朝，形成院本，以小戲群的藝術型態，成爲小戲與大戲間的過渡。就小戲的發展來說，是整合的階段。

戲曲大戲從南宋中葉發源於溫州的南戲開始，已有劇本及與演出相關的文獻留存，可自這些文獻資料中分析其體製規律與劇場藝術。則對其演化軌跡的析論，亦將透過比較的方法，以其體製規律與劇場藝術的演化爲依據，探討其過渡儀式的分期問題。

23　Arnold van Gennep, *The Rites of Passage*. Introduction by Solon T. Kimball.

　　南戲是戲曲大戲最初的型態，由宋雜劇演化而來，約產生在兩宋之間。幾乎與之同時，在中國北方的金，也由同樣源於宋雜劇的金院本演化成北曲雜劇。這一南一北的光輝，不啻造就了戲曲史上第一個黃金時期，更產生了與小戲群完全不同的樣貌，實屬於分離的階段。

　　南戲與北劇成形之後，由於元代中葉的全國統一，北人南遷的潮流帶動了北劇南流的現象，更在元中葉與元末葉產生了南戲與北劇相互交融的現象。這種相互交融的現象可視爲閾限的階段。經過了南戲的北曲化與文士化，及北劇的文士化與南曲化，明代初年雜劇依然興盛，可視爲雜劇時代的延伸，但其形式已發生質變，則應爲整合的階段。

　　明代中葉，崑山魏良輔等人認爲當時流行的南曲「率平直而無意致」，「憤南曲之訛陋」，乃與志同道合者，包括其前輩、同輩、女婿、弟子等多人，銳意改革，乃是分離的階段。魏氏等人以唱法的改良爲核心，配合樂器的改良，花了近十年的時間，創出了崑山腔水磨調，是閾限的階段。新腔仍以文人雅士在小亭深院演唱歌曲爲主，初期尚未運用到戲曲創作。到了作家紛紛以新腔作劇製曲，特別是梁辰漁作了《浣紗記》後，崑腔傳奇正式生成，當是整合的階段。

　　在崑腔傳奇盛行了將近兩百年之後，地方戲曲逐漸成長茁壯，貴族士大夫聽不慣這些「俗不可耐」的地方聲腔，而將之稱爲花部，將崑腔稱爲雅部。花部對雅部逐漸產生威脅，而在清乾隆末葉至道光末葉產生了花雅之爭，最後由京劇擅場。我們可以說，地方戲的興起是京劇形成的養分與背景，其對雅部的威脅可視之爲分離；花雅之爭中劇種間的相互吸收借鑑，直接影響了京劇的形成，應是閾限的階段；京劇形成後，經前三傑、後三傑等人的改良，漸成規模，當爲整合的階段。

　　京劇盛行後，由於西學的輸入、學者的參與、藝人的實踐、戲曲教育——特別是京、崑——的銳意革新，京劇藝術的改良從未停歇。民國初年的戲劇改良運動尤爲風起雲湧，幾乎要將幾千年來中國的傳統徹底解

構，乃是分離的階段。1949 年後，兩岸分治，對戲曲的發展政策各有異同，可視爲閾限。到了大陸改革開放以後，戲曲現代化發展到一個前所未有的活絡景象，兩岸重啓溝通管道，觀念又漸趨整合。

周貽白在《中國戲劇史長編·凡例》中，第一條就說道：「編著史書，不在紀述往跡，而在窮其流變。」[24] 期能使學者清楚理解戲曲發展的各個階段，在觀念、劇本構成、演出方法與技巧上的流變。

---

24 周貽白，《中國戲劇史長編》（上海：上海書店，2004 年），頁 1。

第二章

四大小戲

　　過去由於對小戲定義的分歧，歷來許多學者對於如何判斷是否是小戲，都各自有其意見。在曾師永義清楚而完整地定義了小戲之後，凡是合乎「合歌舞以代言演故事」的條件，就可以算是戲曲了。再配合上腳色少，故事簡單，表現方式原始而未經雕琢，也可以算是戲曲小戲了。如此，則歷代戲曲小戲何其多？單就南戲形成之前來說，文獻上可攷，且具有「指標性意義」的小戲就有四種，按照其時代的先後順序，分別是《九歌》、《東海黃公》、《踏謠娘》、《參軍戲》。這四種具有指標性意義的戲曲小戲，在戲曲史上稱之為「四大小戲」。

　　這四種小戲從戰國時代一直延續到魏晉南北朝，《九歌》是戰國時期楚國的文學代表，有說是屈原所作，亦有認為是屈原改作。是在祭祀歌舞的基礎上所形成的小戲。《東海黃公》是漢代「百戲」表演中的一個節目，以表演雜技為其基本架構，配合故事以表演歌舞。《踏謠娘》與《參軍戲》則是在「角觝」的基礎上，分別於北齊和後趙，在民間和宮廷興起的小戲。這四大小戲都各有關涉，互相牽連，將分述如後。

第一節
《九歌》與「儺」

——

　　一般我們把《九歌》視為戰國時期楚國文學的代表，從祭祀儀式來看，《九歌》可以視為儺祭的祭辭，是一種祭祀文學；從戲曲的角度來看，也是文獻記載最早的小戲。本節要從《九歌》與「儺」的關係及其戲劇要素入手，分析何以《九歌》是小戲。

　　如果我們把中國古代的中原文化稱為「史官文化」，那麼，在南方的楚文化便可以稱為「巫官文化」。所謂「巫官文化」，是指楚國上層社會

的巫文化；而驅鬼避邪的「儺」，則是荊楚民間的巫文化。[1]

一、先秦時期的祭祀活動：尸祭、雩祭、蜡祭、儺祭

最晚在周代的文獻中，就記錄了四種重要的祭祀活動，除了「儺」以外，還有「尸」、「雩」、「蜡」等三種。蜡祭是在歲末祭祀八種和農業相關的神，所以稱之為「八蜡」，根據蘇軾的說法，祭祀中的這八位神靈是由倡優所扮，這在前章第三節已有述及。所謂尸祭，是先秦時代，人們以活人代替祖靈受祭的活動。這個活人就是「尸」，有服飾裝扮，有形體動作，有言語酬對，可飲酒食菜，言談舉止更須符合禮儀規範，所以戲曲學者陳多認為尸的受祭，已經是一種戲劇表演。至於雩祭，則是一種祈雨的祭典。《春秋公羊傳·桓公五年》記載了一次雩祭的過程，何休注云：「雩，旱請雨；祭言大雩，大旱可知也。使童男女各八人舞而呼『雩』，故謂之雩。」古人相信：久旱不雨或作物歉收，都表示君王有過，所以求雨之時，君王要對天謝過。如果雩祭之後仍不下雨，就要以因為生病而致畸形的婦女（尪）獻祭，稱為「暴尪」。

「儺」這個字的本意是指稱妖魔鬼怪，或一些不吉祥的東西，像是各種疾疫之類。（圖 2-1、圖 2-2）驅儺，就是一種驅鬼避邪的儀式。古時宮廷在每年季春、仲秋、季冬各舉行一次儺儀，季春稱「國儺」，仲秋稱「天子儺」，季冬因全民參與，而稱「大儺」。「大儺」時由「方相氏」[2]領著一群人，戴著一些凶神惡煞的面具，用以辟邪。《論語·鄉黨》：「鄉人儺，朝服而立於阼階。」孔子是「不語怪力亂神」的，卻仍對儺

1　林河，〈九歌與沅湘的儺〉，《九歌與沅湘民俗》（上海：三聯，1990 年）。

2　方相氏乃周代一官職。《周禮·夏官·方相氏》：「方相氏掌蒙熊皮，黃金四目，玄衣朱裳，執戈揚盾，帥百隸而時儺，以索室驅疫。大喪，先柩，及墓，入壙。以戈擊四隅，毆方良。」東漢·鄭玄注：「蒙，冒也。冒熊皮者，以驚驅疫癘之鬼，如今魌頭也。」方良是傳說中一種喜食亡者之肝、腦的怪獸，又作「罔象」。由此可知方相氏的職責有二：一是在大儺時進行驅儺的儀式，二是在君王下葬前，趕走盤據墓穴中的方良。

儀尊敬如此，可見當時的大儺不僅有「驅鬼」的實用性，應該已經演變成一種制度，孔子所尊敬的，正是這種制度。從不同的場合說，可以分成軍儺、鄉儺、宮廷儺、寺院儺等四種。在進行儺祭的時候，會吟或唱祭辭，《九歌》就是這個祭辭的作用。

二、《九歌》的作者與名義

《九歌》，相傳是戰國時楚國的三閭大夫屈原所作，但也有認爲是他改作的。[3]《九歌》共有十一章，之所以稱「九」，有各種不同的說法。林河根據對現存沅湘地區民歌的田野調查，發現當地情歌中往往把情人稱爲九，若是按照這個現象推論，則《九歌》應指的是情歌而言。但這十一章中，頭一章及最後的兩章，實在很難與情歌有任何聯想。但若是從侗族的語言來看（林河本湖南侗族），九就是「大鬼」之意，則《九歌》就是大鬼歌。此說雖然有幾分合理，但把對神的歌頌和對鬼的幻想混爲一談，或許眞如林河所說，是因爲當時沅湘乃是蠻夷之邦，不能以漢文化的思考模式來進行解讀吧。[4]

三、《九歌》的內容與戲劇要素

《九歌》的內容，都是祭祀時的歌詞。祭祀一般分爲請神、祭神、送神三個步驟，《九歌》對應這三個步驟，也分爲三部分。第一章〈東皇太一〉是請神的祭詞，大意是請東邊至高無上的神來享用祭品。以下的〈雲中君〉、〈湘君〉、〈湘夫人〉、〈大司命〉、〈少司命〉、〈東君〉、〈河伯〉等章則是祭神，由巫與覡分別扮飾這些神祇，或是獨白，或是與對方對話。其中〈山鬼〉一章，則更是精彩，由巫與覡分別扮飾美豔的山鬼與純情的公子，大談一場人鬼之戀。〈國殤〉一章，是爲了追懷爲國捐軀的烈士，由巫、覡合唱，以示敬意。最後的〈禮魂〉之時，祭禮既成，

3　王逸認爲是屈原所作，朱熹認爲是改作。此說請參見前章第三節的論述。

4　此說見林河，〈《九歌》中的疑團試解〉，收入《九歌與沅湘民俗》。

乃送魂歸去也。

　　從這幾章中，我們看到了許多「吾」、「余」、「予」等第一人稱代名詞，也就是巫、覡分別以「祭祀者」和「神靈」的身分說話，例如〈山鬼〉的頭兩段：

　　　　覡：若有人兮山之阿，被薜荔兮帶女蘿；既含睇兮又宜笑，子慕
　　　　　　予兮善窈窕。

　　　　巫：乘赤豹兮從文狸，辛夷車兮結桂旗；被石蘭兮帶杜衡，折芳
　　　　　　馨兮遺所思。余處幽篁兮終不見天，路險難兮獨後來。

　　第一段中的「予」，指的是由男祭祀者所扮演的純情公子，第二段中的「余」，指的是由女祭祀者所扮演的山鬼，這樣的敘事方式，顯然就是代言體無疑。

　　用代言體表演的故事性歌舞，按照先前我們對戲曲所下的定義，我們就可以認定《九歌》是早期的戲曲小戲。又，《九歌》既是祭祀時的歌詞，則其演出的形式，應該就是以「祭祀歌舞」為基礎所形成的小戲。

　　其實，個人認為：早在《九歌》之前的《詩經・國風》，就已經具備了作為小戲的條件。試看〈周南〉一篇，即是一段由相識而相思、相戀，直到共組家庭後歸寧、生子、離家、思夫、接夫的完整故事，而《詩經》既可入樂，就能編舞，若加上適當對白，由人扮演，即成戲劇。只是經過孔子刪詩、秦始皇焚書，以及歷朝歷代的宮廷大火、禁燬圖書文獻，《詩經》的原貌早就不復可見。學術講求證據，此說只徒猜測而已，不敢有所定論。

四、《九歌》演出的揣想

　　《詩經》也好，《九歌》也罷，究竟是在哪裡演出，又是如何演出的

呢？從《九歌》的內文來看，〈東皇太一〉中說：

> 撫長劍兮玉珥，璆鏘鳴兮琳琅；
>
> 瑤席兮玉瑱，盍將把兮瓊芳；
>
> 蕙肴蒸兮蘭藉，奠桂酒兮椒漿；
>
> 揚枹兮拊鼓，疏緩節兮安歌，
>
> 陳竽瑟兮浩倡。
>
> 靈偃蹇兮姣服，芳菲菲兮滿堂。

可見演出場地必然以一祭壇為中心，安排了香花、美酒，演奏著好聽的音樂。更有祭司穿著美麗的衣服，扮演這一位東邊至高無上的神。而從前面引述〈山鬼〉的頭兩段話看來，巫與覡不可能一位在深山之中，一位在平地之上演出，所以演出的風格，大約也像後來的戲曲一樣，走的是虛擬路線。至此我們仍然無從想像演出場地究竟是平地、山坡、低臺或高臺？倒是《詩經・陳風・宛丘》提供給我們一些參考。[5] 在這一章中，敘述陳國的居民，一年四季，經常聚集在宛丘，手裡拿著羽毛，一邊跳舞，一邊擊鼓。宛丘是什麼地方呢？根據考證，這是一種中間低四邊高的地形，和古希臘劇場的形制極為類似。

五、儺歌、儺舞與儺戲

儺祭當中，及祭禮完成之後，會有儀式性的舞蹈，及娛神兼娛人的歌舞表演，稱之為儺歌、儺舞。儺舞逐漸形成儺戲，又形成了小戲。在中國，許多地方一直到現在，還保留了儺祭的活動，所以大陸一些研究儺文化的學者，稱儺戲是「中國戲劇的活化石」。這種說法引起許多爭議，但也有相當的學術價值。

5　〈宛丘〉之原文如後：「子之湯兮，宛丘之上兮。洵有情兮，而無望兮。坎其擊鼓，宛丘之下。無冬無夏，值其鷺羽。坎其擊鼓，宛丘之道。無冬無夏，值其鷺翿。」

　　「儺」本是一種儀式，那麼儺戲是如何產生的呢？根據《中國曲學大辭典》的解釋，所謂「儺戲」，其產生的背景有二，一是儺儀中的歌舞演變而來，應屬宗教小戲；二是儺祭活動中演出的戲劇，根本為巫師引進之世俗戲劇，目的在娛神與娛人，嚴格說來，應該不能算是儺戲。[6] 考之現存的儺戲，貴池儺、黔東儺、壽縣端公戲、山西賽戲、閩南打城戲、湖南儺堂戲、廣西壯族師公戲，同時存在前述的兩種情況；鄂西儺、陝南端公戲、雲南關索戲，則只有引進世俗戲劇。從儺儀中產生宗教小戲遠在明代以後，而現在仍在上演的劇種中，最早產生的應是北宋時就有的「目連戲」，稱儺戲是「中國戲劇的活化石」的說法，便不攻自破了。

第二節
《東海黃公》與秦、漢百戲
—

　　文獻上的第二個小戲，是西漢「角觝戲」（觝又作抵、牴）中的《東海黃公》。所謂「角觝」，就是兩人頭戴牛角，互相推抵的意思。大致和今日的摔角相類似。[7]（圖 2-7、圖 2-8）相傳在黃帝大戰蚩尤時，黃帝的部

6　見齊森華、陳多、葉長海主編，《中國曲學大辭典》（杭州：浙江教育出版社，1997年），頁 65，「儺戲」條。原文為：「戲曲劇種。一說由儺、儺舞演變而形成。儺，也叫驅儺、大儺，古代臘月舉行的一種驅鬼逐疫儀式，由巫術發展而來。早期以娛神為主，後來發展為娛神與娛人相結合，並漸漸由儺舞過渡到戲曲。（節略）劇目分內壇、外壇兩類：內壇多為祭祀時演出的小戲，如頌揚儺公、儺婆創造人類，土地、雷神造福人們的《姜良》、《開山》、《拜土地》、《打赤鳥》等。外壇為本戲演出，如湖南四大本《孟姜女》、《龐氏女》、《龍王女》、《大盤洞》；安徽有《劉文龍》、《張文選》、《打鑾駕》、《花關索》等。《孟姜女》是各地儺戲共同的劇目，江西孟劇即以劇名為劇種名。（後略）」

7　《新校本漢書・本紀卷六》注應劭曰：「角者，角技也。抵者，相抵觸也。」文穎曰：「名此樂為角抵者，兩兩相當角力，角技藝射禦，故名角抵，蓋雜技樂也。巴俞戲、魚

隊履戰履敗，就是因為蚩尤頭上長了一對犄角，能以角抵人，觸之者非死即傷。[8] 後來軍中據以為戲，稱「蚩尤戲」，一則以競技取樂，一則以鍛鍊體魄，可謂一舉兩得。

一、百戲與散樂

到了秦、漢時代，西域諸國技藝人多來中土，在大城市中賣藝。（參考《史記・大宛列傳》）加上中原本土藝人的參與，長安的表演活動已十分興盛。這些表演活動，包括舉重、爬竿、吞刀、吐火、穿刀門、翻觔斗、幻術、馬戲表演、舞龍、氣功、走繩索、戴假面扮演動物的「象人」，或是像《東海黃公》這樣的歌舞劇表演，在東漢張衡的《西京賦》中有詳細的記載。這些表演技藝因其表演內容之多樣化而統稱為「百戲」，或稱「散樂」，[9]（圖2-3）其中帶有競賽性質的表演，又稱為「角觝戲」。無論「百戲」或「角觝戲」，此處所謂的「戲」為「遊戲」之意，並非戲劇或戲曲的意涵。從四川天回山東漢墓出土的百戲俑（圖2-6）看來，顯然是非常有趣詼諧的表演，目的在娛樂。

二、《東海黃公》的文獻記載

但在「角觝戲」中，的確有具備小戲要件的表演節目，像是《東海黃公》。其內容大致是說：東海一黃姓老人，年輕時頗有些法術。但他縱酒過度，老年時法術已失，卻仍然要上山尋虎殺之，最後，反而為虎所殺。

龍蔓延之屬也。漢後更名平樂觀。」師古曰：「抵者，當也。非謂抵觸。文說是也。」又，宋・陳暘《樂書》有：「角觝戲本六國時所造，秦因而廣之。……蓋雜技之總稱云。」

8　見陳暘，《樂書》：「或曰蚩尤氏頭有角，與黃帝鬥，以角觝人。今冀州有樂名蚩尤戲，其民兩兩戴牛角而相觝，漢造此戲豈其遺像耶？」

9　《周禮・春官・旄人》：「掌教舞散樂、舞夷樂。」鄭玄注曰：「散樂，野人為樂之善者。」可見在周代，雅樂與散樂相對，秦、漢時的百戲即是繼承周代民間散樂的傳統，而包含了各種類型的表演。

《西京賦》中對此描寫十分簡單，僅 24 字：「東海黃公，赤刀粵祝，冀厭白虎，卒不能救，挾邪作蠱，於是不售。」晉代葛洪的《西京雜記・卷三》中有較詳細的描寫：

> 余所知有鞠道龍，善爲幻術，向余説古時事：有東海人黃公，少時爲術能制蛇御虎；佩赤金刀，以絳繒束髮；立興雲霧，坐成山河。及衰老，氣力羸憊，飲酒過度，不能復行其術。秦末有白虎見於東海，黃公乃以赤刀往厭之。術既不行，遂爲虎所殺。三輔人俗用以爲戲，漢帝亦取以爲角觝之戲焉。

三、《東海黃公》的戲劇因素

從以上的兩段描述中可知：

1. 它有很完整的故事，敘述黃姓老先生要殺老虎，最後反被老虎吃掉的過程。又有人虎相鬥的舞蹈表演，以及「粵祝」（即口唸咒語）[10] 的代言體，甚至還有「妝扮」（佩赤金刀，以絳繒束髮），合乎「合歌舞以代言演故事」的定義，則必是戲曲小戲無疑。

2. 它是以雜技表演爲基礎，發展出來的戲曲小戲。從此之後，戲曲不斷向雜技、武術中吸收，且這些雜技、武術往往是吸引觀衆的重要因素。

3. 所謂「三輔」，指的是京城周邊的衛星城市，那麼，三輔人演的，是民間小戲；漢帝所編製的，則是宮廷小戲，可謂「多源並起」。

4. 「百戲」中的許多表演技藝，如吐火、穿刀門、翻觔斗等，在現代

10　所謂「赤刀粵祝」，《文選》李善註曰：「東海有能『赤刀禹步』，以越人祝法厭虎者，號黃公。」所謂「禹步」，《法言・重黎》李軌註曰：「禹治水土，涉山川，病足，故行跂……而俗巫多效禹步。」可見禹步乃是祭祀時用的一種步法，這是否表示《東海黃公》的演出是繼承巫儺傳統而來，值得思考。

的戲曲表演之中，如崑劇、京劇、各地的的方戲等，仍然存在，而且被廣爲運用。

這幾條線索，對於了解戲曲由小戲發展爲大戲的進程，是極有幫助的。

四、百戲的演出

至於「百戲」是在什麼樣的場合表演的呢？早在秦代時，民間的角抵戲已經傳入宮廷，秦二世胡亥就曾在「甘泉寺」舉行過角抵戲的演出。[11] 到了漢武帝元封 3 年，又在「平樂觀」這個地方舉行過大規模的角抵演出，[12] 雖然《漢書》的記載十分簡單，但此事被張衡在《西京賦》中詳細記錄了下來：

> 大駕幸乎平樂，張甲乙而襲翠被。攢珍寶之玩好，紛瑰麗以參靡。臨迴望之廣場，程角牴之妙戲。烏獲扛鼎，都盧尋橦。沖狹燕濯，胸突銛鋒。跳丸劍之揮霍，走索上而相逢。華嶽瓊瓊，岡巒參差。神木靈草，朱實離離。總會仙倡，戲豹舞羆。白虎鼓瑟，蒼龍吹篪。女娥坐而長歌，聲清暢而蜲蛇。洪涯立而指麾，被毛羽之襳襹。度曲未終，雲起雪飛。初若飄飄，後遂霏霏。複陸重閣，轉石成雷。礔礰激而增響，磅滴象乎天威。巨獸百尋，是爲蔓延。神山崔巍，歘從背見。熊虎升而拏攫，猿狖超而高援。怪獸陸梁，大雀踆踆。白象行孕，垂鼻轔困。海鱗變而成龍，狀蜿蜿以蝹蝹。含利颬颬，化爲仙車。驪駕四鹿，芝蓋九葩。蟾蜍與龜，水人弄蛇。奇幻儵忽，易貌分形。吞刀吐火，雲霧杳冥。畫地成川，流渭通涇。東海黃公，赤刀粵祝。冀厭白虎，卒不能救。挾邪作蠱，於是不售。爾乃建戲車，樹脩旃。突

11　見《史記·李斯列傳》：「是時二世在甘泉，方作角抵優徘之觀。」

12　見《漢書·本紀卷六》：「三年在平樂觀作角抵戲，三百里內皆觀。」

倒投而跟絓，譬隕絕而複聯。百馬同轡，騁足並馳。橦末之伎，
態不可彌。彎弓射乎西羌，又顧發乎鮮卑。

從「臨迴望之廣場」一句，可以知道當時是在平地上表演的，廣場
上有各種不同的表演，而觀眾則在臺上觀看。（圖 2-9）可是分別在 1969
年及 1975 年，在山西運城縣侯村漢墓，及安徽省阜陽地區渦陽縣一座東
漢墓，出土了兩具「百戲樓」。從這兩具一千多年前的舞臺模型看來，百
戲應該不純在廣場表演，而有了舞臺。

運城縣侯村漢墓出土的百戲樓模型（圖 2-4）高 104 公分，底部有一
圓盤，直徑 45 公分，共分五層。雖然部分已經損毀，但表演人偶的動作
及姿態仍然清晰可見：第一層有一小孩似已酣睡，二、三層男、女歌舞伎
正在進行各種表演，有樂人伴奏，主人則席地而坐觀賞演出。[13]

渦陽縣出土的百戲樓模型（圖 2-5）高 108 公分，最寬的部分有 39.5
公分，共分四層。二樓是舞臺，據劉海超〈東漢綠釉陶樓〉一文：[14]

陶樓分四層，每層可以拆開，通高 108 厘米，最寬處在二層，
為 39.5 厘米。……二層為舞臺，臺前設臥櫺欄杆……臺中有牆，
將舞臺隔成前後臺。牆左右設上、下場門，左邊上場門有一可以
開關的門……右邊下場門只有一門洞，通往後臺，內室靠右設樓
梯。前臺有兩排伎俑，前面一俑頭梳雙髻，雙手倒立於地，正做
雜技表演。後排為樂俑四個，自左至右，均著窄袖長衣。左兩俑
頭梳圓髻，雙手合攏放於嘴部，不知正在吹奏某種樂器。左第三
俑頭戴平頂帽，雙手持簫正在吹奏。以上三俑皆作跪狀，左第四

13　見王澤慶，〈漢代百戲樓〉一文，收入周華斌、朱聯群主編之《中國劇場史論・上卷》
　　（北京市：北京廣播學院出版社，2002 年），頁 168-169。

14　見萍生，〈一千七百年前的舞臺模型〉一文，收入《中國劇場史論・上卷》，頁 166-
　　167。

俑坐狀，爲撫瑟俑，瑟置雙膝上，兩手作撫瑟狀，面朝上，似已
陶醉於樂聲中。

渦陽縣出土的百戲樓爲東漢末年的文物，顯然比侯村漢墓出土的百
戲樓精細得多，可見漢代百戲的演出，除了「除地爲場」的模式外，已經
出現了「舞樓」。更有甚者，後世戲曲舞臺的基本規模，如：前、後臺之
分，上、下場門，以及「勾欄」等等，在百戲樓中已經具現，這在劇場藝
術上是一大進步。

第三節
《踏謠娘》與魏晉南北朝的戲劇
——

從漢代的《東海黃公》開始，小戲有了宮廷的與民間的分別。到了魏
晉南北朝，民間小戲在北齊產生了《踏謠娘》，恰如宮廷小戲在後趙產生
了《參軍戲》。此處先來看看有關《踏謠娘》的種種。首先是兩條不盡相
同的記載。

一、有關《踏謠娘》的幾條文獻記載

北齊有人姓蘇，齇鼻，實不仕，而自號郎中。嗜飲酗酒，每醉，
輒毆其妻，妻銜悲訴於鄰里。時人弄之：丈夫著婦人衣，徐步入
場行歌。每一疊，旁人齊聲和之云：「踏謠和來，踏謠娘苦，和
來。」以其且步且歌，故謂之踏謠；以其稱冤，故言苦。及其
夫至，則作毆鬥之狀，以爲笑樂。今則婦人爲之，遂不呼「郎
中」，但云「阿叔子」；調弄又加「典庫」，全失舊旨。或呼爲
「談容娘」，又非。（唐·崔令欽《教坊記》）

後周士人蘇葩，嗜酒落魄，自號中郎。每有歌場，輒入獨舞。今
為戲者，著緋戴帽面正赤。蓋狀其醉也。即有《踏搖娘》。案：
《御覽》五百七十三引云：「踏謠娘者，生於隋末，夫河內人。
醜貌而好酒，嘗自號中郎，醉歸必毆其妻。妻色美，善歌，乃自
歌為怨苦之詞。河朔演其曲而被之管絃，因嘉其夫妻之容。妻
悲訴，每搖其身，故號踏搖娘。近代優人頗改其制度，非舊制
也。」疑此有脫簡。（唐・段安節《樂府雜錄》）

除此之外，在《舊唐書・音樂志・郭山惲傳》、《全唐書》常非月
〈詠談容娘〉等篇章中，均可見到相關的記載。在這幾條資料之中，有些
值得我們注意的事情：

二、《踏謠娘》演出中的戲劇因素

第一，按照《教坊記》的記載，北齊時的《踏謠娘》，男主腳不知其
名，而號郎中；女主腳則為男扮。且非常重視歌唱的表演，從「相和歌」
相沿而來，因而產生了「疊」的概念。[15] 這與《樂府雜錄》中的記載，不
僅國家不同、男主腳的名不同、號不同，就連表演的重心，也從歌唱轉而
為舞蹈。可見《踏謠娘》在北齊與後周都極受歡迎。

第二，在初唐或至盛唐之際，有《談容娘》的演出，顯然本源於《踏
謠娘》，其所以稱《談容娘》，或為音近訛變。至於《談容娘》的內容，
在人物上多了一個「典庫」，而男主腳名為「阿叔子」（可能是個渾號，
據說有登徒子的含意）。在情節上，因為「典庫」的加入，可能也增加了
一場。或許是「阿叔子」搶了踏謠娘的珠寶首飾，拿去典當；也可能是踏
謠娘拿了珠寶首飾去典當，好換錢買米。顯然情節及人物的衝突性大增。

---

15 「相和歌」是漢代大曲的來源，可以參考楊蔭瀏，《中國古代音樂史稿》（臺北市：丹
青，1985 年），第一冊，頁 113-118。

第三，有關《踏謠娘》的名稱，「謠」也有作「搖」的。以其同音，發生訛變是極爲可能的。至於孰是孰非，論者頗多。但「踏」指舞蹈，「謠」指歌唱，以歌舞演故事，自是小戲無疑；「搖」意謂踏謠娘在演出時搖頓身子，指的也是舞蹈動作，則歌的部分未見諸標題。以「合歌舞以代言演故事」的定義來看，應當以「謠」爲是，但《踏搖娘》中的蘇葩，既是「每有歌場，輒入獨舞」，其妻在悲訴時，又「每搖其身」，用「搖」而不用「謠」當然有其道理。

第四，就小戲的發展來說，《九歌》是以歌舞（祭祀歌舞）爲基礎而形成；《東海黃公》則是以表演雜技爲基礎而形成的；至於《踏謠娘》，已經融合了《九歌》與《東海黃公》的特色，也就是說：《踏謠娘》的基本架構爲歌舞與雜技。歌舞的部分包括了踏謠娘的訴苦，及圍觀群眾（類似希臘悲劇的歌隊）的幫腔；雜技則產生於夫妻鬥毆的角觝風格。

三、魏晉南北朝的幾種小戲演出

除了《踏謠娘》外，魏晉南北朝還有一種故事性歌舞，叫做《蘭陵王入陣曲》，也發源於北齊。[16] 北齊蘭陵王長恭，勇猛善戰，卻面貌清秀，因此製作了一幅猙獰的面具，每次上陣之時，就把面具戴上。（圖 2-10、圖 2-11）至於爲什麼北齊人會編製《蘭陵王入陣曲》呢？請看《舊唐書‧音樂志》、《樂府雜錄》與《教坊記》的記載：

> 代面出於北齊。北齊蘭陵王長恭，才武而面美，常著假面以對敵。嘗擊周師金墉城下，勇冠三軍。齊人壯之，爲此舞，以效其指揮擊刺之容，謂之《蘭陵王入陣曲》。（《舊唐書‧音樂志》）

> 戲有代面，始自北齊。神武弟有膽勇，善戰鬥。以其顏貌無威，

---

16 任半塘（二北），《唐戲弄‧一》（臺北市：漢京圖書公司，1985 年），頁 102-120。論述魏晉南北朝的戲曲資料甚豐，值得參考。

每入陣即著假面，後乃百戰百勝。戲者衣紫腰金執鞭也。[17]（《樂府雜錄・鼓架部》）

大面出於北齊。蘭陵王長恭，性膽勇而貌似婦人，自嫌不足以威敵，乃刻爲假面，臨陣著之，因爲此戲以入歌曲。[18]（《教坊記》）

代面即是大面，有歌有舞，有故事扮演，也有角觝競技的餘風，只是未知是否有代言體。所以只能稱之爲「故事性歌舞」，或說是「歌舞劇」，是「戲劇」的小戲，卻未必爲「戲曲」的小戲。然而它對後世戲曲的影響，仍不可忽視。後世戲曲腳色中的「大面」、臉譜，或即本於此。根據〈代國長公主碑文〉的記載，[19]武則天久視元年（700），在武則天76歲的壽宴上，6歲的李隆基（後來的玄宗皇帝）、5歲的李隆範（後來的岐王）、4歲的代國公主和壽昌公主各表演了一個節目，其中李隆範表演的就是《蘭陵王》。五歲稚子能演出這樣的節目，可見其在唐代盛行的情況。

除此之外，這個時期還有兩種歌舞表演也常被戲曲史家所提到，分別是《遼東妖婦》及《老胡文康》。《遼東妖婦》之記載首見於《魏書・帝紀第二：景帝、文帝》，原文是：[20]「皇帝春秋已長，未親萬機，日使小優郭懷、袁信等裸袒淫戲。又於廣望觀下作遼東妖婦，道路行人莫不掩目。」

從這條資料看來，既不知道有無代言體，又不知有無故事，如何得知它是不是戲呢？則郭懷、袁信等小優所作的表演，或許只是「人妖秀」罷了，與戲曲的發展何干？

17　《中國古典戲曲論著集成》，第一冊，頁44。

18　同前註，頁17。

19　鄭萬鈞撰，見《全唐文》，卷279。

20　本條資料檢索自中研院「漢籍電子文獻」資料庫，特此說明。

至於《老胡文康》，則是「作一老翁，演述西域神仙變化之事」。[21]梁武帝製《上雲樂》七曲（《鳳臺曲》、《桐柏曲》、《方丈曲》、《方諸曲》、《玉龜曲》、《金丹曲》、《金陵曲》），《樂府詩集》卷五十一引《古今樂錄》收〈老胡文康〉辭（周捨作，或云范雲）。如下：[22]

> 西方老胡，厥名文康。邈邈六合，傲誕三皇。西觀濛汜，東戲扶桑。南泛大蒙之海，北至無通之鄉。昔與若士為友，共弄彭祖扶床。往年暫到崑崙，復值瑤池舉觴。周帝迎以上席，王母贈以玉漿。故乃壽如南山，志若金剛。青眼眢眢，白髮長長。蛾眉臨髭，高鼻垂口。非直能俳，又善飲酒。簫管鳴前，門徒從後。濟濟翼翼，各有分部。鳳凰是老胡家雞，獅子是老胡家狗。陛下撥亂反正，再朗三光。澤與雨施，化與風翔。覘雲候呂，志遊大梁。重駒修路，始屆帝鄉。伏拜金闕，仰瞻玉堂。從者小子，羅列成行。悉知廉節，皆識義方。歌管愔愔，鏗鼓鏘鏘。響震鈞天，聲若鵷皇。前卻中規矩，進退得宮商。舉技無不佳，胡舞最所長。老胡寄篋中，復有奇樂章。齎持數萬里，願以奉聖皇。乃欲次第說，老羌多所忘。但願明陛下，壽卑萬歲，歡樂渠未央。

周貽白認為這一篇歌詞，已經具備了代言的趨勢，[23]這一篇歌詞全篇雖然沒有一個「我」字，卻自始至終，是以老胡本人的口吻，描述西域的神仙故事，與舞蹈同時演出，應該就是一個「合歌舞以代言演故事」的小戲。

---

21 見清·納蘭容若，《淥水亭雜識》。

22 同註20。

23 見周著，《中國戲劇發展史》（臺北：學藝，1977年），頁43。

第四節
「參軍戲」與唐代的戲劇

——

　　有關《參軍戲》種種問題的研究，在戲曲史的學術領域中，是個極重要的命題。因為它的淵源、流變與影響，深深牽動著戲曲由小戲發展成為大戲的歷史進程。以下將探討《參軍戲》的淵源與流變。至於影響，在後面的章節中會逐一討論。

一、「參軍戲」的淵源與形成

　　首先我們要弄懂一個名詞，叫做「參軍」。據前蜀・馮鑑《續事始》，[24]「參軍」一職始建於東漢靈帝時（168-189），最早應是軍務參謀的工作，名位很高。到了晉朝時，以大都督府置參軍，掌監察，地位漸卑。

　　文獻上最早見到有關《參軍戲》記載的，是《樂府雜錄》的「俳優條」。我們看看段安節的說法：[25]

> 開元中，黃幡綽、張野狐弄參軍，始自後漢館陶令石耽。耽有贓犯，和帝（按：89-105）惜其才，免罪。每宴樂，即令衣白夾衫，命優伶戲弄，辱之，經年乃放。後為參軍，誤也。開元中有李仙鶴善此戲，明皇特授韶州同正參軍，以食其祿。是以陸鴻漸（按：即陸羽）撰詞云「韶州參軍」，蓋由此也。武宗朝有曹叔度、劉泉水，鹹淡最妙。咸通（按：即唐懿宗之年號，860-874）以來，即有范傳康、上官唐卿、呂敬遷等三人。

24　前蜀・馮鑑，《續事始》（上海：商務，1927 年）。

25　收入《中國古典戲曲論著集成》冊一，頁 49。

　　由這條資料看來，石耽之事，發生在始建參軍的六、七十年前。石耽既不可能是參軍，和帝命優伶戲弄石耽的表演，當然就不會是《參軍戲》之始了。但值得注意的是，至此，優人的功能已經相反。我們不妨回過頭來，看看春秋戰國時代，王公貴族所豢養的優人，有哪些令人津津樂道的事蹟。

　　大家最熟知的優人事蹟就是「優孟衣冠」，此事見於《史記・滑稽列傳》。大意是說：孫叔敖為楚相時，非常清廉，死後沒有給妻小留下什麼財產，只交代兒子，有困難可找優孟幫忙。一日，優孟在街上遇見了孫叔敖的兒子，揹著柴薪要賣，一問之下，原來他一貧如洗。優孟問明了住址，要他別出遠門，就回去模擬孫叔敖的聲容笑貌及衣冠打扮。一年多後，楚莊王見到，以為孫叔敖復生，便要他再度拜相，優孟說要回去和妻子商量。三天後，優孟見楚莊王，說妻子告誡他楚相難為，若貪贓枉法，則身死而家滅；若清廉如孫叔敖，死後妻子窮苦，不足為也。莊王因而「召孫叔敖子，封之寢丘四百戶，以奉其祀，後十世不絕。」

　　同一卷上還記載了秦國的侏儒優旃的故事。大意是說：一次，秦始皇要擴大動物園和植物園的範圍，「東至函谷關，西至雍陳倉。」優旃說：「好啊！我們多養些珍禽異獸在其中，敵人攻來的時候，我們就放出麋鹿，用角去頂他們就夠了。」秦始皇立刻打消了這個念頭。可見，優人本是持著免死金牌，諷諫皇帝的最佳人選；而到了東漢和帝之時，優竟變成是皇上用來諷刺臣下的工具了。[26]

26　雖然優人在形成參軍戲的過程中，改變了過去諷諫主上的功能，轉而為主上諷刺罪臣；但根據一些文獻，唐宋優人仍有不少諷諫主上的記錄。如《唐史・僖宗本紀》（卷二五三）：「上好騎射、劍槊、法算，至於音律、蒲博，無不精妙。好蹴跟鬥雞，與諸王賭鵝，鵝一頭至五十緡。尤善於擊毬，常謂優人石野豬曰：『朕若應擊毬進士舉，需考狀元。』對曰：『若遇堯舜作禮部侍郎，恐陛下不免駁放。』」又，劉績《霏雪錄》（轉引自龔鵬程《笑林廣記・導讀》頁9，臺北市：大鴻，1988年）：「宋高宗時，甕人淪餛飩不熟，下大理寺。優人扮兩士人，相貌各異。問其年，一曰甲子生，一曰丙子生。優人告曰：『此二人皆合下大理。』高宗問故。優人曰：『鋏子餅子皆生，與餛飩

第二條值得注意的資料，出現在《三國志・許慈傳》：

> ……先主定蜀，……慈、潛（按：即許慈、胡潛）並爲博士，……
> 謗讟紛爭，形於聲色；……先主愍其若思，群僚大會，使倡家假
> 爲二子之容，傚其訟閱之狀。酒酣樂作，以爲嬉戲。初以辭義相
> 難，終以刀杖相屈，用感切之。

三國的年代，大約是在西元 220 至 280 年之間，顯然距始建參軍，已有四、五十年之久。雖許慈、胡潛並非參軍，不能稱爲《參軍戲》，但從東漢和帝至此百餘年，從直接侮辱罪臣，到使優人「傚其訟閱之狀」，其表演型態得到了發展，則是不爭的事實。第三條資料是《太平御覽》[27]卷 569「優倡門」引《趙書》的記載：

> 石勒參軍周延爲館陶令，斷官絹數百疋，下獄，以八議宥之。後
> 每大會，使俳優著介幘，黃絹單衣。優問：「汝爲何官，在我輩
> 中？」曰：「我本爲館陶令，」斗數單衣，曰：「正坐取是，故
> 入汝輩中。」以爲笑。

石勒的年代，約在西元 319 至 333 年，這段記載中的周延已是參軍，且表演形式顯然依循了六、七十年前劉備的模式，由優人對假官加以戲弄，應該算是最早的《參軍戲》了。所以，對於《參軍戲》的淵源，我們可以有以下的結論：以優戲諷刺罪臣，始於後漢和帝時，館陶令石耽一事；由優人對假官加以戲弄的表演形式，始於劉備時許慈、胡潛之相爭；《參軍戲》之正式定名，則在周延入罪之事。

不熟者同罪。』上大笑，赦原甕人。」甚至到了明代，根據何良俊的描述，成化末年，鐘鼓司演員阿丑作六部舉才事，公論與公道二人皆落榜，卻選了胡塗，藉此諷刺當時行政廢弛，憲宗「微哂而已」。事見〔明〕何良俊，《四友齋叢說》（北京：中華書局，2007 年），頁 89。

27 見宋・李昉撰，（臺北：臺灣商務，1975 年）。

　　至於《參軍戲》的演出，共有兩個腳色，一為參軍，一為蒼鶻（讀作「古」或「胡」，似鷹類的猛禽）。參軍自是扮罪臣無疑，以其痴愚，即後世戲劇中副淨之淵源；蒼鶻，或稱捷譏，以猛禽的迅捷象之，而為後世戲劇中副末的濫觴。蒼鶻可以打參軍，二人一逗一捧，類似今天的相聲。又以兩個腳色態勢上的對比，而稱呼「鹹淡」。前引《樂府雜錄》「俳優條」的「武宗朝有曹叔度、劉泉水，鹹淡最妙。」即是指此。

二、「參軍戲」在唐代的演變

　　到了唐代，因為參軍多為皇親國戚之子弟充任，《參軍戲》不再以周延或參軍為戲弄的對象，凡是扮假官者，都是參軍。唐·趙璘的《因話錄》[28] 中說：「肅宗讌於宮中，女優弄假官戲，其綠袍秉簡者，謂之參軍樁。天寶末，番將阿思布伏法，其妻配掖庭，善為優，因隸樂工，是以遂令為參軍之戲。」可見在唐代，《參軍戲》又被稱之為《假官戲》，且女人也能演《參軍戲》。而所謂綠袍秉簡者，其實就是「假官之長」。

　　又有所謂「陸參軍」的名稱。范攄《雲溪友議》中說：[29]

> 元公（稹）……廉問浙東，……乃有俳優周季南、季崇，及妻劉綵春，自淮甸而來，善弄陸參軍，歌聲徹雲。……贈綵春詩曰：「新粧巧樣畫雙蛾，慢裏恆州透額羅。正面偷輪光滑笏，緩行輕踏皺文靴。言詞雅措風流足，舉止低迴秀媚多。更有惱人腸斷處，選詞能唱望夫歌。」望夫歌者，即羅嗊之曲也。綵春所唱一百二十首，皆當代才子所作，其詞為五六七言，皆可和者，其詞曰：「不喜秦淮水，生憎江上船；載兒夫婿去，經歲又經年。」……綵春一唱是曲，閨婦人莫不連泣。

28　見唐·趙璘撰，《因話錄》（臺北：臺灣商務，1966 年）。

29　見《雲溪友議·卷六》，收入《筆記小說大觀》（臺北：新興書局，1978 年）二十七編。

從以上的引文，我們至少可以看出幾條線索：

第一，可見得《參軍戲》是能唱能舞的。有歌有舞有故事，加上如《趙書》中記載的代言體，《參軍戲》應是戲曲小戲無疑。

第二，當時宮廷的參軍戲已經流入民間，甚至已經有了專門的編劇和劇團。題材並不以諷刺假官為主，而可能較多地關心民間疾苦。則宮廷小戲與民間小戲自《東海黃公》分道揚鑣之後，此時又有了交流。這種交流的現象，在往後的戲曲發展中，將會層出不窮。

第三，什麼是「陸參軍」呢？周貽白《中國戲劇史》稱：「參軍冠以『陸』字，當為另一故事而沿用參軍的舊稱，況女子加入歌唱，似與專事嘲謔的參軍戲有別。」[30] 此說似乎道出了民間小戲與宮廷小戲之區別，但參軍戲在此時應該已經是一劇種，而非僅一劇目。且何以所冠為「陸」而非為其他？仍然語焉不詳。

曾師永義則云：「所云『陸參軍』，應當是《樂府雜錄》所謂的陸鴻漸撰詞的『韶州參軍』。」[31] 李星可在《南洋與中國戲》一書中，認為「陸」就是「羅」的一音之轉，「嗊」即古扶南（唐代「十部樂」中有「扶南」樂）語「面具」（Khon，也指稱面具戲）之譯音，而「參軍」二字的合音正是「嗊」，「羅嗊」即今東南亞一帶經常演出的面具戲 Lekhon，傳到中國就成了「陸參軍」。[32] 這個說法稍嫌牽強，但看似有理，值得辯證。

參軍、蒼鶻相互對峙，有如角觝之相博，可知其如同《踏謠娘》般，在歌舞與表演雜技的基礎上，融合角觝餘風，形成了小戲。就歷史上看，《參軍戲》與《踏謠娘》同樣是發源於魏晉南北朝，而盛行於唐。其所不同者，《踏謠娘》為民間小戲，而《參軍戲》為宮廷小戲。

30　見《中國戲劇發展史》，頁60。

31　見曾永義，《參軍戲與元雜劇》，頁13。

32　見李星可，《南洋與中國戲》（新加坡：南洋學會，1962年），頁155-157。

三、唐代的幾種小戲演出

　　《唐戲弄》一書則從另一個不同的角度，將唐代的戲曲，或是一些故事性歌舞，分成15種歌舞戲和17種科白戲。[33]除了《參軍戲》和《踏謠娘》之外，茲列舉幾種節目，加以說明：

（一）撥頭

　　撥頭。又可作「缽頭」、「鉢頭」、「拔頭」。簡單地說，這個節目可以說是《東海黃公》的續集。《舊唐書・音樂志》記云：「撥頭者，出西域。[34]胡人為猛獸所嗜，其子求獸殺之，為此舞以象之也。」又，《樂府雜錄・鼓架部條》：「缽頭：昔有人父為虎所傷，遂上山尋其父屍，山有八折，故曲八疊；戲者被髮素衣，面作啼，蓋遭喪之狀也。」（圖2-12）

　　節目名稱的差別，或許是「訛變」所致。就內容上說，二者也有所不同。《舊唐書・音樂志》強調這是西域來的舞蹈，《樂府雜錄・鼓架部條》更細膩地描述了演出的狀況，除了舞之外，可能還有歌。其實，這麼簡單的一項表演節目，已經有了《東海黃公》的經驗，何須從西域輸入？是否《東海黃公》就是胡人所演？抑或《東海黃公》傳入西域，在西域產生了撥頭後又傳回中原？其表演有歌有舞應不成問題，但是否有代言體？

33　15種歌舞戲包括《踏謠娘》、《西涼伎》、《蘇莫遮》、《蘭陵王》、《鳳歸雲》、《蘇中郎》、《舍利弗》、《義陽主》、《神白馬》、《旱稅》、《弄孔子》、《樊噲排君難》、《麥秀兩歧》、《灌口神隊》、《劉闢責買》；17種科白戲包括《預陳三義》、《系囚出魃》、《勒指天子》、《譸朝政》、《侮李元諒》、《療妒》、《忤龐勛》、《三教論衡》、《朱相非相》、《病狀內黃》、《徐楊合演》、《掠地皮》、《焦湖作獺》、《劉山人省女》、《以王衍為戲》、《自家何用多拜》、《五縣天子》。其中《蘇中郎》出自《踏謠娘》，《譸朝政》、《侮李元諒》、《療妒》、《忤龐勛》等顯然與《參軍戲》主旨相同，《三教論衡》為滑稽戲，則是否能將此32個劇目分為「踏謠娘」、「參軍戲」、「滑稽戲」等3個「劇種」？值得思考。

34　西域有小國名曰拔豆，王國維認為缽頭可能自拔豆或龜茲等國傳入，且可能在北齊時已有此戲。見《宋元戲曲考・上古至五代的戲劇》。《王國維戲曲論文集》（臺北：里仁，1993年），頁11-12。

它與《東海黃公》究竟有沒有關係？一連串的問題實在不易找到解答。

（二）樊噲排君難

　　《樊噲排君難》又稱《樊噲排闥》，所演當為漢初劉邦赴項羽「鴻門宴」，樊噲保駕之事。據《唐會要‧卷33》記載：「光化四年正月，宴於保寧殿，上製曲，名曰《讚成功》。時鹽州雄軍使孫德昭等，殺劉季述反正，帝乃製曲以褒之。」又陳暘《樂書》云：「昭宗光化中，孫德昭之徒，刃劉季述，始作《樊噲排闥》劇。」可見此一節目之演出，實有一政治酬庸的目的。

（三）滑稽戲

　　滑稽戲。古人稱演員為俳優，俳優之「俳」本有不莊重之意，也就是詼諧滑稽的表演。滑稽戲正是把「俳」字之本意發揮到淋漓盡致的一種戲劇形式。根據高彥修《唐闕史》的記載，唐懿宗時已經有這種表演形式出現了：

> 咸通中，優人李可及者，滑稽諧戲，獨出輩流。雖不能託諷逞正，然智巧敏捷，亦不可多得。嘗因延慶節緇黃講論畢，次及倡優為戲，可及乃儒服險巾，褒衣博帶，攝齊以升講座，自稱「三教論衡」。

> 其隅坐者問曰：「既稱博通三教，釋迦如來是何人？」對曰：「是婦人。」問者驚曰：「何也？」對曰：「《金剛經》云：『敷座而坐』。或非婦人，何煩夫坐而後坐也。」上為之啟齒。又問曰：「太上老君何人也？」對曰：「亦婦人也。」問者益所不喻，乃曰：「云：『吾有大患，是吾有身；及吾無身，吾復何患。』倘非婦人，何患乎有娠乎？」上大悅。又問：「文宣王何人也？」對曰：「婦人也。」問者曰：「何以知之？」對曰：「《論語》曰：

『沽之哉！沽之哉！吾待賈者也。』向非婦人，待嫁奚爲？」上
意極歡，寵賜甚厚，翌日授環衛之員外職。

王國維在《宋元戲曲考》中說：「滑稽戲始於開元，而盛行於晚
唐。」並認爲滑稽戲旨在「諷時事」，乃「隨意之動作」，「除一時一地
外，不合於他處。」[35]鄧師綏甯也認爲滑稽戲類似今日相聲的「抓哏」，乃
由「弄參軍」蛻化而出，沒有戲的意味。[36]但不可否認，這種表演藝術有腳
色扮演，有代言體，也有簡單的故事，自應是戲劇無疑。且自盛唐而中、
晚唐，而五代十國，到了宋代的雜劇，可說把滑稽戲發展到了極致。[37]則
其在戲曲史上的意義，亦不可忽視。

四、四大小戲的指標性意義

綜觀前四節對四大小戲的論述，便應該明瞭了本章導言中所謂的「指
標性意義」。

總的來說，《九歌》標示了戲曲四大要素的結合，在宗教祭祀儀式
的基礎上，形成了早期的小戲。在《東海黃公》這個節目的演出中，一方
面以表演雜技爲基礎，形成了故事性更強的小戲，另一方面，在「觀演關
係」上更加明確。到了魏晉南北朝，以《東海黃公》的「角牴」爲概念，
結合民間故事、歌謠與舞蹈，形成了民間的小戲——《踏謠娘》。在宮廷
中，則以春秋戰國時代的「優」，依循著「角牴」爲概念，諷刺犯官罪
臣，而形成了宮廷的小戲——《參軍戲》。

35　見《宋元戲曲考・上古至五代之戲劇》，《王國維戲曲論文集》，頁18。

36　見鄧師撰，《中國戲劇史》（板橋：國立臺灣藝術學院，1995年），頁24。

37　見周貽白撰，《中國戲劇發展史》，頁63-65，有許多例證，可參考。

第三章

從小戲到大戲

　　小戲發展到了《參軍戲》，已經相當成熟。但是從《參軍戲》到最早的大戲——南戲，還有很長的一段路。這一章要介紹的，除了最後一節的「宋金雜劇院本」之外，從其藝術的本質上來說都不是戲，而是音樂與說唱，但是它們對戲曲從小戲過渡到大戲的發展歷程，卻都產生了深厚的影響。

　　第一節談的是「大曲」。這是一種結合了聲樂、器樂和舞蹈的音樂表演，發源於漢代，定型於唐代，在宋代雜劇中已經可以用來表演故事。第二節介紹的是「變文」，最初只是佛經的「俗講」，目的在宣傳佛旨，後來竟演變成說唱藝術。

　　第三節的「唱賺」，上承「大曲」，下啓「諸宮調」，歷史地位極爲重要，更直接影響了北雜劇的產生，尤其在音樂結構上，影響戲曲甚鉅。「諸宮調」吸收了「大曲」和「唱賺」的音樂體製，又繼承了「變文」的說唱形式，其故事題材大量被戲曲吸收，其音樂體製和敘事風格也對戲曲發生重要的影響。

　　第四節的「宋金雜劇院本」，在藝術形式上雖然仍是小戲（曾師永義稱其爲「小戲群」），但它上承參軍戲的角觝餘風，下開宋元南戲與金元雜劇的盛世，我們實在不可忽視它在戲曲史上的地位。

第一節

大曲

——

　　文獻記載中最早見「大曲」之名者，爲東漢時人蔡邕之《女訓》，曰：「琴曲小曲五終則止，大曲三終則止」。[1] 蔡邕既爲東漢人，則可證明

1　見《太平御覽》，卷 557。

東漢時大曲已經成型，唐時加入西域音樂，宋時可演故事。可見「大曲」之「大」乃指其音樂結構之龐大而言。

一、《相和歌》——漢代民歌藝術的發展

《相和歌》是漢代北方各地民間流行的各種歌曲，包括原始的民歌、根據民歌加工改編而成的藝術歌曲，以及從民歌的基礎上發展而成的大型歌曲——「大曲」。至於《相和歌》的表演形式，承襲《詩經・國風》的傳統，最早是「徒歌（謠）」，也就是清唱。後來有了「但歌（謳）」的出現，也就是在清唱的基礎上加上幫腔。這種形式一直到現在，還被保留在許多梆子腔系統的戲曲中。最後發展出了「擊節而歌」的方法，也就是以節為歌之伴奏。[2]

二、大曲的結構——豔、曲、趨、亂

漢代大曲的結構包括了豔、曲、趨、亂四部分。郭茂倩《樂府詩集・卷 26》：[3]

> 諸調曲皆有辭、有聲，而大曲又有豔、有趨、有亂。辭者，其歌詩也；聲者，若羊吾夷伊那何之類也。豔在曲之前，趨與亂在曲之後。亦如《吳聲》、《西曲》，前有和，後有送也。

所謂「豔」，是起首華麗而婉轉的抒情部分，相當於序曲或是引子的意思。作為大曲本體的「曲」，則由好幾個唱段聯綴而成，末尾可能還有好幾段「解」。趨是曲後緊張快速的部分，可能專指舞蹈表演。亂是末尾帶有結束性的樂段，可以是個唱段，也可以是個器樂段。[4]趨與亂不必全

2　見楊蔭瀏，《中國古代音樂史稿》，上冊。

3　檢索自中央研究院，《漢籍電子文獻資料庫》。

4　見吳釗、劉東升，《中國音樂史略》（北京：人民音樂出版社，1983 年），頁 44。

有，所以大曲是「豔、曲、趨或亂」三段式的結構，這印證了前引蔡邕《女訓》中所言的「三終則止」；同時，這三段式的結構，與唐、宋大曲、宋、金雜劇院本，甚至金、元雜劇，其結構都是有血緣關係的。[5]

那麼「解」的含意呢？根據楊蔭瀏的解釋：[6]解不是慢曲，而是急遍，解的情調不是澹、雅淡或清雅，而是強烈、奔放、熱鬧的。常用在樂曲的末尾，是附加上去的。有時用在多節歌詞的反覆或重複演奏的器樂曲中，有時在一個完整的樂曲中僅用一解作結。另外，有些獨立的快速曲調，特別適合用作別的曲子的解，稱為解曲。

承上文，則可知相和大曲乃是以歌詩為主體，配合上器樂與舞蹈的一種表演，其所用曲調為「清商樂」。[7]《宋書・樂志》在清商三調下列有大曲 16 首，[8]除抒情的特質外，也有一定程度的敘事功能。

三、從樂府到宮廷大曲

「樂府」為漢武帝在西元前 112 年時創立，西元前 6 年時，因內部的腐敗而解散。其工作任務如下：

（一）蒐集民間音樂。

（二）創作和填寫歌詞、創作和改編曲調。

（三）編配樂器、進行演唱和演奏。

---

5 唐、宋大曲的三段，為「散序」、「中序」、「入破」（詳後文）。宋、金雜劇院本雖為四段，但「雜扮」在北宋的時候是沒有涵蓋在雜劇的結構中的，到了南宋的時候才被加入。而金、元雜劇的四折，則是直接承襲了宋、金雜劇院本的四段而來。

6 參見楊蔭瀏，《中國古代音樂史稿》。

7 清商樂（即所謂「清商三調」），一說為平（宮）調、清（商）調、瑟（角）調，另一說還包含楚調與側調。

8 此十六大曲為：《東門行》、《野田黃雀行》、《豔歌羅敷行》、《西門行》、《折楊柳行》、《敦煌京洛行》、《飛鵠行》、《隴西行》、《櫂歌行》、《雁門太守行》、《白頭吟》、《明月》。

樂府將民間大曲收入後加以改編，並加入鼓吹樂，配合宮廷禮儀，用笙、笛、節、琴、瑟、琵琶、箏等吹、彈、擊奏樂器演奏，即成宮廷大曲。

四、唐大曲的緣起與演變

唐時雅樂與俗樂均有大曲。雅樂大曲史無明文，但考之《唐會要・卷 32》及《舊唐書・音樂志》，均有立部伎[9]之樂曲納入雅樂僅選擇少數遍數的記載，稱「摘遍」。[10]俗樂大曲即所謂「燕樂大曲」。此「燕」（或作「讌」）應為「宴」的意思，則「燕樂大曲」即宮廷宴會時所演出，給王公貴族玩樂用的。其中有部分「法曲」。指其曲調及樂器方面，接近漢族的清樂系統，[11]如《霓裳羽衣曲》。

由於唐代與西域諸國交通頻繁，唐代大曲之來源有三：有自西域傳入之曲，如十部樂中的西涼、龜茲、安國、疏勒、高昌皆出自西域。有國人仿作之曲。唐初「大樂署」掌雅樂，玄宗時，又增設梨園與教坊，製演俗樂。更有改編舊曲而成之曲，今存者有《踏金蓮》、《伊州》、《涼州》、《拓枝》、《霓裳》、《迎仙客》、《春鶯囀》、《慶善樂》、《南詔奉聖樂》等六十餘曲，其中《踏金蓮》等四十六曲，出自崔令欽《教

9　唐時宮中樂人分坐部伎與立部伎，坐部伎高於立部伎。見《新唐書・禮樂十二（志第十二）》原文為：「又分樂為二部：堂下立奏，謂之立部伎；堂上坐奏，謂之坐部伎。太常閱坐部，不可教者隸立部，又不可教者，乃習雅樂。立部伎八：一《安舞》，二《太平樂》，三《破陣樂》，四《慶善樂》，五《大定樂》，六《上元樂》，七《聖壽樂》，八《光聖樂》。《安舞》、《太平樂》，周、隋遺音也。《破陣樂》以下皆用大鼓，雜以龜茲樂，其聲震厲。《大定樂》又加金鉦。《慶善舞》顓用西涼樂，聲頗閑雅。」

10　見王國維，〈唐宋大曲考〉，《王國維戲曲論文集》，頁 178。

11　《新校本新唐書・百官三・太常寺・太樂署》（志／卷 48・志第 38），原文為：初，隋有法曲，其音清而近雅。其器有鐃、鈸、鐘、磬、幢簫、琵琶。琵琶圓體修頸而小，號曰「秦漢子」，蓋弦鞀之遺制，出於胡中，傳為秦、漢所作。其聲金、石、絲、竹以次作，隋煬帝厭其聲澹，曲終復加解音。

坊記》。

五、梨園與教坊

不可否認，盛唐之際，無論各種表演藝術，都得到了很好的發展，這與社會穩定，經濟繁榮固然有關，但是唐玄宗增設梨園與教坊，對歌舞、戲曲的進步，絕對有著密不可分的關係。開元2年（714），玄宗改組「大樂署」，把負責民間音樂的樂工，獨立出來，成立了三個梨園和四個外教坊。先說梨園。今日一般人稱演戲這個行業為「梨園行」，以唐玄宗為戲神，稱戲子為「梨園弟子」，其實這全是誤解。梨園的職責如用現代的話語來說，就是「宮廷樂團」，完全沒有參與戲劇的演出，只有在教坊中，才有接觸到一些戲曲表演的工作。

玄宗時候的三座梨園，分別位在宮中、長安的太常寺、洛陽的太常寺，而其任務亦有別，約如下表「唐玄宗時三所梨園之職掌」：

表 3-1　唐玄宗時三所梨園之職掌

位置	任務
長安宮中	1. 表演法曲。 2. 擔任玄宗新作樂曲的試奏。
長安的太常寺	1. 稱「太常梨園別教院」。 2. 試奏藝人們創作的法曲。
洛陽的太常寺	1. 稱「梨園新院」。 2. 以演奏各種民間音樂為主。

梨園的組成分子包括歌唱家和樂工。[12] 以宮中的梨園為例，從坐部伎中選擇男樂工三百餘人，稱皇帝梨園弟子，又從宮女中選出數百名樂工，

12　同前註，原文為：「玄宗既知音律，又酷愛法曲，選坐部伎子弟三百教於梨園，聲有誤者，帝必覺而正之，號『皇帝梨園弟子』。宮女數百，亦為梨園弟子，居宜春北院。梨園法部，更置小部音聲三十餘人。」

稱梨園弟子，更選擇兒童三十餘人，稱小部聲音。這其中，頗有幾位知名的演唱家和樂工。演唱家如永新，本名許子和，原爲吉州永新縣（今江西省吉安縣）的一位民間藝人，後被召進宮，成爲最受玄宗欣賞的女歌唱家。樂工如李謨的笛、康崑崙、雷海青[13]的琵琶、花奴的羯鼓等。

　　至於教坊，《唐書・百官志》：「武德後，置內教坊於禁中。……開元中，又置內教坊於蓬萊殿側。」[14]唐玄宗開元2年（714），他認爲：「太常禮司，不宜典俳優雜伎。」[15]，故而設立了四個外教坊，兩個在長安，兩個在洛陽。下表便是這四個外教坊的位置、名稱和專長。[16]

表 3-2　唐玄宗時四所外教坊

名稱	位置	專長
光宅坊	長安右教坊	善歌
仁政坊	長安左教坊	工舞
明義坊（南）	洛陽右教坊	善歌
明義坊（北）	洛陽左教坊	工舞

　　教坊的職責，包括了歌唱、舞蹈、演奏、百戲等各種節目的表演、演員的訓練等。技藝特優的藝人可被選入宜春院，稱爲內人，或稱前頭人，經常有機會在皇上面前表演。

13　即後來民間傳說中的「田都元帥」，北管戲的戲神。

14　《新校本新唐書・百官三・太常寺・太樂署》（志／卷四十八・志第三十八），原文爲：「武德後，置內教坊于禁中。武后如意元年，改日雲韶府，以中官爲使。開元二年，又置內教坊于蓬萊宮側，有音聲博士、第一曹博士、第二曹博士。京都置左右教坊，掌俳優雜技。自是不隸太常，以中官爲教坊使。」

15　見《教坊記・序》，中國戲曲研究院編，《中國古典戲曲論著集成》（北京市：中國戲劇出版社，1959 年），第一冊，頁 21。

16　見《教坊記》，《中國古典戲曲論著集成》，第一冊，頁 11。

六、唐大曲的結構

大曲的結構到唐代已大致抵定，包括器樂、聲樂和舞蹈，其規模如下：

（一）散序：節奏自由，器樂演奏

1. 散序——散板，若干遍，每遍是一個曲調

2. 靸——過渡到慢板的樂段

（二）中序（拍序或歌頭）：節奏固定，慢板，開始歌唱，不一定有舞

1. 排遍——若干遍，慢板

2. 攧或正攧——節奏過渡到略快

（三）破或舞遍：由散板入節奏，逐漸加快，以至極快；舞蹈為主；器樂伴奏，不一定有歌

1. 入破——散板

2. 虛催——由散板入節奏，亦稱「破第二」

3. 袞遍——較快的樂段

4. 實催、催拍、促拍（簇拍）——節奏過渡到更快

5. 袞遍——極快的樂段

6. 歇拍——節奏慢下來

7. 煞袞——結束

這樣完整的一套曲子，稱之為「大遍」。宋·王灼《碧雞漫志》及沈括《夢溪筆談》皆有說明：

凡大曲有散序、靸、排遍、攧、正攧、入破、虛催、實催、袞遍、歇拍、煞袞，始成一曲，謂之大遍。（宋‧王灼《碧雞漫志‧卷三》）

所謂大遍者，有序、引、歌、䫌、㘗、哨、催、攧、袞、破、行、中腔、踏歌之類，凡數十解。每解有數疊者，裁截用之，謂之「摘遍」。今之大曲，皆是裁用，非大遍也。沈括《夢溪筆談‧卷五》

七、宋大曲的緣起與演變

宋大曲基本上繼承了唐大曲的體制，但一則改變唐大曲整齊句的歌詞樣式，改以長短句填詞；二則並非整套演出，僅選擇其中數遍，而稱之為「摘遍」，[17]如前引《夢溪筆談》之說。（圖3-1及圖3-2皆為遼墓大曲壁畫，遼約與北宋同時，可見遼時大曲亦甚盛。）另有從大曲中將「曲破」獨立出來運用者。如《鄮峰眞引漫錄‧卷二》記有《劍舞》的演出情形，大略如下：

二舞者對廳立衼上，竹竿子勾唸（四六駢文，詞略）

二舞者自唸（駢文，詞略）

竹竿子問：「既有清歌妙舞，何不獻呈？」

二舞者答：「舊樂何在？」

竹竿子再問：「一部儼然？」

二舞者答：「再韻前來。」

二舞者同唱【霜天曉角】（長短句，詞略）

17　如宋‧曾慥《樂府雅詞‧卷上》錄有董穎【薄媚】〈西子詞〉僅有十段（排遍第八、排遍第九、第十攧、入破第一、第二虛催、第三袞遍、第四催拍、第五袞遍、第六歇拍、第七煞袞）。史浩《鄮峰眞引漫錄‧卷四十五》有【採蓮】〈壽鄉詞〉，亦僅有八段（延遍、攧遍、入破、袞遍、實催、袞、歇拍、煞袞）。

　　樂部唱曲子，作舞【劍器曲破】一段

　　舞罷，二人分立兩邊。

　　別兩人漢裝者出，對坐。桌上設酒果

　　竹竿子唸（駢文，詞略）

　　樂部唱曲子，舞【劍器曲破】一段

　　一人左立者上袖舞，有欲刺右漢裝者之勢；又一人舞，進前翼蔽之

　　舞罷，兩舞者並退，漢裝者亦退

　　復有兩人唐裝出，對坐。桌上設筆、硯、紙

　　舞者一人換婦人裝，立袖上

　　竹竿子勾唸（駢文，詞略）

　　樂部唱曲子，舞【劍器曲破】一段，作龍蛇蜿蜒曼舞之勢。兩人
　　唐裝者起。

　　一男一女對舞，結【劍器曲破】徹。

　　竹竿子唸（駢文，詞略）

　　唸了，二舞者出隊。

　　從上引《劍舞》的演出情形，可知宋大曲已能演出故事，《劍舞》的
故事分爲兩段，第一段爲「鴻門宴」的故事，第二段敘述唐代舞劍名家公
孫大娘舞劍的神氣。[18]而舞蹈的部分，則將【劍器曲破】分爲四段，中間

18　公孫大娘爲唐玄宗時，民間的一位舞劍名家，常被召入宮，在皇上面前表演。杜甫有
　　〈觀公孫大娘弟子舞劍器行并序〉，原文爲：「大歷二年十月十九日夔府別駕元持宅見
　　臨潁李十二娘舞劍器，壯其蔚跂。問其所師，曰：『余公孫大娘弟子也。』開元三載，
　　余尚童稚，記於郾城觀公孫氏舞劍器、渾脫。瀏灕頓挫，獨出冠時。自高頭宜春梨園二
　　伎坊內人，洎外供奉，曉是舞者，聖文神武皇帝初，公孫一人而已。玉貌錦衣，況余白
　　首！今茲弟子亦匪盛顏。既辨其由來，知波瀾莫二。撫事慷慨，聊爲劍器行。昔者吳人
　　張旭善草書書帖，數嘗於鄴縣見公孫大娘舞西河劍器，自此草書長進，豪蕩感激，即公
　　孫可知矣！昔有佳人公孫氏，一舞劍器動四方。觀者如山色沮喪，天地爲之久低昂。爦
　　如羿射九日落，矯如群帝驂龍翔。來如雷霆收震怒，罷如江海凝清光。絳脣珠袖兩寂
　　寞，晚有弟子傳芬芳。臨潁美人在白帝，妙舞此曲神揚揚。與余問答既有以，感時撫事
　　增惋傷。先帝侍女八千人，公孫劍器初第一。五十年間似反掌，風塵澒洞昏王室。梨園

兩段表演兩段故事，第一段及第四段則分別為開始與結束。

同書卷一又記有《柘枝舞》的全套表演程式，約如下述：

舞人對廳一直立，竹竿子勾唸：（四六駢文，詞略）

唸了，後行吹引子半段，入場；

連吹【柘枝令】，分作《五方舞》。

舞了，竹竿子又唸：（駢文，詞略）

唸了，花心出唸：（駢文，詞略）

竹竿子問唸：「既有清歌妙舞，何不獻呈？」

花心答唸：「舊樂河在？」

竹竿問唸：「一部儼然。」

花心答唸：「再韻前來。」

唸了，後行吹【三臺】一遍，五人舞拜起舞；

後行再吹【射鵰】遍，連歌頭，舞了，

眾唱歌頭：（長短句，詞略）

唱了，後行吹【朵肩】遍，

吹了，又吹【撲蝴蝶】遍，又吹【畫眉】遍，舞轉謝酒了，

眾唱【柘枝令】：（長短句雙疊歌詞，詞略）

又唱。

唱了，後行吹【柘枝令】，眾舞了，

竹竿子唸遣隊：（駢文，詞略）

唸了，後行吹【柘枝令】，出隊。

可見這套程式是宋代大曲表演的定律。參與演出之人員包括了竹竿子、後行、歌舞隊。竹竿子乃從參軍色演變而來，相當於今天的報幕人、

子弟散如煙，女樂餘姿映寒日。金粟堆前木已拱，瞿塘石城草蕭瑟。玳筵急管曲復終，樂極哀來月東出。老夫不知其所往？足繭荒山轉愁疾。」

導演、舞臺監督等職務。因其手執「竹竿拂子」，故稱。[19]後行乃是指在後臺擔任伴奏的樂隊而言。至於演出之程序，先由竹竿子向觀眾介紹節目內容並介紹舞隊，稱致語或勾隊。再由舞隊中一人站出與竹竿子對口問答。舞隊代表入隊後，接著進行演出的主體——即歌舞表演。演出結束，竹竿子招呼舞隊出場，稱遣隊或放隊。有些表演團體，人手不足，另有比較簡單的形式，即不用竹竿子問答，由歌舞者自唱勾隊詞和遣隊詞。

宋代大曲與幾乎同時產生的轉踏與賺詞、諸宮調，同時影響了宋雜劇與金院本，更間接影響了金元雜劇的體製規律，將在本章第四節及第五章第二節中論述。

第二節
變文
——

「變文」是一種說唱藝術。所謂「說唱藝術」，顧名思義，自然是有說有唱。早在荀子的時代，這種藝術形式已經存在了。荀子曾以民間說唱的形式編成〈成相〉。[20]雖然其目的乃在宣傳其政治理念，而非娛樂，但可說是中國最早的說唱藝術。一直到唐末，安史之亂後，廟會的熱鬧繁盛，各種表演藝術都得到了提升，尤其是「變文」和各種說唱藝術。

「變文」究竟是什麼？它與戲曲的關係又是如何呢？簡單地說，變文就是變佛經為通俗，以求得較好的傳教效果的一種文體；而變文的體例與題材，也深深影響了戲曲的人稱結構、音樂結構與故事內容。以下先探討

---

19 見《東京夢華錄·卷九》：「參軍色執竹竿拂子，唱致語、口號。」（《東京夢華錄外四種》，頁53）。

20 見《荀子》，第二十五篇。

說唱與戲曲的關係，再看變文的發現、命義、體製與演出。

一、說唱藝術與戲曲的關係

說唱藝術的遺形在戲曲中，主要表現在自報家門、代言運用、重複敘述、相同取材、曲牌結構、散文與韻文的關係等六個部分。茲分述如下。

（一）自報家門：戲曲中演員以劇中人的身分自我敘述姓名、籍貫、身世、意志等稱之，在京劇中又稱「表白」。如京劇《四郎探母》中「坐宮」一場：楊四郎自述姓名、籍貫、家世、兄弟，並提及金沙灘兵敗被俘，改名姓而為遼國駙馬，與鐵鏡公主婚配，生下一小阿哥的往事。最後說明宋遼交戰，母親押糧北來，而有探母的打算，清楚交代了他的意志（will），並開啓了全劇的動作（action）。在說唱藝術中，人物的身世背景都是由說書人說出，在述說的過程中，還帶著說書人對這個人物的批判。戲曲表演既無說書人的出現，就以演員作為說書人的替身，介紹人物並對人物加以批判。譬如京劇《宇宙鋒》，趙高之上場詩為：「世人道我奸，我道世人偏；為人若不奸，哪得富貴全。」這正道出了趙高的凶狠奸詐，就劇情說，是趙高的自白；就編劇者的主體意識來說，是編劇者，甚至是觀眾對趙高的批判。

（二）代言運用：代言體即演員以腳色的身分說話。前段所述之自報家門，就是戲曲用代言體取代了說唱藝術所用的敘事體的最好例證。代言體的運用最早在小戲中已經出現，在變文中已經運用成熟。（詳下文）初期南戲中，常有敘事體與代言體混合出現的情況，可以見得，戲曲與說唱，在語言人稱上必定有交互影響。

（三）重複敘述：戲曲劇本的不同場次（甚或同一場次）中，常出現同一事件敘述多次的情形。如京劇《四郎探母》中「坐宮」一場，楊四郎對他身世和意志的表白，鐵鏡公主出場前，已經說了一次、唱了一次，公主猜完心事後，楊四郎又說了一次，之後在「見弟」、「見娘」、「見

妻」等場，又分別重複敘述了一次。這在西方的劇作中，是很糟糕的表現，之所以出現在戲曲藝術中，顯然是受了說唱藝術的影響。說唱藝術的表演，不大可能一次把整本說完，而且說唱藝術表演的場子都是開放式的，觀衆不一定開演時就來。說唱與戲曲的觀衆同樣不能回頭再看或再聽一遍，爲使觀衆聯貫，或方便觀衆從中間加入，常用重複的敘述加強觀衆的記憶。戲曲中的重複敘述，應即此種現象的遺形。

（四）相同取材：說唱藝術中有許多題材極受聽衆歡迎，例如《說三國》、《說水滸》。這些題材都被後世的戲曲所擷取，作爲戲曲的題材，同樣很受歡迎。變文中一些以民間故事爲主者，久而久之，也成了戲曲扮演的題材。如《目連救母變文》成爲「目連戲」的主要題材，《伍子胥變文》成爲《過昭關》的主要題材等都是如此。

（五）曲牌結構：曲牌體戲曲中，組織曲牌成爲套曲的法則，最早在「諸宮調」中，已經有了比較成熟的運用。有關「諸宮調」的種種，本章第三節另有詳論，此處暫不加以論述。

（六）散文與韻文的關係：在變文以後，說唱和戲曲都是散文和韻文的合組。而其合組的方式，如後文所述分爲三種，在戲曲中都可以找到例子。

二、唐末說唱藝術興起的背景——安史之亂

安祿山爲胡將，作戰失利，本應判死刑，但玄宗愛其才而重用安祿山，一連給了他三個節度使，[21] 安因此坐大而思謀反。玄宗天寶 14 年（755），安祿山起兵作亂，玄宗率百官出西安，經寶雞奔四川，於馬嵬驛被逼，賜死楊貴妃。後來安爲部將史思明所弒，史爲子弒，亂平。亂事雖平，但西邊的吐蕃、党項卻因此東向，蠢蠢欲動。安史之亂硬生生地將

---

21 天寶 10 年（751），玄宗授安祿山以范陽、平盧、河東三鎮節度使。

唐代劃分爲前、後期，唐代國力自此大爲衰弱。

　　安史之亂既起，皇室貴族多自身難保，宮廷藝人多不能再倚靠貴族謀生，故而轉向割據軍閥獻藝。以玄宗時候著名的梨園藝人李龜年爲例，杜甫就有「江南逢李龜年」詩曰：

> 歧王宅裡尋常見，崔九堂前幾度聞。
> 正是江南好風景，落花時節又逢君。

　　試想當年李龜年在宮中何等風光，如今也要流落江南。安史之亂平定以後，割據軍閥也被招撫，這些藝人乃轉而直接向普通觀衆賣藝。寺廟多爲人口聚集處，故賣藝場所多在廟中或廟旁。南宋・王栐《燕翼詒謀錄》將相國寺稱爲「瓦市」，而在第二卷中對相國寺中的商業活動有如下的描述：[22]

> 東京相國寺，乃瓦市也。僧房散處，而中庭兩廡可容萬人。凡商旅交易，皆萃其中。四方趨京師，以貨物求售、轉售他物者，必由於此。

　　可見北宋時，廟會活動已經十分盛行。廟會的繁榮爲表演藝術的提升提供了溫床。特別是變文，因爲它原本就是由宗教活動演變而來的。

三、變文的發現與命義

　　西元 1889 年初夏，敦煌石窟的第 16 窟，因爲地震，牆上出現裂縫，看管石窟的王道士因此在無意中發現了藏經洞。洞內收藏了從西元 4 世紀末到 10 世紀末（東晉到宋初）的寫本約兩萬卷，另有少數木刻、畫幡及佛像。消息一出，立即受到甘肅省學臺葉昌熾的注意，計畫將這批文化遺產運送回北京，但因爲受到經費的限制而作罷。光緒 33 年（1907），匈

22　見《說郛》（上海：古籍，1988 年），冊 44，頁 2025。

牙利地理學家斯坦因及法國考古學家伯希和，先後從看管藏經洞的王道士手中，以賤價收購多箱寫本繡品，送往英、法收藏。此後日人吉小川一郎、俄人奧登堡、美國人華爾納又分別盜走許多有價值的經文和寫本。現在這些文卷分別收藏在北京、天津、甘肅、上海、大連、臺灣、香港、倫敦、巴黎、日本、美國、丹麥、俄羅斯等地。王道士的不識貨，竟然造就了一樁國恥，但也形成所謂「敦煌學」，受到世界各國漢學家的重視。

敦煌寫本問世，大家對其中一種說唱體的文學作品頗為疑惑，無以名之。最初被誤以為是佛曲。後來經過羅振玉等人的整理考證，以其題目中多有「變」字，如《目連變》、《八相變》等，而泛稱「變文」，又參考群書，知道唐時寺院有「俗講」，則「變文」即「俗講」之話本。

變文的被發現，至少有兩項重大的意義。第一，是使吾人得以理解「諸宮調」、「寶卷」、「彈詞」、「鼓詞」等說唱藝術的淵源，並了解「平話」何以在宋代出現。第二，是使吾人得以理解戲曲藝術中，散文與韻文合組的形式是從何而出，並且從變文的韻文句式中，得以理解戲曲文學中「詩贊系」的由來。

所謂「俗講」，源自於六朝時代的寺廟，為了宣講佛經，而採用的「轉讀」與「唱導」。內容多為佛經故事，文體為韻文與散文交替。梁·釋慧皎《高僧傳》對其演唱的技巧有如下的說明：「轉讀之為懿，貴在聲文相得。若唯聲而不文，則道心無以得生；若唯文而不聲，則俗情無以得人。」[23] 可見其在曲調與內容兩方面都要求極高，始能達到「聲文兩得」的境界。趙璘《因話錄·卷四》記載了一位唐敬宗時代，長安興福寺的高僧文溆講經的魅力：

> 有文溆僧者，公為聚眾談說，假托經論，所言無非淫穢鄙褻之

23　見梁·釋慧皎，《高僧傳十三卷》（臺北市：廣文，1971 年）。

事。不逞之徒轉相鼓扇扶樹，愚夫冶婦樂聞其說，聽者填咽寺舍，瞻禮崇奉，呼爲和尚。教坊效其聲調以爲歌曲。

《樂府雜錄·文漵子條》也有相關的記載。[24]

由此意義觀之，變文即變佛經爲通俗，以便利宣揚佛教教義之文。鄭振鐸《中國俗文學史·第六章》對於何以稱其爲「變文」，有如下的說明：[25]

像「變相」一樣，所謂「變文」之「變」，是當指「變更」了佛經的本文而成爲「俗講」之意（變相是變「佛經」爲圖片之意）。後來「變文」成了一個「專稱」，便不限定是敷演佛經之故事了（或簡稱爲「變」）。[26]

但也有稱「唱文」者。如《伯希和目錄》將《維摩詰經講經文》（P2873 號，藏巴黎圖書館）著錄爲「維摩唱文殘卷」。[27]

四、變文的體例

變文的題材最初幾乎全爲佛經故事。如《太子成道經變文》、《破魔變文》、《目連變文》、《地獄變文》等。也有解釋經文的「講經文」，如《佛說阿彌陀經講經文》、《維摩詰經講經文》、《妙法聯華經講經文》等。後來有以民間故事爲主的，如《伍子胥變文》、《孟姜女變文》、《昭君變文》、《王陵變》、《舜子變》等。

在變文演出前的開場白稱爲「押座文」，目的在拉回觀衆的注意力。如《八相押座文》、《三身押座文》。全爲韻文，沒有散文。最後有「唱

24　見《中國古典戲曲論著集成》，冊 1，頁 60。原文爲：「長慶中俗講僧文漵善吟經，其聲婉暢，感動里人，樂工黃米飯依其念四聲觀世音菩薩，乃撰此曲。」

25　鄭振鐸，《中國俗文學史》（湖南長沙：商務，1938 年）。

26　同前註。

27　鄭振鐸前引書上冊，頁 185-186。

將來」的字樣，可見用唱的，是變文中某些唱段的集錦。如《八相押座文》中，大部分的字句均包含於《太子成道經變文》中。

絕大多數的變文都是散韻合組，「講的部分用散文；唱的部分用韻文。這樣的文體，在中國是嶄新的，未之前有的。」[28] 散文與韻文結合的方式有三：

（一）先用散文敘述事實，再用韻文重複歌唱一遍。如《維摩詰經講經文》「持世菩薩」卷。

（二）先用散文作爲引起，再用韻文詳細敘述。如《大目乾連冥間救母變文》。

（三）散文韻文相互連鎖，不易分析。如《伍子胥變文》。

至於變文的句法，韻文句法多七言或三言，六或五言者較少；散文較生澀，或用駢文，引經處曰「經云」。但大多數的變文是不引經文，而直接說唱的。

五、變文的搬演[29]

變文既從「轉讀」與「唱導」而來，則其演出場地（變場）必爲寺廟中的「壇場」。有關變場的樣式，可以參考如下的這一條資料。[30]

---

28 佛經體例計 12 種，即所謂「十二部經」。從文體分 3 種：長行（散文，直說義理）、重頌（詩歌，重複敘述長行）、伽陀（詩歌，長行外直敘事理），從內容分九種：因緣（敘述當時生之事實）、本事（敘述他人過去生之事實）、本生（佛陀自說過去生之事實）、未曾有（敘述奇特的事實）、譬喻（以淺近之語言闡釋深奧之哲理）、議論（往返問答佛理）、自說（佛無問而自說法）、方廣（敘述真理）、授記（敘述他人於未來生中成佛之事實）。佛經爲了再三反覆說明義理，往往是長行與重頌間用，變文既是說佛經，所以變文自然也是散文與韻文並用。

29 變文本是宗教儀式，用「搬演」二字並不合適，但從宗教儀式轉而爲民間說唱以後，其儀式性遠不如其藝術性，故鄙意仍以「搬演」二字冠之。

30 唐時日僧釋圓仁撰，《入唐求法巡禮行記四卷・卷二》（臺北市：文海，1971 年）。

（唐開成五年四月十四日，在山東青州戒壇院）建新置壇場：壘磚二層，下階四方，各二丈五尺；上階四方，各一丈五尺。高下層二尺五寸，上層二尺五寸。壇色青碧，時人云：「取琉璃色」云云。

　　類似這樣的壇場，似乎與日本能劇的演出場地極為類似，在敦煌壁畫中也偶可見到圖片。（圖 3-3、圖 3-4、圖 3-5）[31] 唐．釋道宣《續高僧傳》中也有一條有關壇場形制的資料：[32]

乃於庭中安壇，壇中安高座。繞壇數匝，頂禮高座。……恭始發聲唱經題，異香氤氳，遍滿房宇。乃入文，天上作樂，雨四種花。經訖下座，自為解座文，梵訖，莘樂才歇。

至於講經的儀式，則有如下的資料：[33]

辰時，打講經鐘，……講師上堂，登高座間，……釋題目訖，維那師出來，於高座前讀申會興之由，即施主別名、所施物色。……更有覆講師一人，在高座南下座，便談講師昨所講文，至「如含義」句。……每日如斯。

　　可見講經的時候，是不止一人講唱的。表演時有說有唱，有時有白。說即說經（或說書）人說，唱即說經（或說書）人唱。白為對話，有可能是說經（或說書）人分別扮演不同的人物，相互對話，或與其他外場

31　敦煌莫高窟唐 172 窟《西方淨土變》（見圖 3-4），另外，唐 144 窟也有伎樂壁畫（見圖 3-3）。再者，變場不一定設在廟中，根據唐 445 窟伎樂壁畫《彌勒變》圖（見圖 3-5），顯然是在大戶人家之大院表演，圖之右上方坐者三人，立者二人，有使用樂器（簫、板、鈸）者，有拍手者，另一人手指演出者，似有打諢之意。

32　見唐．釋道宣，《續高僧傳．卷 38》，釋慧恭頌《觀世音經》（上海：上海古籍，1995 年）。

33　日僧釋圓仁撰，《入唐求法巡禮行記四卷》卷一，另，「解座文」不見於文獻記錄。

以代言體對話。

由「平」、「側」、「斷」諸字判斷可能在唱的時候用「平調」、「側調」、「斷金調」，也有說「斷」是「斷送」之意。另有「變相」，上繪所說唱之故事。吳道子《地獄變相圖》畫的就是《地獄變文》的本事。

六、小結

從現今發現的變文看來，變文的時代大約從唐玄宗以前到梁朝貞明 7 年（921）之間。但鄭振鐸先生認爲：變文眞正銷聲匿跡的時代，應該在宋眞宗的時代。但是代之而起的寶卷、諸宮調、鼓詞、彈詞等，讓宋代的說唱藝術比之前代，更爲興盛。[34]

雖然變文有歌有舞有故事，也有代言體，但因爲其表演不是戲劇中扮演的概念，且其代言體乃是作爲敘事體的輔助，所以不是戲。如果硬要說它是戲，恐怕頂多也只能與廣播小說相類似。但是變文的興起，開啓了唐末到宋、元間說唱藝術的發達。而說唱藝術的發達，又爲戲曲由小戲過渡到大戲，提供了足夠的養分。一則是故事題材的供給，大量膾炙人口的故事，透過說唱藝術的考驗，而爲戲曲所吸收、沿用。一則是說唱藝術的敘事結構，影響了戲曲的人稱、時空和審美觀，造就了戲曲獨特的風貌。

變文不是戲，但它和大曲一樣，是孕育大戲的溫床。

34　見鄭振鐸前引書上冊，頁 268-269。

第三節
唱賺與諸宮調

——

　　宋代的歌曲體製已相當完備，戲曲和說唱都同時吸收了這些歌曲，而得到了更進一步的發展。這些歌曲包含了 5 種主要的藝術形式：叫聲、嘌唱、小唱、唱賺、賺。茲分述如下：[35]

　　（一）叫聲。據民間各種歌吟和賣物之聲。前者如【耍曲兒】，後者如【叫果子】，均小曲。據《九宮大成南北詞宮譜》，此類曲牌，大多短小，節奏或用散板，或一板三眼。

　　（二）嘌唱。取小型歌曲變奏加工而成，演唱時有鼓伴奏。可獨立演唱，也可加在叫聲前為引子，再用四句與叫聲相接，稱為下影帶，無影帶者，曰散叫。

　　（三）小唱。自大曲中選段清唱，有拍板伴奏。所選的歌曲在藝術性上，已經相當完備，因此能夠講究歌唱的技巧。

　　（四）唱賺。北宋時已流行，以鼓、板、笛伴奏。在曲牌組合的形式上有「纏令」與「纏達（轉踏）」兩類。詳下文。

　　（五）賺。南宋紹興年間，大夫張五牛依據「鼓板」中之【太平令】所創（此事見諸《都城記勝》與《夢粱錄》）。此種曲子，節奏十分特殊，散板與定板間用。若在定板曲後接唱賺，節奏突然放鬆，很能掌握聽者的情緒。

35　見《都城紀勝》「瓦舍眾伎」條，《東京夢華錄外四種》，頁 96-97。

一、唱賺的兩種形式：纏令與纏達

以上 5 種藝術形式中，唱賺的體製規律，對曲牌體戲曲的聯套規律影響最大，故而特別提出討論。宋·耐得翁《都城紀勝·瓦舍衆伎》中有云：「唱賺在京師日，有纏令、纏達。有引子、尾聲爲纏令，引子後只以兩腔互迎，循環間用者，爲纏達。」[36]

「纏令」是一種最簡單的套曲形式。它的格式是：引子→若干曲調→尾聲。如《董西廂》的【越調·廳前柳纏令】，以【廳前柳】爲引子，含【尾】共 7 隻曲。其結構可以寫成：【廳前柳】→【廳前柳】→【蠻牌兒】→【蠻牌兒】→【山麻禾皆】→【山麻禾皆】→【尾】。茲舉《董西廂》的【仙呂調·醉落魄纏令】爲例，說明如下：[37]

> 【醉落魄】（引子）吾皇德化，喜遇太平多暇，干戈倒載閒兵甲。這世爲人，白甚不歡洽。秦樓謝館鴛鴦幄，風流稍是有聲價，教惺惺浪兒每都伏咱。不曾胡來，俏倬是生涯。

> 【整金冠】攜一壺兒酒，戴一枝兒花。醉時歌，狂時舞，醒時罷。每日價疏散，不曾著家。放二四不拘束，儘人團剝。

> 【風吹荷葉】打拍不知個高下，誰曾慣對人唱他說他。好弱高低且按捺，話兒不是扑刀趕棒，長槍大馬。

> 【尾】曲兒甜，腔兒雅，裁翦就雪月風花，唱一本兒倚翠偷期話。

「纏達（轉踏）」是一種配合舞蹈的歌唱形式。它的格式是在引子後，以詩、詞互迎，卻無尾聲。可以寫成：引子→詩→詞→詩→詞。宋·

---

36 見《東京夢華錄外四種》，頁 97。

37 所用版本爲臺北市：世界書局，1977 年（三版），據明代崇禎年間閔寓五刻六幻西廂本二卷影印。此【仙呂調·醉落魄纏令】爲整篇諸宮調的開頭，大有「開場白」的意義。

曾慥《樂府雅詞》中，收錄五套轉踏（無名氏《調笑集句》、鄭彥能《調笑轉踏》、晁無咎《調笑》、無名氏的兩套《九張几》），前3套中，七言詩與【調笑令】互迎，每循環一次，便敘述一名古代的女子。有些轉踏前有致語，後有放隊，大概是用於歌舞。

唱賺爲單一宮調的聯曲體（曲牌聯套體）。所謂聯曲體，是指由許多曲子，依照一定的規律，組合而成一完整的音樂體系（即所謂「套數」）。後來的南戲、北雜劇、明清傳奇等曲牌體戲曲，都用的是這種音樂結構。由於它的文學結構是以詞牌和曲牌的規律爲基準，所以又被稱之爲「詞曲系」。

所謂「曲牌」，此處引用施德玉教授的定義如下，並加解釋於後：[38]

> 一個「曲牌」原是一首有唱詞的音樂，唱詞以長短句爲主，音樂旋律、節奏與唱詞平仄四聲互相配合，音樂性之聲情與詞情溶合相得益彰，因此曲牌名稱與內容相符，是「選詞配樂」的階段。曲牌在發展中形成另一種創作，採保留音樂而「依聲填詞」，是使用原牌名、原音樂，重新創作不同的唱詞內容。由於原音樂的基本樂句、旋律、節奏都予以保留，因此新創作的唱詞必須遵循原唱詞的格律，才能與原音樂緊密配合，形成另一首同名曲牌。這就關係著原詞的句數、字數、句長、語長、音節、協韻、平仄、聲調、對偶等因素。
>
> 在音樂方面，初期「選詞配樂」的階段，因爲唱詞的詞情而譜以同性格之曲調，因此在調高、調式以及音形、節奏的運用上都符合原唱詞的情感。而「曲牌」進行唱詞再創作時，也就是「依聲填詞」的階段，基本上仍因循原曲牌唱詞之風格填詞，但是由於

38　施德玉，〈曲牌體與板腔體初探—論其名義、體制與異同〉，2002年7月，兩岸地方戲曲研討會發表。

唱詞與原曲不同，爲配合新詞的語調，在樂句中一些裝飾音、經過音等有了些許變化，使得新舊二曲骨幹音樂相同，但是又不完全相同，這也是曲牌音樂的特色之一。而伴奏者的繁簡加花搭配，更增添了曲牌音樂變異上的豐富性。

可見：曲牌的發展，經歷了「選詞配樂」與「依聲塡詞」這兩個階段。所以，一首【水調歌頭】，不僅蘇軾寫過，黃庭堅、辛棄疾等人也寫過；一首【蘇幕遮】，不僅范仲淹寫過，梅堯臣、周邦彥等人也寫過。有了一定的句數、字數、句長、語長、音節、協韻、平仄、聲調、對偶，甚至一定的骨幹音樂，則同樣的曲牌，便有類似的情調，便能敘述類似情調的事件。說唱藝術和聯曲體的戲曲，就是運用這個原理，將同宮調的曲牌集合起來，敘述一段故事。

在戲曲音樂的體系中，除了聯曲體外，還有一種板腔體（板式變化體）。大部分的地方戲和京劇，都用的是這種音樂結構。由於它從傳統的民歌演變而來，民歌多以固定字數的詩句爲其韻文結構的基礎，所以又被稱之爲「詩贊系」，而以七字句或十字句構成其唱詞，偶爾還會加上襯字。有關「聯曲體」、「板腔體」與「詞曲系」、「詩贊系」的關係，約如下表。

表 3-3　「聯曲體」、「板腔體」與「詞曲系」、「詩贊系」的關係

音樂結構	曲牌聯套體 （聯曲體）	板式變化體 （板腔體）
文學結構	詞曲系 （長短句）	詩贊系 （整齊句）

又因爲詞曲是長短句，格律限制極繁，地方戲曲的作者未必有這樣的功力；詩除了協韻律、對仗律及平仄律外，沒有太多限制，所以拿來配合當地的方言和一種或兩種主要的腔調，再安排上適當的板式（節奏），最能夠發揮地方戲動人的功效。

二、宮調的意義

宋代的說唱藝術十分發達，除了前述的大曲、變文、唱賺之外，還有一種對戲曲的發展影響深遠，使能建立其音樂體製的表演藝術——諸宮調。我們先要了解：什麼是「宮調」？

中國古代音樂，有「七聲」、「十二律」。「七聲」爲宮、商、角、變徵、徵、羽、變宮，「十二律」爲黃鐘、大呂、太簇、夾鐘、姑洗、仲呂、蕤賓、林鐘、夷則、南呂、無射、應鐘。七聲十二律相旋爲八十四調，[39] 宮聲十二調稱「宮」，其餘七十二調稱「調」，所以合稱「宮調」，來總稱所有的調式。隋唐「燕樂」僅用二十八調（燕樂二十八調），以後逐代減少，金元則爲六宮十一調，[40] 元代雜劇，又減爲五宮四調（即仙呂宮、南呂宮、中呂宮、黃鐘宮、正宮、大石調、雙調、商調、越調。）這些宮調的聲情可見燕南芝庵《唱論》。[41] 然聲情之說，總不免牽強，即如明代之曲學大師王驥德，亦在《曲律》中認爲「殊不可解」（見《曲律》卷二「論宮調第四」。）[42]

以下，便對諸宮調的淵源、形成、體製規律、現存諸宮調的情況，及其對戲曲的影響，加以說明。

39　宮音乘十二律得 12 宮，其餘 6 音乘十二律得 72 調，共 84 調。詳見明・王驥德，《曲律》卷二「論宮調第四」。原文爲：「古有旋相爲宮之法，以律爲經，復以聲爲緯，乘之每律得十二調，合十二律得八十四調。此古法也，然不勝其煩，而後世省之爲四十八宮調。四十八宮調者，以律爲經，以聲爲緯，七聲之中，去徵聲及變宮、變徵，僅省爲四；以聲之四，乘律之十二，於是每律得五調，而合之爲四十八調。四十八調者，凡以宮聲乘律，皆呼曰宮，以商、角、羽三聲乘律，皆呼曰調。」《中國古典戲曲論著集成》第四冊，頁 99-100。

40　據《輟耕錄》及《中原音韻》，爲仙呂宮、南呂宮、中呂宮、黃鐘宮、正宮、道宮、大石調、小石調、高平調、般涉調、歇指調、商角調、雙調、商調、角調、宮調、越調。但通行的僅十二調，即去其道宮、高平調、歇指調、角調、宮調。

41　《中國古典戲曲論著集成》第一冊，頁 160-161，說明六宮十一調的聲情。

42　《中國古典戲曲論著集成》第四冊，頁 103。

三、從「覆賺」到「諸宮調」

「諸宮調」是一種說唱藝術，它在音樂結構上比「唱賺」更進一步。「唱賺」是「單一宮調的聯曲體」，而「諸宮調」是「多宮調的聯曲體」。它集合了不同宮調的曲子，一隻曲子接著一段說白，來敘述一個（或數個）故事。這樣的體例，顯然是受到唱賺的影響。在唱賺與「諸宮調」間，還有一種說唱的形式，叫做「覆賺」。所謂「覆賺」，就是把好幾套唱賺聯綴在一起，用來演唱愛情故事和英雄故事。《都城紀勝》中說：「今又有覆賺，又且變花前月下之情及鐵騎之類。」[43] 則其除了沒有說白之外，與「諸宮調」無異。在「諸宮調」吸收了「覆賺」的形式之後，「覆賺」也就沒有存在的必要了。首創這種說唱形式的人，據說是澤州人孔三傳，這在耐得翁的《都城紀勝》、王灼的《碧雞漫志》及孟元老的《東京夢華錄》中，都有相關的記載：

1. 《都城紀勝》瓦舍眾伎條：「諸宮調」，本京師孔三傳編撰，傳奇、靈怪，入曲說唱。[44]
2. 《碧雞漫志》卷二：澤州孔三傳者，首創諸宮調古傳，士大夫皆能誦之。[45]
3. 《東京夢華錄》卷五，京瓦伎藝條：……孔三傳，耍秀才，諸宮調。……[46]

四、諸宮調的題材與體例

可見「諸宮調」原是說唱傳奇、靈怪故事的。這樣的題材本就為民間

43　見《都城紀勝》「瓦舍眾伎」條，《東京夢華錄外四種》，頁 97。

44　見耐得翁孟元老，《都城紀勝》瓦舍眾伎條。《東京夢華錄外四種》，頁 96。

45　見王灼，《碧雞漫志》，卷二。《中國古典戲曲論著集成》冊一，頁 115。

46　見孟元老，《東京夢華錄》，卷五，京瓦伎藝條。《東京夢華錄外四種》，頁 30。

文藝所喜用，當然也理應受到廣大群眾的歡迎。「諸宮調」的體例，是一段唱詞接著一段說白。開場白後用數曲邊說邊唱。唱時散、韻文並用，後有退場白。早期以短篇傳奇聯貫而自成段落，後期才用來表演長篇故事。原爲說唱，至南宋可演雜劇。我們可以舉《張協狀元諸宮調》爲例：

【鳳時春】→（白）→【小重山】→（白）→【浪淘沙】→（白）
→【犯思園】→（白）→【遶池游】→（白）

五、現存諸宮調

　　現在傳世的諸宮調實在不多，僅董解元的《西廂記諸宮調》，及早期南戲《張協狀元》第一出的南諸宮調還保存得較爲完整。他如金朝無名氏撰《劉知遠諸宮調》、元王伯成撰《天寶遺事諸宮調》，都殘缺得很厲害。根據大陸學者謝伯陽先生校訂，金刊本的《劉知遠諸宮調》殘缺處約占全書的三分之二；即使歷代詞書曲譜均有引證的《天寶遺事諸宮調》，也有不少散軼之處。[47]

　　有關這些殘本出版的情形，《劉知遠諸宮調》與《天寶遺事諸宮調》，現收入里仁書局出版，凌景埏校注的《諸宮調兩種》、《西廂記諸宮調》則有世界書局出版的本子，[48]《張協狀元諸宮調》被收入華正書局出版的《永樂大典戲文三種校注》。[49]

　　《劉知遠諸宮調》（劉知遠或作劉智遠）是現存幾種「諸宮調」中最古老的一本，應出於金代前期。內容是說五代時，後漢皇帝劉知遠貧窮無依，四處顛沛流離，爲地主李家收留，並與李氏三娘結爲夫妻。卻遭二位兄長虐待，劉知遠赴太原投軍，與岳節使的女兒成親。最後掌兵權，接回

47　見凌景埏校注，《諸宮調兩種》（臺北市：里仁，1985 年），頁 1-3。

48　《西廂記諸宮調》（臺北市：世界，1977 年）（三版）。

49　錢南揚，《永樂大典戲文三種校注》（臺北市：華正，1990 年）。

三娘，共享富貴的故事。這顯然是後來五大南戲之一的《劉知遠歸鄉白兔記》的故事源本。

董解元的《西廂記諸宮調》則是這些本子中保存最完整，曲白最典雅，人物刻劃也最生動的一本，應出於金代後期。解元並非是作者之名，而是金代對書生的通稱，所以可知作者為金代姓董的一位書生。有關《西廂記》的故事，出自唐代詩人元稹的傳奇小說《鶯鶯傳》，歷朝歷代的諸多文學、藝術形式，都以之表現。《董西廂》將短篇小說變成說唱文學，且將結局由原作中，張生的始亂終棄，一變而為「有情人終成眷屬」的團圓場面。作品中用詞典雅，人物描寫深刻，並開創出小姐丫環的戲劇基型，把講唱文學的功能發展到極致，其重要性不言可喻。

六、諸宮調對後世戲曲的影響

最早發現這種體例的人是王國維，但後來，與王國維同是民初四大才子之一的鄭振鐸，卻對之研究甚深。鄭氏認為「諸宮調」乃是一種「俗文學」。這固然不錯，但我們不能忽略它對戲曲的影響力，包括故事題材、曲牌聯套等，深深影響了宋金雜劇院本和金元雜劇。特別是曲牌聯套的問題。由於音樂結構的漸趨成熟，戲曲由小戲邁向大戲，又前進了一大步。

第四節
宋、金雜劇院本
——

宋雜劇與金院本其實是一樣的東西。宋、遼、金、元四朝有很長一段時間共存於中國北方，而遼、金對中國文化都很有興趣，漢化很深。所以遼、金演出宋的雜劇，是很自然的事。《遼史》卷 109〈羅衣輕列傳〉和卷 54〈散樂〉都有雜劇演員和演出的記載。另外，宋人徐夢莘《三朝北

盟會編》卷 20、卷 77、卷 78 都有金人強索宋朝雜劇演員的記錄。又，
《金史》卷 38 與卷 64 中，更記錄了雜劇演出的狀況，看來與宋的雜劇一
般無二。到了金滅了北宋以後，在中國北方，雜劇與金院本當然也就合而
爲一了。元代陶宗儀的《南村輟耕錄》有言：「院本、雜劇，其實一也，
國朝院本雜劇始釐而二之。」可知宋雜劇與金院本實係一物。但後來受
到許多客觀因素的影響，宋雜劇結合南曲與溫州的地方小戲，而演化成南
戲；金院本爲北曲所吸收，而形成北曲雜劇。他們的遠祖則是參軍戲與滑
稽戲。至於爲什麼稱爲雜劇與院本呢？

一、雜劇的名義

　　雜劇一詞，在歷朝歷代都有不同的指稱。在宋以前，是對一般戲劇的
泛稱；在宋以後，則變成專有名詞了。元代稱北曲爲雜劇、南曲爲戲文。
至明中葉，魏良輔改良崑山腔，吸收北曲之長，南北曲合流，而成崑山腔
水磨調，稱長劇爲傳奇，短劇爲雜劇。唯宋雜劇既不是一般戲劇的泛稱，
也不同於元明所謂的雜劇。故王國維《宋元戲曲考》，特別稱宋雜劇爲古
劇，[50] 可惜這一名詞未能被廣泛引用。曾師永義則從另一方面論斷雜劇的
特性，而稱宋雜劇爲「小戲群」，也就是許多小戲的「混雜」演出。

二、宋雜劇的種類

　　元初周密《武林舊事・卷 10》〈官本雜劇段數〉[51] 例舉雜劇名目 280
種，其中 150 本是用大曲、法曲、諸宮調、詞調等演出的「歌舞的雜
劇」。另外還有以「爨」[52] 爲名的：如《天下太平爨》、《講百花爨》等。

50　《王國維戲曲論文集》，頁 77。原文爲：「宋金以前雜劇院本，今無一存。又自其目觀
　　之，其結構與後世戲劇迥異，故謂之古劇。古劇者，非盡純正之劇，而兼有競技遊戲在
　　其中，既如前二章所述矣。」

51　《東京夢華錄外四種》，頁 508-512。

52　元・陶宗儀，《南村輟耕錄》「院本名目」條云：「或日：宋徽宗見爨國人來朝，衣裝
　　鞵履巾裹，傅粉墨，舉動如此。使優人笑之以爲戲。」頁 306。

「爨」指簡短而熱鬧的歌舞段子，又叫作「踏爨」。也有許多是以滑稽調笑、諷刺戲謔爲要旨的滑稽短劇，如《眼藥酸》、《黃丸兒》等名目，多是只有說白，而不歌不舞的。至於其內容，或嬉笑怒罵，或抨擊時政，或針砭世態人情，比參軍戲更恣肆、放達、勇敢、大膽。《都城紀勝·瓦舍衆伎》中說：「大抵全以故事世務爲滑稽，本是鑒戒，或隱爲諫諍也，故從便跣露，謂之無過蟲。」[53] 這280種官本雜劇，絕大部分的劇本到現在已經失傳了，但從《薄媚西子詞》[54] 中可以知道，以大曲演唱的宋代官本雜劇，可能還沒有進入代言體的階段；換句話說，歌舞、敘事的成分居多。

趙山林在〈宋雜劇金院本劇目新探〉（南京師大學報，2000：1）中，根據譚正璧《話本與古劇》（上海：上海古籍，1985），考證了一些宋金雜劇院本的劇目。雜劇如《驢精六么》，當出《太平廣記》卷286〈板橋三娘子〉。寫板橋客店老闆三娘子，能驅木牛、偶人在床前耕地，種出蕎麥，做成燒餅，客人吃了變成驢。此事被來住店的趙季和發現，他設法讓三娘子吃了蕎麥餅，也變成了驢。最後路遇一老人，以手掰開驢口，三娘子從中跳出，恢復原形。

絕大部分雜劇都比較簡短，包括偏重說白的雜劇，和偏重歌舞的雜劇；但也有連臺本戲，如《目連救母》。在搬演的過程中，穿插多種民間技藝和歌舞小段，而成爲「目連戲」的基本形式。儺戲學者薛若琳認爲：由於「目連戲」形成很早，且現在還有演出，故稱「目連戲」爲「中國戲劇的活化石」。《中國曲學大辭典》「目連戲」條：

> 戲曲劇種。有狹義和廣義兩種解釋。前者專指演出《目連救母》故事；後者除《目連救母》外，還兼演有關的宗教戲曲及無關的世俗戲曲，宗教戲曲如《梁傳》、《香山》、《封神》、《東

53　見《都城紀勝》瓦舍衆伎條。《東京夢華錄外四種》，頁97。

54　董穎作，收入曾慥，《樂府雅詞·上卷》。鄭振鐸認爲是「雜劇辭」。（《中國俗文學史》下冊，頁25-27）。

游》等，世俗戲曲如《岳傳》、《三國》、《西征》、《水滸》
等。有四十八本、七十二本之說。有的地方將《梁傳》、《香
山》稱為前目連，《目連救母》為正目連，穿插演出的小戲如《蜜
蜂頭》、《侯七殺母》、《龐員外拾金》、《耿氏上吊》等為花
目連，並有敘述目連、劉氏升天後故事的後目連。目連故事一說
源自印度，最早見於佛經《盂蘭盆經》，敘目連母劉青提開葷破
戒，毀僧謗道，受到地獄懲罰，目連不辭艱辛，在佛指引下，終
於下地獄救出母親。唐五代有目連變文三種，北宋時有演出七天
七夜的《目連救母》雜劇，金元兩代亦有相關題材的院本、雜劇
演出。明、清時則為目連戲曲、曲藝發展鼎盛時期，其中影響較
大的有鄭之珍的《目連救母勸善記》戲文及張照的宮廷大戲《勸
善金科》。目連戲大多結合宗教儀式及民俗活動演出，並穿插武
打、雜耍，如度索、翻桌、竄火、打叉等。一些小戲如《思凡下
山》、《啞背瘋》、《王婆罵雞》則生活氣息較強。音樂曲調以
高腔為主，並用佛曲。崑曲、亂彈、梆子、皮黃也皆改調歌之。
專演目連戲的劇種有南陵、高淳、紹興、開化等地戲班，兼演的
劇種遍布許多省市，有湖南湘劇、祁劇、辰河高腔，江西弋陽
腔、東河戲，浙江紹劇、調腔、婺劇、山西鑼鼓雜戲，陝西漢調
彈戲等。《目連救母》故事並流傳到朝鮮、日本，日本亦有曲
藝、戲劇演出。

　　宋、金時期雜劇演出的中心，根據景李虎《宋金雜劇概論》的論述，
包括了汴梁、臨安、成都。而這三個中心分別標示了北宋與金、南宋、蜀
中的戲劇盛況。[55] 在以汴梁為中心的北方戲劇圈，現今出土了大量的戲曲
文物。以臨安為中心的南方戲劇圈，不僅地域的範圍較難界定，在內容
上，也不純然是雜劇的天下，從現存的考古資料來看，南戲應與雜劇等量

55　見該書頁 10，第一章第二節：〈宋金時期的三個戲劇圈〉。

齊觀。至於以成都爲中心的蜀中戲劇圈，如南北宋間人莊綽的筆記《雞肋編》上卷「各地歲時習俗」中記載：[56]

> 成都自上元至四月十八日，遊賞幾無虛辰。使宅後圃名西園，春時縱人行樂。初開園日，酒坊兩戶各求優人之善者，較藝於府會。以骰子置於盒子中撼之，是數多者得先，謂之「撼雷」。自旦至暮，唯雜劇一色。坐於閱武場，環庭皆府官宅看棚。棚外使作高櫈，庶民男左女右，立於其上如山。每諢一笑，須筵中闌堂，衆庶皆嚎者，始以青紅小旗各插於墊上爲記。至晚，旗較多者爲勝。若上下不同笑者，不以爲數也。

由此可知，蜀中雜劇演出時間長、劇目多、競爭激烈，且觀衆參與性高，雜劇風格較爲獨特。

三、院本的名義與種類

至於院本，即是「行院之本」[57]。所謂「行院」，王國維認爲是妓女住的地方，[58] 但經學者考證，「行院」應指巡迴演出的劇團，也就是鄭長樂（振鐸）所謂的「遊行歌舞班」，[59] 則院本也就是巡迴劇團所依據的演出稿本。元代陶宗儀《輟耕錄》[60]記載的〈院本名目〉共有713種，[61] 種類很多，

56　莊綽，《雞肋編》（北京市：中華書局，2004年），頁20-21。

57　見明·朱權，《太和正音譜·詞林須知》（臺北市：學海，1980年再版），頁96。

58　《王國維戲曲論文集》，頁71。原文爲：初不知行院爲何物，後讀元刊《張千替殺妻》雜劇云：「你是良人良人宅眷，不是小末小末行院。」則行院者，大抵金元人謂倡伎所居，其所演唱之本，即謂之院本云爾。

59　見鄭振鐸，《中國俗文學史》（長沙，商務：1938年），下冊，頁38。

60　元·陶宗儀，《南村輟耕錄》「院本名目」條，頁306-316。

61　王國維《曲錄》中漏列「栓搐豔段」之《拋繡球》、《眼藥里》及「打略栓搐」21本，而說「院目」共690種。又，王國維認爲院目所列爲金代作品，鄭振鐸《中國俗文學史》卻認爲應包含北宋的作品。

包括 11 類，請見下表。[62]

表 3-4　〈院目〉11 類略述

和曲院本	以大曲、法曲等創作的	均屬正院本
上皇院本	演述宋徽宗故事者	
題目院本	以詠歌舞踏來形容人之面貌體質	
霸王院本	演述項羽故事者	
諸雜大小院本	散說，以滑稽詼諧為主	
院么	演唱故事，似北曲雜劇	
諸雜院爨	以舞蹈、歌唱為主	
衝撞引首	武技、滑稽語言與小型舞蹈	均屬豔段
栓搐豔段	院本前的豔段	
打略栓搐	念白為主，集合各種事物名稱，拼合來唱歌	插演之段落
諸雜砌	插科打諢	散段

　　這 713 種院目中，有以人名來命名的，如《莊周夢》、《蔡伯喈》；以故事命名的，如《蝴蝶夢》、《淹蘭橋》；或以曲調命名的，如《王子高六么》、《裴少俊伊州》；以腳色命名的，如《犴鼓孤》、《老姑遺姐》等。

　　前引趙山林文中，也討論了幾種院本。如屬於院么的《不掀簾》，雜劇《張於湖誤宿女真觀》中陳妙常有【楊柳枝】詞：「清淨堂前不捲簾，景幽然。閑花野草漫連天，莫胡言。獨坐洞房誰是伴，一爐煙。閑來窗下理冰弦，小神仙。」「不掀簾」即「不捲簾」，所演當為陳妙常故事。可見院本也是一種以滑稽調笑為主，並輔以歌舞小段的短劇，其體制、型態，腳色、劇目基本上保留了宋雜劇的面貌，但是隨著時代推移，受到北方少數民族風俗和音樂的影響，也有了一些演變和發展。

62　本表參考胡忌，《宋金雜劇考》「院本類名表」，並參照曾師永義的解釋（《戲曲源流新論》，頁 206）及鄭振鐸的論述（《中國俗文學史》，下冊，頁 55-60）。

四、宋金雜劇院本的體例

宋金雜劇院本的體製規律，基本上分為三部分、四段，即豔段、正雜劇（通名兩段）、散段（又稱為雜搬、雜扮、拔和、紐元子）。北宋之雜劇，無論官本或民間的雜劇，其實只有正雜劇兩段。《東京夢華錄・卷九》：「小兒班首入進致語，勾雜劇入場，一場兩段。」[63]當時民間的表演技藝中，雖有「雜扮」一項，似乎還沒有合併到雜劇之中，而是獨立演出的。《東京夢華錄・卷五》「京瓦伎藝」條中有「雜口班」一項，與雜劇分列，可見一斑。[64]到了南宋，官本雜劇有演三段的，另外，《夢粱錄・卷三》「宰執親王南班百官入內上壽賜宴」條第七盞御酒後，「參軍色做語，勾雜劇入場，三段」[65]，《夢粱錄・卷二十》「伎樂」條：[66]

> 又有雜扮，或曰「雜班」，又名「紐元子」，又謂之「拔和」，即雜劇之後散段也。頃在汴京時，村落野夫，罕得入城，遂撰此端。多是借裝為山東、河北村叟，以資笑端。今士庶多以從省……。

可見民間的雜劇，在南宋時已有完整的四段；至於官本雜劇，南宋時有了豔段，但雜扮仍然沒有。《都城紀勝・瓦舍眾伎》：[67]「雜劇中，末泥為長，每四人或五人為一場。先做尋常熟事一段，名曰豔段；次做正雜劇，通名為兩段。」這樣的結構，或許是從大曲的三段來的。其中豔段為開場白，散段為送客曲。至於正雜劇（通名兩段），是雜劇的演出主體，兩段間沒有事件的邏輯關聯，只有動作的聯想。例如本章第一節中所引宋大曲《劍舞》的演出情形，一段是演「項莊舞劍」的故事，一段演「公孫

---

63 《東京夢華錄外四種》，頁 54。

64 《東京夢華錄外四種》，頁 30。

65 《東京夢華錄外四種》，頁 155。

66 《東京夢華錄外四種》，頁 308。

67 《東京夢華錄外四種》，頁 96。

大娘舞劍」，項莊爲秦末漢初人，公孫大娘是唐代人，舞劍的目的也不同，但同爲舞劍，所以稱「通名兩段」。

五、宋金雜劇院本的腳色

宋金雜劇院本的腳色，共分爲五大行當：末泥、引戲、副淨、副末、裝孤。這五大行當也被稱爲「五花爨弄」[68]。（圖3-6、圖3-7）《都城紀勝・瓦舍衆伎》中說：「雜劇中，末泥色主張，引戲色分付，副淨色發喬，（圖3-8）副末色打諢，又或添一人裝孤。」[69]末泥即是如宋大曲中「竹竿子」的地位，引戲則是後世戲曲中的旦，副淨、副末乃是從參軍戲中參軍與蒼鶻演化而來。裝孤爲扮官員者，所以不一定都有。樂隊則稱爲「把色」。

六、宋金雜劇院本的演出

宋金雜劇院本的演出，多在勾欄瓦舍之中，但也有衝州撞府的「路岐人」，更有在正月十五日，官民一起在臨時搭建的「樂棚」演出的記錄。[70]另外，明代以後《清明上河圖》的臨本中多有「露臺」的建築。[71]（圖

68　所謂「五花」者，可能出自於唐宋兩代的宮廷隊舞。隊舞源自於民間的「踏歌」，大約產生於中唐以前。後來與燕樂大曲結合，而在宋代有「小兒隊」與「女弟子隊」兩類。其職司有竹竿子、杖子頭、後行、歌隊、舞隊、引舞、花心，其中引舞、花心乃是主要演員。演出程序大致如後：1. 竹竿子唸致語；2. 引舞（約五人）出場，排成一列；3. 竹竿子勾隊，舞隊出場，分列四方；4. 引舞分列東、西、南、北、中五方，中央者稱花心；5. 花心除司引舞外，更要與竹竿子對話、獨唱、獨舞。所謂「爨弄」，弄指搬演而言，至於「爨」，一般認爲是指雲南爨國進貢的舞蹈而言。五花之說，見寒聲〈「五花爨弄」考析〉（北京：《戲曲研究》第36輯，1991年3月）。

69　《東京夢華錄外四種》，頁96。

70　《東京夢華錄・卷五》，見《東京夢華錄外四種》，頁37。

71　如明・仇英的臨本、清院本《清明上河圖》皆有。或有人質疑畫中的戲臺爲明代的樣式，但根據齊如山先生的考證，自宋至明清，露臺的樣式沒有任何改變，見圖3-10、3-11。

3-10、3-11、3-12）所謂「瓦舍」（又稱瓦市、瓦肆、瓦子，乃音近訛變），是聚集各種表演藝術團體的地方。根據《都城紀勝・瓦舍眾伎》的說法：[72]「瓦者，野合易散之意也。不知起於何時，但在京師時，甚爲士庶放蕩不羈之所，亦爲子弟流連破壞之地。」勾欄爲瓦舍中表演的場所。所謂「勾欄」，是指圍繞在三面觀眾的舞臺口上，低矮的雕花欄杆。[73]（勾欄形制見圖 3-9）

至於當時演員的妝扮，根據出土的一些文物看來，衣裝並非戲服，而是常服，（圖 3-13）男腳都戴「襆頭」，副淨、副末可能已經有了塗面。

七、宋金雜劇院本的發展

金院本和宋雜劇分家，大概是在宋室南遷的時候。南宋紹興 31 年（1161）之前，宮廷中一直設有教坊。宋室南遷時，主要的雜劇演員，特別是北宋教坊中的演員，大多隨同南下，來到臨安。但是也有一部分的演員留在北方。當金在燕山（即今北京）建都時，他們就聚集在那裡，逐漸形成北方派的雜劇，即金院本。不過在這時，北方早就有了雜劇演員。據《宋史・孔道輔傳》：「道輔奉使契丹，契丹宴使者，優人以文宣王爲戲，道輔絕然徑出。」[74]但這不能據以否定金院本對宋雜劇的繼承關係。如果拿〈院本名目〉來和〈官本雜劇段數〉做一比較，就可看出雜劇在藝術形式上的變化軌跡。

---

72 《東京夢華錄外四種》，頁 95。事實上在《東京夢華錄・卷 2》「東角樓街巷」條中，已經有了「瓦舍」的相關記載。原文如下：「街南桑家瓦子，近北則中瓦，次裡瓦。其中大小勾欄五十餘座。內中瓦子、蓮花棚、牡丹棚、裡瓦子、夜叉棚、象棚最大，可容數千人。自丁先現、王團子、張七聖輩，後來可有人於此作場。瓦中多有貨藥、賣卦、喝故衣、探搏、飲食、剃剪、紙畫、令曲之類。終日居此，不覺抵暮。」

73 大陸中山大學的康保成教授有〈「瓦舍」、「勾欄」新解〉一文，（原載《文學遺產》，1995 年 5 月，收入《中國劇場史論・上卷》，頁 241-253）從變場轉爲戲場的觀念出發，認爲「瓦舍」原是指佛寺中的房舍，而「勾欄」之意原爲雕花的欄杆。

74 《新校本宋史・列傳・卷 297：列傳第 56》，出自中研院，《漢籍電子文獻》。

　　首先是綴以大曲、法曲、詞調等名目的節目已大大減少。〈官目〉中這一部分占一半以上，而〈院目〉中的劇名多半不綴曲名。是否這些不綴曲名的都不唱呢？也不盡然。如「題目院本」原是由「唱題目」發展出來的，很可能跟「和曲院本」一樣是以唱為主。而其中只有《楊柳枝》一目是以詞調為名。又如「上皇院本」也只有《春從天上來》一目為詞調之名。那麼其餘的又是用什麼曲調來唱的呢？對此目前雖無法肯定，但其中應有用當時流行於燕京和冀州一代的曲調來唱。這就開了後世北曲的端倪。

　　另外，前面的「豔段」形式豐富了。除了仍有爨以外，又出現「衝撞引首」、「拴搐豔段」等形式，把正雜劇的「通名」，拿出來在「豔段」中加以詮釋、演繹。這些形式的演化產生，說明了一種趨勢，就是要使得兩段正雜劇的演出更能統一，有更多的內在聯繫。

　　最後，雜劇在宋室南遷前後，與南方鄉間的歌謠相結合，產生了南戲；幾乎同時，金院本則透過「院幺」與「幺末」，在元滅金之前，於中國北方形成了北曲雜劇。這一南一北的光輝，造就了中國最早的大戲，也開創了戲曲史上的第一個黃金時代。

第四章

南戲

　　中國第一個大戲劇種——南戲，終於在北宋與南宋之交，出現在浙江的溫州。

　　但是南戲絕非像是變魔術一樣，無中生有的，更不是憑空從小戲直接變成大戲的。它從北宋末年，流行在溫州一帶的民間小戲開始，經歷了吸收、轉型、流播等過程，最後發展為能與北雜劇並稱的大戲。

　　本章分作四節：第一節探討南戲的淵源與生成；第二節探討南戲的體製規律；第三節就現有的文獻記錄，企圖回復南戲演出的狀況；第四節介紹南戲的著名作家與作品。期能使學者對南戲有一全面性的了解。

第一節

南戲的起源與演變

——

　　一般人的戲曲概念中，宋雜劇之後，就接著是南戲與北雜劇，彷彿從小戲群可以突然質變成大戲。我們不免發出一些疑問：究竟什麼是南戲？宋雜劇是如何演變成南戲的？在演變的過程中還有些什麼樣的藝術形式？所謂「必也正名乎」。我們在研究有關南戲的種種問題之前，必定要先來審視有關南戲的幾種名稱，看看它們之間的差異、關係和意義。

　　其實，這個問題，曾師永義在其所著的《戲曲源流新論》一書中，早有詳細的說明。在〈也談「南戲」的名稱、淵源、形成和流播〉一文中，曾師將 12 種有關南戲的名稱，分作 5 組，分別探討其淵源和意義。這對了解南戲的源起與流變，提供了許多明確的標的。以下，就將曾師對這12 種名稱的來源所做的考證表列出來。

表 4-1　南戲的 12 種名稱

名稱	出處
永嘉戲曲	宋、元間人劉壎《水雲村稿》：「至咸淳，永嘉戲曲出，潑少年化之。」
戲曲	1. 元末明初陶宗儀《南村輟耕錄》卷 25：「唐有傳奇，宋有戲曲、唱諢、詞說。」 2. 卷 27：「稗官廢而傳奇作，傳奇作而戲曲繼。金季國初，樂府猶宋詞之流，傳奇猶宋戲曲之變，世傳謂之雜劇。」 3. 元末夏庭芝《青樓集》：「後有芙蓉秀者，婺州人，戲曲、小令不在二美之下，且能雜劇，尤為出類拔萃云。」
戲文	1. 宋、元間人周密《癸辛雜志別集》卷上：「溫州樂清縣僧祖傑，……住永嘉之江心寺。……旁觀不平，惟恐其漏網也，乃撰為戲文，以廣其事。」 2. 元・周德清《中原音韻》：「逐一字調平上去入，必須極力念之，悉如今之搬演南宋戲文唱念聲腔，……南宋都杭，吳興與切鄰，故其戲文如《樂昌分鏡》等類，唱念呼吸，皆如約韻。」 3. 元・劉一清《錢塘遺事》：「至戊辰、己巳間，《王煥戲文》盛行於都下，始自太學有黃可道者為之。」 4. 元・鍾嗣成《錄鬼簿》「蕭德祥」條之賈仲明輓詞：「戲文南曲方脈，共傳奇、樂府譜。」 5. 明初葉子奇《草木子》：「俳優戲文，始於《王魁》，永嘉人作之。……其後元朝南戲尚盛行。及當亂，北院本特盛，南戲遂絕。」 6. 明成化本《劉知遠還鄉白兔記》開場：「借問後行子弟，戲文搬下不曾。……搬的哪本傳奇？何家故事？……好本傳奇，這好本傳奇虧了誰？虧了永嘉書會才人。……我將正傳家門念過一遍，便見戲文大義。」 7. 明嘉靖刊本《荔鏡記》題名全文：《重刊五色潮泉插科增入詩詞北曲勾欄荔鏡記戲文》 8. 明・何良俊《四友齋叢說》卷三十七：「金元呼北劇為雜劇，南戲為戲文。」 9. 明・徐渭《南詞敘錄・序》：「惟南戲無人選輯，亦無表其名目者，予嘗惜之。客閩多病，咄咄無可與語，遂諸錄戲文名，附以鄙見。」
南戲文	元・鍾嗣成《錄鬼簿》卷下「蕭德祥」條，天一閣本作「又有南戲文」。
南曲戲文	元・鍾嗣成《錄鬼簿》卷下「蕭德祥」條，曹寅藏本作「又有南曲戲文等」。
南戲	1. 元・夏庭芝《青樓集・龍樓景　丹墀秀》：「皆金門高之女也。具有姿色，專攻南戲。」 2. 明初葉子奇《草木子》：「俳優戲文，始於《王魁》，永嘉人作之。……其後元朝南戲尚盛行。及當亂，北院本特盛，南戲遂絕。」 3. 明・祝允明《猥談》：「南戲出於宣和之後，南渡之際，謂之『溫州雜劇』。」 4. 明・徐渭《南詞敘錄・序》：「惟南戲無人選輯，亦無表其名目者，予嘗惜之。」「南戲始於宋光宗朝，永嘉人所作《趙貞女》、《王魁》二種實首之。」 5. 明・何良俊《四友齋叢說》卷三十七：「金元呼北劇為雜劇，南戲為戲文。」

名稱	出處
溫州雜劇	明・祝允明《猥談》：「南戲出於宣和之後，南渡之際，謂之『溫州雜劇』。」
永嘉雜劇	明・徐渭《南詞敘錄・序》：「或云：宣和間已濫觴，其盛行則自南渡，號曰『永嘉雜劇』，又曰『鶻伶聲嗽』。」「永嘉雜劇興，則又即村坊小曲而為之。」
鶻伶聲嗽	明・徐渭《南詞敘錄・序》：「或云：宣和間已濫觴，其盛行則自南渡，號曰『永嘉雜劇』，又曰『鶻伶聲嗽』。」「永嘉雜劇興，則又即村坊小曲而為之。」
南詞	明・徐渭《南詞敘錄》，書名作「南詞」。
南曲	明・徐渭《南詞敘錄》：「南曲固是末技，然作者亦未臻其妙。……以時文為南曲，元末國初未有也，其弊起於《香囊記》。」
傳奇	1. 明成化本《劉知遠還鄉白兔記》開場：「借問後行子弟，戲文搬下不曾。……搬的哪本傳奇？何家故事？……好本傳奇，這好本傳奇虧了誰？虧了永嘉書會才人。……我將正傳家門念過一遍，便見戲文大義。」 2. 永樂大典戲文三種《小孫屠》開場：「後行子弟，不知敷演什麼傳奇？」 3. 永樂大典戲文三種《宦門子弟錯立身》：「（旦唱）【賞花時】憔悴容顏只為你，每日在書房攻甚詩書！（生）閑話且休提，你把這時行的傳奇，（旦白）看掌記。（生連唱）你從頭與我再溫習。」

這十二種名稱，依照各自的意義，可以分作五組。分別是：

1. 鶻伶聲嗽
2. 溫州雜劇、永嘉雜劇
3. 戲文、南戲文、南曲戲文、南戲
4. 戲曲、永嘉戲曲
5. 傳奇、南詞、南曲

這五組名稱中，第五組的三個全是借來的，而不是從發展的過程中產生的。「傳奇」是借用唐代短篇小說的名稱；「南詞」、「南曲」則分別強調了它的語言和音樂。第一組的「鶻伶聲嗽」則強調了它質樸的民間性格。所謂「鶻伶」，應該是由「參軍戲」中的「蒼鶻」演變而來，指的是滑稽表演；「聲嗽」則是浙、閩方言，意即「帶有表情的聲口」，所以，「鶻伶聲嗽」即是指滑稽戲演員的身段和聲口，應是永嘉當地的民間小戲

無疑。試看徐渭《南詞敘錄·敘文》：

> 南戲始於宋光宗朝，永嘉人所作《趙貞女》、《王魁》二種實首
> 之。……或云：宣和間已濫觴，其盛行則自南渡，號曰「永嘉雜
> 劇」，又曰「鶻伶聲嗽」。

> 其曲，則宋人詞而益以里巷歌謠，不協宮調。

> 永嘉雜劇興，則又即村坊小曲而為之。本無宮調，亦罕節奏；徒取
> 其畸農、市女、順口可歌而已。諺所謂「隨心令」者，即其技歟？

則「鶻伶聲嗽」就是「永嘉雜劇」嗎？「永嘉雜劇」是「隨心令」而「不
協宮調」嗎？既然是「宋人詞」，必然是格律嚴謹，又怎麼會以民間小戲
「隨心令」而「不協宮調」的方式出現？「鶻伶聲嗽」既然是南戲最初的
狀態，又怎麼一下子就能以「里巷歌謠」而唱「宋人詞」，成為「永嘉雜
劇」呢？當我們回顧了小戲的發展史之後，我們有理由做出這樣的懷疑。

再看祝允明（即明初四大才子中的祝枝山，1460-1526）的《猥談》：
「南戲出於宣和之後，南渡之際，謂之『溫州雜劇』。余見舊牒，其時有
趙閎夫榜禁，頗述名目，如《趙貞女蔡二郎》等，亦不甚多。」有關「趙
閎夫榜禁」，根據錢南揚先生的考證，[1]趙閎夫為宋光宗的堂兄弟，而且年
紀應該不會差別很大，可見趙閎夫榜禁應該是在光宗朝的事，而且所禁者
也已經是大戲了。可見早在宣和之後，作為小戲的南戲已經形成。而「南
渡之際」，從北方帶來的「官本雜劇」和永嘉當地的小戲相結合，形成了
一種新形式的雜劇，這種雜劇仍是小戲，「隨心令」而「不協宮調」，應
該就是指這樣的劇種。只是這時候還不能稱其為「溫州雜劇」或「永嘉雜
劇」，直到其向外擴展、流布，才以其原生地加以命名。

1　見錢南揚，《戲文概論·戲文的發生》（臺北市：木鐸，1988 年），頁 22-23。

　　至於「戲文」是與「話文」對稱的。「話文」是說話人的文本，「戲文」則是演戲所依循的「劇本」，且「戲文」受「話文」影響甚大，從南戲《張協狀元》自稱是從諸宮調《張協》改編而來，即是明證。[2] 至於南戲文、南曲戲文、南戲都由此衍生。同時，「南」字強調了是南方的戲，而與北方的金元雜劇相對稱；戲文相對於雜劇，南戲文相對於北雜劇，南曲戲文相對於北曲雜劇，南戲相對於北劇。金元雜劇既然已屬大戲，則與之相對稱的南戲，必然已至大戲的階段無疑。上文所述，約如下表：

表 4-2　南曲戲文與北曲雜劇對稱的比較

戲文	南戲文	南曲戲文	南戲
雜劇	北雜劇	北曲雜劇	北劇

　　第四組的兩個名稱中的「戲曲」一詞，應該已經是大戲的概念了。試看前文表列中，有關這個名詞的資料，第一條資料中，戲曲與唱譯、詞說並稱，而詞說的文本即是話文，與話文相對稱的是戲文，前面已經證明了戲文是大戲的階段，且唱譯即是北雜劇，也已經是大戲的階段，則此處的戲曲應該也指的是大戲。第三條資料中，芙蓉秀為婺州人，婺州即今浙江金華一帶，離南戲的發源地很近，而在元代，南戲早已是大戲，我們從《永樂大典戲文三種·宦門子弟錯立身》[3] 中，已可見到它的規模。則此處所言戲曲必是大戲無疑。至於永嘉戲曲，既然冠以地名，可見與「永嘉雜劇」一樣，是從永嘉流布出去的。只是此時從永嘉流布出去的，早非以「小戲群」的形式呈現的雜劇，而是以「大戲」的面貌出現的南戲。

　　由永嘉流布出去的南戲，由於流布地域的方言不同，而產生了不同

2　見《張協狀元》第一出【滿庭芳】：「⋯《狀元張協傳》，前回曾演，汝輩搬成。這番書會，要奪魁名。占斷東甌盛事，諸宮調唱出來因。⋯⋯」

3　見本章第四節。《永樂大典》所收南戲劇目，現存《張協狀元》、《小孫屠》、《宦門子弟錯立身》三種，皆宋元古南戲，未經明人竄改，可由此考察南戲原貌。現有華正書局出版錢南揚先生校注的《永樂大典戲文三種》。

的聲腔劇種，如義烏腔、海鹽腔、餘姚腔、崑山腔、青陽腔、弋陽腔等。其中溫州本地的溫州腔、海鹽腔、餘姚腔、崑山腔、弋陽腔，因為流傳最廣，影響最遠，被稱為南戲「五大聲腔」。此點容後再論。此處值得一提的是，南戲向南流布到了福建。根據大陸的學者劉念茲先生在福建地區所做的田野調查，發現在閩南「莆仙戲」與「梨園戲」中，還保留了極多的南戲劇目，因而稱之為「南戲的活化石」。[4] 後來「梨園戲」傳到了臺灣，即成「南管」戲，當中仍然有些古劇目如《陳三五娘》、《王魁負桂英》等。

最後，我們可以為「南戲的源流與發展」這一議題做出結論：早在宋徽宗宣和年間，浙江溫州一帶已有一種滑稽詼諧的小戲，以「隨心令」作為其技巧，「不協宮調」，稱之為「鶻伶聲嗽」。金人擄去徽、欽二帝，滅了北宋，宋室南遷，許多北方的雜劇藝人也跟著南來，而在溫州將北方的雜劇與當地的小戲結合，形成溫州雜劇，或稱永嘉雜劇。永嘉雜劇從鄉村進入城市，但仍然保留其「小戲群」的藝術型態，並向杭州、義烏、金華、寧波、紹興、泉州、漳州、莆田輸出。在吸收話本小說及說唱藝術的題材、音樂之後，於南宋光宗朝，逐漸形成作為大戲的南戲，如徐渭《南詞敘錄》所云：「永嘉人所作《趙貞女》、《王魁》二種實首之。」[5] 其後，在南宋度宗咸淳年間，流布到杭州及江西南豐一帶，應該也向南，傳到了福建的泉州、漳州、莆田一帶，而直接影響了「莆仙戲」與「梨園戲」。

4　參見劉念茲，《南戲新證》（北京市：中華書局，1986 年），頁 96-111。

5　見徐渭，《南詞敘錄・敘文》。

第二節
南戲的體製規律

—

所謂「體製規律」，即是劇本的結構規律。南戲是中國傳統戲曲中，最早有劇本流傳的劇種。所以我們可以從其劇作中，了解其體製規律。

一、題目

《南詞敘錄》「題目」條：「開場下白詩四句，以總一故事之大綱。今人內房念誦，以應副末，非也。」可見在明代中葉時，有人在開場時，於後臺以題目的四句詩，向副末對話。其實題目就是「招子」，用現在的話說，就是演出宣傳的廣告詞。如：

（一）《琵琶記》題目：「極富極貴牛丞相，施仁施義張廣才；有貞有烈趙貞女，全忠全孝蔡伯喈。」

（二）《張協狀元》題目：「張秀才應舉往長安，王貧女古廟受飢寒；呆小二村沙調風月，莽強人大鬧五雞山。」

（三）《小孫屠》題目：「李瓊梅設計麗春園，孫必達相會成夫婦；朱邦傑識法明犯法，遭盆吊沒興小孫屠。」

（四）《宦門子弟錯立身》題目：「衝州撞府粧旦色，走南投北俏郎君，戾家行院學踏爨，宦門子弟錯立身。」

明代中葉後，刊本漸不用題目，卻將原本的題目移作為副末開場的下場詩。

二、開場

又稱「副末開場」。指的是戲曲劇本中的第一場，由「末」或「副末」

上場，說明作家作劇之本意，並報告劇情大意。這開場並未參與劇情的發展，並不屬於劇情的有機部分，而「副末」的說明與報告，很明顯地是來自於說唱藝術的影響，又有些「竹竿子」「勾隊」、「致語」的遺形。如：

（一）《琵琶記》由末開場，唸詞二首。【水調歌頭】說明作家作劇之本意，乃在「不關風化體，縱好也徒然。」【沁園春】則敘述劇情大意。

（二）《張協狀元》的開場則較爲特殊，末上開場，用了【水調歌頭】與【滿庭芳】兩首詞敘述作者本意，再用南諸宮調一套說明劇情大意。只是諸宮調說唱到張協在五雞山遇劫，就軋然而止，或許是爲了懸疑，要觀眾繼續看下去。

三、段落

在宋代及元代的南戲刊本中，並沒有分段，後來才有折、摺、出、齣等分段的名稱出現。

「折」應該是「摺」的俗寫，都是從北曲雜劇中借來的。「出」乃說明以人物的進出場爲分場的標準。「齣」應爲明代中葉以後，由文人所創，取代「出」字。而徐渭則在〈青藤山人路史〉中認爲，「齣」應爲「齝」之誤寫，此字原意爲牛羊之反芻，暗合人物上下場之意，現在以「出」、「齣」使用最多。

後人爲了研究劇本的方便，又爲每出戲加上出目。如《張協狀元》第一出出目作「開場　諸宮調張協」，第二出作「斷送燭影搖紅　張協言志」；《琵琶記》第二十出作「五娘吃糠」，第四十二出作「旌表」。[6]

至於各劇之出數，從十數出至數十出都有，並無一定，但幾乎都在10出以上。如《張協狀元》53出、《小孫屠》21出、《宦門子弟錯立身》

6　本處引用劇本，皆爲錢南揚先生所校注，《張協狀元》收入華正書局出版之《永樂大典戲文三種校注》，《琵琶記》爲里仁書局出版。

14 出、《琵琶記》42 出。

四、家門

　　劇中主要人物初次上場時，自述姓名、身世，稱「自報家門」，這種規律在往後的戲曲中，也一直襲用。如《張協狀元》第二出，張協之「自報家門」：

> （白）祖來張協居西川，數年書卷雞窗前。有意皇朝輔明主，風雲未際何慘慘。一寸筆頭爛今古，時復壁上飛雲煙。功名富貴人之欲，信知萬世由蒼天。張協夜來一夢不祥，試尋幾個朋友扣他則個。

　　從這一段「自報家門」中，我們知道了張協的姓名、籍貫、身分，以及意圖。

五、音樂

　　南戲所用音樂，基本為南曲，即流行在南方的曲調。南曲與北曲的區別，除了流行的地域及音階的不同之外，因為語言特色的不同，南曲較溫婉，而北曲較悲壯。[7]因此所用曲牌、套式都有所不同。以下，從宮調、曲牌、套式三方面，論述南戲之音樂。

（一）宮調

　　前章論諸宮調時已經述及：古七音及十二律相旋為八十四調。以下表4-3 及表 4-4，即古七音十二律與工尺譜、西方音樂的七音、十二調的對應關係。

7　從流行的地域上來說，南曲基本上流行在南方，而北曲則流行在北方；從音階上說，南曲使用五聲音階（宮、商、角、徵、羽），而北曲用七聲音階（即加上變宮、變徵）。從語言的區別來說，南音為四聲，即平、上、去、入，北音則只有三聲，即把入聲化入上、去。所以南曲比北曲多一層轉折，因而較婉轉。

表4-3　古十二律與西樂十二調之對應關係

十二律	黃鐘	大呂	太簇	夾鐘	姑洗	中呂	蕤賓	林鐘	夷則	南呂	無射	應鐘
十二調	C	♯C,♭D	D	♯D,♭E	E	F	♯F,♭G	G	♯G,♭A	A	♯A,♭B	B

表4-4　古七音與工尺譜、西樂七音的對應關係

古七音	濁徵	濁羽	濁變宮	宮	商	角	變徵	徵	羽	變宮
俗七音	合	四	乙	上	尺	工	凡	六	五	乙
西七音	Do	Re	Mi	Fa	Sol	La	Si	Do	Re	Mi

　　至於南曲所用宮調，多來自隋唐燕樂，更由 28 調精簡為 13 調，即黃鐘、正宮、大石、仙呂、中呂、南呂、商調、越調、雙調、仙呂入雙調、羽調、道宮、小石。

　　現存南曲之曲譜，最早為元朝天曆年間（1328-1330）的《九宮譜》及《十三調譜》，現最通用的《九宮正始》[8]即據此二譜增刪而成。各調的笛色分配約如下表：

表4-5　南曲十三調笛色分配表

黃鐘	正宮、大石、仙呂、中呂	南呂	商調	越調	雙調、仙呂入雙調	羽調	道宮、小石
凡、六	小工、尺	凡、六	六、凡	小工、凡	正工、小工	凡、六	小工、尺

　　各調皆有聲情，但聲情之說，連明代的曲學大師王驥德都「殊不可解」，加以各調可互相通借，雖能靈活運用，但逐漸失去了它的重要性。

（二）曲牌

　　南曲的曲牌分為引子（慢詞）、過曲（近詞）、尾聲三大類。大抵人物上場，先唱引子，接唱過曲。如《張協狀元》第三出王貧女上，先唱引

8　清・徐子室編撰，《九宮正始》（臺北市：臺灣學生書局，1984 年）。

子【大聖樂】，再唱過曲【叨叨令】。

引子多爲清唱，沒有伴奏，所以不宜過長，且節奏宜舒緩。一人不能同時用兩隻引子，但可兩人共用一隻引子。[9]有時也不用引子，如：一、用過曲代引子（稱「沖場曲」），二、用上場詩代引子，三、某些過曲前習慣不用引子。

情節較悲哀處，引子也可用作尾聲，且可減省字句。如《荊釵記》第十一出，錢玉蓮父女相別以南呂引子【臨江仙】作尾聲。又如《琵琶記》第五出蔡伯喈上京趕考，五娘送別，以仙呂引子【鷓鴣天】作尾聲。

過曲分粗、細兩類，粗曲專由淨、丑演唱，生、旦不可混用，且不入套數；細曲由生、旦演唱以訴情，又有粗細皆可的曲子，與細曲皆入套數。至於過曲的節奏，粗曲多爲乾唸，有板無眼；細曲一板三眼，且有贈板；粗細皆可的曲子多一板三眼，或一板一眼，且很少有贈板。

尾聲的規定雖然繁複，[10]但實際上用作過場的短戲不用尾聲，再扣除以引子代尾聲的幾場，眞正在一部戲中，需要考慮這些繁複的規定，安排尾聲的，可能也沒有幾出了。像是《張協狀元》共 52 出，用尾聲的僅有第 14、20 兩出；《宦門子弟錯立身》共 14 出，用尾聲的僅 5、9、13 等 3 出；《小孫屠》共 21 出，竟無一出用尾聲。可見一斑。

（三）套數

所謂套數，就是以幾隻曲子加上說白，敘述一段情境。如《張協狀元》第十四出，引子用四隻【紅衫兒】，過曲用二隻【本宮賺】、二隻

9　兩人共用一引子，如《張協狀元》第 11 出，李大公與李大婆輪唱【豆葉黃】；三人共用一引子，如《琵琶記》第 40 出，生、旦、貼輪唱【梅花引】；四人共用一引子，如《張協狀元》第 42 出，後、淨、丑、末輪唱【臨江仙】。

10　見《九宮正始》。所言各宮調之套數皆有不同的尾聲。可參考錢南揚，《戲文概論》（臺北市：木鐸，1988 年），頁 198-201。

【金蓮子】、一隻【醉太平】，再用【尾聲】一隻，全套敘述張協向王貧
女求婚，王貧女央求李大公、李大婆作媒，最後決定求神問卜之事。一般
完整的套數，是要有引子、過曲和尾聲的。但是早期南戲有許多短場，聯
套規律又還不很健全，有引子無過曲、或有過曲無引子、或無尾聲的，比
比皆是。如《張協狀元》第二十二出，生上唱南呂過曲【女冠子】，再唸
詞牌【水調歌頭】，即下。這顯然是諸宮調的遺形物。

　　也有在一出中，包含數個套數的。如《張協狀元》第十出，淨扮神唱
黃鐘過曲【出隊子】，末作判官唱仙呂過曲【五方鬼】（淨、丑接唱），
此處【出隊子】爲沖場曲，【五方鬼】爲粗曲，皆不入套。但是接下去，
生、淨、末、丑唱仙呂入雙調過曲【五供養】三隻是一套，旦唱雙調引子
【新水令】、仙呂入雙調過曲【江兒水】兩隻又是一套，旦唱雙調引子
【搗練子】、生、旦唱過曲【鎖南枝】六隻，是爲第三套。試看下表分析：

表 4-6　《張協狀元》第十出曲牌分析

腳色	曲牌	情節	套數
淨	黃鐘過曲【出隊子】	山神預示張協被劫，將投宿廟中。	沖場曲，不入套
末、淨、丑	仙呂過曲【五方鬼】三隻	山神、判官、小鬼爲張協的即將到來作準備。	粗曲，不入套
生、末、淨、丑	仙呂入雙調過曲【五供養】三隻	張協進得廟中，山神指示他到供桌下睡覺。	第一套
旦	雙調引子【新水令】、仙呂入雙調過曲【江兒水】兩隻	王貧女來到廟前，不得其門而入。	第二套
旦	雙調引子【搗練子】	王貧女入廟，與張協相遇，同情張協的遭遇。	第三套
生、旦	過曲【鎖南枝】六隻		

　　從上表的分析，可以很清楚地看出，這一出戲是由兩隻不入套的曲子
加上三個曲套所構成，而以第三套爲全出的主體。

（四）腳色

南戲的腳色，可分為生、旦、淨、丑、外、末、貼七大類，茲分述如下：

「生」即是男子的美稱，如董生、劉生等。在南戲中，生是全劇的主腳。如《張協狀元》中的張協、《小孫屠》中的孫必達、《宦門子弟錯立身》中的完顏壽馬、《琵琶記》中的蔡伯喈。「旦」則是劇中的女主腳，如《張協狀元》中的王貧女、《小孫屠》中的李瓊梅、《宦門子弟錯立身》中的王金榜、《琵琶記》中的趙五娘。有關這一腳色名稱的由來，有許多不同的說法。如《南詞敘錄》中說：

> 宋伎上場，皆以樂器之類置籃中，擔之以出，號曰「花担」。今陝西猶然，後省文為「旦」。或曰：「小獸能殺虎，如伎以小物害人也。」未必然。

這種說法其實極為牽強，徐渭也認為「未必然」。在中國俗文學中，「省文」和「訛變」的例子極多，而戲曲表演藝術中，又常見將生活或市井口語用作術語的。根據曾師永義的推論，曹魏以來，歌妓皆稱「姐」，可能省文為「且」，再訛變為旦；也可能訛變為「姐」，再省文為「旦」。

南戲和後來的傳奇，有一個不成文的慣例，即「生、旦不死」。像是《小孫屠》中，女主腳李瓊梅雖被包龍圖判了凌遲之刑，但是至全劇結束，還未行刑。又如《八義記》中，趙氏孤兒的父母避禍到山中，等孤兒報仇之後，又與他相逢。這雖是大團圓的結局，可能符合了觀眾「好人有好報」的心理，但是劇情卻有可能因此而牽強，不合理。

「淨」、「丑」應是從參軍戲的參軍和蒼鶻沿襲而來。《南詞敘錄》中說：「（淨）……即古『參軍』二字，合而訛之耳。」曾師永義從聲韻學的觀點看，認同這個說法，即「淨」乃「參軍」二字的合音。至於丑，則源於宋雜劇中的「紐元子」（雜扮）。蓋「紐元子」即「扭圓子」，相

當於今天的土風舞。則從「扭」訛變爲「紐」，再省文爲「丑」，是極有可能的。

　　從另一個角度看，淨腳所扮演者，多爲可笑之人，而丑腳所扮演者，多爲逗笑之人，這也暗合參軍和蒼鶻的本意。《張協狀元》中，淨腳如山神、李大婆之流，丑腳如強盜、小鬼、呆小二、王德用；《宦門子弟錯立身》中，淨腳如狗兒都管，《白兔記》中，丑腳如廟公、牧童，皆可證之。

　　「外」指「生之外又一生」，[11] 多扮演老人。如《張協狀元》中，外扮張父；《宦門子弟錯立身》中，外扮完顏同知。「末」扮演劇中次要的男子，因爲多由「優中少者爲之，故居其末」。[12] 像是《宦門子弟錯立身》中，末扮王恩深；又如《琵琶記》中，末扮張大公。其實「末」是「副末」的簡稱，南戲中沒有「正末」。副末除了前述扮演次要男子的任務外，還負責開場。有關開場，悉見前文，不再重言。

　　「貼」指「旦之外貼一旦也」。[13]「貼」是本字，也有人將之省文爲「占」，或由「占」再訛變爲「后」或「後」，所以這幾個名稱，說的是同樣一種腳色。所謂「旦之外貼一旦也」，可見「貼」照現在的話說，應該是第一女配腳。如《琵琶記》中，旦扮趙五娘，貼扮牛小姐；《張協狀元》中，旦扮王貧女，貼扮王勝花。

11　見《南詞敘錄》。

12　同前註。同鄉晚輩稱「鄉末」，同族晚輩稱「族末」，一般晚輩寫信給長輩，可自稱「晚末」，皆年輕者自稱之謙詞。

13　同前註。

第三節
南戲的演出

南戲既然已經是大戲，其在演出上，亦必然有一定的規律。早期南戲演出的規律，雖然未必精緻，但是對後來的劇種，也有一定的影響力。其實，所謂「演出的規律」，照現在的話說，就是劇場藝術。它包含了劇團組織、表演藝術、舞臺美術、音樂伴奏、劇場結構等幾個部分。以下，就此五點，對南戲演出的規律加以說明。

一、劇團組織

宋、元時期，寫劇本的都是些落魄的文人，他們自稱爲「才人」，好像是在說他們懷才不遇。他們除了寫劇本外，也寫一些話本。這些才人也組織了一個團體，稱爲「書會」。因爲才人來自於民間，他們與下層社會接觸頻繁，深深了解民意。所以他們在創作時，是以觀眾的喜好爲依歸的。我們可以說，這是一種「觀眾劇場」。爲了爭取觀眾，書會與書會之間是要相互競爭的。在《張協狀元》開場的兩首詞【水調歌頭】與【滿庭芳】中，可以很明顯地發現這個事實。

> （末上白）【水調歌頭】……但咱們，雖宦裔，總皆通。彈絲品竹，哪堪詠月與嘲風。苦會插科使砌，何客搭灰抹土，歌笑滿堂中。一似長江千尺浪，別是一家風。

> （再白）【滿庭芳】暫息喧嘩，略停笑語，試看別樣門庭。教坊格範，緋綠可同聲。酬酢詞源譚砌，聽談論四座皆驚。渾不比，乍生後學，譚自逞虛名。《狀元張協傳》，前回曾演，汝革搬成。這番書會，要奪魁名。……。

　　從以上的引文可以知道：當時的書會，比的不只是劇本，有時也比戲劇的搬演。而且像「九山書會」[14]這樣的團體，應該是個業餘的劇團。

　　宋、元時期，除了這種業餘劇團之外，還有以家庭為單位的職業劇團。[15]這種劇團稱之為「甲」，一「甲」就是一「班」。通常一班人數不多，大約在八人上下。每行腳色多半只有一人。如果遇到劇中同行腳色不止一人，就需要「改扮」。如《張協狀元》第十六出，淨先扮山神，後改扮李大婆。又如《宦門子弟錯立身》第五出，末先扮完顏府中家丁，後改扮王恩深。

　　職業劇團或固定在勾欄演出，或走江湖賣藝，或在廟會時，在廟中或廟口人口密集處搭臺演出，甚至就「除地為場」，連臺子都不搭了，沒有固定的演出場所。這樣的劇團叫做「路崎人」，《宦門子弟錯立身》中，王恩深的劇團便屬此類。

　　南宋以後，官府本身沒有戲班，需要演出節目時，就找民間的戲班前來，這叫「喚官身」；演員回應官府的召喚，前去演出，則稱為「承應」。《宦門子弟錯立身》第四出中，狗兒都管去找王金榜，就是「喚官身」；第五出中，王金榜來到完顏府中，與壽馬在書房「溫習雜劇」，就是「承應」。

　　到了元代，演員的地位與讀書人、妓女差不了多少。所以有時妓女與讀書人走得很近，讀書人編好了劇本，就與妓女一同演出。這在元・夏庭芝的《青樓集》中，可以找到不少的例子。另外，金、元時期，把職業演員視為「樂戶」。其來源有二：一是社會的低下階層，因為迫於生計，走投無路，不得不賣身，加入樂戶。二是元朝統治者將戰犯、罪臣的家屬

14　「九山書會」是溫州的一個書會，《張協狀元》即出自該書會。

15　有時劇團中的成員不一定有血緣關係，如《宦門子弟錯立身》中的王金榜，就不是趙茜梅所親生，這從趙茜梅稱「虔婆」即可看出。所謂「虔婆」，是指妓院中的鴇母，引申作養母解。

中，有表演才藝的人納入。樂戶其實早在魏晉南北朝時已有，到了隋、唐，更明定樂戶只能相互通婚，在穿著上，男人要穿綠衣、戴綠帽，現在俗稱妻子外遇的男人為「戴綠帽」，可能就源自於此。而且歌舞雜劇的表演，只能由樂戶為之，稱為「戾家」，至於「良家子弟」，如果從事表演工作，是會被看作「錯立身」的。在這樣的社會地位之下，樂戶自然不可能大量網羅人才，只有以「家班」的形式，「衝州撞府」，賣藝為生。

二、表演藝術

由於一個演員可能要扮演許多人物，而且是在瞬時間轉換，當時的表演可能已經有了「程式性」。所謂「程式性」，就是把生活上的聲音和動作，加以音樂化和舞蹈化。例如戲曲中開、關門的動作，拉門閂、退步、開門、跨門檻、轉身、關門，都是從生活中開、關門的動作提煉而來的。又如戲曲中的口白、唱腔，都是找到了生活語言中的興味，加以音樂化的。

凡是唱、唸、作、打，皆有程式。在唱方面，對曲牌的聲情、詞情已經很注意了，《南詞引正》中便云：「唱曲俱要唱出各樣曲名理趣，宋元人自有體式。」在唸方面，使用吳、浙方言，要求咬字著實，《中原音韻》中說：「……逐一字調平、上、去、入，要極力念之，悉如今之搬演南宋戲文唱唸聲腔。」「作」指表情、身段，也就是所謂的「科範」。[16]「科」或稱「介」（南戲習慣用此稱呼），即動作的意思；「範」是規範，意即有所規範的動作。《宦門子弟錯立身》第十二出【金蕉葉】：「……我學那劉耍和行蹤步跡……」，又如【調笑令】：「我這爨體不查梨，格樣全學賈校尉。趁搶嘴臉天生會，偏宜抹土搽灰。……」這都說明了南戲非常重視科範。至於打的程式，從《東海黃公》開始，戲曲中就逐漸有武打的場面出現，這很顯然是從武術及民間雜耍中汲取過來，並加以藝術

---

16 「範」又作「泛」、「犯」，皆一音之轉。

化的。

　　除了唱、唸、作、打這四功之外，南戲因為生長於民間，照現在的話說，「草根性」很強，下層社會的民眾可能很喜歡在劇中插入一些胡鬧的場面，所以演員們常要因時、因地制宜，在適當的地方插入與劇情不相干的笑話，稱之為「插科打諢」。早期南戲如《張協狀元》劇中，幾乎有一半以上的篇幅是在插科打諢，另外如《琵琶記》的開場【水調歌頭】中所言：「……休論插科打諢，也不尋宮數調……」，可見當時插科打諢的風氣是十分普遍的。

三、舞臺美術

　　由於南戲未能像北雜劇一樣，留下「穿關」，[17] 所以我們很難清楚地知道當時的戲服、化妝、砌末真實的狀況，只能從現存劇本中隻字片語的描述，得知其大概的樣貌。以下，便就這三點，加以說明。

　　戲服又稱「行頭」。早期南戲的戲服，可能還沒有程式化，但是已經注意到依據劇情的需求加以穿著，而不像是宋雜劇那樣，著常服演出。這從《張協狀元》中，張協行路時穿草鞋（第七出），古廟養傷時穿粗道服（第十二出），中狀元後著綠袍（二十七出【十五郎】），結婚時著官服（四十七出【金蓮花】），可以證明。

　　至於化妝，《張協狀元》中，多次提到「抹土搽灰」，可見當時是用黑色及白色為化妝的色彩。所謂「灰」就是鍋灰，「土」則是灰白色的泥巴。塗面的風氣由來已久，《踏搖娘》中的蘇中郎「面正赤」，就是明證。南戲中塗面的文獻資料不多，但劇本中多少有提到些。以《張協狀元》為例，第十一出、第二十七出，都提到王丞相嘴烏，塗白臉，和今天丑腳的「豆腐塊」頗有幾分類似。又如《朝野新聲太平樂府》卷九《莊家

17　「穿關」即是「穿戴關目」的省稱，也就是將所有服裝、化妝及小道具記載下來。在劇本上記錄穿關者，稱「穿關本」。

不識勾欄套》，有「滿臉石灰，更著些黑道兒抹。」但生、旦塗臉的，還沒有見到。

砌末即是道具。戲文中許多道具，如雨傘、酒壺等。小道具多半採用實物，至於大道具、布景裝置等，因爲南戲的演出，變動性極大，不可能採取寫實的方式，而用的是「虛擬」，也就是現在俗稱的「一桌二椅」。在舞臺上，這一桌二椅可以幻化作任何東西。兩張椅子疊在一起，可以是土丘，可以是高山；把椅子放倒，可以是窯洞，也可以是監獄；兩張桌子中橫著一片畫了磚牆模樣的布，它就是城牆；兩張椅子前面豎著一片紅色的帳子，它就是床。一直到現在的戲曲中，仍然採用這種高度虛擬性的舞臺裝置。

四、音樂伴奏

南戲的音樂伴奏所使用的樂器，包括了鼓、板、笛、鑼，而以笛爲主奏樂器。但海鹽腔的演唱，則多以板來伴奏，此點將在第六章第一節中討論。伴奏的樂隊稱爲「後行」，又稱爲「把色」，也就是今天的「文武場」。樂隊多由女演員兼任，上場時只須把樂器一放，便直接上場了。他們演奏的地方在表演區的正後方，有桌子，上置樂器，稱爲「樂床」，男演員是不許進入的。

五、劇場結構

中國戲劇史上，有關劇場的名稱很多，如場、戲場、舞樓、舞亭、舞棚、棚、舞臺、勾欄等。宋代多稱固定式的劇場爲「勾欄」，都集中在瓦舍之中。如《東京夢華錄・卷二》「東角樓街巷」條：「街南桑家瓦子，近北則中瓦，次裡瓦，其中大小勾欄五十餘座。內中瓦子蓮花棚、牡丹棚、裡瓦子夜叉棚、象棚最大，可容數千人。」

那是北宋都城汴京的狀況。南宋都杭，根據《西湖老人繁盛錄》「瓦

市」條、《武林舊事・卷六》「瓦子勾欄」條的記載，狀況當與北宋相似。又，《武林舊事・卷六》「瓦子勾欄」條及《都城紀勝》「市井」條也說明了有些路崎人不入勾欄，而在熱鬧的空地做場，稱為「打野呵」。

　　勾欄內部可分為戲臺、看席、戲房等三部分。從《莊家不識勾欄散套》及稍晚的《查樓圖》，可大致勾勒出勾欄的輪廓：門是一座牌坊，門口有收錢的地方，進門以後，經過一座木梯，來到觀眾席。觀眾席分為三個等級，分別是神樓、腰棚、站位。神樓正對戲臺，等級最高；兩旁稍偏的位置，稱為腰棚；也有些沒有座位，站在戲臺前空地上看的，地位最低。另外，從《查樓圖》可看出當時的勾欄，也兼賣些茶、酒、點心等輕食。有時勾欄又稱勾肆，大概與酒肆有關。

　　勾欄中的戲臺多為「三面觀眾」，是個開放式的舞臺。戲房（明代又稱內房）就是後臺，以兩扇門和戲臺相通，乃演員化妝及作特殊效果之用。出入戲臺的地方稱為「鬼門道」，又稱作「鼓門道」、「古門道」、「古門」、「古道」，皆同音轉借或省文，乃指所搬演之人事為往昔之人事，故而以「鬼」稱之。

第四節
南戲的作家與作品
——

　　南戲的發展經歷了許多階段，也產生了許多膾炙人口的好戲。但基本上說來，在元代的施惠、高明之前，我們不太知道劇本的作者是誰，頂多標明了是那個書會的作品，有時還經過明代文人的改動。這或許是因為早期的南戲，都以觀眾的興味為依歸，所以作品的風格不合明代文人的口味吧。而且宋代的文人，根本把劇本寫作當作是「末技」，一般是不屑為之

的，則作家自然也不願留名。

宋、元時期的南戲，較爲有名的有所謂「戲文三種」及「五大南戲」。「戲文三種」指的是在《永樂大典》中所收錄的三本南戲——《張協狀元》、《小孫屠》、《宦門子弟錯立身》。「五大南戲」指的是《荆釵記》、《劉知遠白兔記》、《拜月亭記》、《殺狗勸夫記》、《琵琶記》。以下，就這八個劇本加以介紹。

先要說明的，是「戲文三種」被發現的經過。《永樂大典》是明代的一部類書，規模很大。明成祖朱棣是一個好大喜功，又多疑的皇帝。他在發動「靖難之變」後，把國都遷往北京，派鄭和下西洋，一方面求惠帝而殺之，一方面宣揚國威。永樂元年（1403），明成祖爲了掩飾其窮兵黷武，並整理歷代典籍，以便將不合適的加以禁燬，於是命翰林學士解縉、姚廣孝等共同纂編一套類書。永樂 6 年（1408）成書，命名曰《永樂大典》。全書正文 22,877 卷，凡例和目錄 60 卷，裝成 11,095 冊。

此書收錄了宋、元及以前重要的圖書文獻共七、八千種，內容包括經、史、子、集、釋藏、道經、戲劇、工技、農藝等各方面資料，且多遺世祕籍。

此書編成之後，原先只有寫本流傳。嘉靖年間，宮廷失火，此書險些付之一炬，故明世宗命人據原本摹寫正、副兩部，正本存放文淵閣，副本存於皇史宬。正本於明亡之時，因兵災而全毀，副本亦在明末清初陸續散佚。光緒 26 年（1900），八國聯軍入侵北京，許多書籍遭焚，倖存書籍又被列強（英、美、德、俄等國）所劫掠。現存僅原書的百分之三，約三百餘冊，散見世界各地。臺北的故宮博物院亦收藏有 62 冊。

根據錢南揚校注《永樂大典戲文三種校注・前言》，引連筠簃刊本《永樂大典目錄》，《永樂大典》自第 13,965 卷至 13,991 卷，共 27 卷中，

收錄戲文計 37 種，這三本戲文是其中最後的一卷。[18]

　　這三本戲文的被發現與被出版，也極富傳奇色彩。1920 年，中國有一位遊學歐洲的學者葉玉甫（恭綽），在倫敦的一所古玩店中發現，將它買回。回國後就放在天津某家銀行的保險箱中，並且抄了一份自己保存。抗戰勝利之後，原本卻不翼而飛。最後，錢南揚只好就「古今小品印行會」依據抄本刊行的排印本加以校注了。

一、《張協狀元》

　　這三本戲文中最早的一部，應該是《張協狀元》，其次是《小孫屠》，《宦門子弟錯立身》則最晚出。《張協狀元》說的是四川成都的秀才張協，要往京城參加考試，途經五雞山，遭強人劫掠，暫避山神廟療傷。一王姓貧女自家道中落，父母雙亡後，亦借居山神廟中，蒙鄰居李大公夫婦照顧。一日，張協向貧女求親，有山神爲媒，鄰居李大公夫婦作證，結爲夫妻。

　　婚後不久，張協仍想上京趕考，但缺乏盤纏，貧女爲完成夫婿的志願，乃將頭髮剪下，向李大婆換取了一些銀兩。張協在家久候不耐，貧女一回到家，就對她拳打腳踢，幸好李大公適時出面相救。

　　張協來京，一舉得中狀元，丞相王德用想將女兒勝花許配給他，未料張協以來京應舉乃爲求官，非爲求親爲由，拒接王府絲鞭。勝花羞憤萬分，竟一病不起。王德用爲了報仇雪恨，乃向皇帝自請外調，作張協的頂頭上司。張協任梓州僉判，王德用則爲梓州通判。

　　另一方面，在五雞山上，王貧女央求李大公之子呆小二，往江陵府買

18　見錢南揚校注，《永樂大典戲文三種校注》（臺北市：華正書局，1990 年），頁 1。錢氏所言連筠簃刊本《永樂大典目錄》已經無緣見到，但現行一些《永樂大典》的目錄與索引仍可查考，如《永樂大典索引》（北京：作家出版社，1997 年）、孫鳳翼編撰，《四庫全書輯永樂大典本書目》（臺北市：新文豐出版社，1989 年）等。

登科記，從而得知張協已經高中。眾人湊了些錢，貧女勉強捱到京城，尋找張協。張協為了一心避開貧女糾纏，竟然讓門子轟她出去。貧女盤纏早已用光，一路乞討回家；回到山神廟中，還替張協講話，就說沒找到他。

張協前往梓州上任，途經五雞山，巧遇貧女獨自一人在茶園採茶，為免後患，乃將她推下山崖。幸有李大婆及時搭救，才免一死。但貧女仍然包庇張協，只說是自己不小心，跌下去的。隨後，王德用一家人也經過五雞山，打算在山神廟休息。因貧女與王勝花長得並無二致，乃收為義女，一同上任。

王德用上任之後，官式拜訪不斷，張協也是其中之一。張協後悔當時未接絲鞭，已與王家結仇，乃委請譚節使說項，尋求和解。譚節使聽說王府還有一個女兒，就替張協向王德用求親，獲得首肯。成親之日，張協才知王家這個女兒，就是貧女。

此劇共 53 出。第一出的開場用了一套南諸宮調，且諸宮調前的兩首詞調【水調歌頭】及【滿庭芳】，都用的是整首（即上、下闋都用），劇中有多處不必要的插科打諢，且充滿了「十年寒窗無人問，一舉成名天下知」的心態，劇情安排又有許多疏漏之處，不夠精緻，可見得此劇是早期的南戲作品。

又此劇之故事為書生負心，宋、元時期，這樣的故事很多。像是高明改編《琵琶記》的故事源本《趙貞女蔡二郎》，說的也是書生上京趕考，得中狀元之後，遺棄糟糠，甚至狠心殺害的故事。難道這種事情在當時真的經常發生嗎？我認為這種事情是否真的經常發生是另外一個問題，這類故事之所以會有那麼多，主要還因為大家愛看，當時既然是觀眾劇場，劇作者當然會找觀眾愛看的題材來寫作。此外，當時寫劇本的才人，都是自認為懷才不遇的失意文人，難免會有一些「酸葡萄」心理。

二、《小孫屠》

「戲文三種」中的第二種應該是《小孫屠》，錢南揚先生認爲此劇應是三劇中最晚出者，但考之該劇的主題，仍有「萬般皆下品，唯有讀書高」的心態，即便是元代的作品，也應在宋末元初，而在《宦門子弟錯立身》之前。

此劇說孫必達、必貴兄弟，必達爲一書生，卻流連風月，縱情酒色。必貴是一屠戶，孝順母親，待人寬厚。一日，必達與狐群狗黨同往麗春園吃酒，遇妓女李瓊梅，一見傾心，乃爲其落籍從良，共結連理。必貴出外借貸，返家時恰遇哥哥的婚禮，對這位嫂嫂頗不以爲然，兄弟間也起了很大的爭執。

一日，孫母要必貴陪同，前往泰山東嶽廟進香還願，必達送行，瓊梅舊識相好令史朱邦傑藉故前來，與瓊梅勾結。因爲被瓊梅的侍婢梅香撞見，爲了滅口而將她殺害，斬下她的頭顱，換上瓊梅的衣服，嫁禍給必達。另一方面，孫母與必貴還願之後，客死異鄉。

必貴背著母親的屍體返家，才知出了大事，乃往獄中探視必達，並自願代兄受過，而遭盆吊之刑。將死之際，幸得泰山山神相救。後與必達相遇，且從梅香鬼魂得知李瓊梅與朱邦傑的詭計。後來，又巧遇李瓊梅，他兄弟二人以爲瓊梅是鬼，瓊梅以爲他兄弟二人是鬼，驚恐中，瓊梅說出了朱邦傑的下落。最後，兄弟二人向開封府告狀，包公終於還他們清白。

此劇僅 21 出，情節安排比之《張協狀元》，顯然緊湊許多，且少了許多不必要的插科打諢，人物的性格與行爲，也較爲合理。特別是「三見鬼」的部分，可以想見其精彩的舞臺呈現。另外，這樣的案子，既沒有「審陰」，又沒有皇親國戚涉案，實在不是非包公不行，爲何要由包公審理？這說明了當時觀眾對北宋的懷念，及對包公這樣的清官，寄予無窮的希望。當然，這時的官吏，應該都稱不上「青天」。

三、《宦門子弟錯立身》

「戲文三種」中，最晚出且篇幅最短的一部，就是《宦門子弟錯立身》，只有十四出。該劇敘述完顏同知之子完顏壽馬[19]，喜歡上走江湖的戲子王金榜，央家中總管「狗兒都管」將她請來書房一聚。詎料，父親突然回家，撞見此事，大怒。一方面找來金榜的父親王恩深，限他們隔日離開洛陽；一方面將完顏壽馬鎖在家中，命狗兒都管嚴加看管。

完顏壽馬想要求死，狗兒都管放了他，勸他先出去數日，再想辦法。完顏同知找不到兒子，又接到聖旨，要他進宮面聖，只得交代狗兒都管繼續尋找，上京去了。另一方面，完顏壽馬一路尋找金榜下落，一日，在茶館中，請茶博士找戲子演出，終於得遇金榜。他想要與金榜一起生活，一起工作，王恩深則要測試他對戲到底認識多少。最後，他通過了測驗，成為劇團的一員。

最後，完顏同知在驛館休息，因為思念壽馬，十分寂寞，乃找來戲班演出，沒想到找來的正是王恩深的劇團。終於，父子相認，他也認下了金榜這個媳婦。

此劇充分闡示了「百無一用是書生」的感嘆，是元代讀書人的寫照。此外，劇中多處出現當時常演的劇本、演員、劇團生活、表演技藝等非常有價值的戲曲史料。

四、《荊釵記》

「五大南戲」中的五劇，年代應較「戲文三種」為晚，結構技巧也較好些。五劇中的《荊釵記》（《王十朋荊釵記》），一般認為是柯丹邱的作品。此人生平事蹟不詳。清代張大復編撰的《寒山堂南曲譜》卷首《王

---

19 完顏為金姓，完顏同知的兒子理應也姓完顏，但劇中壽馬卻不姓完顏而姓顏，顯不合理，據改。

十朋荊釵記》條目下注云：「吳門學究敬先書會柯丹邱著」。吳門即是蘇州的別稱，可見柯丹邱是蘇州敬先書會中的才人。王國維先生認爲柯丹邱就是明代初年寧憲王朱權（「丹邱先生」乃朱權的道號，見《曲錄》）。明・徐渭《南詞敘錄》將《王十朋荊釵記》歸類於「宋元舊篇」內，清・鈕少雅《南曲九宮正始》也將之題爲「元傳奇」，所以，《荊釵記》必爲宋元人的作品。目前在崑劇中尚有一些「折子戲」流傳。

《荊釵記》的故事內容，敘述溫州貧士王十朋與錢玉蓮以荊釵爲聘，結爲夫婦。翌年，十朋得中狀元，授江西饒州僉判。權相萬俟欲招他爲婿，十朋拒絕。萬相惱怒，將他改調到廣州潮陽作僉判。富豪孫汝權乘機竄改十朋的家書爲休書，並騙娶玉蓮。玉蓮的後母逼她改嫁，玉蓮不從，投河遇救。後來，幾經曲折，終得以荊釵爲憑，夫妻團圓。（圖4-1）

五、《白兔記》

《白兔記》（《劉知遠歸鄉白兔記》），元・無名氏撰。寫後漢皇帝劉知遠與李三娘之間，悲歡離合的故事，共33出，故事本源於金代《劉知遠諸宮調》。內容寫五代時，沛縣沙陀村人劉知遠幼年喪父，隨母改嫁，又將繼父家業花費至盡，而被繼父逐出，流落在馬鳴王廟中借宿。（圖4-2）

一日，因飢餓難耐，偷吃同村富翁李大公祭祀所用的福雞，而被廟祝抓到，但李大公卻收留了他，並且因爲見他有帝王之相，更打算將女兒李三娘嫁給他。而三娘的哥哥李洪一夫妻，卻嫌貧愛富，反對父親招贅知遠，李大公不聽。

不久，李大公夫妻相繼去世，李洪一夫妻便百般虐待劉知遠及李三娘。他們命知遠去看瓜園，好讓瓜精害死知遠。誰知，知遠卻戰勝了瓜精，從而得到兵書、寶劍。知遠心想家中已不可久留，乃向三娘告別，去汾州投軍。最初，在岳節使麾下做一更夫，後來，岳節使也認爲知遠必有

一番作為，便招他為婿。此後，知遠屢建戰功，一直做到九州安撫。

　　而三娘在家，卻飽受兄嫂折磨，白天提水，晚上挨磨。一晚，勞累過度，在磨房中產下一子。因為沒有剪刀，便用牙齒咬斷臍帶，所以取名為咬臍郎。兄嫂將咬臍郎丟進荷花池中，想要害死他，幸遇家中的下人竇公，將他救起。三娘托竇公把咬臍郎送給知遠撫養，以逃避兄嫂的迫害。

　　15 年後，咬臍郎已是少年英雄，劉知遠命咬臍郎率兵回沙陀村去探望生母。咬臍郎屯兵在開元寺，一天出外打獵，因追趕一隻白兔，和井邊取水的李三娘相遇。咬臍郎得知李三娘便是自己的生母，便回去覆命。劉知遠於是到沙陀村，接三娘團聚。現存《六十種曲》、明成化本、《古本戲曲叢刊》初集影印明富堂刊本、汲古閣原刊本。

六、《拜月亭》

　　《拜月亭》的作者施惠，是元代的戲曲作家。一說姓沈（見清·曹諫亭本《錄鬼簿》），字君美（均美），浙江錢塘（今杭州）人。生卒年不可考，元·鍾嗣成《錄鬼簿》將他列在「方今已亡名公才人余相知者」類中，《錄鬼簿》作於元·至順年間，故知施惠活動於元·至順以前。傳說施惠巨目美髯，是一位書會才人。曾與范居中合撰《蕭霜裘》雜劇。作有南戲《拜月亭》，在崑劇中尚有折子戲流傳。（圖 4-3）

　　《拜月亭》的故事內容，乃根源於元·關漢卿的《閨怨佳人拜月亭》，寫金末士人蔣世隆與陀滿興福交好，並結拜為兄弟。後蒙軍入侵，蔣世隆與妹妹瑞蓮失散，王尚書之女瑞蘭與母親失散，陀滿興福則被山賊推為領袖。

　　因為瑞蘭與瑞蓮聲音接近，王母呼叫瑞蘭時，瑞蓮回答，兩人因而同行；另一方面，世隆與瑞蘭同行，人前以夫妻相稱。一日，世隆與瑞蘭行經虎頭山，遭遇強人打劫，而巧遇陀滿興福。原來，興福一家三百多口，都被奸賊陷害，滿門抄斬了。瑞蘭堅持離去，興福贈二人以黃金百斤。

路上，在一客棧暫住，終於在掌櫃的見證下，二人結爲夫妻。但世隆也重病纏身，而在同一客棧中，與王尙書相逢。王尙書不滿女兒婚事，乃強迫她拋下世隆，與父親同行。途中又與王母及瑞蓮團圓。另一方面，蒙古退兵之後，朝廷大赦，陀滿興福一路打聽世隆的下落，兩人在客棧相會，相約赴試，而雙雙高中文武狀元。王尙書奉旨招兩人爲婿，於是瑞蘭與世隆團圓，瑞蓮與興福成婚，世隆與瑞蓮也兄妹團圓了。

七、《殺狗記》

《殺狗記》是元・徐仲由的作品。寫楊月眞殺狗勸夫，與兄弟和好。共 36 出。

東京人孫華、孫榮兄弟，父母雙亡。孫華乃紈褲子弟，與無賴柳龍卿、胡子傳結爲酒肉朋友，花天酒地，吃喝玩樂。孫榮知書達禮，經常勸諫兄長上進。因柳、胡二人從中挑撥，孫華不聽勸諫，更將孫榮逐出家門，孫榮只得居住在破窯之中。

某一大雪之夜，孫華與柳、胡二人喝醉酒後回家，在雪地上跌倒，柳、胡拿走了孫華身上的寶物，不管他的死活。幸好孫榮經過，將他背回家中。孫華醒來後，發現身上的寶物不見了，反而誣賴弟弟，把孫榮打了一頓，又把他趕出去了。

孫華的妻子楊月眞很賢慧，見丈夫信損友而執迷不悟，於是想出一計：向鄰居買了一隻狗，殺死後穿上人的衣服，放在門口。半夜，孫華酒醉回家，看到死狗，以爲是死人，恐怕會惹上官司，求妻子楊氏加以處置。楊氏要他去找柳、胡幫忙，把「屍體」移葬他處。柳、胡不肯。楊氏又要他去找孫榮幫忙。孫榮念兄弟手足之情，不計前嫌，慨然幫忙。

柳、胡二人不但不肯幫忙，反而去官府告孫華殺人移屍。楊月眞這時才說出了殺狗勸夫的眞相，官府勘驗的結果，果然是一隻死狗，案情大白，孫華也看清了柳、胡二人的眞面目，悔悟自己的過錯，而與孫榮和

好。現存《六十種曲》本、《古本戲曲叢刊》初集影印明·汲古閣原刊本。

八、《琵琶記》

《琵琶記》在戲曲史上討論頗多（圖 4-4），且大多持正面的意見。如徐渭在《南詞敘錄》中說：[20]

> 永嘉高經歷明，避亂四明之櫟社。惜伯喈之被謗，乃作《琵琶記》
> 雪之，用清麗之詞，一洗作者之陋。於是村坊小伎，進與古法部
> 相參，卓乎不可及已。……高皇（按：即明太祖朱元璋）笑曰：
> 「五經四書，布帛菽粟也，家家皆有；高明《琵琶記》，如山珍
> 海錯，富貴家不可無。」

作者高明，元末戲曲作家。字則誠，號菜根道人，浙江瑞安人。約生於元大德年間，卒於明初。祖父高天錫、伯父高彥都是詩人，可謂書香門第，曾受業於理學家黃晉。

元·至正 5 年（1345）中進士，先後任處州錄事、杭州行省丞相掾、江南行臺掾、福建行省都事等職，但都是相當於省政府祕書的小官。元至正 8 年（1348）方國珍在浙東起義，高明被任命至浙東參知軍務，但到任不久，便與元人主帥意見不合，且朝廷招撫方國珍，論功行賞又沒有他的份，便歸隱寧波城東之櫟社，閉門謝客，一心從事戲曲創作，《琵琶記》即在此時寫成。

明王朝建立後，朱元璋慕其名，欲延攬入朝，高明不從。劇作除《琵琶記》外，另有南戲《閔子騫單衣記》，已佚。《琵琶記》共 42 出，改編自早期南戲《趙貞女蔡二郎》。內容寫東漢時，陳留郡士人蔡伯喈，與妻子趙五娘新婚才兩月，就遵父命往京城應舉。中舉後想辭官回家，孝順父母，皇帝不允；牛丞相欲招為婿，不從，皇上賜婚，不得已與牛丞相之

20　見徐渭，《南詞敘錄》敘文。

女成親。

陳留郡發生飢荒，里正賑糧，又從中苛扣。伯喈託人送去家書及銀錢，也遭拐兒騙去。家中生活艱難，五娘只有給公婆吃稀飯，公婆本來誤會五娘，卻見她自己躲在廚房吃米糠，羞愧之餘，相繼過世。試看兩段她食糠前的心情：

（旦上唱）【山坡羊】亂荒荒不豐稔的年歲，遠迢迢不回來的夫婿。急煎煎不耐煩的二親，軟怯怯不濟事的孤身己。衣盡典，寸絲不掛體。幾番要賣了奴身己，爭奈沒主公婆教誰看取？（合）思之，虛飄飄命怎期？難捱，實丕丕災共危。

【前腔】滴溜溜難窮盡的珠淚，亂紛紛難寬解的愁緒。骨崖崖難扶持的病體，戰欽欽難捱過的時和歲。這糠呵，我待不吃你，教奴怎忍飢？我待吃呵，怎吃得？（介）苦，思量起來不如奴先死，圖得不知他親死時。（合前）

五娘因為貧窮，賣髮葬公婆，卻仍然無力負擔造墳的費用，乃用手刨土，自行築墳。後來因為她的孝行感動了天神，命白猿使者與黑虎將軍，趁她睏倦休息之時，協助造好了墳臺。五娘描繪了公婆的畫像，背起琵琶，一路行乞，上京尋夫去了。

伯喈在牛府也不好過，他思念父母和五娘，找人送信又沒有下落，他更加擔心。牛小姐看出他有心事，逼問之下，才知實情。她與父親理論，父親也知理虧，乃派李旺前去陳留，要將伯喈的家人接來。幸虧五娘在京，得知相府要招老媽子，才有機會與伯喈相認。最後三人同回陳留家中重修廬墓，「一夫二婦，旌表耀門閭」。

這部戲之所以動人，一則在情節架構，二則在人物塑造，三則在主題意識，四則在文詞音律。就情節架構來說，作者以多線交叉呈現的手法，展示了事件的深度與廣度。

就人物塑造來說，劇中幾乎每一個人的行為，都有其不得不然的動機。趙五娘的性格塑造最為成功，她不希望蔡伯喈上京趕考，但為了丈夫的前程，她沒有阻攔；米糠她吃不下去，但為了孝順公婆，她不得不吃；她一個弱女子，怎麼有能力徒手築墳？但因為沒錢，她也不得不然。一次又一次不得不然，把她磨練成為一個堅強的女性。所以她描繪公婆的容貌，背著琵琶，一路上京尋夫。

相對於趙五娘，蔡伯喈的表現顯得極為軟弱。雖然他對父親的嚴命，「辭試不從」；中了狀元後，進宮面聖，「辭官不從」；面對牛丞相的逼迫，「辭婚不從」，但終究沒有一件事是他可以掌控的。「三不從」的結果，竟然是「三不能」。然而軟弱的個性背後，我們卻看到了元代讀書人，長期被歧視、被壓迫之後，嚴重的失落感和無力感。

牛小姐的地位有些尷尬，她先是處在父親與丈夫中間，後來又處在丈夫與趙五娘中間；她對父親的蠻橫感到厭惡，又同情伯喈和五娘的遭遇，她做出了正確的決定，卻使得她從原本「也」是「正室」的地位，一下子落了個「妾」的地位。

其他人物像是里正、拐兒，他們之所以犯錯，也都是因為窮困，不得不然。

就主題意識來說，前文說過，此劇改編自早期南戲《趙貞女蔡二郎》。這個劇本已經失傳，我們無由知道它的詳細內容。但是根據《南詞敘錄》的描述，我們知道它說的是「蔡伯喈棄親背婦」，被「暴雷震死」，而趙五娘遭馬踏死。這是南宋的劇本，說的又是書生負心的故事，徐渭說它是「鄉里妄作」，其實顯然就是觀眾愛看。但高明認為：東漢時「舉孝廉」出身的經學大師蔡邕，竟被誣陷做出「棄親背婦」這等天理不容的事，實在有辱先賢，所以有意為蔡伯喈作翻案文章。表面上看，《琵琶記》的主題，就是在為蔡伯喈的重婚牛府，找到一個不得不然的理由，但實際上，卻又很巧妙地寫出了元代讀書人的無奈和痛苦。

就文詞、音律來說，前文曾引《南詞敍錄·敍文》的話，說明了《琵琶記》是「以清麗之詞，一洗作者之陋。」高明自己也在第一出中說：「休論插科打諢，也不尋宮數調，只看子孝與妻賢。驊騮方獨步，萬馬敢爭先？」可見南戲從《琵琶記》以後，已經進入了「作家劇場」的階段，不再以觀眾的口味爲依歸，而是由作家主導，一步一步走向精緻化了。

九、《王魁》

除了前面介紹的「戲文三種」和「五大南戲」之外，其他還有幾部影響深遠的南戲也值得討論。與《趙貞女蔡二郎》同爲早期南戲的《王魁》，是宋·無名氏撰。王魁，名俊民，字康侯。萊州掖縣人。嘉佑中狀元。宋·夏噩有《王魁傳》，宋官本雜劇亦有《王魁三鄉題》。

王魁應試落第，到山東萊州，與妓女桂英相遇。桂英十分愛慕王魁，對他說：「君但爲學，四時所須我爲辦之。」並結爲夫妻。一年之後，科期將屆，桂英替王魁打理盤纏，送他上京。臨行前，雙雙來到海神廟，王魁立誓：「吾與桂英，誓不相負，若生離異，神當殛之。」

可是得中狀元後，王魁便忘掉了從前的誓言，拋棄桂英，另娶了崔氏爲妻。桂英得知王魁及第且授徐州僉判的消息，便派人帶信去找王魁。那人見到王魁，呈上桂英的書信，王魁竟將它扔在地上，不予理睬。那人回報桂英，桂英憤恨道：「魁如此負心，我當以死報其怨。」乃自刎而死。

一夜，桂英鬼魂從燭光中走來，怒斥王魁說：「君輕恩負義，負誓渝盟，使我至此！」王魁連聲討饒，驚懼萬分。桂英又說：「得君之命即止，不知其他。」幾天之後，王魁就突然死亡。全劇已佚，僅《南九宮十三調曲譜》、《南詞新譜》、《南曲九宮正始》、《寒山堂南九宮十三調曲譜》、《九宮大成》、《南詞定律》等，引錄了十八隻佚曲。現今豫劇、歌仔戲等地方戲中，這個劇目仍然十分受到歡迎。

十、《西廂記》

另外一些名劇如《西廂記》，宋（元）·無名氏撰。源於唐·元稹《鶯鶯傳》（又名《會真記》）。故事約同於金代晚期，董解元的《西廂記諸宮調》。全劇已佚，僅《舊編南九宮十三調曲譜》、《南九宮十三調曲譜》、《南詞新譜》、《南曲九宮正始》、《寒山堂南九宮十三調曲譜》、《九宮大成》、《南詞定律》及《雍熙樂府》、《盛世新聲》、《詞林摘豔》等書，引錄了 28 隻佚曲。

十一、《王煥》

又如《王煥》戲文，宋·黃可道撰。《錢塘遺事》卷六「戲文晦淫」條云：「至戊辰、己巳間，《王煥》戲文盛行於都下，始自太學黃可道者為之」。寫汴梁人王煥，因父親早逝，隨叔父居住洛陽。

因王煥貌俊美，善詩詞、騎射，時人稱「風流王煥」。清明節時，王煥遊陳家花園，與妓女賀憐憐在百花亭相遇，一見鍾情。賣查梨條的王小二從中撮合，王煥因此與憐憐相約成為夫妻，住到憐憐住處。半年後，王煥銀錢用罄，鴇母想將他逐出妓院，但憐憐護持，鴇母不得要領。此時，在西延戍邊的邊將高邈，奉命攜鉅款來洛陽採購軍需。高邈到洛陽後，竟挪用公款，欲娶憐憐為妾。憐憐不從，鴇母設計把王煥趕走，逼憐憐嫁給高邈。

高邈將憐憐先安置在承天寺內。憐憐日夜思念王煥，卻無法與他聯絡。一日，忽見王小二到寺中賣查梨條，便託他送一封信給王煥，信中附【長相思】詞，約王煥前來相會。王煥改扮作賣查梨條的小販，趁高邈外出採購，便在寺外高聲叫賣。憐憐認出是王煥的聲音，便命侍女盼兒將王煥迎入寺內。兩人相會，憐憐勸王煥到西延投軍立功，並贈以盤纏，臨別之時，又贈以【南鄉子】詞，勉勵王煥。

王煥來到西延，在西延經略種師道麾下，因屢建戰功，封為西涼節

度使。後來高邈挪用公款被查獲，這時憐憐也隨高邈來到西延，她告知種師道說：「身是煥妻，不願從邈。」種師道遂將她判歸王煥，兩人終於團聚。

全劇已佚，僅《舊編南九宮十三調曲譜》、《南九宮十三調曲譜》、《南詞新譜》、《南曲九宮正始》、《寒山堂南九宮十三調曲譜》、《九宮大成》、《南詞定律》等書，引錄了 23 隻佚曲。

十二、《東窗事犯》

再如《東窗事犯》，宋（元）・無名氏撰。本事出於《夷堅志》、《宋史》。寫南宋初年，岳飛舉兵，大敗金兵於牛頭山，正要乘勝北進，直搗黃龍，好迎回二帝，金兀朮派軍師化妝到臨安，思再見秦檜，設計要害死岳飛父子，好阻止岳家軍的行動。秦檜和妻子在東窗之下密商，打算在宋高宗面前誣陷岳飛父子謀反。高宗於是在一天之中，連下了十二道金牌，召岳飛父子回京，拘押在天牢之中，以莫須有的罪名，將岳飛父子害死在風波亭。一日，秦檜遊靈隱寺，地藏王化身瘋僧，對秦檜說：「丞相啊，東窗密謀之事快要敗露了。」秦檜心懷鬼胎，回到家中便頭痛身亡，死後打入十八層地獄。現有萬曆富春堂本。

十三、《朱買臣》

再如《朱買臣》，宋（元）・無名氏撰。朱買臣，字翁子，西漢會稽吳人，其傳可見《漢書》。劇中描寫他好讀書，然家境貧困，打柴度日。朱買臣挑柴下山的時候，常邊走邊讀書，妻子擔柴跟隨在後，見其迂腐的樣子，屢加勸阻，並勸他改謀生計。但買臣不為所動，其妻不堪忍耐貧苦，便有意求去。買臣笑說：「如今我已四十多歲了，我到五十歲的時候必定富貴，你跟我吃了這許多年的苦，待我富貴之後，定當報答。」而妻執意求去。買臣只好應允。後來，買臣果然官拜會稽太守。路遇前妻，前妻十分羞愧，乃自縊而死。全劇已佚，惟《南九宮十三調曲譜》、《南

詞新譜》、《南曲九宮正始》、《寒山堂南九宮十三調曲譜》、《南詞定律》等書，引錄了 4 隻佚曲。另外，江蘇省崑劇院的生腳姚繼焜和大陸著名的戲曲家阿甲，在 1980 年代初期，從明清傳奇《爛柯山》的〈前逼〉、〈悔嫁〉、〈痴夢〉、〈潑水〉四折，整編新版的崑劇《朱買臣休妻》（圖 4-5），1982 年首演，並於 1998 年 11 月來臺演出，普獲好評。

第五章

北劇

　　嚴格說來，所謂「元雜劇」，應該稱為「金元雜劇」。它上承宋金雜劇院本，經過「院么」、「么末」等形式而成；下啓明、清雜劇。主要以流行在中國北方的的「北曲」作為其曲牌格式，所以又稱為「北曲雜劇」，而以與「南曲」為主體的「南戲」都是中國最早有劇本流傳的大戲劇種。

　　本章共分四節，分別從其「淵源、形成與發展」、「體製規律」、「演出」、「作家與作品」等角度加以探討。元代名家輩出，被史家譽為是中國戲曲史上，第一個「黃金時代」。但因為從西元 960 年，北宋建國開始，到西元 1279 年，蒙古統一中國，建立元朝，宋、西夏、遼、金、元五種政治勢力曾經同時存在於中國，且元代政治混亂，宋、金遺民反元聲浪不斷。所以，這個時代也是中國歷史上赫赫有名的亂世。

　　這五種政治勢力的興替，約可見下表：

表 5-1　西元 960-1279 年間五大政治實體之興替

國名	建國	滅國	備攷
遼	916A.C.	1125 A.C.	宋、金滅遼
西夏	1038 A.C.	1227 A.C.	為蒙古所滅
金	1115 A.C.	1234 A.C.	為宋、蒙古聯合所滅
元	1271 A.C.	1368 A.C.	1206-1271 年為蒙古時代
北宋	960 A.C.	1127 A.C.	徽、欽二帝被金兵擄去
南宋	1127 A.C.	1279 A.C.	為元所滅

　　為了釐清紛亂，並了解元代的政治與社會，似乎有必要對蒙元的歷史，做一簡單的回顧。西元 1206 年，蒙古酋長鐵木眞被推舉為「大可汗」，稱「成吉思汗」，（圖 5-1）意為「世界的統治者」。成吉思汗統一蒙古各部，建立了蒙古帝國，他的帝國經不斷地征戰，[1] 終於成為人類歷

1　蒙古在兼併塞北諸游牧部落後，又攻略南方及東方的城郭國家，包括：亡夏（1227）、

史上最大的帝國。

　　蒙古帝國的擴張並沒有因為成吉思汗的過世而停止。相反的，他的子孫們把蒙古帝國延伸至歐洲，成為一個橫跨歐亞大陸的大帝國。因為蒙古帝國地域之廣，為恐鞭長莫及，所以採取分治的方法，把他們的帝國分為幾個「汗國」，分別為元帝國、吐蕃宗教國、窩闊臺汗國、察合臺汗國、欽察汗國、伊兒汗國。1271 年，蒙古大汗忽必烈（圖 5-2）把原來屬西夏帝國、金帝國、宋帝國、大理帝國和蒙古本土合併成一個帝國，（圖5-3）取易經乾卦「大哉乾元」之意，國號「大元」。

　　元世祖建立帝國後，把境內的子民按人種分為四等，第一當然是蒙古人，第二是色目人（中亞人），第三是漢人（中國北方人），第四是南人（中國南方人）。又按照職業分成十個等級：官、吏、僧、道、醫、工、匠、娼、儒、丐。儒者的地位比娼妓還低。在蒙古人眼中，中國不過是他們的殖民地之一，為的只是掠奪財富。蒙古人的壓榨和重稅對中國人的迫害固然是普遍性的，但是對知識分子的不屑，更是空前絕後的。讀書人在他們眼中，不過是一群不事生產的寄生蟲。在政治上，對文人的另外一個打擊，便是科舉制度的廢除，長達 80 年之久。

　　科舉制度一向是文人的希望，廢除以後，文人變成無用之人，為了生活，不得不投入生產。由於這批文人的加入，各行各業的創造力大為提升。像是繪畫、戲曲等工作，尤其有突破性的發展。

　　官僚系統中，少了有才幹的文人，卻多了許多有錢的漢人，不管有無才幹，都能花錢買個官做。這樣的人當上了官，勢必對老百姓強取豪奪，甚至視人命如草芥，因此冤案層出不窮。關漢卿的雜劇名作《竇娥冤》當中，那個認為「但來告狀者，皆我衣食父母也」的州官桃杌[2]，就是典型的

　　滅金（1234）、兩次侵宋、定大理、吐蕃與交趾（1253）、征高麗。還經歷三次西征，征服了緬甸、占城、安南和爪哇等鄰邦，並企圖渡海，征伐日本，可惜鎩羽而歸。

2　古代傳說中有「四大惡人」，為首的叫「檮杌」，極為貪心，「桃杌」或為「檮杌」的

例證。

在中央集權的政策上，忽必烈即位之後，削藩奪權，選派嫡親的宗王，鎮守邊防要地，名義上代表皇帝，卻不總攬政務、賦稅，逐步實現中央集權。同時，廢除了漢人的世襲制度，解放兵權，設置牧守，加強對漢人的控制。以漢人官僚推行漢法，卻在各級政權中，用色目人分掌事權，使其相互牽制，並以蒙古人爲諸司之長，以維護其統治者的特權。

在中央，則先後設置了中書省掌全國政務，樞密院掌全國軍務，御史臺負責監察。在地方，設宣撫司或宣慰司、行省，對路、府、州、縣進行調整。「行省」可說是元代的地方行政單位。元朝在地方上仍舊保存了宋代路、府等舊稱，只是在路的上面，又設了一個「行中書省」，簡稱「行省」，作爲地方區域劃分的最高單位，而這個制度則是沿襲自金朝。

元初時，行省的長官稱爲「中書省臣出行省事」，首長都是蒙、漢各一，不過多由蒙古人掌大權，漢人只是助手而已。總計元朝自滅宋到英宗至治元年（1321），先後設了 11 個行省，到了元朝末年，增加到 15 個；每省設丞相一人，是最高長官。丞相下面有平章、左右丞，以及參知政事等官。

事實上，元朝的行省制度是一種變相的封建制度。從此以後，地方政府的地位急遽下降，中央政府常派大臣去鎮壓所在的地方政府。明、清兩朝延續了元朝的行省制度；中央政府權力直達地方政府的結果，對地方政事的推動，造成很大的阻礙。

元朝的政治始終沒有清明過。蒙古人仍然無法擺脫游牧民族的習性。在政治上，也保持著貴族封建及武力統治的習性。他們用部落社會的政治手段，統治農商社會的人群，卻忽略了社會文化、經濟的需求；因

諧音。又，江南方言中，「桃杌」的發音與「豆腐」相近，或許是在暗諭這個糊塗州官，其實滿腦子豆腐渣，既顢頇昏庸又沒有擔當。

此，元朝的政治，注定是要失敗的。因爲連年征戰，耗損國力，元政府又採取歧視漢人的政策，加之元王朝內部的爭權奪利，終於在漢人不斷反抗之下，被逐出中原，回到蒙古故地，元帝國也隨之滅亡。

第一節
北劇的淵源、形成與演變
——

　　有關元雜劇發展的歷史，歷來都有一些疑點，頗受學界爭議。例如元雜劇史分期的問題、北曲如何形成的問題、蒙古人統一中國後，雜劇與南戲的消長問題等，均極令人困惑。關於這些問題，大陸的學者季國平先生，在他的博士論文《元雜劇發展史》中，有過深入的分析。特別是討論北曲的形成與北曲聯套的形成，個人認爲是很精闢的。

　　在「元雜劇的歷史分期」這一問題上，作者雖然用心經營出一個完整的架構，但顯然輕忽了「北方興起時期」的歷史意義，對於它是如何從宋金雜劇院本演變過來的，著墨不多。所幸，曾師永義在其所撰〈也談北劇的名稱、淵源、形成與流播〉[3] 一文中，有詳細的論述。

一、北劇的名稱

　　如同南戲有 12 種名稱，歷來對北劇的稱呼也有 10 種之多。包括「樂府」、「傳奇」、「北曲」、「元詞」、「北院本」、「院么」、「么麼院本」、「么末」、「雜劇」、「北劇」，請見下表：

3　收入《戲曲源流新論》。

表 5-2　北雜劇的十種名稱

名稱	出處
北劇	1. 明·何良俊《四友齋叢說·卷37》：「金元呼北劇爲雜劇，南戲爲戲文。」 2. 明·王驥德《曲律·雜論第39》：「劇之與戲，南北各自異體。北劇僅一人唱，南戲則各唱。」 3. 與南戲相對稱，由「北曲雜劇」、「北雜劇」省文而來。
院幺	元末明初人陶宗儀《南村輟耕錄·卷25》[4]〈院本名目〉中，記院幺名目21種：海棠軒　海棠園　海棠怨　海棠院　魯李王　慶七夕　再相逢　風流婿　王子端捲簾記　紫雲迷四季　張與夢孟楊妃　女狀元春桃記　粉墻梨花院　妮女梨花院　龐方溫道德經　大江東注　吳彥舉　不抽關　不掀簾　紅梨花　玎璫天賜暗淵緣
幺末	1. 金、元間人杜仁傑〈莊家不識勾欄〉套【六煞】：「見一個人，手撐著椽做的門，高聲的叫請請。道遲來的滿了無處停坐。說道前截兒院本調風月，背後幺末敷演劉耍和。」 2. 元·鍾嗣成《錄鬼簿》[5]「石君寶」條之賈仲明輓詞[6]：「……。共吳昌齡幺末相齊。……。」 3. 同前，「高文秀」、「楊顯之」、「花李郎」、「王伯成」、「侯正卿」等人之輓詞亦有幺末二字。
幺麼院本	元·無名氏《藍采和》雜劇第四折【七弟兄】：「那時我對敵，不是我說嘴；我看他笑嘻嘻，將衣服花帽全新置，舊幺麼院本我須知，論同場本事我般般會。」
傳奇	1. 元·鍾嗣成《錄鬼簿》說集本卷上「前輩已死名公才人，有所編傳奇行於世者」中，錄有自關漢卿以至紅字李二，共 53 人所編的雜劇目錄。 2. 同前書，卷下「方今已亡名公才人，余相知者，爲之作傳，以【凌波曲】吊之」中的「趙良弼傳」：「……。公經史問難，詩文酬唱，及樂章、小曲、隱語、傳奇，無不究竟。……」 3. 天一閣本中，「楊顯之」、「花李郎」、「張時起」、「顧仲清」、「武漢臣」、「蕭德祥」之輓詞中，皆見「傳奇」二字。

4　該書約成於元惠宗至正26年左右。「院本名目」中計分「院本」274目、「院幺」21目、「院爨」107目、「衝撞引首」110目、「栓搐豔段」92目、「打略栓搐」116目、「雜砌」30目。

5　元·鍾嗣成撰，初稿寫成於元文宗志順元年（1330），最後的稿本應在至正5年（1345）以後。又，明初曲家賈仲明加以增補，並撰寫輓詞，是爲「天一閣本」。有關此書結構，詳見本章第四節。

6　見「天一閣本」《錄鬼簿》。

名稱	出處
雜劇	1. 元‧夏庭芝《青樓集‧青樓集誌》：「唐時有傳奇，皆文人所編，猶野史也；但資諧笑耳。宋之戲文，乃有唱念，有諢。金則院本、雜劇合而為一。至我朝乃分院本、雜劇而為二。……」 2. 陶宗儀《南村輟耕錄‧卷25》：「唐有傳奇，宋有戲曲、唱諢、詞說，金有院本、雜劇、諸公（按：當作宮）調。院本、雜劇，其實一也。國朝，院本、雜劇始釐而二之。院本則五人，一曰副淨，古謂之參軍；一曰副末，古謂之蒼鶻。鶻能擊禽鳥，末可打副淨，故云。一曰引戲，一曰末泥，一曰孤裝，又謂之五花爨弄。或曰：宋徽宗見爨國人來朝，衣裝鞵履巾裹，傅粉墨，舉動如此，使優人效之以為戲。又有餤段，亦院本之意，但差簡耳，取其如火餤，易明而易滅也。其間副淨有散說，有道念，有勃斗，有科汎，故教坊色長魏、武、劉三人鼎新編輯。魏長於念誦，武長於勃斗，劉長於科汎。至今樂人皆宗之。」 3. 天一閣本《錄鬼簿》關漢卿、王實甫、張時起、岳伯川、秦簡夫等人傳後，賈仲明所補輓詞，皆有雜劇二字。 4. 明‧寧獻王朱權《太和正音譜》有「雜劇十二科」、「群英所編雜劇」。 5. 明‧王驥德《曲律‧雜論第39上》：「元人雜劇，其體變幻者固多，一涉麗情，變關節大略相同。」〈雜論第39下〉：「金元雜劇甚多，《輟耕錄》載七百餘種，《錄鬼簿》及《太和正音譜》載六百餘種。」
樂府	1.《太和正音譜》有「古今群英樂府格式」。 2. 何良俊《四友齋叢說》卷三十七：「元人樂府稱馬東籬、鄭德輝、關漢卿、白仁甫為四大家。」
北院本	明‧葉子奇《草木子》：「俳優戲文，始於《王魁》，永嘉人作之。……其後元朝南戲尚盛行。及當亂，北院本特盛，南戲遂絕。」
北曲	明‧王世貞《曲藻》：「北曲固當以西廂壓卷。」
元詞	《曲藻》：「涵虛子論元詞，一百八十七人。」

　　以上這十種名稱中，「樂府」乃是指稱其為音樂文學而言，宋、元的詞曲作家，如蘇軾、張可久，都稱自己的詞曲集為「樂府」。[7]「傳奇」則言其內容曲折離奇而引人入勝，如諸宮調、北曲雜劇、南曲戲文都以之命名。其言「北曲」，自是說明其音樂來自北方。至於稱「元詞」，則強調其為元代的音樂文學。因此，從其片面性來看，實不具備代表性。因此，以下將就「北院本」、「院么」、「么麼院本」、「么末」、「雜劇」、

7　蘇軾之詞集稱為《東坡樂府》、張可久的曲集稱《小山樂府》。

「北劇」等六種名稱，探討北曲雜劇的演化過程。

先說「北院本」。金代遺民胡祇遹[8]《紫山大全集·卷八》有〈贈宋氏序〉，中有言：

> 樂音與政通，而伎劇亦隨時所尚而變。近代教坊院本之外，再變而為雜劇。既謂之雜，上則朝廷君臣政治之得失，下則閭里市井、父子兄弟、夫婦朋友之厚薄，以至醫藥卜筮、釋道商賈之人情物理，殊方異域風俗語言之不同，無一物不得其情，不窮其態。以一女子而兼萬人之所為，尤可以悅耳目而舒心思，豈前古女樂之所擬倫也？全此義者，吾於宋氏見之矣。

胡氏為金末元初人，既云「院本之外，再變而為雜劇。」可見元初之雜劇應為金代院本之遺緒；又其言宋氏的表演藝術，已經極為精緻；再者，當時雜劇的題材包羅萬象，顯非金院本能及。可見，最晚在元滅宋之後的十幾年間，雜劇藝術已經昇華為大戲。

另外，前引陶宗儀《南村輟耕錄·卷二十五》及夏庭芝《青樓集·青樓集誌》，都大同小異地說明了「金院本是元雜劇的小戲階段」這一事實，〈青樓集誌〉中更比較了兩者的差異。北曲雜劇由金院本演變而來，此點既已可知，由《輟耕錄》與〈青樓集誌〉的描述，又知金院本與宋雜劇是同樣的東西，那麼，為什麼兩者要有不同的名稱呢？原來，宋雜劇本屬宮廷的「小戲群」，金滅了北宋之後，宮廷中一些雜劇藝人流落民間。根據胡忌《宋金雜劇考》，當時凡娼妓、樂工、伶人、乞丐的住所，均稱為「行院」，所以，由民間「行院人家」藝人演出的雜劇，就稱為「院本」。

8　字紹開，號紫山，磁州武安人，生於金哀宗正大 4 年（1227），卒於元世祖至元 30 年（1293）。《紫山大全集》收入《四庫全書珍本》（臺北市：商務，1973 年）；四集；集部五；別集類四 291-296 冊，卷八〈贈宋氏序〉在 292 冊，頁 56。

接著談到「院么」與「么末」。前述《輟耕錄·卷二十五》「院本名目」中列舉了 21 種「院么」，但並未說明何為「院么」。胡忌就提出過這樣的問題：[9] 第一，如果院么是院本的一種，那麼為什麼不像「上皇院本」、「題目院本」、「和曲院本」、「霸王院本」、「諸雜大小院本」那樣，逕稱為「某某院本」，而要獨立出來，另題作院么呢？

第二，這 21 種「院么」中，題為「梨花院」的，就有「粉墻梨花院」、「妮女梨花院」兩種，另在「題目院本」中，又有「雙打梨花院」，「諸雜大小院本」中，也有「回回梨花院」，同一故事內容，卻被分在三個類目，是否因為體裁不同？

第三，馮沅君在《古劇說彙·院本名稱》中，認為「院么」就是院本的「么」，也就是後段的雜扮。如果此說屬實，院本之數與「院么」之數差異實在太大，又如何解釋呢？[10]

其實，北宋宮廷雜劇僅有正雜劇兩段而已，[11] 到了南宋，宮廷雜劇也只多了豔段，[12] 至於「雜扮」，只存在於民間。院本既同於雜劇，亦有「豔段」、「正院本」、「散段」三部分。曾師認為：「院目」中稱「院本」、「院么」、「院爨」者，皆屬「正院本」；稱「衝撞引首」、「打略拴搐」、「拴搐豔段」者，皆屬「豔段」；稱「諸雜砌」者，皆屬「散段」。[13] 而「院本」既為「行院演出之本」，則「院么」當為「行院演出之么」，「院爨」當為「行院演出之爨」；「么」為「么末」，「爨」則是「踏爨」，即院本中「詠歌踏舞」的一類表演。[14]

9　見胡忌，《宋金雜劇考》第四章第四節。

10　《輟耕錄》中，稱院本者，共計 274 本。

11　見孟元老，《東京孟華錄·卷九》。

12　見吳自牧，《夢粱錄·卷三》。

13　見曾著，《戲曲源流新論》，頁 208。

14　見《戲曲源流新論》，頁 208-209。

　　至於「院么」與「么末」這兩個詞，先看杜仁傑〈莊家不識勾欄〉中的用法：

【般涉調耍孩兒】風調雨順民安樂，都不似俺莊家快活。桑蠶五穀十分收，官司無甚差科。當時許下還心願，來到城中買些紙火。正打街頭過，見吊箇花碌紙榜，不似那答兒鬧攘攘人多。

【六煞】見一個人手撐著椽做的門，高聲的叫請請。道遲來的滿了無處停坐。說道前截兒院本調風月，背後么末敷演劉耍和。高聲叫：趕散易得，難得的妝哈。

【五煞】要了二百錢放過咱，入得門上個木坡。見層層疊疊團團坐。抬頭覷、是個鐘樓模樣，往下覷、卻是人旋窩。見幾個婦女向臺上坐。又不是迎神賽社，不住的擂鼓篩鑼。

【四煞】一個女孩兒轉了幾遭，不多時引出一夥。中間裡一個央人貨，裹著枚皂頭巾頂門上插一管筆，滿臉石灰更著些黑道兒抹。知他待是如何過，渾身上下，則穿著花布直裰。

【三煞】念了會詩共詞，說了會賦予歌無差錯。唇天口地無高下，巧語花言記許多。臨絕末，道了低頭撮腳，爨罷將么撥。

【二煞】一個妝做張太公，他改做小二哥。行行行說向城中過，見個年少的婦女向簾兒下立，那老子用意鋪謀待取做老婆。教小二哥相說合，但要的豆穀米麥，問甚布絹紗羅。

【一煞】教太公往前那，不敢往後那，抬左腳不敢抬右腳，翻來覆去由他一個。太公心下實焦懆，把一個皮棒槌則一下打做兩半個。我則道腦袋天靈破，則道興詞告狀，剗地大笑呵呵。

【煞尾】則被一胞尿，爆的我沒奈何，剛捱剛忍更待看些兒個，
枉被這驢頹笑殺我。

這其中【六煞】的「么末」、【三煞】的「么撥」、《藍采和》第四
折【七弟兄】中的「么麼院本」，說的應該是同一種表演藝術。再看賈仲
明在《錄鬼簿》中，為高文秀、楊顯之、花李郎、王伯成、侯正卿等人所
作之輓詞：

> …，比諸公么末極多。（高文秀）
> 共吳昌齡么末相齊。（石君寶）
> 公末中補缺加新令，…（楊顯之）
> …，公末文詞善解嘲。（王伯成）
> 樂府詞章性，傳奇么末情。（花李郎）
> 燕子樓么末全贏，…。（侯正卿）

以上六人的輓詞中，「么末」也好，「公末」也罷，都是北曲雜劇的
別稱無疑，「么」為「第一」的意思，也顯示了北曲雜劇以「末」為主腳
的事實。[15]

由以上對、「院么」、「么麼院本」、「么末」、「雜劇」等稱呼的
探討，我們似乎可以這麼說：「北院本」是「雜劇」在小戲階段的雛型，
中間經過「院么」、「么麼院本」、「么末」，逐步確立了「雜劇」以
「末」為主的表演藝術形式，終於開花結果，形成與「南戲」相對稱的大
戲劇種──「北劇」。

15　文獻上又有「撇末」、「撇朗末」、「裝么」之稱，「撇末」指扮演末色，末在雜劇
　　中是主腳，所以「撇末」即演出雜劇；「撇朗末」之「朗」意謂「第一」，用來修飾
　　「末」，「裝」即「裝扮」，「么」即指「末」，三詞意皆同。詳見《戲曲源流新論》，
　　頁 210-222。

二、北劇的形成

名稱的問題解決了。但是，北曲雜劇究竟是在什麼時候形成的呢？根據曾師永義的意見，應該是在宋理宗端平元年（即金哀宗天興 3 年，西元 1234 年），蒙古滅金前後。[16] 這個說法與季國平《元雜劇發展史》中，論元雜劇的歷史分期的第一期不謀而合。季國平將元雜劇分爲三期，分別是：

（一）北方興起時期

1. 即自蒙古滅金到元統一中國。

2. 北曲形成初期，可能體制還不完備，文人作家摸索之。

3. 在北方廣大地區流傳。

4. 大都（即今北京）成爲全國政、經、文化的中心，亦爲北方雜劇的中心。

（二）南北繁榮時期（1279-1323）

1. 即自元代統一中國始，至元曲四大家辭世止[17]。

2. 此時期最能代表者爲關、鄭、白、馬，及王實甫。

3. 隨著元的統一中國，北方雜劇流入南方，關漢卿甚至常住揚州，促進了南北文風及曲勢的相互影響。

4. 徐渭《南詞敘錄・敘文》中有言：「元初北方雜劇流入南徽，……宋詞遂絕，而南戲亦衰。」

---

16 詳見《戲曲源流新論》，頁 237 至 243，曾師引徐朔方等人的研究，從劇本內容與作家年代立論。

17 《中原音韻》成書於 1324 年，此時元曲四大家已矣。

（三）雜劇衰微時期（**1324-1368**）

1. 自元曲四大家辭世至元帝國覆滅。

2. 元末宮廷雜劇演出依然很盛。

3. 明初仍有雜劇演出，但一變而爲「南雜劇」。

4. 明代傳奇擅場，爲雜劇時代的延續與發展。

這樣的說法應該大致不錯，但其中徐渭在《南詞敘錄》中，認爲元統一中國後，北雜劇南流，使得「宋詞遂絕，而南戲亦衰。」這句話有待商榷。另外，明初雜劇與南雜劇是雜劇在兩個不同時期的發展，思想、內容、風格都大異其趣，此點將在下一章的第一節（「南戲與北雜劇的三化」）及第七章第一節（「南雜劇」）中詳加論述。

元代的雜劇之所以被稱爲北曲雜劇，乃是因其所用曲牌及音樂體制，是所謂的「北曲」，就像南戲是用「南曲」一樣。王驥德《曲律・卷一・總論南北曲第二》，認爲北曲本是一個具有地域性特徵的音樂文化概念。[18] 其實，北曲雜劇形成前，北曲的概念並無特指，甚至可指諸宮調。北方曲調系統化並作爲戲曲聲腔時，特定意義上的北曲就產生了。

（四）北曲的淵源

有關北曲的形成，可分爲「北曲的淵源」、「北曲聯套的形成」兩個方向來看。從北曲的淵源說，北曲的產生，與古曲、民間歌曲、少數民族歌曲，都有密切的關係。在北曲與古曲的關係上，有的北曲直接繼承詞調。如【點絳唇】與【憶王孫】[19]，有的北曲與詞調間有明顯的差異[20]。諸宮調所用詞調，大多「皆仍其調」。《劉知遠諸宮調》顯示金代前期的風

18　見《中國古典戲曲論著集成》，冊四，頁 56-57。

19　見季國平，《元雜劇發展史》（臺北市：文津出版社，1993 年），頁 31。

20　同前註，頁 32-33。

格，詞調多於曲調。《董西廂諸宮調》顯示金代後期的風格，曲調多於詞調。我們可以說：有金一代爲由詞到曲的過渡。根據研究，北雜劇中有許多曲牌是從諸宮調中吸收而來：《劉知遠》殘本僅 62 種曲牌，就有 22 種被北雜劇所吸收；另外，大約有二十幾種曲牌不見於唐、宋大曲或詞調，僅出現於諸宮調，則諸宮調對北曲的影響可見一斑。[21]

北曲與民間歌曲的關係也十分密切，民歌俚曲根植於鄉村市井，因北方的生活、語言與南方大異其趣，才使南曲與北曲風格懸殊。北曲中如【村里迓鼓】、【大拜門】、【小拜門】、【太平令】、【貨郎兒】、【叫聲】、【鮑老兒】、【撥不斷】、【酒旗兒】、【醋葫蘆】等曲牌皆來自民間歌曲。

再說北曲與少數民族歌曲的關係。所謂少數民族，其實是以漢文化爲中心的，就像是在宋代，宋的文化是所謂正統文化、主流文化，至於遼、金，則被視爲少數民族，在元代，蒙古文化成爲主流文化，以漢字標音的少數民族歌曲大量湧入，其中不少爲北曲所吸收。如【阿那忽】、【忽都白】、【倘兀歹】、【也不羅】（即「去也」，可譯成【離別曲】）。另有以意譯爲名的蕃曲則多不易辨識，如【阿忽令】即【太平令】，【風流體】、【相公愛】、【醉也婆娑】等爲女眞音樂，【納木兒賽罕】即【秋光好】，爲佛曲。

（五）北曲聯套的形成

從北曲聯套的形成來看，我們可以從纏令與諸宮調和北曲的關係，探討北曲聯套形成的過程。簡單地說，纏令即是「前有引子，後有尾聲」的套曲之始。[22]北套基本結構爲：【首曲】＋【諸曲】＋【尾聲】，換句話說，

21　見朱鴻，〈試論諸宮調對宋元戲曲的影響〉（華僑大學學報哲學社會科學版 1994 年第二期，頁 93-94）。

22　現存殘本《劉知遠諸宮調》中有標明爲纏令者三：1.【正宮應天長纏令】＝【應天長】二曲＋【甘草子】二曲＋【尾】。2.【中呂調安公子纏令】＝【安公子】二曲＋【柳青娘】

最短三隻曲子即可成套。[23]

　　至於諸宮調與北曲的關係又是如何呢？原來，聯套的體制最早在諸宮調中出現。[24]從《劉知遠諸宮調》與《董西廂諸宮調》的用曲狀況，可分為「單曲體」、「一曲一尾」、「二曲以上一尾」三類。第一種情況屬隻曲，還不算套，後來雜劇中的「么」即此遺制。第二種情況屬短套，第三種是長套。從《劉》到《董》，長套漸多於短套，可見其發展。[25]北曲套式基本上淘汰了短套而發展長套，[26]因其具有一定之長度及相對的完整性，可與說白配合形成戲曲的戲劇性。從散套與劇套的關係來看，北曲聯套的形成，最先是由小令形成散套，而劇套的確立則是聯合四大套並經過戲劇化了的結果。[27]

（六）從北曲形成到北曲雜劇的形成

　　金章宗（1190-1208）統治時期，金已走向敗亡之途，1211年蒙古南侵，金宣宗放棄中都北京，逃往南京汴梁。金人南遷後，蒙古軍入關，先實施「移民實邊」的政策，後「以漢治漢」，有識的貴族為保存中原文化而廣納賢士以為幕僚，如元好問等人；或招攬流亡藝人，如高文秀之流，或獻於朝廷，或用以自娛。黃河以南則為殘金憑天險苟延二十餘年，市井優樂依然流行不衰。金亡後，蒙古統治者對中原的經營已顯規模，城市經

　　　一曲＋【酥棗兒】一曲＋【柳青娘】一曲＋【尾】。3.【仙呂調戀香衾纏令】＝【戀香衾】二曲＋【整花冠】二曲＋【繡裙兒】四曲＋【尾】。

23　如《追韓信》第四折，僅用【正宮端正好】＋【滾繡球】＋【收尾】三隻。

24　唱賺為單一宮調的聯曲體，諸宮調為多宮調的聯曲體；從唱賺到諸宮調為套曲的一大進化。

25　據鄭騫《景午叢編（下冊）・論董西廂》統計，《劉》單曲13，短套63，長套3；《董》單曲62，短套94，長套46。

26　現存元劇用套大約在10曲上下，有多至26曲（《魔合羅》第四折），有少至3曲（《追韓信》第四折）總是特例。

27　季國平前引書，頁57。

濟的繁容帶動表演藝術的發達。

　　根據《錄鬼簿》的記載，此時的雜劇作家多活動於黃河以北，因爲黃河以南的地區被蒙古人作爲滅宋的準備區。平陽、汴京與眞定分別爲三大集中地。元世祖至元 13 年（1276）正月，蒙古軍攻占臨安，至元 16 年（1279）平四川，且追滅南宋衛王於崖山，完成了元朝的統一。元統一爲雜劇帶來了南流的歷史前提。雜劇藝術的眞實性、開放性、應變性與通俗性爲其南流的可能性和基本條件。雜劇的語言爲其南流創造最優越的條件。[28]

三、雜劇的南流

　　雜劇的南流主要是伴隨著北人南遷的時代潮流。[29] 雜劇南流的主要途徑是大運河及長江的水路交通。[30] 最初在江淮的中心——揚州出現繁榮，並在元貞、大德間造就杭州成爲南方雜劇中心的鼎盛局面。

　　南戲與北劇的消長不在誰強誰弱，而在互相交流。體製規律的交流表現在北劇，可以關漢卿之《望江亭》第三折末尾爲例，由衙內、李稍、張千三人分唱、合唱一隻【馬鞍兒】南曲，顯受南戲體制之影響；表現在南戲，則造就了元末以後「南曲雜劇」的新形式。內容題材上的交流表現在北劇，可以關漢卿之《竇娥冤》爲例，其中多所表現南方的風俗；表現在南戲，則關漢卿之《拜月亭》雜劇對南戲的《拜月亭記》，在藝術創造上，有一定程度的影響。有些作家「一身兩棲」，兼作南戲。「南北合套」的發展對戲曲聲腔的發展和完善有其重要意義。

28　北宋末北人大舉南遷後，特別在元統一後，以中州音爲主的北方方言逐漸成爲官話。

29　據《元史・崔彧傳》載，至元 20 年（1283），南流人口已達十五萬戶，約合北方總戶數十分之一以上。其中不乏有名的曲家如關、白、馬等十餘人。

30　大運河起自大都而至臨安，起點與終點分別是北方與南方的雜劇中心。

四、雜劇的衰微

　　到了元末，北曲雜劇衰微的原因極為複雜，可從雜劇本身的內緣因素與外在環境的外緣因素加以討論。就內緣因素來說：自元代中期，關、鄭、白、馬相繼辭世後，便缺乏偉大的作品。北曲的格律限制太多，北雜劇又限定一腳獨唱全劇，不如南戲來得自由。就外緣因素來說：元末開放科考，讀書人有了出路，其創作戲劇的動機因此喪失。民眾對統治階層的不合理統治早已習慣，戲劇的創作缺乏具強大說服力的題材，所以出現了一些描寫神仙道化或風花雪月的空洞劇作，無法引起觀眾看戲的興趣。

　　另一方面，南曲在向北曲吸收的過程中，對其本身的藝術性作了大幅的提升，元末甚至出現了《琵琶記》這樣的曠世巨作，使得觀眾逐漸向南戲靠攏，北雜劇則相對地喪失了它的舞臺。

　　金元之交，北雜劇挾著凌厲的態勢襲捲大江南北。南戲北劇的交流（南戲北劇化；北劇南戲化），使有元一代，成為中國歷史上第一個戲劇的黃金時代。元末，北雜劇衰微，一則轉型為南曲雜劇，一則化入中國北方各地之地方戲中，使之壯大。（後來的北崑即是在這樣一種條件下應運而生）終於在明代中葉，經過南戲與北雜劇的「三化」，變身為「傳奇」與「南雜劇」，而產生了戲曲史上的第二個黃金時代。

第二節
元雜劇的體製規律

——

　　有關元雜劇的體製規律，我們可以將之分為七種必要因素與三種次要因素，來加以討論。分別是：四段、四套不同宮調的北曲、題目正名、一人獨唱全劇、賓白、科範、腳色（以上為必要因素）、楔子、插曲、散場

曲（以上爲次要因素）。

一、四段

　　雜劇一本包含四個段落，每個段落一般叫「一折」。但《元刊雜劇三十種》中不僅不分折，且段落不明。如《關大王單刀會》第三折前〔淨開一折〕〔關舍人上開一折〕；《詐妮子調風月》亦同。此「一折」爲戲劇的一段，大抵爲一場。

　　雜劇分折，最晚在鐘嗣成作《錄鬼簿》時，已經確定。如：張時起名下，《賽花月秋千記》一本，注明六折。又如李時中名下，《開壇闡教黃粱夢》一本，注明第一折馬致遠，第二折李時中，第三折花李郎，第四折紅字李二。天一閣本《錄鬼簿》中，賈仲明爲李時中寫的【凌波仙】輓詞有云：「元眞書會李時中、馬致遠、花李郎、紅字公合捻黃粱夢，東籬翁頭折冤，第二折商調相從，第三折大石調，第四折是正宮，都一般愁霧悲風。」這些例子，都說明了最晚在《錄鬼簿》成書的年代，大部分的雜劇都已經分折了。

　　《太和正音譜》[31] 時，雜劇的分折更已經習爲自然。其卷下「樂府」（即曲譜部分）所引用作爲格式之曲皆注明其來源，共收錄元雜劇與明初雜劇計 47 劇 90 隻曲，俱注明劇名和折數。如【越調拙魯速】下注「王實甫《西廂記》第十七折」。如明孝宗弘治 11 年（1498）金臺岳氏家刻本《全相注釋西廂記》已分五卷，每卷一本，每本四折。

　　至於「折」是什麼意思呢？周貽白認爲「折」原作「摺」，乃因當時把一場戲的曲白寫在一個紙摺上而起，故「折」意爲「場」，而非「一套北曲」。如果從周氏的意見，則前述《元刊雜劇三十種》中「〔淨開一折〕、〔關舍人上開一折〕」，就可以很明顯地看出：當時以人物的上下

31　成書於明宣德 4 年（1429）至正統 13 年（1448）間。

場分場，稱爲「一折」。但這個意義，和大家今天所習用的，有很大的差別。今以「一套北曲」爲「一折」，是音樂結構的單位，而非戲劇結構的單位。

　　日人青木正兒在《中國近世戲曲史》第三章「南北曲之起源」中，以宋雜劇的四段爲元雜劇四折之濫觴，曾師永義尤宗此說。但是鄭騫在《景午叢編》「元人雜劇的結構」及徐扶明在《元代雜劇藝術》第五章「折子」，均以爲青木說忽略了宋雜劇實際只有二或三段。個人以爲，從上一節對「院么」、「院爨」等名詞的探討中，我們看到院本的發展，確實也已經有了「豔段」、「正院本」、「散段」三部分，如將「正院本」視爲兩段，則元雜劇產生四段的結構，應該也有其道理。

二、四套北曲

　　元雜劇每折爲一套北曲，而在宮調、曲牌及聯套方式上，均同樣有所傳承和發展。這種聯套的形式，和諸宮調結合若干不同宮調的套數，來說唱同一故事的形式，基本上是相同的，由此可見諸宮調在音樂體制上對北雜劇的影響。至於北曲之形成，已在「元雜劇發展史」一節中詳述，今就元雜劇之宮調運用和聯套方式加以說明。

三、宮調

　　古 7 聲 12 律相旋爲 84 調，隋唐僅用 28 調（燕樂二十八調），金元則爲 6 宮 11 調，[32]元代雜劇，又減爲 5 宮 4 調。[33]其聲情可見燕南芝庵《唱

32　據《輟耕錄》及《中原音韻》，爲仙呂宮、南呂宮、中呂宮、黃鐘宮、正宮、道宮、大石調、小石調、高平調、般涉調、歇指調、商角調、雙調、商調、角調、宮調、越調。但通行的僅十二調，即去其道宮、高平調、歇指調、角調、宮調。

33　即仙呂宮、南呂宮、中呂宮、黃鐘宮、正宮、大石調、雙調、商調、越調。

論》。[34]然聲情之說，總不免牽強，即如明代之曲學大師王驥德，亦在《曲律》中認爲「殊不可解」。[35]

　　根據楊蔭瀏的統計，[36]合《元曲選》、《元刊古今雜劇》及《孤本元明雜劇》計 145 種，其各折所用宮調：首折以仙呂宮 142 本占絕對多數，末折以雙調 102 本占絕對多數，二、三折則不甚明顯。大抵因仙呂宮「清新綿邈」足以引人入勝，而用於頭折，雙調「健捷激裊」，用於末折有「豹尾」之勢。

四、套曲結構[37]

　　出現在雜劇中的套式結構，我們大概可以分爲七大類，七種套式都由「首曲」、「正曲」、「尾聲」組成。[38]茲分述如下：

　　（一）單曲連接。即在一隻曲牌後，接著另一隻曲牌。

　　（二）兩曲循環。如【滾繡球】、【倘秀才】兩隻曲牌後，接著再用一次【滾繡球】、【倘秀才】。

　　（三）么篇。當一隻曲子重複兩遍以上時，從第二曲起稱爲么篇。

　　（四）煞。重複一隻曲子的某一部分或其變體，直至【煞尾】爲止。

　　（五）隔尾。通常只見於南呂宮的套數中，作爲劇情轉變的關鍵。[39]

34　《曲論集成》冊一，頁 155-166，論六宮十一調之聲情，頁 160-161。

35　見《曲律》卷二「論宮調第四」。《中國古典戲曲論著集成》冊四，頁 103。

36　見《中國古代音樂史稿》。又，周貽白在《中國戲劇發展史》第四章「元代雜劇」中，亦有統計。共 145 種，結果與楊氏的統計相符，頁 252-253。

37　參考鄭騫《北曲套式彙錄詳解》序例，及楊蔭瀏《中國古代音樂史稿》第二十三章「雜劇的音樂」。

38　對應到南戲的套曲結構，則爲：引子、過曲、尾聲。

39　如關漢卿，《蝴蝶夢》第二折。

（六）一曲的著重運用。即在一套曲中，不連續地重複運用某一隻曲子。

（七）轉調。如轉調【貨郎兒】，第一次用【貨郎兒】本調，之後二轉、三轉、多可至九轉。每一轉均將本調之首尾二句保留，其餘則改作別調，而成新聲。

五、題目正名

南戲中之「題目」，即如元雜劇之「題目」、「正名」，元雜劇亦有將之置於卷首者。「題目」本爲說唱文學招來觀衆的作用，正名則爲雜劇眞正的劇名。如關漢卿《竇娥冤》，其題目爲「秉鑑持衡廉訪法」，爲其主旨；正名則爲「感天動地竇娥冤」，是眞正的劇名。又，取其最重要的三字「竇娥冤」爲簡稱。又如《漢宮秋》的題目是「沉黑江明妃青塚恨」，清楚地說明了此劇是描寫漢明妃王昭君和番，在黑江投水自盡的故事；正名則爲「破幽夢孤雁漢宮秋」，是眞正的劇名。又，取其最重要的三字「漢宮秋」爲簡稱。

六、一人獨唱

雜劇由末腳獨唱者稱末本，如《漢宮秋》，由末扮漢元帝獨唱；旦腳獨唱者稱旦本，如《救風塵》，由旦扮趙盼兒獨唱，但仍以末本爲多。亦有末、旦合唱者，如《西廂記》，但究屬少數。至於爲什麼要一人獨唱呢？這是因爲雜劇從說唱藝術演變而來，而說唱藝術中，通常僅有一人說唱。所以雜劇的一人獨唱，顯然是說唱藝術的「遺形物」。[40]

但有些劇本，也企圖在體例的限制下做些變化。如關漢卿的《關大王獨赴單刀會》，雖然按照體例，由末唱全本，但是這一個末腳分別扮演了

40　朱鴻在〈試論諸宮調對宋元戲曲的影響〉中認爲雜劇中一人獨唱的體製來自於諸宮調的影響，見頁 92-93。

魯肅、司馬徽、關公，三個人物都有唱。又如紀君祥的《趙氏孤兒》，雖也是末本，但是五折中，每一折的末所扮飾的人物皆不相同，楔子中，末扮趙朔；第一折中，末扮韓厥；第二、三折中，末扮公孫杵臼；第四、五折中，末扮程勃。

七、賓白

戲曲中有曲有白，而以曲為主，以白為賓，所以稱說白為賓白。賓白可分「散白」與「韻白」兩大類。所謂「散白」，是指用散文寫成的白，基本上可以分作下列十種：

（一）獨白：一人敘述自身的經歷或身世。

（二）對白：二人或二人以上的對話。

（三）分白：二人各說各的，但相互呼應。

（四）同白：二人或二人以上同時說話。

（五）重白：一人說話，另一人重複。

（六）帶白：歌唱中帶入之白。

（七）插白：歌唱中旁人插入之白。

（八）旁白：背云（打背供）。

（九）內白：內云（搭架子）。

（十）外呈答云：劇外人置身場上與淨丑對話並譏諷之。

至於「韻白」，指的是用韻文寫成的賓白，有如下的三種形式。

（一）詩對的賓白：上場詩、上場對、下場詩、下場對。[41]

41　上場詩大都四句，間或八句，字數不定，一人獨唸。下場詩或有二、三人同時下場分念者，餘同。

（二）快板、順口溜之類：插科打諢，類似京劇的「乾板」或「乾牌子」。[42]

（三）詩贊詞：整段七或十言（或五、八、九等雜言）者，稱詩云、詞云、訴詞云、斷云、云。作用在敘述、總結或形容。

八、科範

徐渭《南詞敘錄》：「科者，相見作揖，進拜舞蹈，坐跪之類。身之所行，皆謂之科。」所謂「科」，即是動作，「範」指規範，有所規範的動作，就是科範，也就是「程式」。雜劇中的科範，約可歸納爲下列五項：

（一）做工（做手兒）：著重表情動作，意即「身段」。

（二）武功：毬子功、把子功。前者重翻滾摔打，後者重兵器對打。

（三）歌舞：記作〔舞科〕。

（四）音效：如〔雁叫科〕、〔內做風科〕。

（五）檢場：如〔做掇桌兒科〕、〔卒子做托砌末上科〕。

九、腳色

雜劇的腳色，粗分可有末、旦、淨、雜[43]四行。末扮男人，又作「末尼（泥）」，從宋金雜劇院本的「末泥色」演變而來。有正末、外末、小末、駕末、孤末、外孤。正末是男主腳，如《拜月亭》中的蔣世隆。外末是正末以外次要的腳色，可簡稱「外」。小末又稱「小末尼（泥）」，指的是正末以外的年輕男子，如《貨郎旦》的李春郎、《看錢奴》的周長

42　乾板即念板、數板；乾牌子如【撲燈蛾】、【金錢花】、【雜板令】、【馬夫贊】等。

43　此細分本《元刊雜劇三十種》，《元曲選》中名目更多。

壽。駕末乃是扮演皇帝者，如《漢宮秋》的漢元帝、《梧桐雨》的唐明皇。孤末扮演官員，如關漢卿《拜月亭》中的王尚書。外孤則是「孤之外又一孤」的意思。

旦扮女人。有正旦、外旦、小旦、老旦之別。正旦是女主腳，如《竇娥冤》中的竇娥、《救風塵》中的趙盼兒。外旦則是女配腳，小旦指年紀較小的次要女性腳色，如《拜月亭》的蔣瑞蓮。老旦則扮演老年女子，如《西廂記》的老夫人。

淨扮花臉，所扮人物多屬權豪勢要、糊塗官吏、土豪劣紳、地痞無賴、市井小人等，可扮男人，也可扮女人。劇中如有一個以上的淨腳，則有正淨、二淨、外淨的區別。雜指「雜當」。即管雜事者。另有「眾」，原指眾多不入流的腳色，後例扮軍卒百姓。至於丑腳為南戲之腳色系統，北雜劇無。[44] 另外，雜劇中還有十二種人物名稱，條列如下：[45]

（一）邦老　強人

（二）孛老　老伯

（三）俫兒　孩童（含喜神）

（四）爺老（曳剌）　走卒

（五）駕　帝王后妃

（六）張千　官員侍從

（七）舍人、卒子、屠戶等

（八）梅香　丫環

44　前章第二節「南戲的體製規律」中，已經言及「丑」之由來，是從「紐元子」的「紐」省文而來，「紐元子」是宋雜劇中的雜扮，乃南宋民間的產物。北雜劇既由北方的院本產生，則無由發展丑腳。

45　為腳色所扮飾之人物，非腳色也。

（九）祇候　衙役

（十）胡子傳、柳隆卿　幫閒小人

十、楔子：引場、過場、散場

現存元雜劇大約 170 本左右，有「楔子」的就有 105 本。但因爲版本不同，有些劇本在此版本中有「楔子」，到了彼版本中，就把「楔子」歸併到第一折中。[46]

「楔子」一詞原來的意思，是指用來彌補榫頭之間縫隙的薄木片。在雜劇中，「楔子」的作用一是在介紹前情，通常放在第一折之前，如《竇娥冤》的「楔子」，蔡婆婆自報家門後，竇天章把端雲帶來，算是交代竇娥何以和蔡婆婆住在一起。這類的「楔子」稱爲「引場」。也有作「過場」和「散場」用的。用作「過場」則插在兩折中間（多半是二、三折間），用作「散場」則必然在全劇最後。

「楔子」其實源自於宋金雜劇院本的豔段，在「楔子」中可以不由主腳演唱，曲子也不用成套，多半是用仙呂宮的【賞花時】、【端正好】，是一個短小的導引，且與後面四折的「正場」發生關聯。至於「引場」與「過場」，雖然作用不同，但是同樣都對「正場」產生了填補的作用。而「散場」則來自於宋金雜劇院本的散段，雖然規模不大，但它對全劇起了一個總結的作用，這與散段的獨立性是極不相同的。

十一、插曲

有時在一套曲的中間或前後，可以插入一兩隻曲子，稱爲「插曲」。「插曲」的曲牌多與本套不同宮調，甚至是不同韻部，也有用南曲，或山歌、小曲的。「插曲」的作用多是爲了打諢，也有用以勸世，或表現劇中

46　如《竇娥冤》，《元曲選》本有楔子，《古名家雜劇》本則把楔子歸併到第一折中。

歌舞場面的。

十二、散場曲

有些雜劇劇本，在第四折的本套結束後，又多加了幾隻與本套不同宮調或不同韻部的曲子，稱為「散場曲」。[47]有時也帶些科白，用作結束全劇或另起餘波，造成反高潮。由於「散場曲」既不成套，更沒有獨立出來，與作為「散場」的「楔子」極不相同。但雜劇中有「散場曲」者，也占少數，故而是元雜劇體製規律中的次要因素。

第三節
元雜劇的搬演
———

元雜劇的演出體制已如今之戲曲，完備而複雜。要言之，則可以分為音樂伴奏、劇團組織、演出方式及舞臺美術四方面，北雜劇的舞臺藝術受到諸宮調及金院本的影響深遠，在元朝統一中國後，雜劇南流，又吸收了南戲的表演藝術。此外，演出的人員多是樂戶，精於詩詞歌賦、吹拉彈唱，文人的參與也使得表演藝術得到了進一步的提升。根據記載，關漢卿就經常粉墨登場。更因為城市中的觀眾水準極高，對雜劇的要求十分嚴格，也促使雜劇的表演藝術精益求精。

47　如《元刊雜劇三十種》中的《單刀會》、《貶夜郎》、《東窗事犯》、《元曲選》中的《氣英布》、《倩女離魂》。

一、音樂伴奏

元雜劇的主要伴奏樂器，基本上為鑼、鼓、板、笛，[48] 到了元代中葉以後，又加上琵琶。但仍以笛為主奏，是「吹腔」的系統，而非「弦索」腔系統。[49] 樂隊演奏的地方，稱為「樂床」。《藍采和》第一折白：

> 我方才開了勾欄門，有一個先生坐在樂床上。我便道：「你去那
> 神樓上，或是腰棚上那裡坐，這裡是婦女們作排場的坐處。」

可見「樂床」本是女演員候場休息的地方，男人是不可以過去坐的。因為樂隊多由婦女來擔任，她們也可能扮演某些腳色，為方便女演員在樂床與舞臺間自由走動，它就在觀眾的視線之內，即上、下場門的中間。

二、劇團組織

元雜劇的演出團體，與南戲相同，除了書會才人和青樓妓女有些業餘的演出之外，職業戲班都是以家庭為中心，家中每人皆參加演出工作。[50] 正末可由婦女擔任，俫兒則由家中小兒女扮演。由於元雜劇的一折中，腳色多為三至四人，這樣的家庭戲班足以應付，更因為元代的樂戶屬於下層

48　觀元代壁畫〈大行散樂中都秀在此作場〉，內有鼓、笛、象板三種樂器；又《藍采和》第四折【慶東園】中有：「持著些槍刀劍戟，鑼板和鼓笛。」可證之。

49　所謂「吹腔」或「弦索腔」，端視其主奏樂器的特性而定。如主奏樂器是吹奏樂器，則為「吹腔」，如是弦樂器，則稱「弦索腔」。明代的曲學大師魏良輔、沈寵綏等人卻認為北曲伴奏以弦索為主，如魏之《曲律》：「北曲之弦索、南曲之鼓板，猶方圓之必資於規矩，其歸重一也。」（《中國古典戲曲論著集成》冊五，頁6）又沈著《度曲須知》：「北必和入弦索，曲文少不協律，則與弦音相左，故詞人凜凜遵其型範。然則當時北曲，固非弦弗度，而當時曲律實賴弦以存也。」（《中國古典戲曲論著集成》，冊五，頁239）。

50　此家班即所謂「行院」。元時演員被視為「樂戶」，其來源一則因農村經濟破產，農民走投無路，二是蒙古人將戰俘或犯官家屬中有才能者打入樂戶，以當時的社會條件，樂戶社會地位低下，不可能網羅大量的藝術人才，組織大規模的戲班，只能以一家一戶為單位，衝州撞府，賣藝為生，故稱「行院」。

社會的人，極不受重視，經濟狀況又不好，當然無力組成大形的劇團。直到清代中葉，社會經濟復甦，商業劇團興起後，才有非「家庭戲班」的劇團出現。

三、演出方式

元雜劇並非四折一氣演完，折和折間夾演雜耍之類的表演。有時在一折中，也會由外、淨、雜等腳色打斷表演，插入某些與劇情的進展無關的段落。如《脈望館鈔校本古今雜劇》卷 45 所收的元明間人無名氏所作雜劇《司馬相如題橋記》第四折：

（正末扮司馬相如，唱）【越調·斗鵪鶉】巍巍乎，巍闕天高。

（外，「按喝」上，云）雜劇四折，正當關鍵之際。單看那司馬相如儒雅風流，獻上了〈上林〉、〈長揚〉、〈大人〉三篇賦，盡了事君之忠；題了升仙橋兩句詩，遂了丈夫之志；發了一道諭蜀榜文，安了四夷百姓之心；可見康濟大才有用之實學也。當時好事者以為靡麗之詞，獨馳騁鄭衛之聲。曲終而奏雅，無乃出於妒婦之口歟！太史公曰：《春秋》推見至隱，《易》本徹之以顯大雅小雅。言王公與庶人，其分雖殊，其合德一也。相如雖多侈辭濫語其間，因事納忠正，與詩人風諫無異。所以後人做出這本雜劇來，單表那百世高風，觀者不可視為尋常。好雜劇！上雜劇！看這個才人，將那六經三史，諸子百家，略出胸中餘緒；九宮八調，編成律昌明腔。作之者無罪，觀之者足以感興。做雜劇猶如竄梭織錦，一段勝如一段；又如桃李芬芳，單看那收園結果。囑咐你末泥，用心扮唱，盡依曲意。

（末拜起，唱）蕩蕩乎，皇圖麗藻。點滴滴，玉漏傳時；聲喔喔，金雞報曉。玉階下頓首山呼，……丹墀內揚塵舞蹈。

　　這種情況稱之為「按呵（喝）」，即在情節發展之中，插入一段帶有廣告性質的話，打斷觀眾的期待，製造懸疑。[51] 從另一方面來看，因為元雜劇是由主腳一人獨唱全劇，如果從頭演到尾，恐怕不是演員體力和嗓音所能負荷的，所以每演完一折，就讓主腳稍事休息。元代早期也有與院本同臺演出的，後來才獨立出來。

　　由於一折之中，人物多為三至四人，舞臺也很小，（圖5-6）[52] 故少講排場，至明代某些親王寫戲，折中人物可多至十餘人，才開始重視排場。如人手不夠，腳色多時可一人分飾多腳，其先決條件為不能同時在場。

　　北雜劇舞臺演出形式的特點主要還在「短小精幹」及「結構嚴密」，因為在勾欄演出，時間不宜過長。根據《金瓶梅》的描述，四折演完已到下午，不演夜戲，或許是受到照明的限制。另外，其表演藝術受到民間歌舞雜技及武術技藝的影響，「舞蹈性」及「武打性」的程式表演十分發達，如【調陣子】，即源於角觝百戲的傳統，其集體性的戰鬥場面對舞臺氣氛的渲染及「草莽英雄」形象的塑造幫助很大。

四、腳色妝扮

　　在腳色妝扮上，元雜劇已經開始講究戲衣（當時稱為「行頭」）和砌末，戲衣為非寫實的，而是程式的，是對生活服裝的模擬。[53] 臉部有化妝（黑、白為主），當時對於正面人物，僅描繪眉、眼，加深臉部的線條而

51　張庚、郭漢城在《中國戲曲通史》一書中，認為這種現象是說唱藝術慣用的手法，從而證實雜劇與南戲開始綜合起來。其實，同一技巧人人可用，所以，這個說法個人不能認同。見《中國戲曲通史》（臺北：丹青，1987年），第一冊，頁312。

52　根據山西臨汾縣，幾座現存的元代戲臺資料，其舞臺面的大小寬、深大約各為六至七公尺。

53　古人每一階層都有不同的穿著，為解決戲曲演員扮演王公貴族的穿著問題，《金史・輿服誌》記載了如後的規定：「倡優遇迎接、公筵承應，許暫服繪畫之服；其私服與庶人同。」《元史・輿服誌》中也有類似的規定。

已,稱爲「素面」;對於滑稽逗笑的人物和反面人物,則用「花面」,即在臉上「搽灰抹土」,類似今天京劇中丑腳的模樣;另外有一些性格剛烈的正面人物,採用「勾臉」的方式,突出臉部的線條。臉部色彩的運用,在此時也已經開始發展。如關公塗紅臉,張飛、李逵、尉遲恭塗黑臉,神怪戲中,也有綠臉、藍臉出現。年紀較長的男性腳色,也戴上了髯口。也有戴面具的,主要用於神鬼戲。記載劇中人物所用之物或裝扮之文字稱「穿關」。[54]

舞臺裝置的特色在於「鬼門道」及「幕幔」的使用。「鬼門道」即舞臺的出入口,前章第三節已經詳述。至於「幕幔」,(圖5-5)則是前臺與後臺的區隔,許多舞臺的「幕幔」上,繪有精美的圖案,卻與劇情發生的場景毫無關係。舞臺環境多是虛擬的,「一桌二椅」的規律在那時已經建立,道具(砌末,如文房四寶、酒壺、酒杯等)卻多眞實[55]。

虛擬的舞臺環境,造就了虛擬的表演藝術,也造就了虛擬的腳色裝扮。這種虛擬的概念從何產生呢?個人以爲:中國傳統藝術的精神是以「詩」爲基礎來架構的,畫中要有詩、音樂要有詩、戲曲更要有劇詩。詩本就是抒情的,所以各類藝術都是寫情多於敘事;詩又是精煉的語言,那麼用詩所呈現出來的作品自然就是寫意的風格,而非寫實的了。另一方面,行院人家常要衝州撞府,攜帶太多道具,也難免行船走馬之苦。(圖5-4)所幸當時的觀衆,並不認爲這樣的演出會破壞戲劇的幻覺,反而更能發揮自己的想像。

---

54 穿關即穿戴關目,相當於今日話劇中,服裝、化妝、小道具的提要。

55 當時砌末中的馬即竹馬,是兩腿跨騎的,明代以後,才用馬鞭代馬。

第四節
元雜劇的作家與作品

———

　　元雜劇的作家多是飽讀詩書的文人，他們的文字技巧十分高明，因爲失去了當官的管道，他們大多委身於書會，長期和基層民眾的相處，使得他們把自己的感情，與老百姓的感情結合在一起。鍾嗣成、賈仲明先後爲他們立傳，而有《錄鬼簿》及《錄鬼簿續編》行於世，所以與南戲作家無「名人題詠」的狀況不同，北雜劇似乎是一種「作家劇場」。

　　在作品的題材上，元雜劇從諸宮調繼承了許多。現在可考的諸宮調名目共 23 種，將近三分之一有同名雜劇。如諸宮調有《董西廂》，元雜劇有《王西廂》；諸宮調有《倩女離魂》，元雜劇有鄭光祖的《迷青瑣倩女離魂》；諸宮調有《崔護謁漿》，元雜劇中白仁書、尚仲賢各有一本《崔護謁漿》。

　　以下將介紹《錄鬼簿》中的一些名家以及他們的代表劇作，並介紹幾種不同版本的雜劇作品選集。《錄鬼簿》由元末劇作家鍾嗣成所撰，[56] 全書分作上、下兩卷。上卷記錄「前輩已死名公，有樂府行於世者」自董解元至張洪範，凡 31 人、「方今名公」自郝新菴至王繼學，凡 10 人、「前輩已死名公才人，有所編傳奇行於世者」自關漢卿至李時中，凡 56 人。[57]

　　下卷記錄「方今已亡名公才人，余相知者，爲之作傳，以【凌波曲】弔之」自宮天挺至周文質，凡 19 人、「已死才人，不相知者」自胡正臣至張以仁，凡 11 人、「方今才人相知者，紀其姓名行實並所編」自黃公

56　鍾字繼先，號醜齋，原籍開封，後遷居杭州。所作雜劇 7 種，皆佚。生卒年應在元世祖至元 16 年至元惠帝至正 20 年（1279-1360）間。

57　在「前輩已死名公才人有所編傳奇行於世者」中，並羅列各家著作，且依照其作品多寡排列，關漢卿以 62 劇最多，故居首位。

望至張鳴善，凡 21 人、「方今才人，聞名而不相知者」自高可通至高安道，凡 4 人。

總計《錄鬼簿》中的雜劇作家共 152 人，元代自滅金至元帝國覆滅僅 134 年，就產生了 152 位值得記錄的雜劇作家，比例實在很高。這其中，關漢卿、鄭德輝、白樸、馬致遠四人，被稱爲「元曲四大家」，[58] 另外有「元曲六大家」的說法，即是加上王實甫與喬吉。

一、關漢卿

關漢卿，大都人（圖5-7）。即今之北京。[59] 一說爲河北祈州伍仁村人（即今河北安國縣），一說爲蒲陰人。其實祈州即蒲陰，元時均爲大都的屬地。有關其生卒年，歷來有許多爭議。連帶對他是否爲金代遺民，以及是否曾經出任金朝的「太醫院尹」或「太醫院戶」，也引起爭議。

關漢卿的生平，我們知道的不多。但從下面所錄的《不伏老》散套，我們可以感受到他堅韌的生命力，和飛揚跋扈的氣質。在那個令人沮喪的年代，他當然受到觀衆的歡迎：

【南呂·一枝花】攀出墙朵朵花，折臨路枝枝柳。花攀紅蕊嫩，柳折翠條柔，浪子風流。憑著我折柳攀花手，直煞得花殘柳敗休。半生來倚翠偎紅，一世裡眠花臥柳。

【梁州第七】我是個普天下郎君領袖，蓋世界浪子班頭。願朱顏不改常依舊，花中消遣，酒內忘憂；分茶顛竹，打馬藏鬮。通五音六律滑熟，甚閑愁到我心頭？伴的是銀箏女銀臺前理銀箏笑倚

58　四大家並列，首見周德清《中原音韻·序》，至明·何良俊〈曲論〉一篇，才將此四家稱爲「四大家」。

59　以下資料取材自李漢秋、袁有芬合編，《關漢卿研究資料彙編》（上海市：上海古籍出版社，1988 年）。

銀屏，伴的是玉天仙攜玉手並玉肩同登玉樓，伴的是金釵客歌金
縷捧金樽滿泛金甌。你道我老也，暫休，占排場風月功名首，更
玲瓏又剔透。我是個錦陣花營都帥頭，曾翫府遊州。

【隔尾】子弟每是個茅草崗、沙土窩、初生的兔羔兒乍向圍場上
走，我是個經籠罩、受索網、蒼翎毛老野雞，蹅踏的陣馬兒熟。
經了些窩弓冷箭鑞槍頭，不曾落人後。恰不道人到中年萬事休，
我怎肯虛度了春秋！

【尾】我是個蒸不熟、煮不爛、槌不扁、炒不爆、響璫璫一粒銅
豌豆，恁子弟每誰叫你鑽入它鋤不斷、斫不下、解不開、頓不
脫、慢騰騰千層錦套頭。我翫的是梁園月，飲的是東京酒，賞的
是洛陽花，攀的是章臺柳。我也會圍棋、會蹴踘、會打圍、會插
科、會歌舞、會吹彈、會嚥作、會吟詩、會雙陸，你便是落了我
牙、歪了我嘴、瘸了我腿、折了我手，天賜與我這幾般兒歹症
候，尚兀自不肯休。則除是閻王親自喚，神鬼自來勾，三魂歸地
府，七魄喪幽冥，天哪，那其間才不向煙花路兒上走。

　　關漢卿劇作共六十餘種，現存 18 種，如下：

表 5-3　關漢卿現存劇本

《關大王單刀會》	《劉夫人慶賞五侯宴》	《趙盼兒風月救風塵》
《關張雙赴西蜀夢》	《狀元堂陳母教子》	《詐妮子調風月》
《溫太眞玉鏡臺》	《包待制智斬魯齋郎》	《閨怨佳人拜月亭》
《尉遲恭單鞭奪槊》	《包待制三勘蝴蝶夢》	《望江亭中秋切鱠旦》
《山神廟裴度還帶》	《錢大尹智寵謝天香》	《杜蕊娘智賞金線池》
《鄧夫人苦痛哭存孝》	《錢大尹智勘緋衣夢》	《感天動地竇娥冤》

（一）《感天動地竇娥冤》

這 18 種戲中，一般認為，《感天動地竇娥冤》及《趙盼兒風月救風塵》兩種，是其悲劇和喜劇的代表作。王國維甚至盛讚《竇娥冤》與紀君祥的《趙氏孤兒》，即使與世界大悲劇相比，亦毫無愧色。這裡不討論《竇娥冤》是否符合西方悲劇的精神，但讀之確實令人蕩氣迴腸。該劇敘述窮書生竇天章，喪妻後與三歲的女兒竇端雲相依為命。端雲七歲時，竇天章因為要上京趕考，就把女兒賣給靠放高利貸維生的寡婦蔡婆婆，做她的童養媳。後來端雲改名竇娥，也做了寡婦。

一日，蔡婆婆往賽盧醫處要債，賽盧醫還不起，就把蔡婆婆騙到荒郊野外，見四下無人，拿出預藏的繩索，準備勒死蔡婆婆。不巧，無賴張驢兒父子經過，雖然救下了蔡婆婆，卻要趁機勒索她，父子兩人要和蔡婆婆婆媳二人結婚。蔡婆婆推說多給些錢鈔相謝，張驢兒威脅仍要勒死蔡婆婆，蔡婆婆只得先將無賴父子帶回家中，再作道理。回到家中，竇娥著實把婆婆數落了一頓，說她不守婦道，自己絕不嫁給張驢兒。張驢兒心想：一定是蔡婆婆的關係，竇娥才會那麼矜持，所以他又去向賽盧醫勒索毒藥，準備毒死蔡婆婆。

蔡婆婆身體不適，想喝羊肚湯。等竇娥做好了湯，張驢兒以少鹽為由，趁機加入毒藥，但蔡婆婆又不想喝了，張父不明就裡，要去喝了，竟毒發身亡。張驢兒見狀，誣賴竇娥毒死了父親，問竇娥要私休還是官休，竇娥自認沒有做錯事，不怕官休。沒想到州官桃杌視錢如命，終於為了保護婆婆不受酷刑，不得不承認了「藥殺公公」的罪名，被判了斬刑。

她對「天道」徹底失望了，她罵天罵地，在臨刑前，她發下三項誓願：一要自己的血全都飛上丈二白練，二要六月天降下大雪，三要楚州發生三年大旱。這三項誓願本應不可能達成，卻都實現了。後來，竇天章當上了代天巡守，四處訪查官聲民情，終於在楚州改判了這一冤案，還竇娥的清白。

此劇中，竇娥由認命而堅信「天道」，到對「天道」失望，再到「天道」的伸張，關漢卿表明了對現實社會的不滿，和對未來美好遠景的期望。

（二）《趙盼兒風月救風塵》

同樣的心境也表現在《救風塵》中，妓女宋引章捨棄了窮書生安秀實，決心要嫁給河南府周同知的兒子周舍。周舍是個花花公子，宋引章的好姊妹淘趙盼兒，以自己的經驗勸告宋引章千萬要三思，但宋引章仍然執意要嫁給周舍，只因為他的體貼。

兩人婚後不久，周舍就喜新厭舊，開始物色新的對象了。宋引章寫信給趙盼兒求援，趙盼兒準備了一些東西，立刻去找周舍，表明自己對他的愛慕，要他休了宋引章。但周舍畢竟是風月場中的老手，他要求先和趙盼兒成婚，再回去寫休書。趙盼兒自己帶了酒、肉和紅綢布，他們很快就成親了。

周舍依約回家休了宋引章。宋帶著休書來找趙盼兒，盼兒趁機把假的休書換給她，然後立刻離去。周舍追上，兩個都想要，就把假休書騙去吃掉，但盼兒以妓女的誓言也不能當真，且酒、肉和紅綢布都是她自己的為由，認為婚禮不算數，氣得周舍前去告官。公堂之上，盼兒出示真的休書，終於治了周舍的罪，讓宋引章作了安秀實的妻子。

二、鄭光祖

鄭光祖（德輝），平原襄陵人，曾任杭州路史。劇作共 19 種，現存 4 種：《周公攝政》、《王粲登樓》、《㑇梅香》、《倩女離魂》，以《倩女離魂》最被稱道，明・朱權《太和正音譜》說他的作品如「九天珠玉」，評價很高。《倩女離魂》敘述張倩女魂魄離體，與未婚夫王文舉相聚的奇事。張倩女的父親張公弼早亡，但早年與王文舉的父親指腹為婚。後王家家道中落，王文舉往長安應考途中，前去拜訪張家。張母聲稱張

家三代不招白衣女婿，要他先考上功名再說。張倩女思念成疾，一夜，文舉臨江夜泊，倩女竟魂魄離體，與文舉相會。待文舉得中狀元，返張家謝罪，張母告知倩女已臥病多日，文舉身邊女子必為妖孽，文舉正要劍劈倩女魂魄，忽然魂魄與倩女的本體復合，倩女病體豁然痊癒。

三、白樸

白樸（仁甫，真定人）與馬致遠（東籬，大都人）同一時代，且頗相往來。白樸父白華，仕金為樞密院判。蒙古侵金時，白樸年方 7 歲，流落於南京（汴梁），幸為父執輩元好問攜帶北渡並教養長大。金亡後，謝絕出仕。元滅南宋後，隨著北人南遷的潮流，南下遍覽名城，交往遺老，寄情於山水、詩酒。白樸得元好問指導，有詞集《天籟集》傳世，劇作 16種，現存兩種：《梧桐雨》、《牆頭馬上》，以《梧桐雨》最受肯定。

四、馬致遠

馬致遠，號東籬，大都（今北京）人，少年即有文名，與李時中、花李郎、紅字李二等參加大都的「元貞書會」，被推為「曲狀元」。後為江浙省務官（一作江浙省務提舉）。晚年退出官場，隱居於杭州鄉間。其散曲作品成就尤大，曲詞典雅清麗，今存小令 115 首，套數 16 套，後人輯為《東籬樂府》。作品多抒寫懷才不遇的悲哀，諷刺庸俗的世態，醉心隱居的自得其樂，意境美妙，語言清麗，為世人所稱道。馬致遠劇作 14種，現存 7 種：《黃粱夢》、《青衫淚》、《岳陽樓》、《陳摶高臥》、《薦福碑》、《任風子》、《漢宮秋》，以《漢宮秋》最佳。

《梧桐雨》與《漢宮秋》有許多類似的地方，都說的是帝王后妃的愛情故事，都運用夢來表現思念，且都高度運用聲音來襯托情緒。《梧桐雨》說的是唐明皇與楊貴妃的愛情故事，敘述胡將安祿山坐大，終至兵變，唐明皇率百官出奔，行至馬嵬驛，大軍突然停了下來。先殺了楊國忠，又遷怒楊貴妃，逼迫唐明皇將她賜死。安史亂平，唐明皇回宮，將皇

位傳給肅宗，每日思念楊貴妃。劇末有【黃鍾煞】一曲，用雨打梧桐的聲音訴說了唐明皇對楊貴妃的思念，最是感人。

> 順西風低把紗窗哨，送寒氣頻將繡戶敲，莫不是天故將人愁悶攪！度鈴聲響棧道，似花奴羯鼓調，如伯牙水仙操；洗黃花，潤籬落，漬蒼苔，倒墻角，渲湖山，漱石竅，浸枯荷，溢池沼；沾殘蝶粉漸消，灑流螢焰不著，綠窗前促織叫，聲相近雁影高，催鄰砧處處搗，助新涼分外早。斟量來，這一宵，雨和入緊廝熬，伴銅壺點點敲；雨更多，淚不少。雨濕寒梢，淚染龍袍，不肯相饒，共隔著一樹梧桐直滴到曉。

　　《漢宮秋》則是述說漢元帝與王昭君的愛情故事。畫工毛延壽慫恿漢元帝至民間選秀女入宮，王嬙因不肯賄賂，被毛延壽點破影圖，以致久居冷宮。一夜，漢元帝在後宮散步，因聞琵琶聲而與王嬙相遇，驚爲天人，得知事情原委後，令斬殺毛延壽，毛乃逃去匈奴，向呼汗邪單于獻美人圖。呼汗邪單于因此按圖索驥，要求漢元帝將王嬙嫁給他，否則即刻揮兵南下。此時，漢朝群臣竟無一人敢發兵匈奴，漢元帝只得封王嬙爲漢明妃，派她和蕃。漢明妃至國境，向南再拜，在黑江投水自盡。漢元帝送她走後，回到宮廷，只能思念佳人。因此有人認爲：第四折只是思念，不能算是戲。這其實是犯了以偏概全的毛病。最後的【堯民歌】與【隨煞】兩曲，也令人有雁聲與悲聲相和，餘音繞梁不絕之感。

> 【堯民歌】呀呀的飛過蓼花汀，孤雁兒不離了鳳凰城。畫簷間鐵馬響丁丁，宜殿中御榻冷清清，寒也波更，蕭蕭落葉聲，燭暗長門靜。

> 【隨煞】一聲兒遠漢宮，一聲兒寄渭城，暗添入白髮成衰病，直恁的吾當可也勸不省。

五、王實甫

王實甫，大都人，名德信，活動年代比關漢卿稍晚。曾仕中奉大夫，河南行省參知政事、護軍、太原邵公，擢拜陝西行臺監察御史，因與臺臣不合，四十幾歲即棄官不復仕。所著雜劇 14 種，現存兩種：《麗春堂》、《西廂記》。《西廂記》寫崔鶯鶯與張珙邂逅，一見鍾情，經丫環紅娘居中牽線，終於結爲夫婦。此劇故事從元稹小說《鶯鶯傳》而來，內容大抵與董解元《西廂記諸宮調》類似。全劇共 5 本 20 折，在元雜劇中算是最長的作品。

六、喬吉

喬吉（或作喬吉甫），字夢符，號惺惺道人。有雜劇 11 種，現存 3 種：《兩世姻緣》、《揚州夢》、《金錢記》。其中《兩世姻緣》寫韋皋年少時，與妓女韓玉簫有白頭之盟，隨後韋皋上京求取功名，數年間音訊全無，玉簫思念成疾，終致身亡。待韋皋已官至鎮西大元帥，派人接玉簫母女前來，未遇玉簫母親，才知詳情。

一日，韋皋班師回朝，在荊州節度使張延賞府中，見其義女與玉簫相仿，且玉簫已死 18 年，此女亦 18 歲，又與玉簫同名，兩人相視，一見鍾情。韋皋乃向張延賞要求帶回玉簫，張延賞不肯。直到玉簫母親帶著她生前的自畫像，找到韋皋，韋皋要他拿去賣給張延賞。張見到畫像，才知韋皋心意，乃奏知唐中宗。韋皋與玉簫終於奉旨成婚。

七、紀君祥

另外，紀君祥的《趙氏孤兒》也值得一提。紀君祥（又作天祥），大都人，所作雜劇六種，今僅存《趙氏孤兒》一種，且有英法等國譯本。但羅錦堂引鄭騫語，認爲此劇第五折當非紀君祥原作，疑是臧晉叔改作。[60]

60　見羅錦堂撰，《現存元人雜劇本事考》（臺北市：中國文化，1960 年），頁 79-80。

此劇寫春秋時，晉國文武大臣趙盾與屠岸賈間的鬥爭。

　　屠岸賈有竊國之心，想要除去老臣趙盾，乃向晉靈公極言所飼獒犬能辨忠奸，靈公試之，獒犬竟撲向趙盾。屠岸賈又假冒聖旨，將趙盾滿門抄斬，且賜趙盾之子，公主駙馬趙朔死。公主懷有身孕，產下趙氏孤兒後，託孤於草澤醫生程嬰，自殺身亡。程嬰以自己的兒子交換，向屠岸賈密報，犧牲了公孫杵臼，保全了趙氏孤兒，改名程勃。爲感謝程嬰密告，屠岸賈收程勃爲義子，並教他武功。程勃 20 歲時，程嬰以圖卷告知當年事，程勃終於手刃屠岸賈，報仇雪恨。

　　現存元人雜劇約 170 餘種，根據羅錦堂的分析，其題材的來源不外宋代官本雜劇、金人院本、諸宮調、宋人話本、南宋戲文、筆記小說、歷史傳奇、民間傳聞、當時情事等九類。[61]另外，明初寧獻王朱權在其所著《太和正音譜》中，將雜劇的題材分爲 12 類，稱爲「雜劇十二科」，分別是：神仙道化、隱居樂道、披袍秉笏、忠臣烈士、孝義廉節、斥奸罵讒、逐臣孤子、撥刀趕棒、風花雪月、悲歡離合、煙花粉黛、神頭鬼面。[62]只是這樣的分類並不周全，實不足取。

八、曲本

　　這 170 餘種現存的雜劇，分別收錄於幾個不同版本的劇本集中，茲分述如下：

（一）《元刊雜劇三十種》

　　元雜劇現存最早的版本，所收 30 種雜劇中，有 14 種其他版本沒有收錄。清・黃丕烈藏，定名爲《元刻古今雜劇》。陶子麟有復刻本，名《復

61　見羅錦堂撰，〈現存元人雜劇的題材〉一文，收入《錦堂論曲》（臺北市：聯經，1977年），頁 99。

62　見《中國傳統戲曲論著集成》，冊三，頁 24。

元槧古今雜劇三十種》。上海中國書店又有復刻本，王國維將之定名爲
《元刊雜劇三十種》。此書最早的元刻本現收藏於北京圖書館。1962 年
由鄭騫首次校定，名爲《校定元刊雜劇三十種》，由世界書局出版。1980
年徐沁君重新校定，名《新校元刊雜劇三十種》，由中華書局出版。

（二）《元曲選》

　　一名《元人百種曲》。明・臧懋循（晉叔）編。共 10 集，每集 10
卷，每卷 1 劇，計 100 種。明萬曆 44 年雕蟲館刻本。卷首有萬曆 14 年
臧懋循的序文二篇、元・陶九成（宗儀）、燕南芝庵、周德清、趙子昂、
丹邱先生、涵虛子（朱權）等人的曲論，以及《涵虛子雜劇目》等。它保
存了現存元雜劇的三分之二；又是從許多雜劇祕本和宮廷內府本相互校定
出來的，科白齊全，語言通俗，但經編者篡改，難見元劇的原貌。除原刻
本外，另有《四部備要》本；民國 7 年上海商務印書館影印原刻本；民國
25 年上海世界書局仿宋排印本；文學古籍刊行社 1955 年據世界書局本重
印本；1958 年中華書局排印隋樹森點校本。

（三）《古名家雜劇》

　　明・陳與郊編。據《匯刻書目》，正集 8 集，共 40 種；續集 5 集，
共 20 種。署曰「明玉陽仙史編刊」，玉陽仙史即陳的號。北京圖書館殘
存《古名家雜劇》5 種，《新續古名家雜劇》8 種，共 13 種。1930 年代發
現的《也是園舊藏脈望館抄校本元明雜劇》中得殘本 54 種，除重複者外，
現存雜劇共 65 種。該選集所選雜劇多爲元人作品，亦有少數明初作家的
作品。該選集因刊行於《元曲選》之前，極俱研究價值。

（四）《元明雜劇》

　　明・無名氏編。共收入元明雜劇 27 種，其中 18 種是《古名家雜劇》
殘本。僅《薦福碑》、《梧桐雨》、《揚州夢》、《金童玉女》、《金錢

記》、《沽酒游春》等 6 種完整流傳。原書未見總題，民國 18 年，南京國學圖書館影印時，才據《八千卷樓書目》，擬作今題。

（五）《脈望館抄校本古今雜劇》

一名《也是園古今雜劇》。明・趙琦美抄校收藏。原書共收元明雜劇 340 種，現存殘本 242 種（收於《古本戲曲叢刊》第四集），其中 132 種是孤本。此種抄本於 1930 年代被發現，對元明雜劇的研究非常重要。

（六）《孤本元明雜劇》

王季烈校。書中劇目乃是由《脈望館古今雜劇》中選出。上海涵芬樓出版，收刻本 6 種，抄本 138 種，卷首有王季烈的序以及各劇的提要。1957 年中國戲劇出版社重印。1971 年臺灣商務印書館重印。

（七）《元曲選外編》

隋樹森根據《元刊雜劇三十種》、明刊《古名家雜劇》以及《也是園舊藏明脈望館元明雜劇抄校本》等輯錄而成。共 68 種，皆《元曲選》以外的元人雜劇作品。1958 年北京中華書局初版，1961 年再版。

第六章

傳奇

　　傳奇之名源自唐代之志怪、小說、俗講，至宋代變爲雜劇、院本之流，另，說話人之話本亦稱傳奇。元時雜劇與南戲亦可稱之爲傳奇，至明代中葉崑山水磨調出，才與北劇南戲有了分別，傳奇成爲一個新的體製劇種的專稱。

　　所以，「明清傳奇」[1]的發展是在南戲的基礎上，吸收北雜劇的長處，所形成的一種獨特的劇種。這裡牽涉到兩個不同的劇種分類系統：「體製劇種」與「聲腔劇種」。所謂「體製劇種」，是指用劇本的體製規律加以分類。如前面我們看過的「南戲」、「北劇」，它們所用曲牌不同，曲牌聯套的規律不同，腳色分類不同，戲劇段落的構成不同，所以是兩種不同的體製劇種。至於「聲腔劇種」，說的是用不同的「聲腔」來演唱的劇種。

　　所謂「聲腔」，簡單地說，就是「方言的音樂化」。中國各地的方言，種類繁多。每一種方言，都有其獨特的聲調體系。譬如「董」這個字，國語唸作ㄉㄨㄥˇ，江西話卻唸作ㄉㄤㄥˇ。那麼，用江西話唱國語歌曲，或是用國語唱閩南歌曲，都會覺得不對味了。不信的話，你可以用國語來唱：「天黑黑，要落雨，……」，則「要」變成了「腰」，「落」變成了「裸」，「雨」變成了「淤」。

　　某一地區的曲藝家們，用當地的方言製曲，累積一定的經驗，就形成了腔調。我們因此就可以了解：「崑山腔」就是以崑山地區的方言製曲所形成的腔調；「義烏腔」則是以浙江義烏一帶的方言製曲所形成的腔調。當某一腔調向外流播，形成一種腔調系統，則這腔調系統就稱之爲聲腔。

　　所以，如果我們說「崑劇」，就指的是以崑山腔演唱的戲曲，是屬於「聲腔劇種」；如果我們說「傳奇」，就指的是南戲與北劇綜合了之後的劇種，是屬於「體製劇種」。

1　傳奇的發展由明入清，依然很盛，故稱。又，鄧師綏甯曾一再強調：傳奇的「傳」字應讀作「賺」，乃是記錄之意。

　　北雜劇與南戲形成傳奇的過程，大致都經歷了三個階段：北雜劇的「南曲化」、「文士化」[2]、「崑山腔水磨調化」，南戲的「文士化」、「北曲化」、「崑山腔水磨調化」，而最後在第三個階段中結合起來，形成了傳奇和南雜劇。

　　這三個階段的演變，史家稱北雜劇與南戲的「三化」，將是第一節的主題，至於南雜劇的發展，將在下一章的第一節中補述。另外，這一節中，也將介紹南戲幾種聲腔的興起與發展，及明代中葉戲劇理論的發展。第二節「傳奇的體製規律」，在南戲的基礎上發展得更為精緻，包括「集句」、「集曲」、「南北合套」等。第三節「傳奇的演出」，特別要介紹富貴人家所豢養的戲班，以及因之而產生的「紅氍毹」式的表演型態，更要探討「折子戲」的演出方式。第四節「傳奇的作家與作品」則將以介紹明代的湯顯祖與沈璟，以及清代洪昇與孔尚任的作品為主。

第一節
南戲與北劇的「三化」
——

　　有關北雜劇與南戲文在有元一代的興衰消長，固然學者多有各自的見解；但對於南北交流的意義，大多認為是正面的。元末，南戲文已成氣候，北雜劇卻只在宮廷大行其道，在民間，則乏人問津。考其內容，則多為歌功頌德，或是神仙道化之流，毫無生命力可言，此點已如前述。

2　「三化」之說，乃曾師提出，徐子方《明雜劇研究》捨棄「南曲化」不談，而在「文士化」的階段又分為「貴族化」、「宮廷化」、「文士化」。

一、雜劇的南曲化與文士化

　　早在元代統一中國，北雜劇大量南流之後，北雜劇的南曲化已經開始。就劇本的題材上看，關漢卿的《竇娥冤》故事發生在楚州，州官「桃杌」一則以古時傳說四大惡人之首「檮杌」暗諷，二則取江南方言「豆腐」之音以爲譏諷，以及他本人長住揚州，都是明證，此點已如前章論述。又，《西廂記》第一、四、五本的第四折，主唱爲張生，鶯鶯插唱數曲，其餘各折則由鶯鶯獨唱，顯然已經不合北雜劇的體例。

　　明初，《大明律》中，更明確規定了戲曲的創作，「不許裝扮歷代帝王、后妃、忠臣、烈士、先聖、先賢、神像，……。其神仙道扮及義夫節婦、孝子順孫、勸人爲善者，不在禁限。」[3]明成祖更加貫徹他父親的這條律令，將原來的「杖一百」改爲「全家殺了」。[4]對戲劇的編演，給予這樣嚴苛的限制，說穿了，只是爲了「振興漢族」這樣一個冠冕堂皇的使命背後，那個「鞏固領導中心」的眞正原因。

　　在如此嚴苛的限制下，由元入明的雜劇作家如湯舜民、楊景賢、賈仲明、羅貫中等人，均極受明成祖的禮遇，而成爲「御用文人」。[5]則其創作，也自然向統治者「振興漢族」的政策靠攏，不是歌功頌德的，如羅貫中的《宋太祖龍虎風雲會》，便是度脫道化，如谷子敬的《城南柳》。

　　除了因爲宮廷演劇的興盛，帶動了熱愛戲劇的風潮外，寧獻王朱權（明太祖第十七子，1378-1448）和他的姪兒周憲王朱有燉，都是赫赫有名的雜劇作家，他們寫戲、養戲班、整理戲曲理論，對明初雜劇的發展，貢獻良多。朱權的《太和正音譜》確立了北曲曲譜的規律，是北雜劇的重要理論著作；朱有燉的《誠齋樂府》，在戲曲史上，也有一定的地位。

3　見《大明律講解卷二十六刑律雜犯》之申論。

4　見顧啓元，《客座贅語》卷十「國初榜文」條。

5　曾師永義，《明雜劇概論》第二章，亦有「明初十六子」之說。

藩王的愛戲，或是出於本身的興趣。但政治環境的險惡，也確實爲藩王愛戲的動機加溫。明太祖和明成祖，都是心胸狹隘，疑心病重的君主，從明太祖陷害開國功臣，大興文字獄；到寧王朱辰濠叛變，明成祖靖難，爲了削減藩王的政治和軍事實力，明成祖縱容這些藩王，讓他們過著驕奢淫逸的生活，只要不參與政事，要幹什麼都可以。而這些藩王，與其放縱自己墮落，不如投身劇場藝術，還可以藉此向統治者表達忠誠。[6]

此外，統治者爲了「鞏固領導中心」，提倡「道學」，重開「科舉」，以八股取士，好來箝制讀書人的思想。以「道學」傳統來說，根據徐渭《南詞敘錄》的記載，明太祖看到《琵琶記》時，有感於它的「教化功能」，而大加讚揚，說是「富貴家不可無」。從此，明代的「道學」與南宋的「理學」聲氣相通，而把儒家學說帶上了「玄學」的不歸路。事實上，漢武帝「罷黜百家，獨尊儒術」的眞正目的，也正是在「鞏固領導中心」，這是人盡皆知的。

就八股取士來說，八股文的體例，嚴格限制了讀書人的思考模式。所以天才如徐渭，八歲時就能寫出令人瞠目結舌的八股文，後來也有許多軍事上的優異表現，更在文學、戲曲、繪畫、書法上，受到當世和後人的肯定，不過一輩子卻只勉強考中過鄉試。讀書人既然全力應付科舉，期盼「一舉成名天下知」，期盼「一朝貨與帝王家」，則其偶一爲之的戲曲，其所服務的對象，就從普羅大眾轉變爲王公貴族，在題材上也就更沒有「主體意識」了。[7]所以，宜興老生員邵文明，會套用詩經的句子，寫出遭千古罵名的《香囊記》，也就不足爲怪了。

以上所論，爲雜劇「三化」的前兩化，以下，將相對地討論南戲「三化」的前兩化。

6　見徐子方撰，《明雜劇研究》，頁7。

7　同前註。

二、南戲的北曲化與文士化

南戲的「北曲化」，最早也大約在元朝統一中國之後，這從「戲文三種」中的《小孫屠》中可以找到例證。試看其第七出、第九出、第十四出、第十八出及第十九出的套式：

（一）第七出：【北一枝花】→【梁州第七】→【黃鐘尾】，末獨唱。

（二）第九出：【北新水令】→【南風入松】→【北折桂令】→【南風入松】→【北水仙子】→【南犯滾】→【北雁兒落】→【南風入松】→【北得勝令】→【南風入松】，旦獨唱。

（三）第十四出：【北端正好】→【南錦纏道】→【北脫布衫】→【南刷子序】→【鎖南枝】→【同前換頭】，末獨唱。

（四）第十八出：【高陽臺】→【山坡羊】→【北後庭花】→【水紅花】→【北折桂令】。

（五）第十九出：【少年游】[8]→【北新水令】→【南鎖南枝】→【北甜水令】→【南香柳娘】→【花兒】，外唱【少年游】，末唱合套，旦唱【花兒】。

這幾出不僅採用南北合套的方式，還採用了北雜劇一人獨唱的概念，這自然是南北交化之後的產物。凌景埏先生考證，認為《小孫屠》是蕭德祥所作，[9]蕭氏亦為北劇作家，有《楊氏女殺狗勸夫》一劇傳世，若凌氏所言不假，則南戲北劇的技巧，在一劇中的轉化與交流，就順理成章了。

8　此處僅用前兩句，不入套。

9　見〈南戲與北劇之交化〉，收入里仁書局出版之《諸宮調兩種》。凌氏又認為明初南戲如《香囊記》、《精忠記》、《千金記》、《投筆記》、《繡襦記》、《三元記》，均有北曲。其中《精忠記》、《繡襦記》已有合套，《千金記》、《投筆記》已有整個北套，《香囊記》、《三元記》則僅有北隻曲，亦是南戲北曲化的實例。

　　再者，相同題材的沿用，也是南戲北曲化的重要指標之一。前述蕭德祥有《楊氏女殺狗勸夫》，在五大南戲中則出現了《殺狗勸夫記》；關漢卿有《閨怨佳人拜月亭》，在五大南戲中則出現了《拜月亭記》，都是明證。

　　南戲的「文士化」大約出現在元末，高明的《琵琶記》是一個明顯的例子。徐渭在《南詞敘錄》中對《琵琶記》推崇備致。他說：

……順帝朝，忽又親南而疏北，作者蝟興，語多鄙下，不若北之有名人題詠也。永嘉高經歷明，避亂四明之櫟社，惜伯喈之被謗，乃作《琵琶記》雪之。用清麗之詞，一洗作者之陋。於是村坊小技，進與古法部相參，卓乎不可及矣。

或以則誠「也不尋宮數調」之句爲不知律，非也，此正見高公之識。夫南曲本市里之談，即如今吳下《山歌》、北方《山坡羊》，何處求取宮調？必欲宮調，則當取宋之《絕妙詞選》，逐一按出宮商，乃是高見。

南曲固是末技，然作者未易臻其妙。《琵琶》尚矣，其次《玩江樓》、《江流兒》、《鶯燕爭春》、《荊釵》、《拜月》數種，稍有可觀，其餘皆俚俗語也。然有一高處：句句是本色語，無今人時文氣。[10]

或言：《琵琶記》高處在〈慶壽〉、〈成婚〉、〈彈琴〉、〈賞月〉諸大套。此猶有規模可尋。惟〈食糠〉、〈嘗藥〉、〈築墳〉、〈寫眞〉諸作，從人心流出，嚴滄浪言：「水中之月，空中之影」，最不可到。如「十八答」，句句是常言俗語，扭作曲子，

10　「時文」指當代的文風。明代以八股文取士，講究對仗、排偶，並套用經書語句。此處所云「時文氣」，說的就是以八股文的方式寫作曲文的風氣。

點鐵成金，信是妙手。

可見徐渭認爲：《琵琶記》的文詞清麗，和那些「俚俗妄作」的早期南戲是極不相同的。但他也談論到「文士化」所帶來的一些壞處，也就是喪失了「本色」。他說：

> 以時文爲南曲，元末、國初未有也，其弊起於《香囊記》。《香囊》乃宜興老生員邵文明作，習《詩經》，專學《杜詩》。遂以二書語句，勻入曲中，賓白亦是文語，又好用故事作對子，最爲害事。夫曲，本取於感發人心，歌之使奴、童、婦女皆喻，乃爲得體；經、子之談，以之爲詩且不可，況此等耶？直以才情欠少，未免掇補成篇。吾意：與其文而晦，曷若俗而鄙之易曉也。

其他如王世貞在其《曲藻》、徐復祚在其《曲論》中，也批判了《香囊記》、《伍倫全備記》、《玉玦記》、《玉合記》等劇，其實都犯了陳腐、晦澀的毛病，乃「冬烘」之作。[11]

爲此，徐渭和何良俊先後提出「本色論」，李贄也提出「童心說」、「化工說」，提倡跳脫虛僞的裝飾，表現眞實的自我。何良俊的「本色論」主要著眼於語言的本色，徐渭的「本色論」則從語言及內容兩方面入手，強調「天機自動，從心流出」，追求一種「文而不晦，俗而不俚」的語言，發揮「求眞性、求眞情、求眞色、求眞事」的「求眞」精神，眞實展現人事物本來的面目。至於李贄的「童心說」，是他戲曲理論的基礎，

11　王世貞，《曲藻》：「《香囊》近雅而不動人，《伍倫全備》是文莊元老大儒之作，不免腐爛。」徐復祚，《曲論》：「《香囊》以詩語作曲，處處如煙花風柳。……《龍泉記》、《五倫全備》，純是措大書袋子語，陳腐臭爛令人嘔穢。……鄭虛舟（若庸），余見其所作《玉玦記》手筆，凡用僻事，往往自爲拈出？……此記極爲今學士所賞，佳句故自不乏，……獨其好塡塞故事，未免開塡塞之門，開堆垛之境，不復知詞中本色爲何物。……梅禹金，宣城人，作爲《玉合記》，士林爭購之，紙爲之貴。曾寄余，余讀之，不解也。……（傳奇之澀）濫觴於虛舟，決堤於禹金，至近日之箜篌而滔滔極矣。」

所謂「童心」，也就是「真心」，他認為衡量文學作品的價值，唯一的標準，就是「童心」。至於「化工說」，是他在進行戲曲批評時，所提出的一個重要的命題。所謂「化工」，就是「自然造化之工」，是不同於「畫工」（人工雕琢之工）的。發乎本性，出乎真情，乃是「化工」。如果預設某一模式來塑造人物形象，即成「畫工」，是不足取的。

三、南戲與北雜劇的崑曲化

在談到「崑曲的興起與發展」這一論題之前，應當先談一談南戲的「四大聲腔」。（圖 6-1）[12]

「四大聲腔」之說，可見《南詞敘錄》。徐渭說：

> 今唱家稱「弋陽腔」，則出於江西，兩京、湖南、閩、廣用之；稱「餘姚腔」者，出於會稽，常、潤、池、太、揚、徐用之；稱「海鹽腔」者，嘉、湖、溫、臺用之。惟「崑山腔」止行於吳中，流麗悠遠，出乎三腔之上，聽之最足蕩人。妓女尤妙此，如宋之嘌唱，即舊聲而加以泛豔者也。隋、唐正雅樂，詔取吳人充弟子習之，則知吳之善謳，其來久矣。[13]

可見當時流播最廣的腔調就是弋陽腔，它形成於江西東部廣信府的弋陽。這個地方是通往浙江、福建、安徽三省的要衝，在語言上屬於中州語系，和吳、浙音有很大的區別，因而造就了它音調風格的獨特性。另外，此地一直到現在，還流傳著一些如儺舞、目連戲之類的特殊民俗，這些民俗對於弋陽腔的表演藝術有很大的影響，特別是在「一唱眾和」（即所謂「幫腔」）的特點，和鑼鼓打擊樂的運用上。

12　也有說「五大聲腔」者，即加上溫州腔。

13　「兩京」即南京、北京，「常、潤、池、太、揚、徐」即常州、潤州（鎮江）、池州（安徽貴池）、太平（安徽當塗）、揚州、徐州，「嘉、湖、溫、臺」即嘉興、湖州、溫州、臺州，「吳中」即蘇州一帶。

　　弋陽腔的流播很廣。明代嘉靖以來，弋陽腔系統所流播的主要地區，如饒州府、池州府、太平府、徽州府，這些地區，都是江南的經濟重鎮。自古以來，「戲路隨商路」，表演弋陽腔的班社為了生計，便紛紛來到這些繁榮的地方演出，也隨著商人的商務發展，向四方流播。[14]

　　以上都是弋陽腔發展的外在因素，就其內在因素而言，弋陽腔本身具備了很強的適應性。第一在它可以「改調歌之」，其他聲腔的劇本可以改用弋陽腔上演，演唱者也可以用他自己的語言特色及演唱風格加以變化，並且在曲詞中加「滾」，用通俗的韻文解釋難懂的曲文，[15]所以非常通俗化。第二在「錯用鄉語」，也就是演出時，可以適時加入各地方言，以爭取當地觀眾的認同。第三在於它沒有固定的曲譜，可以隨機變化。因此，弋陽腔受到了廣大的社會低下階層，如農、漁民、手工業者的喜愛和支持，終於在清中葉的「花雅之爭」中，成為崑山腔最大的對手。

　　餘姚腔和海鹽腔皆出於浙江。餘姚腔產生於現在的紹興附近，與產生於嘉興的海鹽腔隔杭州灣相對。有關餘姚腔的資料不多，對於其產生的時代，不是很確定。但是根據路容《菽園雜記・卷十》記載成化、弘治間（1465-1505）浙江南戲流行的狀況，其產生的時代，應該在成化以前。[16]餘姚腔雖然也流播極廣，卻仍不及弋陽腔的聲勢，而逐漸被弋陽腔吸收、取代。明末《想當然》傳奇（盧柟作，然祁彪佳寫於崇禎間的《遠山堂曲品》已懷疑是有人託名妄作）卷首〈繭室主人成書雜記〉中有言：「俚詞

14　弋陽腔在贛東廣信府形成後，向東傳到浙江義烏，形成「義烏腔」；向北在贛北的樂平形成「樂平腔」，在皖南的青陽、太平、石臺、四平等地，形成「青陽腔」、「太平腔」、「石臺腔」、「四平腔」，最後進入北京，形成「京腔」，這些腔調統稱「弋陽腔系統」。

15　所謂「滾」即「滾調」，又稱「滾唱」，指在曲文中夾雜許多以七字為主的「滾白」，用「流水板」快唱。這種表現方式最早見於餘姚腔。

16　路容為成化二年進士，曾任浙江右參政，書中所言大約為他在浙江所見所聞。原文為：「嘉興之海鹽、紹興之餘姚、寧波之慈谿、臺州之黃巖、溫州之永嘉皆有習為優者，名曰『戲文子弟』，雖良家子亦不恥為之。」

膚曲，因場上雜白混唱，猶謂以曲代言，老餘姚雖有德色，不足齒也。」

此處「雜白混唱」，即指「滾調」而言，可見其特色乃在通俗易懂，與弋陽腔頗有相似之處。但貴族、士大夫之流，卻對之十分鄙視。張牧《笠澤隨筆》中有：「萬曆以前，士大夫宴集，多用海鹽戲文娛賓客。……若用弋陽、餘姚，則爲不敬。」[17]

至於海鹽腔，一般的說法是產生在元代至正年間的楊梓一家，但早在南宋中葉，海鹽已經是一個因爲產鹽而商業發達的城市，同時以「善謳」聞名。明・李日華《紫桃軒雜綴・卷三》：

> 張鎡，字功甫，循王（張俊）之孫，豪侈而有清尚。嘗來吾郡海鹽，作園庭自恣，令歌兒衍曲務爲新聲，所謂海鹽腔也。

此所謂海鹽腔，與作爲南戲四大聲腔的海鹽腔未必是一回事，但也可看作是海鹽腔的先聲。到了至正 23 年（1363），姚桐壽《樂郊私語・自序》：

> 州（海鹽）少年多善樂府，其傳出於澉州楊氏。當康惠公梓存時，節俠風流，善音律，與武林阿里海涯之子雲石交，雲石翩翩公子，無論所製樂府、散套，駿逸爲當行之冠；即歌聲高引，可徹雲漢。而康惠獨得其傳。……其後長公國材、次公少中復與鮮于去矜（名必仁）交好，去矜亦樂府擅場。以故揚氏家僮千指，無有不善南北歌調者，由是州人往往得其家法，以能歌名於浙右云。

楊梓是北曲雜劇的作家，有《敬德不伏老》等三種雜劇，又做過杭州路使，它的父親與兒子也都因海運致富而爲官。武林即杭州，雲石即貫

---

17 張氏此書，輯錄了明代成化間〈百二十家戲曲全錦目錄〉，極具參考價值。但此書已不知下落，只知曾爲吳縣潘氏收藏。此處所引，乃根據《劇學月刊》四卷五期佟品心〈通俗的戲曲〉一文轉引。

雲石，楊梓與這些歌唱家、作曲家交好，自然發展出了一套很好的演唱技巧。但此時所唱，仍是北曲。入明之後，海鹽南曲盛行，自然就形成了南戲四大聲腔之一的海鹽腔了。

海鹽腔演唱時，或用拍手，或用扇子，偶用鼓、板來打節拍，是不加弦索伴奏的。這從《金瓶梅詞話》及湯顯祖〈宜黃縣戲神清源師廟記〉中的敘述可得證明。[18] 海鹽腔曲調溫柔婉約的性格，固然是其令士大夫喜愛的重要因素之一，另外，玩弄戲子的惡習，也使得部分變態的文人對海鹽腔趨之若鶩。如明·姚士驎《見只編》：「吾鹽有優者金鳳，少以色幸於分宜嚴東樓（世藩）侍郎。東樓晝非金不食，夜非金不寢也。」待崑山腔興起，吸收了海鹽腔溫柔婉約的性格，海鹽腔便一蹶不振了。後來的海鹽腔，雖然也吸收了弋陽腔的滾調，但到了康熙以後，就沒沒無聞了。

崑山腔大約產生於元末，而盛行於萬曆以後。其實早在南宋末年，蘇州一帶已經有南戲流行了。[19] 有元一代，蘇州的書會才人眾多，更可見南戲的流傳。[20] 崑山腔的大行其道，與明代中葉魏良輔等人創為「水磨調」，而大受文人士大夫的喜愛，固然有直接的關係，但元末明初顧堅、顧阿瑛等人在小庭深院的清唱，也為後來的崑曲改良打下了基礎。

崑山和位於它東北的太倉，現在都屬於蘇州市，東鄰上海，西北就是吳淞口，對面則是崇明島。優越的地理位置，使得崑山一帶，很早就有許多因為海運而致富的大賈、官僚、地主之家。這些人的生活多半十分奢

---

18 《金瓶梅詞話》中，第 36、49、63、64、74 等五回，均有記載海鹽子弟演唱的情形。又，湯顯祖文中寫道：「南則崑山之次為海鹽，吳浙之音也，其體局靜好，以拍為之節。」

19 宋末張炎《山中白雲詞·卷五》【滿江紅】詞題：「《韞玉傳奇》，惟吳中子弟為第一流；所謂識拍道、字正、聲清、韻不狂，俱得之矣。作平聲【滿江紅】贈之。」該詞見於唐圭璋《全宋詞》第五冊。

20 清初張大復編，《寒山堂新訂九宮十三攝南曲譜·譜選古今傳奇散曲集總目》所列傳奇如敬仙書會柯丹邱《王十彭荊釵記》、劉一捧《風風雨雨鶯燕爭春記》、九山書會《狀元張扬傳》、施惠《蔣世隆拜月亭記》等。

侈，極爲重視聲色的享樂，他們留心詞曲，甚至在家中畜養戲子，平時排練或自娛，到了宴會的場合，就用這些演員演戲或作歌舞表演，一方面娛樂嘉賓，一方面藉以炫耀自己的財富。至於太倉一帶，更有「西關莫動手，南關莫開口」的諺語。[21]

另外，居民百姓們在每年的四五月間，也會在街道上搭起野臺，終日演戲狂歡。由這些資訊可以得知，崑山地區的民眾，不分貴賤，都是愛唱歌的。

此處所唱之崑山腔，應該仍是崑山土腔。也就是以崑山本地的方言所產生的腔調。「崑山腔」這一詞，最早見於文獻的兩條資料，卻遲至明代中葉。先是魏良輔的《南詞引正》：[22]

> 腔有數樣，紛紜不類。各方風氣所限，有崑山、海鹽、餘姚、杭州、弋陽，自徽州、江西、福建，俱作弋陽腔。永樂間，雲貴二省皆作之；會唱者頗入耳。惟崑山爲正聲，乃唐玄宗時黃旛綽所傳。元朝有顧堅者，雖離崑山三十里、居千墩，精於南辭，善作古賦。擴廓帖木兒聞其善歌，屢招不屈。與楊鐵笛、顧阿瑛、倪元鎮爲友，自號風月散人。其著有《陶眞野集》十卷、《風月散人樂府》八卷，行於世。善發南曲之奧，故國初有「崑山腔」之稱。

又，明 · 周元暐《涇林續記》正編《姑蘇志》記載：

> 周壽誼，崑山人，年百歲。其子亦躋八十，同赴蘇庠鄉飲，徒步而往。既至，子坐於階石，氣喘，父笑曰：「少年何困倦乃爾！」飲畢，子欲附舟，父不可，復步歸舍。崑距蘇七十餘里，往返便捷，其精力強健如此。後太祖聞其高壽，特召至京。拜階

21　明初在太倉的西關設有太倉衛，武術風氣甚盛。而南關一地，卻以善謳聞名，所以會說「西關莫動手，南關莫開口」。

22　路工，《訪書見聞錄》（上海：上海古籍，1985 年），頁 239。

下，狀甚矍鑠。問：「今歲年若干？」對云：「一百七歲。」又
問：「平日有何修養而能致此？」對曰：「清心寡欲。」上善其
對，笑曰：「聞崑山腔甚嘉，爾亦能謳否？」曰：「不能，但善
吳歌。」命之歌。歌曰：「月子彎彎照幾州，幾人歡樂幾人愁；
幾人夫婦同羅帳，幾人飄散在他州。」上撫掌曰：「是箇村老
兒。」命賞酒，飲罷歸。後至一百十七歲，端坐而逝。子亦年
九十八，家有世壽堂。其孫多至八十外，蓋緣稟賦厚素，其鯀來
有由矣。

魏良輔把唐玄宗時候的宮廷樂師黃旛綽，看作是崑山腔的遠祖，固然
有些牽強，但把元末的顧堅看作是崑山腔的改良者，卻是有幾分道理的。
另外，由這兩段資料看來，明太祖的時代，崑山土腔已將向外流播，至少
到了南京。而周壽誼不會唱以南曲曲牌為載體的崑山腔，只會唱以山歌俗
曲為載體的崑山土腔。[23] 則魏良輔和明太祖所說的崑山腔，應該已經脫離
了崑山土腔的層次，得到進一步的改良和發展了。但顧堅所改良的崑山
腔，仍然只用於清唱，所以不敵其他三腔，而「止行於吳中」。

一般認為，崑山腔的盛行，與明代中葉魏良輔等人的創發「水磨調」
有直接的關係。雖然從顧堅到魏良輔的百餘年間，我們看不到有關以崑山
腔演唱戲曲的資料，但是明英宗的時候，蘇州的伶人已到北京做場，演出
南戲了。[24] 並且最晚在嘉靖5年之前，崑山腔已經與其他三腔並稱了。[25] 這

---

23 當即如《南詞敘錄》所云「里巷歌謠」、「鶻伶聲嗽」之類。

24 明・都穆（蘇州吳縣人）《都公談纂》：「吳優有為南戲於京師者，錦衣門達奏其以男
    裝女，惑亂風俗。英宗親逮問之。優具陳勸化風俗狀，上命解縛，而令演之……」

25 祝允明（蘇州長州人，生於英宗天順4年〔1460〕，卒於世宗嘉靖5年），《猥談》：
    「自國初來，公私尚用優伶供事，數十年來，所謂南戲盛行，更為無端，於是聲樂大
    亂。南戲出於宣和之後，南渡之際，謂之溫州雜劇。予見舊牒，其時有趙閎夫榜禁，頗
    述名目，如《趙貞女蔡二郎》等，亦不甚多。以後日增，今遍滿四方，轉轉改益，又不
    如舊，而歌唱越繆，極厭觀聽，蓋已略無音律腔調（音者七音；律者十二律呂；腔者
    章句字數長短高下疾徐抑揚之節，各有邵位；調者舊八十四調，從七七宮調，今十一

些歷史背景都爲魏良輔等人的改良奠下了基礎。

魏良輔（字尚泉）生於明世宗嘉靖 5 年（1526），居住在太倉的南關，前面說過，這本來就是一個「善謳」的地方。根據李開先《詞謔》的記載，魏良輔在嘉靖年間（《詞謔》約成書於嘉靖 35 年），不過是一個「長於歌而劣於彈」的人。[26] 他最初學唱北曲，但因技藝不敵王友山，竟憤而改習南曲。[27]

他認爲當時的南曲「率平直無意致」，所以他取法海鹽、弋陽兩腔的長處，更吸收北曲演唱的技巧，發揮崑山腔流麗悠遠的特色，講究「轉喉押調」，要求唱出曲情理趣。由於從清唱散曲及傳奇中的曲調入手，不像在戲場上，可借用鑼鼓之勢，因而更要「閑雅整肅，清俊溫潤」，「聲則平上去入之婉協，字則頭腹尾音之畢勻，功深鎔琢，氣無煙火，啓口輕圓，收音純細」，總的來說，就是「拍捱冷板，調用水磨」，所以他所創出的新聲，稱爲「冷板曲」、「水磨調」。

另一方面，善唱北曲的壽州（今安徽壽縣）人張野塘，流放在太倉，娶了魏良輔的女兒，後來因此也學南曲。[28] 他最大的貢獻在於更定弦索音

調，正宮不可爲中呂之類；此四者無一不具），愚人蠢工，狗意更變，妄名餘姚腔、海鹽腔、弋陽腔、崑山腔之類，變易喉舌，趁逐抑揚，杜撰百端，眞胡說耳。若以被之管絃，必至失笑；而昧士傾喜之，互爲自護爾。」

26 李氏此書，收入《中國古典戲曲論注集成》（北京：中國戲劇出版社，1959 年）第三冊，原文爲：如餘姚董鸞，豐縣李敬，穀亭王眞，徐州鄒文學，濟寧周隆，鳳陽張周，錢塘毛士光，臨倩崔默泉，鹿頭店董羅石，崑山陶九官，太倉魏上泉，而周夢谷、滕全拙、朱南川俱蘇人也；皆長於歌而劣於彈。……。魏良輔兼能醫。（見頁 354）。

27 清初余懷，〈寄暢園聞歌記〉云：「有曰：南曲蓋始於崑山魏良輔云。良輔初習北音，紬於北人王友山，退而縷心南曲，足跡不下樓十。當是時，南曲率平直無意致，良輔轉喉押調，度爲新聲。疾徐高下，清濁之數一依本宮；取字齒唇間，跌換巧掇，恆以深邈助其悽唳。吳中老曲師如袁髯、尤駝者，皆瞠乎自以爲不及也。……而同時婁東人張小泉、海虞人周夢山競相附和，惟梁谿人潘荊南獨精其技。……合曲必用簫管，而吳人則有張梅谷，善吹洞簫，以簫從曲；毗陵人則有謝林泉，工摑管，以管從曲，皆與良輔游。而梁谿人陳夢萱、顧渭濱、呂起渭輩，並以簫管擅名。」

28 清・葉夢珠，《閱世編・卷十》：「因考弦索之入江南，由戍卒張野塘始。……以罪謫

節，使之與南音相和，並改三弦爲弦子。從此崑山腔一改三腔只以鼓、板節其拍的情況，而以簫管樂器（笛、簫、笙）與弦索樂器（琵琶、三弦、箏、阮咸）共同伴奏，豐富了崑山腔的音樂形式。

與魏良輔一起革新崑山腔的，還有蘇州的洞簫名手張梅谷、常州的笛師謝林泉，以及魏的門下弟子張小泉、季敬坡、戴海川、包郎郎等人。魏良輔還經常向很有聲望的老曲家過雲適請益。這些人因此形成了一個集團，共同造就了崑山腔從明代萬曆至清代乾隆間的盛世。但實際上，把崑山腔搬上舞臺的，還是梁辰魚（伯龍）。他繼承了魏良輔的成就，乃於隆慶末年，編成第一部崑腔傳奇《浣紗記》，擴大了崑山腔的影響。此後，文人學士便爭相用崑腔創作傳奇，[29] 正式開啟了傳奇的時代。

崑劇很快地向外流播到全國各大城市，成爲一個全國性的劇種。萬曆以後，達官貴人養「家班」以崑劇爲尚，則崑劇又因其調遷而各地流轉。但是到了清代中葉，崑劇已經開始衰落。「不求改革」，是衰落的內在因素。長期以來內容及形式的不求改革，和觀眾的喜好及時代的現狀頗有距離。就劇目上說，以乾隆中期所編《綴白裘》爲例，共收錄了近五百出當時常演的劇目，絕大多數是崑劇。這些折子戲中，又有絕大多數是流傳了百來年以上的，觀眾毫無新鮮感。從形式上看，對演出的技術層面（如服裝、化妝）墨守成規，不加改進，並且畫地自限，以文人士大夫及王公貴

發蘇州太倉衛；素工弦索。既至吳，時爲吳人歌北曲，人皆笑之。崑山魏良輔者，善南曲，爲吳中國工。一日至太倉聞野塘歌，心異之，留聽三日夜，大稱善，遂與野塘定交。時良輔年五十餘，有一女亦善歌，諸貴爭求之，良輔不與。至是遂以妻野塘。吳中諸少年聞之，稍稍稱弦索矣。野塘既得魏氏，並習南曲，更定弦索音，使與南音相近。並改三弦之式，身稍細而其鼓圓，以文木製之，名曰弦子。明王太倉相公方家居，見而喜之，命家僮習焉。其後有楊六者（即楊仲修）創爲新樂器，名提琴。提琴既出，而三弦之聲益柔曼婉揚，爲江南名樂矣。……分派有三：曰太倉、蘇州、嘉定。……太倉近北，最不入耳；蘇州清音可聽，然近南曲，稍失本調。唯嘉定得中。」

29　明萬曆年間（1573-1620），演出的劇目中有歷史戲如《浣紗記》，也有傳奇故事如《紅拂記》、《繡襦記》，反映官場現實的《鳴鳳記》。更有移植其他聲腔的劇本如李開先的《寶劍記》、湯顯祖的《玉茗堂四夢》；另有一些地方小戲如《尼姑下凡》、《拾金》等。

族作爲服務的對象，當然敵不過當時的各地方劇種。

　　衰落的外在因素，是清朝統治者政治勢力的介入和干預。清初以來的幾次「文字獄」，大量文人遭到殘害，自然無心，也無力創作。此外，統治者把崑劇納入宮廷演出的節目中，並且編演了《昇平寶筏》、《鼎峙春秋》、《勸善金科》、《昭代簫韶》等幾部連臺本戲。崑劇因此被當成是用來歌功頌德的供品，達官貴人則視之爲附庸風雅之物，自此與小老百姓全無關係，而喪失了生機。

　　嘉慶以後，在北京的劇壇，崑劇的地位逐漸被徽戲、梆子戲所取代，崑劇班社紛紛解散，崑劇演員則加入徽班，或到其他劇種的班社中演戲。也有不少演員離開北京，到冀中、冀東一帶，結合當地的方言和風俗，形成「北崑」，即北方派的崑劇。也有和弋陽腔戲同臺，則成爲「崑弋班」。

第二節
傳奇的體製規律
——

　　傳奇既然從南戲演變而來，其體製規律自然是在南戲的基礎上而演進的。我們可以分爲以下幾個部分加以討論：開場、沖場、出目與出數、下場詩和散場詩、大團圓結局、曲牌與套曲、腳色、排場、收煞。

一、開場

　　傳奇劇本之第一出稱之，因多爲「末」或「副末」上場，故稱「副末開場」。不是劇情的有機部分，也不是劇情的開端，而是由末或副末以局外人登場，介紹「創作緣起」和「劇情大意」，是宋代歌舞雜劇「竹竿子」「勾隊」，先作「客套致語」的遺型。其結構如下：（如《鳴鳳記》之

〈家門大意〉）

（一）詞牌一首：述說創作之緣起。

（二）副末與後臺問答：明確交代劇名，並且引起觀眾注意。

（三）曲牌一首：說明劇情大意。

（四）下場詩四句：相當於雜劇中的題目、正名。

開場有許多不同的名稱，如《長生殿》的〈傳概〉、《桃花扇》的〈先聲〉、《邯鄲記》的〈標引〉、《精忠記》的〈提綱〉、《玉簪記》的〈家門正傳〉、《灌園記》的〈開場家門〉。

二、沖場

開場後的第二出稱之，是劇情之始。生先上，稱「出腳色」，至如《玉簪記》由外先上，乃是例外。主要人物應該盡早出場，以展開矛盾衝突。其結構如下：

（一）先作引子一曲。

（二）以詩、詞、或四六排語作定場白。

此「引曲」及「定場白」極受曲家重視，既為沖場之程式，亦是要腳登場的陳套，「務以寥寥數言，道盡本人一腔心事」。如洪昇《長生殿》第二出〈定情〉：

（生扮唐明皇引二內侍上）

（大石引子）【東風第一枝】端冕中天，垂衣南面，山河一統皇唐。層霄雨露迴春，深宮草木齊芳。昇平早奏，韶華好，行樂何妨。願此生，終老溫柔，白雲不羨仙鄉。

韶華入禁園，宮樹發春暉。天喜時相合，人和事不違。九歌揚政

要，六舞散朝衣。別賞陽臺樂，前旬慕雨飛。

這裡的大石引子【東風第一枝】就是「引曲」，「韶華入禁圍」以下八句五律，就是「定場白」。藉由這一曲一詩，作者道出了唐明皇以爲國家承平，政治清明，而沉溺於後宮安樂的心情。

三、出目與出數

傳奇分出（齣），每出有出目以名之。傳奇一劇約四、五十出。長者如陳鍾齡《紅樓夢傳奇》八十出，分八本，《忠義璇圖》二百四十出，分十本；短者如蔣士銓《雪中人》僅十六出，均非常格。分出以劇情自然發展之段落爲依據，每本一天演完。

四、下場詩和散場詩

每出末了以五或七言四句作結稱「下場詩」，乃「竹竿子」「放隊」之遺形。有精工雕琢者，有用「集句」者。「集句」乃是集數位古人之詩句而成，如《長生殿·定情》下場詩乃是集元稹的「朧明春月照花枝」（生）、白居易的「始是新承恩澤時」（旦）、雍陶的「長倚玉人心自醉」（生）、趙彥明的「年年歲歲樂於斯」（合）而成。內容多抒發感受，而非概括劇情。可唱可唸，唱則又有合唱、獨唱、分唱等方式。全劇演完有五或七字四句或八句作散場詩，意在總結全劇。

五、團圓結局

生、旦不死爲南戲與傳奇中不成文的規定。如《八義記》傳奇，故事本於元雜劇《趙氏孤兒》，但因生、旦不死的成規，在孤兒復仇後，趙朔及公主又出現與孤兒團聚。

又如《桃花扇》傳奇，內容爲南明諸士如馬士英、阮大鋮，及侯方域與妓女李香君的愛情故事。因生、旦不死的成規，侯方域與李香君最後雖

未團圓，卻雙雙遁入空門。

《長生殿》卻是個例外，生扮唐明皇先是未死，旦扮楊貴妃卻早在馬嵬驛香消玉殞，則第四十五出的〈雨夢〉只是猜想楊貴妃沒死，因而引發了第四十六出的〈覓魂〉，又得仙人指引，說楊貴妃在蓬萊仙島，最後在中秋之夜，唐明皇死後來到月宮，與楊貴妃同升忉利天宮。則雖然是團圓結局，卻完全打破了生旦不死的成規。

六、曲牌與套曲

明、清傳奇在曲套的運用上，大量採用「南北合套」，及「集曲」的運用。南北合套在後期南戲如《小孫屠》中已經出現，但在明、清傳奇中尤爲成熟。其形式如下：

（一）一套曲中，一南一北，交替運用。

（二）一套曲中，一半南曲，一半北曲，或先南後北，或先北後南。

（三）在一本戲中，插入數個整套的北曲，如《長生殿》第四十六出〈覓魂〉，即是整個北套。

集曲即是從同一宮調或聲情相近的宮調內，選取不同的曲牌各一段，聯成一隻新的曲調。多用作生、旦抒情的細曲或可粗可細之曲。集曲的體式最早見於南戲《張協狀元》第五出疊用 5 隻【犯櫻桃花】。到了明人傳奇中，抒情太多，細曲的曲牌已不夠用，故須創爲新聲。集曲的用曲數量，少則 2 隻，多可至 30 隻，[30] 其體式大致爲一曲的一部分接上另一曲的一部分而成。如【越調‧帳裡多嬌】是由【羅帳裡坐】的 1 至 6 句，接上【憶多嬌】的合至末，可記作 $A_{1-6} + B_{合-末}$。也有在同一隻曲牌中做變化的，如【正宮‧太平重醉】是由【醉太平】的 1 至 6 句，接 5 至 7 句，

---

30 施德玉教授在〈集曲體式初探〉（《戲曲學報》第二期，2007 年，頁 125-149）中，將 2 至 5 隻曲牌運用的集曲稱爲小型集曲，6 至 10 隻的稱爲中型集曲，11 隻以上的稱爲大型集曲。文見，頁 127。

可記作 $A_{1-6} + A_{5-\text{末}}$。[31]

　　曲牌聯套上另一種常見的情況，是「前腔換頭」。[32] 也就是再用一次前面的曲牌，但是把頭上幾句改了。如洪昇《長生殿》第二出〈定情〉，唐明皇上，唱大石引子【東風第一枝】，接著旦扮楊貴妃上，唱【玉樓春】，生再唱大石過曲【念奴嬌序】，此後接連三隻【前腔換頭】，分別由旦、宮女、內侍輪唱。【念奴嬌序】本是「4，4，6。7，6。2，4，4，7。3，4，4。」的結構，第一次換頭改為「2，4。4，6。7，6。2，4，4，7。3，4，4。」第二次換頭又改為「2，4，4，7。3，6。2，4，4，7。3，4，4。」第三次換頭則與第二次同。

七、腳色

　　傳奇既然從南戲而來，其腳色系統也與南戲類似，且分工更為精細。清・李斗《揚州畫舫錄》中，有「江湖十二腳色」之說：[33]

> ……梨園以副末開場，為領班。副末以下：老生、正生、老外、大面、二面、三面七人，謂之男腳色；老旦、正旦、小旦、貼旦四人，謂之女腳色；打諢一人，謂之雜。此「江湖十二腳色」……。

　　與之同時期的一位老藝人黃幡綽（應該是藝名。唐玄宗時，有宮廷樂師與之同名。魏良輔以之為崑山腔之遠祖，見上節。）口述崑劇之表演藝術，而由他的學生記錄下來，輾轉出版的《梨園原》，對傳奇的腳色分類，基本上與《揚州畫舫錄》類似，但是稍有不同。[34] 茲將二書的差異，比較如下：

31　見前註，頁 128。

32　「前腔」即是南戲中的「同前」，或如北劇中的「么篇」。

33　見李斗，《揚州畫舫錄・卷五》（臺北市：世界，1979 年），頁 122。

34　《梨園原》收入《中國古典戲曲論著集成》，第九冊，論腳色的部分，頁 10-11。

表 6-1 　《揚州畫舫錄》與《梨園原》中腳色名稱之比較

《揚州畫舫錄》	《梨園原》
副末	末
老生	生
正生	小生
老外	外
大面	淨
二面	副淨
三面	丑
老旦	老旦
小旦 [35]	小旦
貼旦	貼旦
	作旦
雜	

　　從上表的對照中，有兩件事情是值得注意的。第一，《揚州畫舫錄》的年代較《梨園原》稍早，書中所記，乃總結了明末清初以來的戲曲經驗；而《梨園原》則更進一步體現了清中葉崑劇演出的現況。第二，根據第一點來考察上表，清中葉演出的崑劇已將「雜」剔除，並將「作旦」獨立出來，可見其行當的分工，較之明末清初，已經更為精緻。

八、排場

　　所謂「排場」，照戲劇結構來說，就是情節的一個段落；照音樂結構來說，就是一套曲子；照戲劇的整體來說，就是一種情境，一種氛圍；照戲劇演出的實際來說，就是各行腳色勞役平均的功夫。曾師永義在〈說排場〉一文的結語中，為「排場」下了一個定義：[36]

---

35 《揚州畫舫錄》在談到「老徐班」的女腳分行時，說：「小旦謂之閨門旦，貼旦謂之風月旦，又名作旦，兼跳打，謂之武小旦。」

36 見曾永義，《詩歌與戲曲》（臺北市：聯經，1988 年），頁 396。

總結以上的論述，可見所謂「排場」是指中國戲劇的腳色在「場上」所表演的一個段落，它是以關目情節的輕重爲基礎，再調配適當的腳色、安排相稱的套式、穿戴合適的穿關，透過演員唱作念打而展現出來。就關目情節的高低潮以及其對主題表現所關涉的程度而分，有大場、正場、短場、過場四種類型，就表現形式的類型而言，有文場、武場、文武全場、同場、群戲之別；就所顯現的戲劇氣氛而言則有歡樂、遊覽、悲哀、幽怨、行動、訴情等六種情調；後二者其實是依存於前者之中。因之標示「排場」當斟酌這三種狀況，然後方能充分的描述出該排場的特質。

有了以上的基礎，我們試圖分析《長生殿》第二出〈定情〉的排場。先將此出所用曲牌、人物、內容表列如下，以爲分析的依據：

表 6-2　〈定情〉排場分析

曲牌	人物	內容
大石引子【東風第一枝】	生扮唐明皇	唐明皇自以爲天下承平，國政清明。將楊玉環冊爲貴妃，賜浴華清池。
【玉樓春】	旦扮楊貴妃	貴妃浴罷見駕，唐明皇下令排宴。
大石過曲【念奴嬌序】	生、合	唐明皇稱貴妃「領袖嬪牆」，「絕世無雙」，望能「恩情美滿，地久天長」。
【前腔換頭】	旦、合	貴妃感皇恩，要「永持彤管侍君傍」。
【前腔換頭】	宮女、合	宮女描寫貴妃。
【前腔換頭】	內侍、合	內侍描寫唐明皇。
中呂過曲【古輪臺】	生、旦	命掌燈擺駕，雙雙要往西宮。
【前腔換頭】	合	往西宮路上，邊行邊賞夜色。
【餘文】	生	已至西宮，「把良夜歡情細講，莫問他別院離宮玉漏長」。
越調近詞【綿搭絮】	生	唐明皇贈楊貴妃金釵鈿盒。
【前腔】	旦	楊貴妃謝恩。

上表所示，從大石引子【東風第一枝】到中呂過曲【古輪臺】之前，是一個完整的情節段落，說明唐明皇與楊貴妃在後宮排宴的情景；就曲牌來說，恰是一套。從【古輪臺】到【餘文】乃是過場，是從排宴的場景轉移到西宮的過渡；而以過曲作爲這一套曲的首曲，也正合過渡的本意。眞正的主場在越調近詞【綿搭絮】之後，唐明皇送給楊貴妃的金釵鈿盒，正是他二人定情之物，也恰合本出〈定情〉之名。

可見一段戲在全出中有其一定的地位，一出戲在全劇中更有其作用。本出的釵鈿定情，正爲後來唐明皇思念楊貴妃的情節埋下伏筆，而產生相互照應的作用。又，此出就全劇來說，乃是沖場。前文說過，沖場中主要人物必須出場，如果只是唐明皇與楊貴妃二人輪唱，則歡樂的氣氛無由產生。所以用宮女與內侍分別述說他們的主子，既不傷二人世界的甜蜜，更能增場上活潑與歡樂的氣氛。

李漁在《閑情偶寄·結構第一》（《曲論集成》第七冊）中，提出戒諷刺、立主腦、脫窠臼、密針線、減頭緒、戒荒唐、審虛實等七端，雖未明言排場，實爲排場之借鏡，值得參考。

九、收煞

收煞即結尾。有「小收煞」與「大收煞」之分。中國古典戲曲中，收煞通常是動作的終止，不像西方社會問題劇般，在結尾處打一問號，將動作延伸出去。傳奇因篇幅太長，常分上、下兩本。上本之結尾即「小收煞」，下本之結尾即「大收煞」。《桃花扇》在四十出外另加四出：〈試〉、〈閏〉、〈加〉、〈續〉（題外文章）。〈試〉、〈加〉兩出分爲上、下卷之開場，可排除在正結構之外。〈閏（閏話）〉、〈續（餘韻）〉則分別爲「大收煞」與「小收煞」，應爲正結構之一部分。

古人極重視「收煞」，如王驥德《曲律》（《曲論集成》第四冊）：「煙波漂渺，姿態橫逸，攬之不得，挹之不盡。」又如梁廷枏《曲話》（《曲論集成》第八冊）：「以〈餘韻〉折作結，曲終人杳，江上峰青，

留有餘不盡之意於煙波漂渺間。」李漁說得更爲徹底，《閑情偶寄‧大收煞》：

> 場中作文，有倒騙主司入彀之法：開卷之初，當以奇句奪目，使
> 之一見而驚，不敢棄去。此一法也。終篇之際，當以媚語攝魂，
> 使之執卷流連，若難遽別。此一法也。收場一出，即勾魂攝魄之
> 具，使人看過數日，猶覺聲音在耳，情形在目者，全齣此出，撒
> 嬌作臨去秋波那一轉也。

第三節
傳奇的演出

——

　　傳奇的演出體制，已較南戲北劇更爲完備而且複雜。由於劇團組織、演出場地與場合的多樣性，發展出「折子戲」的演出方式；舞臺美術的進步，也使得人物造型和劇場技術有了一番新的面貌。以下將就劇團組織、演出場合、折子戲、服裝與化妝、砌末等項，探討傳奇的演出體制。

一、劇團組織

　　根據王安祈教授《明代傳奇之劇場及其藝術》第一章「明代劇團的類別與組織」，明代的表演團體包括了「宮廷劇團」、「職業戲班」、「私人家樂」及「串客」等四類。[37]茲分述如下：

37　王安祈，《明代傳奇之劇場及其藝術》（臺北市：臺灣學生書局，1986 年），頁 73。

（一）宮廷劇團

明代的宮廷演劇，向由「鐘鼓司」與「教坊司」負擔。「鐘鼓司」與「教坊司」各有執掌，據《明史・職官志》所載，二司的執掌分別如下：

> 鐘鼓司，掌印太監一員，僉書、司房、學藝官無定員。掌管出朝鐘鼓，及內樂、傳奇、過錦、打箱諸雜戲。

> 教坊司，奉鑾一人，左右韶舞各一人，左右司樂各一人，掌樂舞承應。以樂戶充之，隸禮部。

劉若愚《酌中志》中，對「鐘鼓司」也有如下的說明，較之《明史・職官志》，更爲詳盡：

> 鐘鼓司掌印太監一員，僉書數十員，司房學藝官二百餘員，掌管出朝鐘鼓，……西內秋收之時，有打箱之戲，聖駕幸旋磨臺、無逸殿等處，鐘鼓司扮農夫饁婦及田畯官吏，徵租交納詞訟等事，內官監衙門伺候合用器具，亦祖宗使知稼穡艱難之美意也。又過錦之戲，約有百回，每回十餘人不拘，濃淡相間、雅俗並陳，全在結局有趣，如說笑話之類。又如雜劇故事之類，各有引旗一對，鑼鼓送上。所扮者備極世間騙局醜態，並閨壼拙婦駿男，及市井商匠刁賴詞訟、雜耍把戲等項，皆可承應。……又木傀儡戲……。

「學藝官」有二百餘員，可見內廷對戲劇活動的熱衷。秋收期間，內廷演劇有「打箱」、「過錦」、「木傀儡」等形式。至於「教坊司」的職責，《野獲編》也有補述，同樣較《明史・職官志》清楚：

> 教坊司專備大內承應，其在外庭，惟宴外夷朝貢使臣，命文武大臣陪宴乃用之。……又賜進士恩榮宴亦用之，則聖朝加重制科，非他途可望。其他臣僚，雖至貴倨，如首輔考滿，特恩賜宴始用

之，惟翰林官到任，命教坊官徘供役，亦玉堂一佳話也。

可見「教坊司」乃用之於外廷，即宴會的場合。既然是由樂戶演出，所演的戲劇必然是民間的戲劇。那麼，宮廷中既有「鐘鼓司」搬演宮廷戲曲，又有「教坊司」引進民間戲曲，則其戲曲活動必然興盛，且因樂戶可隨時入宮支援，其戲曲演出的規模也必然十分龐大。

清初，順治朝內廷演出的體制大抵依循明代舊制：[38]

> 順治元年定，設隨鑾細樂太監十又八人，凡巡幸與親詣壇廟祭祀，內傳承應。又定，凡宮懸大樂，皆教坊司奏之。設正九品奉鑾一人、左右韶舞各一人、左右司樂各一人。協同官十有五人、徘長二十名、色長十有七名、歌工九十八名。

此時宮中仍設有教坊司，順治 8 年，改由太監承應。請看《清昇平署志略》中的敘述：[39]

> 是用近侍習戲，在明已肇其端矣。清初承明之舊，設教坊司。凡內宮行禮燕會，悉用領樂官妻領教坊女樂二十四名，序立奏樂。但在順治元年，曾別設隨鑾細樂太監十八人，凡巡幸與親詣壇廟祭祀，內傳承應，是為樂工改任太監之始。順治八年，復降旨停止教坊司婦女入宮，悉改太監承應，額數定為四十八人，而扮演雜戲之人，亦羼雜其中。康、雍之間，多用內樂工為試驗中和韶樂之事，故至乾隆初歲，於移入南府日，遂名其所聚居之所曰「內中和樂處」，習藝太監則名曰「內學」。此乃就教坊一部而擴大之者，並非由教坊司所改組而成也。其教坊司至雍正七年，即改為「和聲署」，掌外廷朝會燕饗之樂，與此二者無關。

38　《大清會典事例‧卷 524》，轉引自《清代內廷演劇始末考》，頁 1。

39　王芷章，《清昇平署志略》，第二章，頁 5。

所謂「南府」，本地名，在故宮長街南口。明時爲一灰池，清初遍植各種花木，並引進蘇、杭盆景，改名「南花園」。乾隆皇帝仿唐玄宗「梨園」舊例，將習藝太監遷入此處，而稱「南府」，由內務府管轄。除南府外，又另設「景山」。「景山」本是旗籍子弟讀書處，設有官學。乾隆初，內府供奉需人，乃由蘇、杭等地選取民籍藝人入宮。這些民籍藝人，按例不能與太監雜居，乃安置於景山，與官學同住。道光初年合併於南府，7年，改稱「昇平署」。

據前所述，茲列清代內廷演劇的負責單位之沿革演變於下：

1. 順治元年，宮中設教坊司。

2. 8年，教坊司改由太監承應。

3. 雍正7年，教坊司改爲和聲署。

4. 乾隆初年，另設南府與景山。

5. 道光初年，南府與景山合併。

6. 道光7年，南府改名昇平署。

（二）職業戲班

民間職業戲班的構成，在明代已經大不相同於宋、元時期由家庭成員組成，而改爲由少數人合資組成。如前引路容《菽園雜記·卷十》所記，「名曰戲文子弟，雖良家子亦不恥爲之」，即是此類。[40]

演員的來源有三個主要的方向：第一是貧困人家的子弟來賣身學藝，[41]第二是原本就以演戲爲職業的演員，[42]第三是從私人的「家班」中轉

---

40 另有「徽州旌陽戲子」（見張岱，《陶庵夢憶·卷六》「目連戲」條）、「弋陽戲子」（見袁氏，《義犬雜記》）、「吳門戲子」（見范濂，《雲間據目抄·卷二》）等，皆類此。

41 見范濂，《雲間據目抄·卷二》。

42 見明末醉西湖心月主人所撰小說，《弁而釵》。

入的。[43] 由於演員的來源範圍廣泛，而且其中不乏專業演員，演出的水準也自然能夠提升。職業劇團乃是以賺錢爲目的，所以不可能一直在某地演出，而要四處衝州撞府，稱之爲「沿村轉疃」，或稱「沿村串疃」。[44] 如《陶庵夢憶》所云：[45]

> ……梨園必倩越中上三班或偕自武林者，纏頭日數萬錢，唱《伯喈》、《荊釵》，一老者坐臺下對院本，一字脫落，群起噪之，又開場重做。越中有「全伯喈」、「全荊釵」之名起此。……。

當時優秀的班社很多，相互之間的競爭也很激烈，常有「對棚」（打對臺）的情況。[46] 請看侯方域的〈馬伶傳〉：[47]

> 馬伶者，金陵梨園部也。金陵爲明之留都，梨園以技鳴者無論數十輩，而其最者二：曰興化部，曰華林部。一日，新安賈合兩部爲大會，遍徵金陵之貴客、文人，與夫妖姬、靚女，莫不畢集。列興化於東肆，華林於西肆，兩肆皆奏《鳴鳳》——所謂「椒山先生」者。迨半奏，引商刻羽，抗墜疾徐，并稱善也。當兩相國論河套，西肆之爲嚴嵩相國者曰李伶，東肆則馬伶，坐客乃西顧而歎，或大呼命酒，或移坐更近之，首不復東。未幾，更進，則東肆不復能終曲。詢其故，蓋馬伶恥出李伶下，已易衣遁矣。馬伶者，金陵之善歌者也，既去，而興化部又不肯輒以易之，乃竟

43　見張岱，《陶庵夢憶・卷七》「過劍門」條。

44　高安道，〈嗓淡行院〉散曲稱「沿村轉疃」，《雍熙樂府》「拘刷行院」套稱「沿村串疃」。轉引自王安祈前揭書，頁 94。

45　見《陶庵夢憶・卷四》「嚴助廟」條。

46　明末時，光是在北京的崑班就有五十個（見清初小說，《檮杌閒評・卷二》），至於蘇州一帶的著名崑班，可考的就有吳徽州班、興化班、張徧老班、沈周班、呂三班、沉香班等。

47　見侯著，《壯悔堂集》，中央圖書館縮影資料。

輟其技不奏。而華林部獨著。去後且三年，而馬伶歸，遍告其故侶，請於新安賈曰：「今日幸爲開讌，招前日賓客，願與華林部更奏《鳴鳳》，奉一日歡。」既奏，已而論河套，馬伶後爲嚴嵩相國以出，李伶忽失聲匍匐前，稱弟子。興化部遂凌出華林部遠甚。其夜華林部過馬伶，曰：「子天下之善伎也，然無以易李伶。李伶之爲嚴相國，至矣，子又安從授之而掩其上哉？」馬伶曰：「固然，天下無以易李伶，李伶即又不肯授我。我聞今相國某者，嚴相國儔也。我走京師，求爲其門卒，三年日侍相國於朝房，察其舉止，聆其語言，久乃得之，此吾之所爲師也。」華林部相與羅拜而去。馬伶名錦，字雲將，其先西域人，當時猶稱「馬回回」云。

由此也可見觀衆對表演藝術的要求極高。觀衆的要求提高，演員也要求精、求新、求變，除了像馬伶這樣自我訓練之外，也有熱心的文人給予指點。如《陶庵夢憶・卷七》「過劍門」條中，敘述張岱家班中的一位演員馬小卿，在轉到興化班之後，如果得不到張岱的肯定，戲便會演得走樣。又如湯顯祖、馮夢龍等文人，也都指導過演員。湯顯祖曾經教導宜伶羅章二如何演他的《牡丹亭》，[48] 馮夢龍則透過批點劇本，指示演員要如何去塑造腳色。[49]

（三）私人家樂

家班的存在，其實早在宋元。如前引李日華《紫桃軒雜綴》所述張鎡在海鹽家中，「令歌兒衍曲，務爲新聲」，其實就是私人家樂。到了明代，私人家樂已極盛行。當時較爲有名的如申時行、鄒迪光、錢岱、何良俊、屠隆、包涵所、祁豸祥、張岱、阮大鋮等人的家班。

---

48 見《湯顯祖集・卷四十九》「與宜伶羅章二」。

49 見《墨憨齋定本傳奇》之眉批。

其中張岱和阮大鋮的家班特別以訓練嚴格著稱。張岱所撰《陶庵夢憶》，其中多處記錄他與家班的相處，包括表演訓練、生活照顧等等。以卷七「過劍門」條爲例，已經離開家班的演員，還是以他馬首是瞻，把到他家裡演戲，看作是「過劍門」，可見其要求之嚴。請看：

> 南曲中，妓以串戲爲韻事，性命以之。楊元、楊能、顧眉生、李十、董白以戲名。屬姚簡叔期余觀劇，儌僮下午唱《西樓》，夜則自串。儌僮爲興化大班，余舊伶馬小卿、陸子雲在焉。加意唱七出戲，至更定，曲中大詫異。楊元走鬼房，問小卿曰：「今日戲氣色大異，何也？」小卿曰：「坐上坐者余主人，主人精賞鑒，延師課戲，童手指千；儌僮到其家謂『過劍門』焉。敢草草？」楊元始來物色余。《西樓》不及完，串《教子》，顧眉生、周羽、楊元、周娘子、楊能、周瑞隆、楊元膽怯膚慄，不能出聲，眼眼相覷，渠欲討好不能，余欲獻媚不得；持久之，伺便喝采一二，楊元始放膽，戲亦遂發。嗣後，曲中戲必以余爲導師，余不至，雖夜分不開臺也。以余而長聲價，以余長聲價之人，而後長余聲價者多有之。

阮大鋮（圓海）訓練家班，也以嚴格著稱。他透過家班，演出他的《十錯認》、《燕子箋》等劇作，而要求演員仔細刻劃，使能「本本出色，腳腳出色，出出出色，句句出色，字字出色」。《陶庵夢憶・卷八》「阮圓海戲」條有如下的敘述：

> 阮圓海家優講關目，講情理，講筋節，與他班孟浪不同。然其所打院本，又皆主人自製筆筆勾勒，苦心盡出，與他班鹵莽者又不同。故所搬演本本出色，腳腳出色，出出出色，句句出色，字字出色。余在其家看《十錯認》、《摩尼珠》、《燕子箋》三劇，其串架、鬥笋、插科打諢、意色、眼目，主人細細與之講明；知其義味，知其指歸。故咬嚼吞吐，尋味不盡至，於《十錯認》之龍

燈、之紫姑、《摩尼珠》之走解、之猴戲、《燕子箋》之飛燕、之
舞象、之波斯進寶，紙札裝束，無不盡情刻畫，故其出色也越甚。

阮大鋮在政治上，是一個備受責難的文人，「阮圓海戲」條說他的劇
作「罵世十七，解嘲十三，多詆毀東林，辯宥魏黨，為士君子所唾棄，故
其傳奇不知著焉。」但下句話說：「如就戲論，則亦簇簇能新，不落窠臼
者也。」由於有家班可以演出主人的劇作，劇作透過了演出的考驗，透過
了與其他文人及藝人的討論，當然能有一定的水準。另一方面，家班藝人
透過主人嚴格的訓練，在表演藝術上，必然能有一定的水準。加之本章第
一節說到崑劇的發展時，「萬曆以後，達官貴人養家班以崑劇為尚，則崑
劇又因其調遷而各地流轉。」可見「家班」的興盛，對戲曲藝術的成熟與
發展，是有極大貢獻的。

（四）串客

所謂「串客」，又稱「清客」，照現在的話來說，就是票友，票戲稱
作「串戲」，經常「串戲」的，則稱作「老串」。如前引《陶庵夢憶・卷
七》「過劍門」條，稱「南曲中，妓以串戲為韻事，性命以之。」「俟僮下
午唱《西樓》，夜則自串。」都是明證。

當時有名的串客很多，王安祈教授前引書中，列舉了彭天錫等十一
人，值得參考。[50] 她特別提到了顏容串演的公孫杵臼，請看李開先在《詞
謔》一書中的記載：[51]

顏容，字可觀，鎮江丹徒人，（周）全之同時也，乃良家子，性
好為戲，每登場，務備極情態；喉喑響亮，又足以助之。嘗與眾
扮趙氏孤兒戲文，容為公孫杵臼，見聽者無戚容，歸即左手持
鬚，右手打其兩頰盡，亦取一穿衣鏡，抱一木雕孤兒，說一番、

50　見王安祈教授前引書，頁 117-119。

51　見該書「詞樂」條，收入《中國古典戲曲論著集成》第三冊，頁 353-354。

唱一番，其孤苦感愴，眞有可憐之色、難已之情。異日復爲此戲，千百人哭皆失聲。歸，又至鏡前，含笑深揖曰：「顏容，眞可觀矣。」

此處之顏容，雖然只是串客，其對表演藝術的講究，卻不下於身爲職業演員的馬伶，實在不能等閒視之。

二、演出場合

就如同今天一樣，戲劇的演出，絕不純粹只爲了一種目的。目的不同，表演的場合和場地必定不同。王安祈教授將這些不同的場合，分爲「宮廷演劇」、「祠廟演劇」、「勾欄、廣場演劇」、「客店、酒館演劇」、「家宅演劇」、「船舫演劇」、「其他」等七類，[52] 以下，將就此七類分別加以論述。

（一）宮廷演劇

先說「宮廷演劇」。前已述及明代宮廷演劇，由鐘鼓司與教坊司各司其職。明代皇帝除英宗外，大多愛戲，甚至到了成痴的地步。即便如英宗，他打發教坊樂工爲民，又因吳優「惑亂風俗」，而把他們抓起來，但終究因爲感動於戲劇的「勸化風俗」，而「命解縛，而令演之」。[53] 宮中演出場地，如世宗的「無逸殿」、神宗的「玉熙宮」、熹宗的「懋勤殿」、思宗的「昭仁殿」，應該都十分講究。即便只是演出傀儡戲，就要動用「御用監」、「內官監」、「司設監」、「兵仗局」等單位相互協調支援，則人戲演出，場面豈不更大！[54]

清代帝王亦多愛戲。到了康熙，清朝已經完成全國統一，國勢逐漸興

52　見王安祈教授前引書第二章。

53　裁樂工事見《野獲編・卷一》，吳優事見本章第一節。

54　見王安祈前引書，頁 128。

盛，乃於康熙 22 年在後宰門演出明‧鄭之珍的《目連救母勸善戲文》，「與臣民共為宴樂」，規模宏大，空前絕後。[55]

> （康熙）二十二年癸亥，上以海宇蕩平，宜與臣民共為宴樂，特發帑金一千兩，在後宰門架高臺，命梨園演《目連》傳奇，用活虎、活象、真馬。先是江寧、蘇、浙三處織造，各獻莽袍、玉帶、珠鳳冠、魚鱗甲，具以黃金、白金為之。上登臺拋錢，施五城窮民，彩燈花爆，晝夜不絕。

宮中的承應節目，主要分為「月令承應」和「慶典承應」。月令承應包括元旦、立春、上元、重九等諸節承應和花朝、浴佛、賞荷等特殊承應。慶典承應包括「法宮雅奏」和「九九大慶」兩類。法宮雅奏指內廷各種喜慶事，如皇帝訂婚、皇帝大婚、皇子成婚、皇子誕生、皇子彌月、后妃冊封等的承應。九九大慶則指帝后壽誕的承應。

至於演出場所，請見下表：

表 6-3　清代宮廷戲臺

戲臺	狀況	備攷
暢音閣	位於景福宮中，三層大戲臺	建於乾隆 41 年，是清宮最大的戲臺。
倦勤齋	位於寧壽宮，室內小戲臺	是乾隆時期演唱崑曲的所在。
漱芳齋	位於重華宮漱芳齋院中	
風雅存	位於重華宮金昭玉粹，室內小戲臺	因乾隆御書「風雅存」匾而得名，乾隆曾在此處粉墨登場。
怡情書史	位於長春宮，室內小戲臺	
壽安宮戲臺	三層大戲臺	壽安宮即今故宮圖書館。乾隆時期，此處是太后及妃嬪的住所，戲臺即供后妃萬壽與節日承應所用。乾隆時建，嘉慶 4 年拆。

55　董含，《蓴鄉日記》，轉引自《清代內廷演劇始末考》，頁 7。

戲臺	狀況	備攷
麗景軒	位於儲秀宮，室內小戲臺	光緒時建，故宮博物院成立時已不存。
晴欄花韵	西苑漪瀾堂東側晴欄花韵院中小戲臺	乾隆時建。
純一齋	水中戲臺	康熙時建。
聽鸝館	位於頤和園，院中戲臺	
德和園	位於頤和園，三層大戲臺	光緒 17 年擴建。
一片雲	位於避暑山莊如意洲	
清音閣	位於避暑山莊，三層大戲臺	毀於火災。
清音閣	位於圓明園同樂園，三層大戲臺	毀於八國聯軍。

　　這種三層大戲臺的三層，由上往下各名爲福、祿、壽。兩側有門通後臺。最下層的壽臺有五個地井、三個天井，通往地下室及中層的祿臺臺面，並設有絞盤，以備演出飛天遁地等特技之用。壽臺下有一水池，可作爲共鳴箱之用。雖然戲臺設計精巧壯觀，但需要用到這些機關的戲曲其實不多，所以實用性不大。

（二）祠廟演劇

　　祠廟演劇的規模雖然不比宮廷，但是在民間卻十分普遍。先民的生活與宗教息息相關，密不可分，各種宗教的廟宇處處可見。每逢節慶，如佛誕、建醮、驅煞等等，甚或歲時節令，都有盛大的法會。迎神賽會往往有演劇助興，所以佛寺對面，總能見到戲臺，就算沒有戲臺，也有可供臨時搭建野臺的廣場。每年均由富豪之家輪流擔任迎神賽會的會首，籌備數月，其中請戲班演戲，娛神兼娛人，是必要的節目。

　　祭祀儀式中的主禮生稱「科頭」。在 1986 年，有一批戲曲研究學者，從山西潞城縣的曹占標家找到了一本《迎神賽社禮節傳簿四十曲宮調》。[56] 由於曹家的祖先從明朝嘉靖年間的曹震興開始，歷代從事陰陽堪

56　明・萬曆 2 年曹震興的孫子曹國宰整理記錄。收錄於山西人民出版社發行的《中華戲曲・第三輯》（1987 年 4 月）。

興的工作，又在「官賽」或「調家龜」時擔任科頭，《禮節傳簿》一書，正是他們擔任科頭的依據。書中記載了祭祀的禮儀和演出的節目，對明代中葉戲曲活動與宗教祭祀關係的研究，有很大的幫助。

《陶庵夢憶·卷四》「嚴助廟」條，記錄了明熹宗天啓年間，上元節時，紹興一帶，廟會演劇的狀況。請看其原文：

> 陶堰司徒廟，漢會稽太守嚴助廟也。歲上元設供，任事者聚族謀之終歲。……十三日以大船二十艘載盤轎，以童恩扮故事，無甚文理，以多爲勝。城中及村落人，水逐陸奔，隨路兜截轉摺，謂之「看燈頭」。五夜，夜在廟演劇，梨園必倩越中上三班或僱自武林者，纏頭日數萬錢。唱《伯喈》、《荊釵》，一老者坐臺下對院本，一字脫落，群起噪之，又開場重做。越中有「全伯喈」、「全荊釵」之名起此。天啓三年，余兄弟攜南院王岑，老串楊四、徐孟雅，圓社河南張大來輩往觀之，到廟蹴鞠，張大來以一丁泥一串珠名世。……劇至半，王岑扮李三娘，楊四扮火工竇老，徐孟雅扮洪一嫂、馬小卿十二歲扮咬臍，串〈磨房〉、〈撇池〉、〈送子〉，〈出獵〉四出。科諢曲白，妙入筋髓，又復叫絕。遂解維歸，劇場氣奪，鑼不得響，燈不得亮。

（三）勾欄廣場與茶樓酒館演劇

至於勾欄和廣場，乃是由職業劇團作商業性的演出。明、清兩代勾欄的形制，大致與宋、元不差，這從《查樓圖》中可以看出，已見前章論北雜劇的演出一節。「查樓」即「茶樓」。「茶樓」既可演劇，客店酒館必然也能演戲。請看《陶庵夢憶·卷四》中，對「泰安州客店」的描述：

> 客店，至泰安州不敢復以客店目之。余進香泰山，未至店里許，見驢馬槽房二三十間；再近，有戲子寓二十餘處；再近，則密戶曲房，皆妓女妖冶其中。余謂是一州之事，不知其爲一店之事

也。投店者先至一廳事，上簿掛號，人納店例銀三錢八分，又人
納稅山銀一錢八分。店房三等，下客夜素早亦素，午在山上用素
酒果核勞之，謂之接頂。夜至店設席賀，謂燒香後，求官得官，
求子得子，求利得利，故曰賀也。賀亦三等：上者專席，糖餅、
五果、十餚、果核、演戲；次者二人一席，亦糖餅，亦餚核，亦
演戲；下者三四人一席，亦糖餅餚核，不演戲，亦彈唱。計其店
中演戲者二十餘處，彈唱者不勝計。庖廚炊爨亦二十餘所，奔走
服役者一二百人。下山後，葷酒狎妓惟所欲，此皆一日事也。若
上山落山客日日至，而新舊客房不相襲，葷素庖廚不相溷，迎送
廝役不相兼；是則不可測識之矣。泰安一州與此店比者五六所，
又更奇。

　　這種既演戲又供食的客店酒館演劇模式，**繼續發展**，在清朝又出現了
「戲莊」或「戲園」，而更趨成熟了。[57]

（四）家宅演劇

　　家宅演劇指富商巨賈或文人士大夫們，在自家宅院中宴會，並由家
班，或是外面請來的戲班，在廳堂中，或是宅院中的舞臺上演劇。圖 6-2
出自《金瓶梅詞話》第 63 回「西門慶觀戲動深悲」，崇禎本的插圖。內
容是海鹽子弟演出《玉環記》，西門慶看了，懷念起他的髮妻。畫面中，
廳堂地板中央有一塊地毯，演員站在上面演出，稱之為「紅氍毹」，後來
京劇演出時，要在舞臺上鋪一塊紅地毯，其來源即此「紅氍毹」。觀眾圍
在表演區的三邊，文武場在畫面之外，可能在左下角的那排觀眾的左後
方。畫面左上角的簾子裡，看來似乎是一群女人「垂簾觀劇」，這在當時
是很普遍的情況，卻也被視作為不妥的行為。在這張圖中，我們看不太出

57　見王安祈前引書，頁 156，「戲莊」指有舞臺可演戲的聚會廠所，「戲園」則指有茶點
　　而無酒饌供應的演劇場所。

來戲房的所在，在圖6-3《荷花蕩》的插圖中，就可以很明顯地看出來，畫面左上角處，正是臨時的戲房。

（五）船舫演劇

至於船舫演劇，多在江南地區流行。江南地區有許多城市如紹興、嘉興等，都是水道縱橫的地方。這些地方的文人雅士們，多造「樓船」，在船上演劇。（圖6-4）《陶庵夢憶》卷三及卷八中，各有一條說明這種特殊的演劇方式。先是卷三的「包涵所」條：

> 西湖三船之樓，實包副使涵所刱爲之，大小三號：頭號置歌筵、儲歌童；次載書畫；再次待美人。涵老聲妓非侍妾比，彷石季倫宋子京家法，都令見客。靚粧走馬，婥姍勃窣，穿柳過之，以爲笑樂。明檻綺疏，曼謳其下；撅篷彈箏，聲如鶯試。客至則歌童演劇，隊舞鼓吹，無不絕倫；乘興一出，住必浹旬。觀者相逐，問其所止。南園在雷峰塔下，北園在飛來峰下，兩地皆石藪，積疊礧砢，無非奇峭；但亦借作溪澗橋梁，不於山上疊山，大有文理。大廳以拱斗抬梁，偷其中間四柱，隊舞獅子甚暢。北園作八卦房，園亭如規，分作八格，形如扇面。當其狹處，橫互一床，帳前後開闔，下裏帳則床向外，下外帳則床向內。涵老據其中，上開明窗焚香倚枕，則八床面面皆出；窮奢極欲，老於西湖者二十年。金谷郿塢，著一毫寒儉不得，索性繁華到底，亦杭州人所謂『左右是左右』也。西湖大家何所不有，西子有時亦貯金屋，咄咄書空，則窮措大耳。

張岱雖然沒有明說這艘船有多大，但船上能夠造景，還能演戲，想必這艘船也不會太小。張岱的父親也造過樓船，請看第八卷的「樓船」條：

> 家大人造樓，船之；造船，樓之。故里中人謂船樓，謂樓船，顛倒之不置。是日落成，爲七月十五，自大父以下，男女老稚靡不

集焉。以木排數重搭臺演戲，城中村落來觀者，大小千餘艘。午後，颶風起，巨浪磅礴，大雨如注，樓船孤危，風偶之幾覆。以木排爲帆索纜數千條，網網如織，風不能撼；少頃風定，完劇而散。越中舟如蠱殼，踽踽篷底，看山如矮人觀場，僅見鞋靸而已。升高視明，頗爲山水吐氣。

從上面的描述，我們可以了解：這種船舫演劇，觀眾看戲，除了在樓船上觀看之外，也可以自己駕著小船，在船上看戲。筆者曾於千禧年八月往訪紹興，當時下榻的旅館（紹興國際大酒店），外形像是一只編鐘，立在一灣水池上；水池邊有一方舞臺，半個舞臺伸入池中。如有演出，觀眾可乘烏篷船觀賞。這樣的舞臺形式，聽說在紹興的柯岩風景區也有，可惜上次未能前去。

（六）其他

其他有在山亭演劇的，有在露臺演劇的，有在寺廟中辦家宴，或臨時起意，就地演出的，更有在會館中演出的。[58] 可見當時演劇方式之多樣，演劇活動之繁榮了。

三、折子戲

所謂「折子戲」，是指的在整本戲中，摘取某一出或某幾出搬演，是相對於全本而言的。其產生的背景，乃是因爲傳奇的長度太長，動輒四、五十出，甚至如後來的清宮大戲，有百來出的長度，如果全本演完，不僅耗時廢日，也難於表現戲劇張力。這在陸萼庭撰《崑劇演出史稿》中，有詳盡的討論。[59]

---

58 見王安祈前引書，頁 173-175，參考《祁忠敏公日記》、《陶庵夢憶》。
59 上海文藝出版社 1980 年出版，國家出版社 2002 年有修訂本出版。

　　陸萼庭書中提到一個極為重要的觀念：競演全本戲的時代是看不到「折子戲」的，明末清初開始受到注意，一直要到清代乾隆、嘉慶兩朝，「折子戲」才大為流行。從明末的資料看，前引張岱《陶庵夢憶・卷四》「嚴助廟」條，有演出《白兔記》中〈磨房〉、〈撇子〉、〈送子〉、〈出獵〉四出的記錄；卷七「過劍門」條有首演七出的記錄；祁彪佳《祁忠敏公日記》中，也多處可見折子戲的相關記載。[60] 可見當時折子戲其實已經風行。

　　再往前推到陸萼庭所謂競演全本戲的時代，即明代的萬曆朝。從幾個萬曆年間刻本的散出選本，如《詞林一枝》、《八能奏錦》、《玉谷新簧》、《摘錦奇音》、《吳歈萃雅》、《群英類選》、《樂府南音》、《賽徵歌集》等選曲的狀況看來，《吳歈萃雅》、《樂府南音》皆只錄曲白而不錄賓白，顯然是文人嚴於雅俗之防，純從清唱入手，根本不考慮演出的實務。

　　再推至嘉靖年間，在《禮節傳簿》中，有一些在四至六盞供酒後，演於獻殿的劇目，其中出現許多折子戲。如：〈南浦囑別〉、〈書房相會〉、〈五娘官糧〉屬於《琵琶記》，〈逼嫁王門〉、〈玉蓮投江〉屬於《荊釵記》，〈曠野奇逢〉屬於《幽閨記》，〈咬臍打圍〉屬於《白兔記》，〈姑阻佳期〉、〈偷詩〉、〈秋江送行〉屬於《玉簪記》等等。這些戲多半不屬於我們先前所定義的傳奇，應該還是南戲的範圍。所以陸說在競演全本戲的時代，是看不到折子戲的，這在崑劇的範圍中或許是對的，但不可否認，南戲中折子戲的出現，對傳奇是有一定影響的。

　　至於為何在《禮節傳簿》中，會出現折子戲呢？王安祈教授認為：根據《禮節傳簿》的記載，「官賽」的時間只有三天，扣除繁縟的儀節，是不可能演得完全本的。至於民間的祀神活動，仍以演出全本為主。而真正推動折子戲發展成熟的，應該是文人雅士在小亭深院，紅氍毹上演劇的風

60　參考王安祈，《明代戲曲五論》，頁 4-5。

氣。[61]

　　爲了演出的需求，折子戲往往需要經過加工。陸萼庭爲其在劇本藝術上的特質作出以下的歸納：[62]

　　　　（一）不同程度地發展和豐富了原作的思想性。
　　　　（二）適當的剪裁增刪使內容更爲概括緊湊。
　　　　（三）大段加工，在形象化、通俗化上下功夫。
　　　　（四）重視穿插和下場的處理，化板滯爲生動。

　　透過這樣的改編，折子戲保存了已佚劇本的散出，提供版本的校堪訂補，更因爲這些散出的演出，使崑劇的表演藝術更爲精緻，而得以保存，其意義之大，實不容忽視。

四、服裝與化妝

　　明清傳奇的腳色化妝，承襲了前代的表演藝術，而更有所精進，除了生、旦以素臉爲主，用線條及陰影增深臉部輪廓，淨、丑是要勾畫臉譜的，如果戲班中淨腳不夠，而須由其他腳色充任時，也要勾畫臉譜。有關明代戲曲的臉譜圖例，在《齊如山全集》中，收有「綴玉軒世藏明代臉譜」，[63]分「明朝人員臉譜」及「明朝神怪臉譜」兩類各十一幅，頗具參考價值。從這些臉譜看來，當時臉譜的形制，不像清代戲曲臉譜的多樣化，有整臉、碎臉、歪臉等，但其基本色彩基本上，卻能顯示人物的性格特徵，請看下表之列舉：

61　王安祈，《明代戲曲五論》，頁 36-37。

62　陸萼庭前引書，頁 174-178。

63　「綴玉軒」乃梅蘭芳的書房，此批臉譜圖例疑是梅蘭芳之祖父梅巧玲所收藏。

表 6-4　傳奇臉譜顏色所代表的人物性格

顏色	代表性格	人物舉例
黑	憨厚、直率、粗魯、莽撞、正直	張飛、包拯
紅	忠義	關羽
白	奸詐、陰鷙	趙高、曹操
黃	殘暴、工於心計	宇文成都
藍	凶猛、桀驁不馴	朱溫、盧杞
綠	類似藍色，但程度較輕	程咬金
金銀	神聖、德高望重（多用於神仙）	如來佛

　　除了臉譜之外，一直到明孝宗宏治年間，神頭鬼面之戲仍有用面具的，甚至明末的馮夢龍，在改編《灌園記》時，於「火牛壯士」出場時，特別標註：「內鳴鑼，火牛上，軍換鬼臉鼓噪混戰。」[64]

　　至於戲裝的記錄，應先說明「穿關」一詞。如《脈望館抄校本古今雜劇》，其二百四十二種雜劇中，有一百零二種附有「穿關」，可稱為「穿關本」，記錄演員扮飾人物之穿戴，類似今日話劇演出中之「導演本」。所謂「穿關」之「穿」，馮沅君認為是穿戴之意；[65] 曾師永義則以為是「串」（即搬演）之音近訛變，[66] 至於「關」，則都認為是「關目」之省文，意即「情節之重要關鍵」。曾師立論，從訛變入手，個人以為：如「穿」字從馮氏之解，而將「關目」之意引申作「要點」解，則「穿關」意即「人物穿戴之要點」，是否亦可成說？因為缺乏直接證據，純屬臆測，不敢遽下定論。

　　明代戲曲服裝與生活常服相似，但加以藝術化，使之更能表現人物的性格與身分。所以，戲界有一句俗話說：「寧穿破，不穿錯」，就是這

64　見王安祈，《明代傳奇之劇場及其藝術》，頁 254，引游潛《夢蕉詩話》、鄒迪光《調象菴稿》等資料。

65　同前註，頁 256，引馮氏，〈《孤本元明雜劇》鈔本題記〉。

66　見曾師，〈元雜劇的搬演〉一文，現收入《說俗文學》（臺北市：聯經，1980 年）。

個意思。馮沅君在〈《孤本元明雜劇》鈔本題記〉中，認為其穿關的原則
為：[67]

 （一）番漢有別

 （二）文武有別

 （三）貴賤有別

 （四）貧富有別

 （五）老少有別

 （六）善惡有別

  根據《新校本明史・志第四十三，輿服三：文武官常服》記載，明初
所制定文武官員之常服如下：[68]

> 文武官常服，洪武三年定：凡常朝視事，以烏紗帽、團領衫、束
> 帶為公服。其帶，一品玉，二品花犀，三品金鈒花，四品素金，
> 五品銀鈒花，六品、七品素銀，八品、九品烏角。凡致仕及侍親
> 辭閒官，紗帽、束帶。為事黜降者，服與庶人同。至二十四年，
> 又定公、侯、伯、駙馬束帶與一品同，雜職官與八品、九品同。

  可見當時官員戴烏紗帽，現今戲曲中，正直的忠臣所戴紗帽的帽翅接
近方形；而王安祈教授《明代傳奇之劇場及其藝術》一書圖41，從《中
國歷代服飾大觀》引用上海潘允徵墓出土的明代紗帽實物，更證明了當時
紗帽的帽翅正是方的。但清・李斗《揚州畫舫錄・卷五》中記述在江湖戲
班的「盔箱」中，紗帽卻有「圓尖翅」與「尖尖翅」兩大類，與實物稍有
出入，卻可以更精準地表現人物的性格。

67　轉引自王安祈前引書，頁257-258。

68　本條資料檢索自中央研究院，《漢籍電子文獻資料庫》。

第四節
傳奇的作家與作品
——

　　一般來說，學者多以梁辰魚《浣紗記》爲進入傳奇時代的標誌，因爲這是第一部以崑山腔水磨調編撰的傳奇。但其作爲主流劇種的年代，橫跨了明清兩代，優秀的作家不勝枚舉，作品的風格也因不同的時代特性，而有多樣化的表現。以下所要介紹諸劇，包括明代「三大傳奇（李開先《寶劍記》、梁辰魚《浣紗記》、無名氏的《鳴鳳記》）」、湯顯祖的「臨川四夢（《紫釵記》、《南柯記》、《邯鄲記》、《牡丹亭》）」、清初李玉的「一人永占（《一捧雪》、《人獸關》、《永團圓》、《占花魁》）」、「南洪北孔（洪昇、孔尚任）」的《長生殿》、《桃花扇》，以及李漁的《笠翁十種曲》，期能清楚地顯示傳奇發展的歷程。

一、三大傳奇

　　「三大傳奇」包括梁辰魚的《浣紗記》、無名氏的《鳴鳳記》、李開先的《寶劍記》。其中《浣紗記》是崑腔傳奇之祖，此點已如前述，三部作品有一些共同的糟粕，茲分述如下。

（一）《浣紗記》

　　梁辰魚字伯龍（1519～1591），崑山人，通音律，善度曲，曾遊歷吳、楚，豪俠重義，科場卻極不得意。他的《浣紗記》（原名《吳越春秋》，共 45 出）將吳、越興衰的史實與西施、范蠡波折的愛情巧妙交織。范蠡本有其人，傳說中的西施是浙江諸暨人，諸暨是筆者祖籍，亦是古越故都，至今仍有西施殿、西施商場、西施大街、西施大橋及市內各處林立的西施雕像，西施殿下方的浣紗江邊，還有王羲之親筆提記的「浣紗

石」。但西施出使吳國，以美人計離間吳王夫差對伍子胥的信任，甚至與范蠡遨遊五湖四海，均不見於史冊，曾師永義因此稱其爲「影子人物」。

此劇本事大約是說：吳越戰爭中，越國敗北，越王句踐被俘，率大臣范蠡往吳國爲奴。吳王夫差病中，句踐忍辱負重，親嚐吳王糞便，並向吳王道賀，說他的病很快就會痊癒。此舉令夫差十分感動，痊癒後，不顧伍員的反對，縱放越國君臣回國。回國後，句踐臥薪嘗膽，發憤圖強。范蠡獻策，以美人計迷惑夫差，並將與他曾在若耶溪（即今浣紗溪，又稱浣江）畔定情的女子西施推薦給句踐。范蠡是一代才子，西施是絕世美女，兩人卻爲了國家的利益而犧牲了兒女私情。作品中歌頌了這種「犧牲小我，完成大我」的精神。劇中范蠡向西施說明因被拘繫在吳，未能實踐婚約時，西施說：「尊官拘系，賤妾盡知，但國家事極大，姻親事極小，豈爲一女之微，有負萬姓之望。」後來范蠡要西施入吳，西施猶豫不決，范蠡說：

> 若能飄然一往，則國既可存，我身亦可保，後會有期，未可知也。若執而不行，則國將遂滅，我身亦旋亡；那時節雖結姻親，小娘子，我和你必同作溝渠之鬼，又何暇求百年之歡乎？

這樣明顯地把國家利益擺在兒女私情之上，在《浣紗記》以前是很少見的。到了吳宮，夫差眼睛一亮，驚爲天人，不顧伍員的勸阻，與西施朝歡暮樂，不僅不理朝政，而且遠賢臣（伍員），親小人（伯嚭）。伍員決心死諫，就事先將兒子寄在鮑牧（伍員的義兄）家中，此事被伯嚭得知，竟在夫差面前誣告伍員有貳心。吳王伐齊之前，伍員再次死諫，竟遭夫差以鑄鏤劍賜死。吳王伐齊之時，句踐親率大軍北上，擒太子友，焚姑蘇臺，夫差自刎。復國後，范蠡辭官，與西施遨遊五湖四海。

作者以對比的手法，一方面歌頌越國君臣的團結和他們復國的企圖心與毅力，一方面批判了吳國君臣的驕奢淫逸、貪財好色、昏庸愚昧和忠奸不分；越國有范蠡、文種，深受句踐信任，吳國有伍員、伯嚭，卻相互鬥

爭，相互猜忌，最後終於亡國。其實這樣的描寫對東南沿海地區在明代中葉屢遭倭寇入侵、國家內憂外患不斷的現實環境，達到一種相互呼應的作用，和教育意義。

另外，結局寫到范蠡功成身退，和西施泛舟五湖，雖然消極避世，但也表現了范蠡、西施犧牲愛情，是為了愛國的理想，而不是為了愚忠愚孝。但作品中對越王句踐臥薪嘗膽的精神描寫得不夠，卻過多地渲染他的嘗糞、范蠡的權謀、西施的美人計，是一大糟粕。還有，西施以一年輕女子，為何能夠拋棄兒女私情，而為國家犧牲自己的青春和貞操？西施歸越後，范蠡何以能輕鬆地與她再續前情？他們的心路歷程，本劇並沒有說清楚。他如范蠡、西施是金童玉女下凡的宿命論觀點，也不可避免地成為此劇的敗筆之一。再者，本劇以崑山腔水磨調創作，文辭雅麗，卻缺乏本色；結構龐大，針線太疏，都難免減損本劇的光華。

（二）《鳴鳳記》

《鳴鳳記》相傳為王世貞的門人所作，[69] 但沒有確切的證據。故事描寫夏言、楊繼盛等朝臣和嚴嵩父子間的鬥爭，作品塑造了一系列忠臣的形象，揭露了嚴嵩父子的專權、國政的腐敗，除了具有強烈的批判意義之外，更由於寫作時間就在嚴嵩父子垮臺之際，寫當代，演當代，展現了戲曲文學中難得一見的紀實性，是一部「時事劇」。人物及故事情節大都合乎史實，只是作了少許的虛構。[70] 故事內容大約是：明朝嘉靖年間，嚴嵩當政，其子嚴世藩總攬朝綱，朝中多趨炎附勢之徒，紛紛拜嚴嵩為義父，極

69　清・焦循《劇說・卷三》，收入《中國古典戲曲論著集成》第八冊。言《鳴鳳記》為王世貞的門人所作的說法，見頁 136。

70　如楊繼盛修本彈劾嚴嵩時，他祖先的鬼魂在燈下出現，企圖阻止他上本，但他終究沒有被勸阻，這是借用了蔣欽彈劾劉瑾時的傳說。又如楊妻張氏本來是上疏代夫請死，楊死後才在家中自縊，作者寫她在法場上慷慨祭夫，最後還以死代夫明志，並遭本劾奏嚴嵩父子。這些處理塑造了忠臣及烈婦的形象，使得〈燈前修本〉、〈夫婦死節〉這二場戲長期上演不衰。

盡巴結之能事。刑曹趙文華因此升為通政，管理奏章。嚴嵩不滿夏言（內閣首輔）、曾銑（都御史），竟使心腹以莫須有的罪名上疏，曾銑先被斬首；夏言死後，家中老小盡被流徙廣西，夏妾蘇賽瓊已有身孕，與忠僕朱裁夫婦逃杭州，被鄒應龍之妻沈氏收留。

　　另一方面，夏夫人於流放途中，經廣西宜山驛，巧遇楊繼盛，楊既痛心夏言之死，又痛恨嚴嵩作為，乃連夜上書彈劾嚴黨，但因言詞激烈，觸怒嘉靖皇帝，竟遭斬首，楊夫人張氏先在法場祭夫，再舉劍自刎。端陽節那天，邊關連連告急，嚴嵩父子卻一再摒退通報，自顧自地在御河遊賞龍船，待嘉靖皇帝得知軍情緊急，令嚴嵩速辦，他才派趙文華總制江南水陸，以兵部尚書之職督兵剿寇。但趙卻下令不直接與倭寇戰鬥，若拿不到倭寇，就隨意殺幾個百姓來求賞。再者，嚴世蕃在京城賣官鬻爵，而向新科進士鄒應龍與林潤二人索賄，不成，乃訂計將他二人遠逐塞外。董傳策（禮部主事）等人聯名彈劾嚴嵩父子的專權納賄，禍國殃民，卻挨了八十大板，還被發配到邊疆充軍。

　　最後，鄒應龍在邊關深得軍心，與孫丕揚（刑科給事中）同時上書。此時，嚴黨已逐漸失去嘉靖皇帝的寵愛，趙文華飲酒暴斃，鄢懋卿也長了惡瘡而死。嘉靖皇帝於是下詔，將嚴嵩放歸江西故里，嚴世蕃充軍南雄衛，子孫流放邊疆，削職為民，且家產充公。嚴世蕃抗命，拒赴南雄，因而被處以腰斬的極刑；嚴嵩返鄉途中，又飽受軍卒百姓的奚落。另一方面，上書直言的諸位大臣，或是官復原職，或是派為都御史，已故的諸臣，也都有所追贈。

　　此劇在形式上，突破了生、旦離合的陳套，更重要的成就，是塑造了趙文華、鄢懋卿等人趨炎附勢的嘴臉，如〈嚴嵩慶壽〉、〈端陽遊賞〉、〈文華祭海〉等場，都有深刻的描繪。但劇中的忠臣多顯迂腐，所有的矛盾衝突最後因為嘉靖皇帝的「英明」而得到解決，這不僅反映了明王朝士大夫精神的真實面貌，也流露出作者本身主體意識的迂腐。

《浣紗記》與《鳴鳳記》有其共同的缺點，即：人物紛繁，結構鬆散，語言駢儷化，影響了人物形象的鮮明和生動。後一點，《鳴鳳記》更嚴重一些。

（三）《寶劍記》

《寶劍記》的作者李開先（1502-1568），字伯華，號中麓，自稱中麓子、中麓山人或中麓放客，濟南章丘人，多才多藝，自幼即精通琴棋書畫，對於金元散曲及雜劇尤其醉心，在文學、戲曲、書畫、象棋等方面，都有卓越的表現，是嘉靖年間的一位才子。[71]嘉靖7年（1528）中舉，次年中進士，初爲戶部雲南司主事，曾奉命運軍餉至寧夏邊防。嘉靖13年（1534）遷徐州監管廣運倉，旋遷吏部，至太常寺少卿。嘉靖20年（1541）夏，遭權臣忌，削官罷職，放歸故里。

返鄉後，先後組織「詞社」、「富文堂詞會」，他特別推崇民歌，認爲「眞詩只在民間」，先後編刻《煙霞小稿》、《傍妝臺小令》等民歌集。李開先有三好：戲曲、藏書、交友。在戲曲方面，曾改定元人雜劇數百卷，用金元院本形式寫成雜劇《園林午夢》等六種，撰有戲曲理論著作《詞謔》，並親授弟子，亦寫亦演。在藏書方面，曾建「藏書萬卷樓」，其中尤以詞曲類的書籍爲最多，故有「詞山曲海」之稱。交友方面，皆與李開先有共同的政治理想與文學主張。包括「嘉靖八才子」（李開先、王愼中、唐順之、陳束、趙時春、熊過、任翰、呂高）在當代文壇的活躍，另外像是王九思、康海、馮敏中、袁公冕、馮維敏、張自愼等詞曲作家，也以李開先爲首，聚會交流，以曲會友。

他又是一個有氣節的讀書人，《明史·列傳第一百八十二：忠義六》中對他的死，有如下的描述：[72]

---

71 相傳署名「蘭陵笑笑生」，小說《金瓶梅》的作者就是李開先，但說法眾多，不知是否屬實。

72 所用版本爲中研院的《漢籍電子文獻資料庫》，特此說明。

陳萬策，江陵人。天啓中，與同邑李開先先後舉於鄉，並有時名。崇禎十六年正月，李自成據襄陽，設僞官。其吏政府侍郎石首諭上猷，先爲御史，降賊，薦兩人賢可用。自成遣使具書幣征之。萬策隱龍灣市，賊使至，歎曰：「我爲名誤，既不能奮身滅賊，尚可惜頂踵耶？」夜自經。賊使至開先家，開先瞋目大罵，頭觸牆死。福王時，俱命優恤。

《寶劍記》的故事出自小說《水滸傳》，主要敍述豹子頭林沖因受奸黨迫害，而被逼上梁山的故事。林沖上表直陳童貫、高俅等人的罪狀，因而得罪了這批奸黨，並遭到他們設計陷害：高俅等人以皇帝鑄劍，要向林沖借祖傳寶劍爲由，命他前來帥府。待林沖持劍進入白虎堂，便將他以攜械入帥府，居心叵測的理由坐罪，原判死刑，經林妻貞娘與開封太守楊清大力相救，發配滄州。

押解林沖的兩名解差，奉命在途中殺掉林沖，幸得魯智深即時搭救，將林沖安然護送到滄州。滄州太守不忍林沖受苦，派他看守草料場。

一日，貞娘往廟中燒香，巧遇高俅之子高朋。高朋貪美，上前調戲，遭貞娘怒斥。高朋竟以高俅之名，差人往滄州暗殺林沖，因參軍公孫勝的搭救，奸計未成，一方面再度差人往滄州暗殺林沖，一方面買通貞娘的舅舅李不順，謊稱林沖已死，要貞娘改嫁高朋，貞娘抵死不從。

某一雪夜，林沖沽酒驅寒，並往聖廟中躲避風雪，無意中遇見高朋差來暗殺他的兩人正在廟前商議，打算燒掉草料場。一見火起，林沖頓時惱怒，殺了二人，連夜投奔柴進。高俅得知，派徐寧率五百名官軍，會同公孫勝捉拿林沖。公孫勝帶妻小隱居起來，並飛報林沖，林沖因此一舉反上梁山。

高朋再向貞娘逼婚，婆母爲使貞娘無後顧之憂，乃上吊自殺，貞娘也要自盡，卻被丫環錦兒和鄰居王婆及時救下。錦兒一方面假扮貞娘，答應高朋三日後成婚，一方面勸貞娘由王婆陪同，上梁山與林沖相會。三日

後，錦兒自縊而死，高朋始知受騙，派新參五軍教師王進，持林沖的祖傳寶劍去追殺他。王進後來追上貞娘，感於她孝義的節操，不僅不去追殺林沖，還把寶劍還給了貞娘，放她們上山。

最後，貞娘與林沖相遇；林沖被赦無罪，升官爲都統；林母、錦兒、貞娘都有封贈；高俅父子被判死刑。全劇主旨可謂「忠孝節義」四字而已；結構緊湊而完整；在人物形象的塑造上，大抵本於《水滸傳》，而更有所加強；在明末內憂外患不斷之際，此劇更表現出社會大眾的期望，無疑是一部好戲。然而在明代法令對戲曲創作的嚴苛限制下，難免所謂「人君聖，輔臣賢」的必然結局，實在是一大敗筆。

二、湯顯祖與其《臨川四夢》

湯顯祖（1550-1617），字義仍，號若士，又號海若，自稱清遠道人，江西臨川（今江西撫州）人。明代萬曆癸未（11 年）進士，任太常博士，[73] 旋遷禮部主事。這時，他上疏批評時政，揭發種種不合理的現象，因而被貶到徐聞縣（位於廣東邊區）擔任典史；又轉任遂昌縣知縣。[74] 官位雖小，卻極親民愛民。在任之時，曾縱囚回鄉過燈節，頗受百姓愛戴，爲建「遺愛祠」紀念。閒暇之時則縱情詩詞、戲曲。終因與當朝不合，萬曆26年（1598），他棄官歸鄉。[75] 而在家居20年後辭世，年68歲。

他師承王學左派的羅汝芳，認爲「百姓日用即道」，他對李贄、徐

73　他自小有文名，但因爲不肯巴結權貴，以致得罪了當時的宰相張居正，直到他三十四歲時，張居正過世以後，才考中進士，任太常博士的閒差。

74　當時官吏貪汙的風氣很盛，萬曆 16 年（1588），南京發生嚴重的傳染病大流行，「白骨蔽江下」，然而到江南救災的使臣卻得到地方官吏的連連賄賂。湯顯祖看不下去，乃在萬曆 19 年上疏抨擊，因而被貶官到雷州半島。又調任浙江遂昌（今浙江省新昌縣）知縣，除虎害，懲豪強，並在除夕放囚犯回去和家人團聚。他受到當地百姓的歡迎，還爲他建「遺愛祠」，紀念他的功德。

75　《牡丹亭》即在當年完成。

渭、紫柏和尚等反對程朱理學的思想家十分尊敬，提倡性靈而反對模擬。他讚揚《四聲猿》爲「詞場飛將」，「安得生致文長，願自拔其舌」。

戲劇作品有《牡丹亭》（《還魂記》）、《南柯記》、《邯鄲記》、《紫釵記》（合稱《臨川四夢》或《玉茗堂四種》）、《紫簫記》五種，其《紫簫記》和《紫釵記》的題材大致相同。《紫簫記》先出，因恐影射時政，因而沒有出版。後經作者重加整理修改，另成《紫釵記》。

《臨川四夢》刊行演出之後，以沈璟爲首的一群曲家，批評他的作品不合音律，妄加修改。這些曲家被稱爲「吳江派」，湯顯祖寫信給呂姜山（天成）：「凡文以意趣神色爲主，四者到時，或有麗詞俊音可用，爾時能一一顧九宮四聲否？如必按字模聲，即有窒滯迸拽之苦，恐不能成句矣。」他的《見改竄牡丹者，失笑》詩：

> 醉漢瓊筵風味殊，通仙鐵笛海雲孤。
>
> 縱饒割就時人景，却愧王維舊雪圖。

他一方面以繼承元人雜劇的優秀傳統自居，[76] 另一方面，也藉著抨擊那些不懂畫的人，把最能表現王維風格的《雪裡芭蕉圖》改得面目全非，來諷刺吳江派的曲家不懂，而妄改他的作品。

盛行後，並有收藏晉叔、呂天成、馮夢龍、鈕少雅等人改本多種，以便於場上搬演。作品辭句典麗生動，排場取材亦頗佳妙，以後模仿湯顯祖作品的劇作家就自然地形成了「臨川派」或「玉茗堂派」（「玉茗堂」是湯顯祖住處的堂名，前述《玉茗堂四種》同此），而以湯顯祖爲宗師。

（一）《紫釵記》

《紫釵記》是《臨川四夢》中最早出的一部，共 53 出，約在萬曆 15 年（1587）前後完成於南京。根據唐人蔣防的傳奇小說《霍小玉傳》改

---

76 明初朱權以「京筵醉客」形容關漢卿的戲曲。

編，但情節多有更動，如把霍小玉的身分由妓女改爲良家女子，新科狀元李益之所以娶豪門盧氏女不是出於自己的貪富，而是出於權奸盧太尉的奸計，因爲拒不參見盧太尉而被派到邊陲，甚至將結局由原來的讓霍小玉在責罵李益之後哀怨死去，改爲由豪俠之士黃衫客從中幫助，解開了猜疑，消除了誤會，諒解了李益，再慶團圓等等。這些改動，反映了他對現實的不滿。曲文中頗有佳句，清新俊逸，近於小詞，而略嫌不夠流利曉暢。《紫釵記》成功地塑造了一個反面人物盧太尉，這在《霍小玉傳》和《紫蕭記》中是沒有的。因爲這個人物，全劇結構更爲緊湊，衝突更爲具體，人物關係也更清楚，在主題上，也就突出了「情」與「權」的鬥爭。最後是「情」戰勝了「權」。

（二）《牡丹亭》

　　五種作品中尤以《牡丹亭》（又名《還魂記》、《牡丹亭還魂記》）爲最有名，全劇共有 55 出。其本事取材自明代話本小說《杜麗娘慕色還魂》，敘述江西南安郡守杜寶的女兒杜麗娘，夢中遇一少年書生柳夢梅，自此便爲相思所苦，傷情而死。越三年，柳夢梅往臨安赴試，借住於杜府，杜麗娘的鬼魂因與柳夢梅相會，而得再生，二人遂結成爲夫婦。然杜寶卻視柳夢梅爲盜墓賊，視杜麗娘爲鬼怪，竟要劍劈麗娘。後因柳夢梅得中狀元，乃由皇帝做主，成就了一對佳偶。

　　此劇成功地塑造了女主人公杜麗娘這個人物追求愛情自由和婚姻自主的典型。並透過深入其內心世界，映射出在明代禮教的重壓下，許多文人尋求解放，追求本色的呼聲。許多人將之與莎士比亞的《羅密歐與茱麗葉》相比較，[77] 前者更突出了「可以爲愛而死，又可以爲愛而生」的「情至」的境界。

77　湯氏生存的年代與莎翁略同，二人皆爲大戲劇家，有人因此稱湯氏爲「中國的莎士比亞」。

　　《牡丹亭》問世之後，「家傳戶誦，幾令《西廂》減價」。在明末清初，此劇更產生了巨大的社會反響，杜麗娘的悲劇命運引起了閨閣婦女的強烈共鳴：商小玲演唱《尋夢》出，悲慟氣絕於舞臺；婁江女子俞二娘傷此曲「惋憤而終」；馮小青姑娘更是寫詩寄情：「冷雨幽窗不可聽，挑燈閑看《牡丹亭》，人間亦有痴於我，豈獨傷心是小青。」湯顯祖聞「婁江女子讀此曲致死，亦作詩自遣：『何自爲情死，悲傷必有神。一時文字業，天下有心人。』」[78]

（三）《南柯記》

　　《南柯記》據唐人李公佐傳奇小說《南柯太守傳》改編，共 44 出，作於萬曆 28 年（1600）5 月，展現了「情了」的境界。劇情略謂：書生淳于棼在夢中到了大槐安國，被招爲駙馬，任南柯太守，甚有政績。後檀蘿國入侵，公主受驚而亡。回朝後，拜爲左丞相，攏絡皇親國戚，威勢日盛，甚至驕橫弄權。右丞相段功向國王奏明，淳于棼被遣回鄉，於是夢醒。醒後經老僧契玄點明，才知大槐安國就是庭中大槐樹洞裡的蟻群。淳于棼也因此醒悟而皈依佛門。

（四）《邯鄲記》

　　《邯鄲記》據唐・沈既濟傳奇小說《枕中記》改編，其成就僅次於《牡丹亭》。共 30 出，作於萬曆 29 年（1601），劇情略謂：盧生在夢中娶妻崔氏，因爲崔家有財有勢，而以金錢買通了司禮監和勛貴，中了狀元；又用鬼蜮技倆而建立河功與邊功。讒臣宇文融不擇手段陷害他，乃至他曾被放逐海南，但宇文融終於被誅，盧生回朝做了 20 年宰相，備受皇帝的寵幸，享盡榮華富貴，直至死後醒來，方知這是一場黃粱夢，因而悟道。盧生就是書生慕功名，求利祿，而至權臣的典型。他的一生，揭示了

78　有關這些傳聞，事見《劇說・卷二》，《中國古典戲曲論著集成》冊八，頁 114-116。

大官僚自發跡以至死亡的歷程。湯顯祖以這種諷刺性的筆法加以改寫，顯示了他對當時政治黑暗面的憤懣。

三、李玉的《一人永占》

明末之際，內憂外患較中葉更甚。內憂如魏忠賢與東林黨人的鬥爭，外患如滿人在東北不斷的侵擾，使得明代的國力大爲減損。但在戲劇上，卻出現了一批優秀的戲劇家。蘇州派的李玉，正是其中的佼佼者。

李玉，字玄玉，號「蘇門嘯侶」，又號「一笠庵主人」，江蘇吳縣人。約生於明萬曆末（約 1591-1596），卒於清康熙 10 年（約 1671-1676）以後，是明末清初的戲曲作家。他的父親曾經是明朝大學士申時行的家僕，自己也曾爲申時行家人。因出身低微，不得應科舉。29 歲那年，申時行死後，才得以自立。至明末方中舉人。入清後，絕意仕途，居家三十餘年。他與吳縣當地的一些劇作家，結合起來，創作戲劇，研究曲調。劇作見於著錄者有42種，今存全本者計有18種。[79]在曲論的貢獻上，李玉據徐於室《北詞九宮譜》原稿，編定《北詞廣正譜》，吳偉業作序，稱其「騷壇鼓吹，堪與漢文唐詩並傳不朽」。

（一）《一捧雪》

李玉早期的作品，多寫人情世態，而以「一笠庵四種曲」最負盛名。其中《一捧雪》敘述了嚴世蕃賣官鬻爵的勾當，竟然爲了奪取莫懷古的一只玉杯，用盡了種種殘忍的手段。故事寫明朝嘉靖年間，前宰相之子莫懷古，攜愛妾雪豔、管家莫成、門客湯勤等人上京補官。一日，往訪嚴世蕃，將善於裝裱的湯勤薦與嚴世蕃，湯見總兵戴綸以一只古玉杯獻嚴，而

79　包括《一捧雪》、《人獸關》、《永團圓》、《占花魁》（以上合稱《一人永占》，或稱「一笠庵四種曲」）、《清忠譜》、《眉山秀》、《兩鬚眉》、《太平錢》、《千鐘祿》、《萬里圓》、《牛頭山》、《麒麟閣》、《七國記》、《昊天塔》、《風雲會》、《五高風》、《連城璧》、《一品爵》。

獲官職，於是有樣學樣，向嚴訴說莫家九世傳家的玉杯「一捧雪」是件絕世珍寶，嚴因而要湯勤前去索杯。

莫懷古聞言，私下請工匠刻了一只幾可亂真的玉杯，冒充是「一捧雪」，送進嚴府，嚴世蕃因此補了莫懷古「三品太常寺卿」之職，湯勤也得到了一個小官。湯向莫祝賀，二人在痛飲之後，莫酒後失言，說出了獻給嚴的玉杯是贗品之事。湯勤隨後向嚴世蕃告發，嚴大怒，親率家丁往莫府搜查，未果。原來是莫成趁機將玉杯藏入懷中，鑽出狗洞，待嚴世蕃走後，再將玉杯交還主人。莫懷古因此棄官，連夜攜雪豔、莫成逃往薊州城總兵戚繼光處躲藏。

哪知才到薊州城門口，便遭遇嚴府追兵，硬將莫懷古與雪豔押進城中，莫懷古趁亂將玉杯交與莫成保管。嚴府家將郭宜持嚴府鈞帖，要總兵戚繼光殺了莫懷古與雪豔，但戚曾受莫父提拔之恩，於是推託要次日才能行刑，將莫懷古關進大牢。深夜，莫成來見戚繼光，表示願意假扮莫懷古受死，戚於是說服莫懷古，穿著兵丁制服，持戚繼光之手書，至潮河川魏參將處暫時安身。隔天一早，莫成被斬首，其首級則以莫懷古之名，被交與郭宜帶回京城覆命。

未料此事又被湯勤識破，向嚴世蕃獻計，將戚繼光與雪豔押至京城，湯勤、雪豔、郭宜、戚繼光四人對質，追問原犯，四人各執一詞。湯勤甚至要脅雪豔嫁給他，雪豔為求結案，以保戚繼光，乃假意應允。成親之日，雪豔待湯勤進入洞房之後，歷數湯勤之罪狀，持暗藏之尖刀將湯勤刺死，之後，自裁身亡。多年後，莫懷古之子莫昊中了進士，冒死參了嚴嵩父子一本，終於沉冤昭雪。

（二）《人獸關》

《人獸關》故事出於馮夢龍《警世通言》中的「桂員外途窮懺悔」，寫桂薪的忘恩負義。桂薪原是蘇州城中的一名財主，卻因為家道中落，積欠官府的稅款，無力償還，要投水自盡，後被兒時同窗施濟搭救。為報救

命之恩，桂薪將女兒貞奴送給施濟，作為婢妾，施濟卻將貞奴認為兒媳，並以莊園一棟，借桂薪暫住。桂薪之子桂喜無意間發現園中埋了十罈銀元寶，共約萬兩。桂薪打算告知施家，妻子尤氏卻主張以這萬兩白銀為本，返回尤氏的娘家——浙江龍游，買地置屋，因此又當起了財主。

另一方面，施家押送官糧之時，不巧遇上大浪，翻了官船，吃上官司。施濟驚嚇而死，家中又遭祝融及盜賊之禍，施家母子身無分文，走投無路。偶然間，得知桂薪一家在龍游一帶已是財主，乃決定前往投親。不想桂家忘恩負義，不僅不肯收留施家母子，也不承認兒女婚姻，只有貞奴悄悄贈送金銀首飾，並誓為施家人。

施家母子黯然返回蘇州，途中慘遭船難，被施濟的舊友——兩廣軍門俞德救起。俞德感念舊友，同情其遭遇，乃將女兒許配給施濟的兒子施還，並送他們母子返回蘇州，贖回舊宅，贈與金銀，使施還得以安心讀書。

桂薪與大舅子尤滑稽終日飲酒作樂，並交給他一些銀兩，託他代為買官，尤滑稽卻拿來替自己買了一個官作。桂薪怒不可遏，暗夜持刀進入衙門，打算伺機行刺尤滑稽，不料等著等著，竟在屋頂上睡著了。夢中來到閻羅殿上，在生死簿中見到了自己的罪狀。閻君將尤氏及桂喜判做施家的兩隻狗，桂薪死後，也要投胎為狗。夢醒回家，桂喜被打傷致死，尤氏也癲狂而死。無奈之下，乃攜貞奴投奔施家，請求寬恕。

此時的施家，掘出了施還的祖父所埋藏的五十萬兩白銀，因而致富，施還也中了探花，奉旨要與俞德的女兒完婚。施母感念貞奴的美德，決定二女一同拜堂。忽然從廊下竄出兩隻狗，向著桂薪嗚咽。桂薪心裡有數，知是妻兒所變，乃向施母要求空屋一間，與這兩隻狗同住，整日懺悔。另一方面，尤滑稽也因為延誤了軍機而被充軍。正所謂「善惡到頭終有報」，皆大歡喜。

（三）《永團圓》

　　《永團圓》對暴發戶江納的勢力行徑，極盡諷刺之能事。故事敘述南京一暴發戶江納，爲巴結在吏部任職的蔡老爺，硬將女兒許配給蔡老爺之子文英。後來蔡家家道中落，江納想要毀婚。蔡文英告官，應天府尹高誼痛懲江納，並令江女與文英當堂完婚。文英在洞房之中，方知新娘原是妻妹，原聘早已投江自盡，不勝唏噓。

　　後來文英一舉得中進士，任寧陽縣令，巡撫正是高誼。一日，高誼說要把女兒嫁給文英，文英正在納悶，次日花轎抬來，新娘正是江納的大女兒。原來她投江未死，被高誼所救，且收爲義女，從此一家團圓。

（四）《占花魁》

　　《占花魁》根據《醒世恆言》中的《賣油郎獨占花魁》改編，故事寫賣油郎秦鍾逃難來到臨安，賣油時邂逅西湖名妓王美娘，竟對她一見鍾情，辛苦存錢一年，拿了十兩銀子要見王美娘一面，去了三次，才見到喝得酩酊大醉的王美娘。秦鍾整夜照顧美娘，甚至不嫌棄她的穢物。次日醒來，美娘十分感激，贈銀二十兩，秦鍾卻從此沒再來過。美娘思念秦鍾，甚至有意不與那些公子哥應酬，以致遭樞密使之子凌辱，正要投江自殺，竟被秦鍾所救。後經二人努力，終成眷屬。且各自找到失散的親人，闔家團圓。

　　「一笠庵四種曲」一出，劇團爭相競演。考察原因，約可歸納爲以下數點：

1. 此四劇長短適中，大約俱在三十出左右，對演出來說非常適合。

2. 結構周密，且精通音律，熟諳舞臺規律，人物形象個性鮮明，場面的描寫也有極大的震撼力。

3. 《人獸關》與《占花魁》二劇出自《三言》，[80] 其故事早經說唱聽眾的肯定，且戲劇性極強，則轉型爲戲曲，受到觀眾歡迎也應該是極其合理的。

4. 尤其《占花魁》一劇，與原作相比，異族入侵的時代背景與明末的局勢相映照，更加深了觀眾對「人民離亂」這一歷史現象的感受與警惕。

5. 《人獸關》與《永團圓》二劇皆從富人之嘴臉入手，而與其後之遭遇形成了強烈的對比，也因此產生了諷刺的作用，則看在販夫走卒、農夫村婦眼中，格外有趣味。

6. 《一捧雪》以嚴世蕃的故事爲題材，由於此時嚴嵩、嚴世蕃父子剛剛失勢，百姓額手稱慶，這樣的題材與觀眾的現實情感相結合，自然容易受到歡迎。

入清以後，李玉作品的內容也有所轉變，而偏向從明末清初的社會生活與政治鬥爭事件中取材。其代表作像是《清忠譜》，描寫明末天啓年間，蘇州市民爲了反對東林黨人周順昌被逮捕，所進行的一場鬥爭。劇中太監魏忠賢的專權橫暴，和群眾激於義憤所發動的鬥爭，形成了強烈的對比。他如《萬民安》，描寫明萬曆 29 年（1601），紡織工人葛成帶領蘇州市民反對稅監。再如《萬里圓》，描寫在清兵南下時，蘇州人黃向堅在兵荒馬亂之中，到雲南去尋找父親的故事，劇中詳盡刻劃了當時人民所遭受的種種苦難，也控訴了清朝統治者屠殺人民的暴行，更抒發了亡國之痛。另外，如《千鐘祿》（又名《千忠戮》、《千忠會》、《琉璃塔》等），描寫在燕王朱棣所發動的「靖難之變」後，南京被占領，建文皇帝出亡的經過，朱棣的殘暴，程濟、史仲彬等人的忠貞，建文皇帝逃亡的艱

---

80 所謂《三言》，即指明．馮夢龍根據當時流行的話本所改編的三本書，包括《警世通言》、《醒世恆言》、《喻世明言》，其中故事勸世意味濃厚，戲劇性極強。與凌濛初的《初刻拍案驚奇》、《二刻拍案驚奇》合稱《三言二拍》。

辛與淒涼，在在都道出了李玉對清人統治的不滿及對故國的懷念。其他像是《連城璧》，描寫藺相如完璧歸趙的故事，《牛頭山》描寫岳飛抗金的故事等，俱是佳作。

四、「南洪北孔」的戲劇成就：《長生殿》與《桃花扇》

滿清入關後，對漢人採取了恩威並施的統治手段，也就是一面大興文字獄，一面懷柔安撫。就在這樣的背景下，產生了一批因為痛心國破家亡，而檢討亡國的原因，或是懷念故國的作家，像是丁耀亢、吳偉業之流。[81] 然而，清初最負盛名的兩部傳奇，就是「南洪北孔」的《長生殿》與《桃花扇》。

（一）洪昇與《長生殿》

所謂「南洪」，指的是洪昇。[82] 洪昇，字昉思，號稗畦（又號稗村、南屏樵者），浙江錢塘（即杭州）人，生於順治 2 年（1645），卒於康熙 43 年（1704）。他出身於仕宦之家，年幼之時，父執輩的遺民思想曾經給他很大的影響。康熙 7 年（1668）入北京國子監，次年返鄉。康熙 13 年（1674）再往北京長住。經十餘年，三易其稿，終於在康熙 27 年（1688），完成《長生殿》一劇。次年，卻因為在佟皇后的喪期演出《長生殿》，而被革除了國子監籍。康熙 30 年（1691）返回浙江，生活潦倒。康熙 43 年（1704）六月初一，在水鄉烏鎮因為酒後失足落水而死。作品有詩集《稗畦集》、《稗畦續集》行世，戲劇今存《長生殿》傳奇和《四嬋娟》雜劇。[83]

---

81 丁耀亢，字西生，號野鶴，山東諸城人。有《表忠記》（又名《蚺蛇膽》）傳世，題材約合《鳴鳳記》。吳偉業，字駿公，號梅村，太倉人。有《秣陵春》傳世，不談朱明王朝，而是以南唐敗亡之事，移花接木，藉此說彼。

82 其生平詳見《清史列傳》卷七十一和近人章培恆著《洪昇年譜》。

83 《四嬋娟》劇共分四折，每折各演一事，分別描寫古代女子謝道韞、衛茂漪、李清照、

　　《長生殿》共50出。在歷史上，同《長生殿》一樣以「安史之亂」為題材的作品很多，如唐代白居易的長詩《長恨歌》、陳鴻的《長恨歌傳》、元代王伯成的《天寶遺事諸宮調》、白樸的《梧桐雨》、明人雪簑漁隱的《沉香亭》、吾邱瑞的《合釵記》、吳世美的《驚鴻記》、屠隆的《彩毫記》和清人孫郁的《天寶曲史》、唐英的《長生殿補》、亦齋的《環影祠》等傳奇、明人汪道昆的《唐明皇七夕長生殿》、王湘的《梧桐雨》、葉憲祖的《鴛鴦寺冥勘陳玄禮》、徐復祚的《梧桐雨》和清人尤侗的《清平調》、萬樹的《舞霓裳》等雜劇，這其中，《長生殿》著重描寫李、楊愛情故事，且主體意識較為複雜，藝術成就也為諸劇之冠。

　　就其思想內容來看，作者一方面歌頌了李、楊之間生死不渝的愛情；一方面又批判了他們的愛情導致安史之亂。作品的前半部大約合乎史實，以李、楊為中心，充分描述了宮中的權力鬥爭和生活的腐敗，對楊國忠的專權誤國、安祿山的陰險殘暴都有深刻的諷刺。後半部利用民間傳說，以浪漫的風格歌頌李、楊生死不渝的愛情。特別在〈罵賊〉、〈彈詞〉等出，表現出作者的民族意識和故國之思。特別對郭子儀、雷海青等人的愛國情操極力讚揚。

　　從藝術成就來看，《長生殿》不僅情節曲折，人物細膩生動，曲詞和音律也受到曲家的肯定。情節布局方面，上卷從李、楊〈定情〉開始，描寫兩人日漸加深的愛情，恩愛卻奢靡。〈密誓〉是一個轉捩點，作者藉由牛郎織女的相會，見證李楊「在天願為比翼鳥，在地願為連理枝，天長地久有時盡，此誓綿綿無絕期」的愛情誓言，同時也藉牛郎織女之口，說出了：

　　（越調過曲）【山桃紅】只見他誓盟密矢，拜禱孜孜，兩下情無
　　二，口同一辭。（小生）天孫，你看唐天子與楊玉環，好不恩愛

　　管仲姬的故事，體例顯然受到徐渭《四聲猿》的影響。後人將此二劇收入《清人雜劇二集》。

也。悄相偎，倚著香肩，沒些縫兒。我與你既締天上良緣，當作情場管領，況他又向我等設盟，須索與他保護，見了他戀比翼，慕並枝，願生生世世情眞至也，合令他長作人間風月司。（貼）只是他兩人劫難將至，免不得生離死別，若果後來不背今盟，決當爲之綰合。……。

則此出的作用，除了總結前面兩人甜蜜的愛情生活，更預示了〈驚變〉（第二十四出）以後，兩人的生離死別，彷彿早已經是上天注定好的，無可避免。而〈驚變〉一出，楊貴妃才「態懨懨輕雲軟四肢，影濛濛空花亂雙眼。……」（【南撲燈蛾】），轉瞬間，唐明皇卻得到這樣的消息：

【北上小樓】呀！你道失機的哥舒翰，稱兵的安祿山。赤緊的離了漁陽，陷了東京，破了潼關。唬得人膽戰心搖，唬得人膽戰心搖。腸慌腹熱，魂飛魄散，早驚破，月明花粲。

作爲上卷的小收煞，其間前後氣氛的強烈對比，更把衝突與危機推向全劇的最高點：〈埋玉〉。

下卷經過了馬嵬之變，生死之別，（〈埋玉〉）李、楊愛情的層次得到提升。從唐明皇對楊貴妃刻骨的思念，透過〈冥追〉、〈聞鈴〉、〈情悔〉、〈哭像〉和〈雨夢〉等出，集中地描寫他們「死抱痴情」、「生守前盟」的精誠，作者對之寄予更多的同情和讚美。最後終於得以感天動地泣鬼神，讓他們升入忉利天宮，同登仙錄，得到一個永久團圓的結局。曾見網路上有觀眾認爲此劇的情節，上卷結束已經來到高潮，下卷的結構比較鬆散，不如上卷優秀。殊不知本劇的情節結構，上卷敘事，下卷抒情；所以在風格上，上卷寫實，下卷浪漫，實在無關乎優劣。

曲詞方面，抒情性強，如〈聞鈴〉，以雨聲、鈴聲，襯托出唐明皇對楊貴妃的懷念：

【武陵花】浙浙零零，一片淒然心暗驚。遙聽隔山隔樹，戰合風雨，高響低鳴。一點一滴又一聲，一點一滴又一聲，和愁人血淚交相迸。對這傷情處，轉自憶荒塋。白楊蕭瑟雨縱橫，此際孤魂淒冷，鬼火光寒，草間溼亂螢。只悔倉皇負了卿，負了卿！我獨在人間，委實的不願生。語娉婷，相將早晚伴幽冥。一慟空山寂，鈴聲相應，閣道峻贈，似我迴腸恨怎平！

又如〈彈詞〉，借李龜年之口，唱出興亡之感：「唱不盡興亡夢幻，彈不盡悲傷感嘆，大古裡淒涼滿眼對江山。」

《長生殿》在音律方面，一直受到曲家的推崇。洪昇精通音律，恪守韻調，全劇中未見重複的曲牌。所以至今還有保留下來將近 10 出經常演出，如〈定情〉、〈酒樓〉、〈絮閣〉、〈鵲橋密誓〉、〈小宴驚變〉、〈聞鈴〉、〈哭像〉、〈彈詞〉等等。甚至蘇州崑劇團曾排演過由洪昇自選，28 出本的《長生殿》，亦頗受好評。

（二）孔尚任與《桃花扇》

「南洪北孔」中的「北孔」，指的是孔尚任（1648-1718），字聘之，又字季重，號東塘，別號岸堂，自稱雲亭山人，山東曲阜人，是孔子的 64 世孫。早年曾應科舉，且博學多聞，詩文、樂律都很精通。康熙 24 年（1685），康熙皇帝南巡，北歸時到曲阜祭孔，孔尚任因為在御前講解《論語》，而被任命為國子監博士。次年，他往淮陽疏浚黃河的海口，深刻感受到社會現實的黑暗和吏治的腐敗。回京之後，失望之餘，為官閒散，卻醉心於戲曲、詩歌的創作。《桃花扇》即完成於這個時期。孔尚任的戲劇作品除《桃花扇》外，還有《小忽雷》傳奇（和顧彩合撰）。[84] 詩

---

84 「小忽雷」本是唐代宮中的一種樂器，段安節《樂府雜錄》中，有一傳說敘述一位擅長彈奏小忽雷的唐宮女鄭中丞，因為觸旨而被賜死，為梁厚本（宰相權德興的舊吏）所救，因而結為夫婦。《小忽雷》傳奇即以此事為本，輔以白居易、劉禹錫等文士和宦官的鬥爭，主題與結構與《桃花扇》相類，藝術成就則遠不及《桃花扇》。

文有《湖海集》、《岸堂稿》、《長留集》等。

《桃花扇》是一部歷史劇，以南明的書生侯方域和妓女李香君的愛情故事爲主線，揭露了當時統治階級的腐朽、內部的矛盾鬥爭和社會的動盪，全劇的主題思想，即所謂「借離合之情，寫興亡之感」。[85] 孔尚任說明他作此劇的本意：[86]

> 《桃花扇》一劇，皆南朝新事，父老猶有存者。場上歌舞，局外指點，知三百年之基業，隳于何人？敗于何事？消于何年？歇于何地？不獨令觀者感慨涕零，亦可懲創人心，爲末世之一救矣。

可見此劇所要寫的「興亡之感」，不僅是南明興亡的事實，還要檢討南明之所以興亡的原因，引爲借鑑。

《桃花扇》的故事情節從擁立福王開始。闖王李自成的攻陷北京，清兵入關，馬士英、阮大鋮等人迎立福王，並非圖復國大業，只是想要繼續聲色犬馬的享受而已。所以即便是大敵當前，他們不能團結以退敵，反而勾心鬥角，甚至荒謬地認爲：「寧可叩北兵之馬，不可試南賊之刀（〈拜壇〉）」，對左良玉處處掣肘，終致清兵乘虛南下，將南明徹底消滅。

另外，侯方域是著名的複社文人領袖之一，他繼承了東林黨人的志願，對抗閹黨餘孽，顯然有其積極的一面。但國家內憂外患重重，他卻沉醉在歌樓酒館之中，孔尚任在侯方域第一出上場時，在【戀芳春】中就語帶諷刺：「你看國在那裡，家在那裡，君在那裡，父在那裡，偏是這點花月情根，割他不斷麼？」後來又在〈入道〉的下場詩中，寫他沉迷聲色，幾乎被阮大鋮所收買；更透過張道士的當頭棒喝，指明他的迷誤：「白骨青灰長艾蕭，桃花扇底送南朝；不因重做興亡夢，兒女濃情何處消。」作者正是以興亡之恨批判兒女之情。

85　見《桃花扇・試》。

86　見《桃花扇・小引》。

　　作者還描繪了另外兩種人。一類是以史可法為代表的愛國將領。作者以極大的同情，描寫史可法如何激勵將士，死守揚州，並終於沉江殉國：

　　【古輪臺】走江邊，滿腔憤恨向誰言。老淚風吹面，孤城一片，望救目穿。使盡殘兵血戰，跳出重圍，故國苦戀，誰知歌罷剩空筵。長江一線，吳頭楚尾路三千，盡歸別姓。雨翻雲變，寒濤東卷，萬事付空煙。精魂顯，大招聲逐海天遠。

　　然而南明王朝十分腐敗，史可法是完全被孤立的。他名為閣部、統帥，實際只有三千殘兵，一座孤城。結果也只有留下一個悲壯的民族英雄的形象。

　　另一類是李香君、柳敬亭、蘇昆生等下層人物。李香君原是個秦淮歌妓，她低下的地位使她受壓迫和侮辱，也使她對統治階級保持相當的警惕。當她知道阮大鋮出資，陰謀收買侯方域時，義正詞嚴地責備了侯方域的動搖，並堅決辭退了阮大鋮暗中為她置辦的妝奩，以自己鮮明的政治態度影響了侯方域。（〈卻奩〉）

　　從此，她被捲入了南明王朝的政治鬥爭中，並使她更為堅決。不管威脅利誘，她拒絕再嫁，「奴是薄福人，不願入朱門」。終至「碎首淋漓不肯辱於權奸」。在〈罵筵〉一出裡，更甘冒生命危險痛罵馬士英、阮大鋮：

　　【五供養】堂堂列公，半邊南朝，望你崢嶸。出身希貴寵，創業選聲容，後庭花又添幾種。把俺胡撮弄，對寒風雪海冰山，苦陪觴詠。

　　【玉交枝】東林伯仲，俺青樓皆知敬重。幹兒義子從新用，絕不了魏家種。冰肌雪腸原自同，鐵心石腸何愁凍。吐不盡鵑血滿胸，吐不盡鵑血滿胸。

柳敬亭、蘇昆生也值得一提。他們原來都是阮大鋮的門客，當他們知道阮大鋮是魏忠賢的黨羽之後，立刻就拂袖而去。左良玉要鄰兵東下，不能顧大局，柳敬亭就跑去勸阻。阮大鋮逮捕複社文人，蘇昆生又主動去向左良玉求救。明亡之後，他們歸隱漁樵，不做清朝的順民，這種堅貞不移的性格和阮大鋮之流形成了鮮明的對照。他們把對未來的期望寄託於愛國將領和複社文人身上。當複社文人失敗了，愛國將領犧牲了，他們的希望也跟著落空，結果入道的入道，歸隱的歸隱，一個個走向消極避世的道路。

與《長生殿》相較，《長生殿》是從興亡之感突出李楊愛情，《桃花扇》則是「借離合之情，寫興亡之感」。為了頌揚李、楊生死不渝的愛情，《長生殿》下本的情節基本上離開了現實。而《桃花扇》對侯、李愛情的描寫，始終與明末清初的歷史事實緊密結合。書中〈考據〉一篇，列舉與劇中事件相對應的歷史事實及文獻資料。這種忠於客觀史實的精神，在明清傳奇中，除《清忠譜》外，是無可比擬的。

五、李漁的《笠翁十種曲》

李漁（1610～約1680），初名仙侶，字笠鴻，又字謫凡。後改名漁，號天徒，又號湖上笠翁、隨庵主人等，浙江蘭谿人，自幼聰慧，及長，擅古文詞。明崇禎10年（1637），考入金華府。中年後去杭州，又舉家移居金陵，遊歷四方，廣結名士。清康熙16年（1677），復移家杭州，約卒於康熙19年。

因其才幹，李漁素有李十郎之譽，其家班隨他到各地演出，累積了許多戲曲創作、演出的經驗。他的《閒情偶寄・詞曲部》，從結構、詞采、音律、賓白、科諢、格局六方面論戲曲文學，從選劇、變調、授曲、教字、脫套五方面論戲曲表演，可說是集了古典戲曲理論之大成，又能超脫音律論，在結構論上加以發揚。

　　在金陵時，其別業稱「芥子園」，有《芥子園畫譜》流傳。所作小說有《無聲戲》、《連城璧全集》、《十二樓》、《合錦回文傳》、《肉蒲團》等。戲曲有 19 種流傳：《奈何天》、《比目魚》、《蜃中樓》、《美人香》、《風箏誤》、《慎鸞交》、《凰求鳳》、《巧團圓》、《意中緣》、《玉搔頭》（以上 10 種皆是關目雋永，情趣盎然的喜劇，合刻稱《笠翁十種曲》。其中，《風箏誤》一劇演出最多）、《萬年歡》、《偷甲記》、《四元記》、《雙錘記》、《魚籃記》、《萬全記》、《十錯記》、《補大記》及《雙瑞記》。

　　《風箏誤》被收入王季思所編《中國十大古典喜劇集》。內容敘述韓仲琦父母雙亡，為父執輩戚輔臣撫養長大，並與戚之子友仙一同讀書。

　　某日，友仙往城頭放風箏，風箏線斷落入戚輔臣之年兄詹家。詹有二妻，各有一女，大房女愛娟，貌醜無才，二房女淑娟，貌美才高。友仙風箏為淑娟所獲，因風箏上有仲琦題詩，淑娟和詩一首。風箏後為書僮索討回去，陰錯陽差之下，仲琦見淑娟所和之詩，乃另製風箏一只，冒友仙之名，題詩一首。風箏依然落入詹家，卻被愛娟拾到。愛娟沒有題詩，卻在書僮來索討風箏之時，傳達將於晚間要與友仙相會之意。晚間仲琦潛來詹家，見愛娟無貌無才，且聲音難以入耳，驚醜之餘，倉皇而逃。

　　仲琦隨後入京赴試，另一方面，戚輔臣為使友仙收拾玩心，向詹家提親，娶愛娟為妻。仲琦得中狀元後，戚輔臣再向詹家提親，仲琦誤以為是愛娟而驚恐辭婚；即便迫於無奈，成婚之後，又不願同床。在二夫人柳氏問明情況之後，終於解開誤會。

第七章

楔子：南雜劇與
花雅之爭

本章既然名為「楔子」，乃試圖從「補闕」的角度，敘述明、清兩代，傳奇和京劇以外其他的劇種和活動。南戲和北劇經過「三化」的過程，在明朝中葉產生出兩種「混血兒」：一是傳奇，一是南雜劇，此點已如前章所述。本章第一節即在討論南雜劇，包括其名義、體例、作家作品。

另一方面，隨著南戲的流播，產生了許多不同的聲腔，也就形成了許多地方劇種。這些地方劇種在乾隆晚年，因緣際會地到了北京，與當時北京劇壇的主流劇種——崑劇，發生了主流與非主流的戰爭。後來戰場擴及江南，崑劇一路潰敗，終於開啓了皮黃擅場的時代。史家稱此事為「花雅之爭」，這也是本章第二節的主題。

第一節

南雜劇

—

一、南雜劇的名義

有關南雜劇，蘇州大學的王永健教授，在其所撰〈關於南雜劇的幾個問題〉一文的前言中，開宗明義地說：[1]

> 南雜劇兼有金元北曲雜劇和明清崑曲雜劇之長，又避免了他們在劇本創作和舞臺演唱方面之短，……其體制靈活機動，既便於當場，亦擅長於文人作家「寫心」。

1　王永健，〈關於南雜劇的幾個問題〉，原載《藝術百家》，1997：2，現收入《崑腔傳奇與南雜劇》（臺北市：國家，2006年），頁267-292。引文出自，頁267。

接著，作者引了袁于令在《盛明雜劇・序》中之言，謂南雜劇比北雜劇更堪稱「詞場之短兵」，[2] 因爲它比北雜劇更爲自由。

但什麼是南雜劇呢？南雜劇等於明雜劇嗎？

曾師永義《明雜劇概論》中，對「南雜劇」一詞之意義，頗有其見解，[3] 茲撮其要如後。所謂「南雜劇」，或稱「短劇」。「南雜劇」一詞，首見明・胡文煥《群音類選》卷二十六《高唐記》標目注語：「以下皆係南之雜劇」。「短劇」一詞，首見盧前（驥野）《明清戲曲史》：[4]

> 曲有場上之曲，有案頭之曲。短劇雖未必盡能登諸場上，然置諸案頭，亦足供文士吟詠。無論何種文體之興，其作也簡，其畢也鉅。雜劇之起爲四折，終而至於有數十出之傳奇；物極必反，繁者亦必日益就簡；短劇之作，良有以也。

曾師更界分出廣義與狹義的南雜劇：[5]

> 狹義的南雜劇，是指每本四折，全用南曲，王驥德所謂「自我做祖」的劇體，其形式和元人北雜劇正是南北相反。廣義的南雜劇，則指凡用南曲填詞，或以南曲爲主而偶雜北曲、合套，折數在十一折之內任取長短的劇體。因爲這樣的劇體和傳奇只是長短的不同而已，應當也是屬於南北曲交化後的南曲範圍，所以仍可稱之爲南雜劇。

至於「短劇」，曾師也有廣狹二義的界說：[6]

2　明・沈泰，《盛明雜劇二集三十種》（臺北市：文光，1963 年），11 冊卷首。

3　曾永義，《明雜劇概論》（臺北市：學海，1999 年），頁 120-121。

4　盧前，《明清戲曲史》（臺北市：臺灣商務，1988 年），頁 88

5　同註 3，頁 120。

6　同前註。

廣義的短劇是與傳奇相對待而言的，亦即上文所說的廣義的南雜劇，因為它較之傳奇，只是長短的不同而已。狹義的短劇，則專指折數在三折以下的雜劇，因為它比起一般觀念中四折的雜劇是更為短小了。

王永健教授更一針見血地指出：[7]

依筆者淺見，南雜劇，或稱短劇，或稱小劇，本質特點在於一個「南」字。這就是說，它是依照崑山腔新聲的格律和排場創作，演唱的一種戲曲樣式。由於它在形式上，與金元和明初的北曲雜劇有某些相似之處，故稱之為南雜劇。同樣以崑山腔新聲的格律和排場創作、演唱的傳奇，動輒上下兩部，長達四五十出，規模宏大；而南雜劇的篇幅（出數、折數）要短小得多，它少只一出（一折），多可超過十一折（十折以上的作品較少），故而又稱之為短劇、小劇。

可見南雜劇是在崑山腔水磨調形成以後的產物，它不完全相等於明雜劇。最早的南雜劇大約出現於嘉靖年間，如徐渭的《四聲猿》、汪道昆的《大雅堂雜劇》。王永健教授認為「南雜劇的出現，既與崑山腔的全面革新，崑腔傳奇的誕生有著密切的關係，又是明初北曲雜劇受南曲戲文影響的必然結果。」[8]

二、南雜劇與北雜劇之異同

明初雜劇已如前章第一節所述。到了朱有燉和朱權分別在明英宗正統 4 年（1439）和 13 年（1448）辭世之後，雜劇全由宮廷貴族把持的情況有所改變。明代中後期的作家，大多是不得志於時的文人，不是布衣以

7 　王永健前引書，頁 269-270。

8 　王永健前引書，頁 270。

終，就是仕途險惡。[9]考之當時之政治環境，確實內憂外患不斷。前者，宦官劉瑾與魏忠賢相繼為患，更因為神宗迷信道術，不理朝政，造成了嚴嵩、嚴世藩父子的專權，張居正的變法，也不過是他玩法弄權的幌子罷了。後者，北有韃靼與瓦剌，東北有滿族，東南有倭寇。明的國力因而大大減損。

文人作家既不得志於時，也就不得不發發牢騷，來表現他們對這個殘酷而荒謬的現實世界，一種深沉的痛苦和無力的反抗。所以，他們的劇作，或是荒誕不經，或是自甘頹廢，或是在理所當然中隱藏著無奈，或是在喜鬧中表現了悲情。

在形式上，這些文人作家的作品，也突破了元人雜劇的體製規律。在折數上，不再侷限於四折一楔子，從一折到十折的都有，甚至有把幾部戲合成一部的，如徐渭的《四聲猿》，就是合《狂鼓史》、《玉禪師》、《雌木蘭》、《女狀元》四部戲而成的。在曲牌的運用上，也不必非北曲不可，演唱更不必非末或旦獨唱不可。

曾師永義《明雜劇概論》中，對明中期雜劇作家的作品所用曲牌、折數、演唱腳色等，作一表列。以此統計，從列出的 16 位作家，28 部作品來看，僅 6 部作品符合北雜劇四套北曲，且一人獨唱的成規。其餘的 22 劇中，一折的有 16 部，占絕對多數，且多南、北曲合用，至於演唱，則以眾人皆可唱的 17 部最多。[10]

王永健教授比較了北曲雜劇與南雜劇的異同，將之歸為 6 端，茲表列如下：[11]

9　徐子方前引書，頁 10。

10　見曾永義，《明雜劇概論》，頁 74-76 的表列。

11　見王永健，前引書，頁 274-279 之論述。

表 7-1　南北雜劇的比較

	北曲雜劇	南雜劇	備攷
折數	以四折爲通例。	折數不拘，一至十一折皆有。	
形式	多每本敘述一事。	四種形式：《四聲猿》式、《大雅堂雜劇》式、宮廷承應式、《泰和記》式。	南雜劇四種形式詳下述。
楔子	首折之前，或一、二折間，或二、三折間。	僅置於首折前，作用約相當於南戲、傳奇的「副末開場」。	
主唱	一腳獨唱，而有「末本」、「旦本」之分。	上場之腳色皆可唱。	
用曲	除元末某些作品出現「南北合套」外，幾乎全用北曲。	劇中南曲以水磨調演唱，北曲一如崑腔傳奇中之北曲，而與北劇之北曲不同。用曲有多種類型： 1. 全用南曲 2. 全用北曲 3. 南北曲間用 4. 南北合套	1. 以崑腔新聲演唱，所用之北曲不同於金、元、明初之北曲。 2. 乾隆中葉，亦有崑弋合奏、梆子腔改崑調，或直接演唱梆子腔者。
作者	作者身分爲： 1. 書會才人 2. 名公士夫 3. 雜劇藝人	幾乎全爲文人士大夫： 1. 御用文人 2. 人生坎坷或失意落拓者	南雜劇之觀衆亦多爲文人士大夫。

　　上表中論及南雜劇之形式，有《四聲猿》式、《大雅堂雜劇》式、宮廷承應式、《泰和記》式，茲說明如下：

　　所謂《四聲猿》式，指一本四劇，折數不拘。四劇本事不相涉，而作者之主體意識貫穿其間。如周樂清之《補天石》。

　　所謂《大雅堂雜劇》四種式，指一種一劇，演一故事，爲最流行的形式。如洪昇的《四嬋娟》、張韜的《續四聲猿》、桂馥的《後四聲猿》，皆四折演四事；清・石韞玉《花間九奏》九種，一種一折各演一事；清・楊潮觀《吟風閣雜劇》三十二折，一折一事。

　　所謂宮廷承應式，明代未見，清・張照《九九大慶》、《月令承

應》、《法宮奏雅》等，實爲始作俑者，至淸中葉後逐漸流行。

所謂《泰和記》[12]式，亦一種一事一折，但各劇間之內在聯繫較多。

三、淸代雜劇之發展

南雜劇之體製規律除折數長短外，既與崑腔傳奇無大差異，則南雜劇之發展與命運，亦與之同步。淸初，南雜劇仍然盛行。根據傅惜華的《淸代雜劇全目》，淸代雜劇作家中，有姓名可考者就有 550 餘人，創作雜劇1,300 多種，流傳下來的也有 1,150 多種。就作家人數而言，約爲元代的7 倍，明代的 4 倍；就作品數量而言，約爲元代的 2 倍，明代 3 倍。[13]

鄭振鐸在《淸人雜劇初集・序》中說：「嘗觀淸代三百年間之劇本，無不力求超脫凡蹊，屛絕俚鄙。故失之雅，失之弱，容或有之。若失之俗，則可免譏矣。」這句話說出了淸代雜劇「雅化」的特色。鄭氏並將淸代雜劇之發展分爲四期，茲將各期之界分、代表作家及作品等，表列如後。

表 7-2　淸雜劇作家作品分期

期別	界分	大勢	作家	作品
一	順康之際	始盛	吳偉業	《通天臺》、《臨春閣》
			尤侗	《西堂樂府》五劇：《讀離騷》、《弔琵琶》、《桃花源》、《黑白衛》、《淸平調》
			洪昇	《四嬋娟》
			嵇永仁	《續離騷》四種：《劉國師》、《杜秀才》、《痴和尙》、《憤司馬》
			張韜	《續四聲猿》四種：《杜秀才痛哭霸亭廟》、《戴院長神行薊州道》、《王節使重續木蘭詩》、《李翰林醉草淸平調》

---

12 《泰和記》，或作《太和記》，相傳爲許潮所作，或曰楊愼。

13 傅氏，《元代雜劇全目》、《明代雜劇全目》二書統計，元雜劇作家 80 餘人，作品737 種；明雜劇作家 125 人，作品 523 種。

期別	界分	大勢	作家	作品
二	雍乾之際	全盛	桂馥	《後四聲猿》四種：《放楊枝》、《題園壁》、《謁府帥》、《投園中》
			楊潮觀	《吟風閣雜劇》三十二種
			蔣士銓	《一片石》、《第二碑》、《四弦秋》、《忉利天》、《康衢樂》、《長生籙》、《昇平瑞》、《采石磯》、《採樵圖》
三	嘉咸之際	次盛	石韞玉	《花間九奏》九種：《伏生授經》、《羅敷採桑》、《桃葉渡江》、《桃源魚父》、《梅妃作賦》、《樂天開閣》、《賈島祭詩》、《琴操參禪》、《對山救友》
			周樂清	《補天石》八種：《宴金臺》、《定中原》、《河梁歸》、《琵琶語》、《紉蘭佩》、《碎金牌》、《沉如鼓》、《波弋香》
			梁廷枏	《小四夢》四種：《圓香夢》、《江梅夢》、《曇花夢》、《斷緣夢》
四	同光之際	衰落	袁蟫	《瞿園雜劇》五種：《仙人感》、《藤花秋夢》、《孽海花》（一名《金華夢》）、《暗藏鶯》和《賣詹郎》（一名《長人賺》）；《瞿園雜劇續編》五種：《東家顰》、《鈞天樂》、《一線天》、《望夫石》、《三割股》。另有雜劇《玉津園》、《西江雪》、《神山月》等，未刊行。
			楊恩壽	《坦園六種曲》：《姽嫿封》、《理靈坡》、《桂枝香》、《桃花源》、《麻灘驛》、《再來人》。另有雜劇《鴛鴦帶》未刊行。

　　清初雜劇作家中，吳偉業、尤侗、洪昇三人都是兼擅崑腔傳奇與南雜劇的。吳之《通天臺》、《臨春閣》與其傳奇作品《秣陵春》，冒辟疆評曰：「字字皆鮫人之珠，先生寄託遙深。」尤侗之《西堂樂府》五劇，吳梅在《中國戲曲概論》中稱：「別具變相」。洪昇的《四嬋娟》敘述了古代四位才女謝道韞、衛夫人、管仲姬、李清照的韻事，藉以讚美才女，歌頌美滿夫妻，而與其《長生殿》在作家的主體意識上，有異曲同工之妙。

　　另外，王夫之與傅山皆清初思想家，也兼作雜劇。王夫之的《龍舟會》取材自唐人傳奇《謝小娥傳》，表現了謝小娥的復仇精神和崇高的氣

節。傅山作有雜劇《驕其妻妾》，乃取材自《孟子・齊人》，藉由齊人雙面行爲的對比，充分諷刺了他的虛僞性格。再者，曹寅也喜好此道，而作有《北紅拂》、《續琵琶》、《太平樂事》。

到了清中葉以後，特別是乾隆末葉的「花雅之爭」以後，爲了與花部爭勝，南雜劇在內容上也做了一些調整，特別是以時事及外國的人、事作爲題材，成了近代南雜劇的一大特色。袁蟫的《一線天》寫日本詩人藤道原之事；徐家禮的《閨塾議》寫趙氏女開設女學堂之事，春夢生的《學海潮》寫古巴學生反抗西班牙殖民壓迫之事，此皆極具當代意識之作，這在「扮演古人事」的戲曲藝術中，是極其少見的。

但此時的雜劇創作逐漸趨向案頭化，過度「寫心」而不重「當場」。在脫離了劇場以後，南雜劇便已是強弩之末了。

四、徐渭的《四聲猿》

以下，將以徐渭的《四聲猿》爲例，說明其主體意識的特殊性，及其體製規律對北曲雜劇進行的突破與創新。徐渭，初字文清，後改字文長，明代山陰（今紹興）人。他的書房叫做「青藤書屋」，書屋中有一方小水池，久旱不涸，雨多不溢，號曰「天池」，加之他學道多年，故其自號爲「天池道人」、「青藤山人」。又拆「渭」字爲「田水月」，每於其畫作上署之。

他才華洋溢，卻一生坎坷。才滿月，皇帝駕崩；百日，父親過世。因爲他是庶出，生母在徐家爲僕，乃由嫡母將他養大成人。但從此徐家的家道中落，嫡母裁撤冗員，徐渭的生母亦在其中。沒有幾年，大哥和嫡母相繼去世，他本身又懷才不遇，履試不中；入贅於岳父潘克敬家，生下長子徐枚，5 年幸福的婚姻生活卻隨著愛妻的過世而結束。好不容易在他 37 歲時，抗倭名將胡宗憲將之延入幕府，替他草擬戰表，與之商議軍情，對之極爲器重，並且使徐渭在經濟上的困境迎刃而解。

　　但胡是個權謀心極重的人，他爲了保留自己的實力，曾經巴結當時的權臣嚴嵩。嚴嵩垮臺之後，一些所謂「清流」之士，就開始把當年和嚴嵩有所往來的人，一一關進牢籠，胡宗憲就是在這個情況下身繫囹圄。樹倒猢猻散，所有人都企圖和他撇清關係，徐渭感於胡的知遇之恩，不願這樣做，但又畏懼於當時的「白色恐怖」，只好裝瘋賣傻。此事不爲他的第三任妻子諒解，經常吵架。最後，竟因事誤殺其妻。

　　他因此下獄 7 年，經同鄉友人陶望齡、張元汴等人奔走相救，才得以奔母喪爲由保釋在外，凡離開紹興，均要經父母官允許。其所以未判死刑，也是拜其裝瘋所賜。但出獄後的他，並沒有擺脫厄運的糾纏，長子徐枚與他關係不睦，次子徐枳入贅岳家。他曾輪流在幾個朋友家中借住，也幾度想不開，求死多次而不成。最後他看開了名利，在破屋中鬻筆爲生。

　　然而，不是所有來求畫的人，都可以要得到的。他看不起傲慢的有錢人，如果這些人上門求畫，他甚至可以把他們趕出去，也因此得罪了不少有錢人，而被他們辱罵爲瘋子。

　　徐渭不僅僅是一個有個性的讀書人，還是一個多才多藝的讀書人。他在書法、繪畫、詩文、戲曲等方面，均受重視。繪畫上大寫意水墨的風格爲他所創，後來傳到八大山人、齊白石、張大千等人，成爲國畫技法中的一大流派。他還曾經學過劍術、隨他大哥修道、組織過紹興抗倭的團練、遊歷過燕趙山水等等，見識極廣。他的所有著作，北京中華書局曾將之整理爲《徐渭集》一套四冊出版。他在戲曲方面的著作包括有：

　　（一）《南詞敘錄》：爲中國最早的一部南戲概論。內容涵蓋南戲的發展史、創作理論、評論、名詞解釋、劇本介紹等。

　　（二）《四聲猿》：爲四部南雜劇的合集。此四部爲《狂鼓史漁陽三弄》、《玉禪師翠鄉一夢》、《雌木蘭替父從軍》、《女狀元辭凰得鳳》。湯顯祖稱其爲「詞場飛將」。

　　（三）《歌代歗》：一部諷刺性極強的南雜劇，有疑爲他人妄作者。

此劇四折，有題目正名爲「沒處洩憤的，是多瓜走去拿瓠子出氣；有心嫁禍的，是丈母牙疼炙女婿腳跟；眼迷曲直的，是張禿帽子叫李禿去戴；胸橫人我的，是州官放火禁百姓點燈。」

1.《狂鼓史漁陽三弄》

徐渭《四聲猿》中的《狂鼓史漁陽三弄》，用的是三國時代文士禰衡擊鼓罵曹的故事，[14] 徐渭將時空拉到了陰間，玉帝要召禰衡去擔任修文郎，五殿閻君駕前判官火珠道人察幽（能平），希望禰衡能將當年擊鼓罵曹的故事重演一遍。禰衡慨然相允，但要求將他死後，曹操的罪行也加進去，痛罵一番。

擊鼓開罵之後，我們看到了小鬼的適時插入，減輕了肅殺之氣；也看到了曹操對他曾經犯下的罪行，毫無招架之力。禰衡罵得過癮，觀衆也看得過癮，好像有一種「借刀殺人」的快感。

正在此時，禰衡竟要求判官放了曹操，就好像吹滿了氣的氣球，突然間鬆了口一樣。那麼剛才罵的，不全是一場空嗎？徐渭寫作此劇的動機，在於當時朝中的權奸嚴嵩與嚴世藩父子，用莫須有的罪名，殺了他十分敬重的堂姐夫沈煉（青霞）。

沈煉死後，徐渭多次將之比爲禰衡，而將嚴嵩比爲曹操。沈煉的死，給徐渭帶來了極大的衝擊。沈煉敢罵的，徐渭不敢；沈煉敢做的，徐渭不敢。沈煉彷彿已經是徐渭心中的英雄。沈煉死了，就算把嚴嵩父子千刀萬剮，永世不得超生，徐渭心中的英雄也喚不回了。徐渭誠實地面對自己的弱點，寫下了這一出戲，不在批判曹操，也不在批判嚴嵩父子；不僅僅哀悼禰衡和沈煉，更哀悼自己的無奈和苦悶。

---

14 《三國志》及《三國演義》都有記載。其實禰衡擊鼓時沒有罵曹，罵曹時沒有擊鼓。

2.《玉禪師翠鄉一夢》

《玉禪師翠鄉一夢》是《四聲猿》中寫成最早的一部，據考證應在嘉靖30年左右。此劇脫胎自明・田汝成《西湖游覽志・卷十三》，[15] 這是一出頗富禪機的好戲。徐渭與僧人結緣，是很早的事了。明代著名的高僧玉芝禪師多次來到山陰，徐渭向他執弟子之禮，爲他作傳，[16] 並曾請他解說《首楞嚴經》，深深爲之折服，甚至往往是徹夜不歸。有詩爲證：[17]

> 參禪喜與梁王裔，合掌跏趺野竹叢。
> 坐久空堂諸咒歌，夜深明月四山中。
> 親陪客話拈珠串，獨臥行單坦片棕。
> 一宿相留渾舊事，無生自愧永嘉公。

《玉禪師翠鄉一夢》的內容，大約與《西湖游覽志》所言類似，但在第二出中，卻較原作更爲精采。徐渭運用了「打啞禪」的手法，安排月明

---

15 茲引錄原文如後：「普濟巷，東通普濟橋，又東爲柳翠井，在宋爲抱劍營地。相傳紹興間，柳宣教者尹臨安，履任之日，水月寺僧玉通無赴庭參，計遣妓女吳紅蓮，詭以迷道，詣寺投宿，誘之淫媾。玉通修行五十二年矣，戒律凝重，初甚拒之；及至夜分，不勝駘蕩，遂與通焉。已而詢知京尹所賺也，慚忿而死。恚曰：『吾必敗汝門風！』宣教尋亡，而遺腹產柳翠。坐蓐之夕，母夢一僧入戶，曰：『我玉通也。』既而家事零落，流寓臨安，居抱劍營。柳翠色藝絕倫，遂隸樂籍。然好佛法，喜施與。造橋萬松嶺下，名柳翠橋；鑿井營中，名柳翠井。久之，皋亭山顯孝寺僧清了謂淨慈寺僧如晦曰：『老通墮落風塵久矣，盍往度之。』如晦乃以化緣詣柳翠，爲陳因果事，柳翠幡然萌出家之想，如晦乃引見清了。清了爲說佛法奧旨及本來面目，末，且厲聲曰：『二十八年煙花業障，尚爾耽迷耶。』柳翠言下大悟。歸，即謝千華，絕賓客，沐浴而端化。歸葬皋亭山從所度也。」又，據周中明在華正書局出版之《四聲猿》中考證，認爲田汝成該書所言，又出於張邦畿《侍兒小名錄拾遺》。其原文如下：「五代時有一僧，號至聰禪師。祝融峰修行十年，自以爲戒行具足，無所誘掖也。夫何，一日下山，於道傍見一美人，號紅蓮。一瞬而動，遂與合歡。至明，僧起沐浴，與婦人俱化。有頌曰：『有道山僧號至聰，十年不下祝融峰；腰間所積菩提水，瀉向紅蓮一葉中。』」（明・徐渭；周中明校注，《四聲猿》，臺北市：華正書局，1985 年，頁 95 。）

16 〈聚禪師傳〉，見《徐渭集》，頁 622。

17 〈訪玉芝師夜宿新庵同蕭汝臣〉，見《徐渭集》，頁 233。

和尚[18]（玉通的師兄，原與玉通皆爲西天的兩尊古佛。）在舞臺上演了一段默劇，忽而柳宣教，忽而玉通，忽而紅蓮，忽而柳翠，啓發觀眾無限的想像。在戲曲劇場效果的整體展現上，這樣的做法也是極其高明的，柳翠的活潑俏皮與月明的沉穩老練相對比，懸疑的氣氛與深邃的禪機相結合，豐富了全劇的戲劇性。

就戲劇性來說，此劇自然超乎《狂鼓史》之上。就意義上來說，此劇的意義層次也極爲豐富。第一，它左批官府，右批僧人。柳宣教新官上任，對不問俗事，沒來參拜的玉通老和尚記恨在心，而使官妓紅蓮壞了他的多年修爲，自屬缺德；玉通坐化，心生報復，要投胎做柳家女兒，長大後下海爲妓，敗壞他家門風，也有失佛家四大皆空，慈悲爲懷的修爲。

第二個層次，在於寫佛家對「情」的壓抑。劇中柳宣教、紅蓮和玉通，無一人能看得開這一「情」字。紅塵俗世之人，如柳宣教、紅蓮，看不破情關自屬當然，連修行深厚的玉通都不能免俗，在紅蓮百般調弄下，讓「一個小螻蟻穿漏了黃河壂」，「不覺得走馬行船，滿帆風倒底難收，爛韁繩畢竟難栓」，最後，「可憐數點菩提水，傾入紅蓮兩瓣中」。但是，這幾位劇中人，誰是誰非，誰善誰惡呢？實在是一筆糊塗帳，算不清的。這說明了慾望是不能壓抑的。戲一開始，玉通和尚便說明了出家修行，「正果不易」，備嚐「跌磕蹭蹬」之苦。好不容易修行了二十多年，「坐著似塑彌陀，立起就活羅漢」，卻還沒有自信能安閒地去見柳宣教，而不帶點「泥渣」回來，又深怕「想少情多」，一下子就會跌入十八層地獄。其實，不管是「想少情多」，或是「想多情少」，只要是「情」字還在，就無法修成正果。「穿漏了黃河壂」的，不是紅蓮這隻「小螻蟻」，而是玉通的心裡本來就有缺口，當他意識到他也是個有血有肉有人性的

18　前引華正書局出版之《四聲猿》，頁196，有清・陸次雲，《湖壖雜記・月明庵柳翠墓》，說明南宋紹興年間，確有清了（又號月明）、玉通，皆爲高僧，但不知所據爲何。

人，情慾自然就一發而不可收拾。

他不但犯了色戒，而且心高氣傲，挾怨投胎，要壞了柳家門風。這都是人情之常，是無法阻擋的，是人之「本色」。[19] 佛家修行，處處想要掩蓋「本色」，修飾人性，沒想到最後，仍然跳不出人性的圈套，豈不是一場空！

第三個層次在追尋解脫。徐渭一生磨難，當然他想要在宗教中尋求解脫。他在劇本最後，透過月明和尚與柳翠的對唱、合唱，說出了他自己的心聲：

> 旦：師兄，俺如今要將。
>
> 外：師弟，俺如今不將。
>
> 合：把要將不將，都一齊一放。

透過這三個層次，徐渭表達了他想要超脫輪迴，歸於「本色」，而能夠「大自在」的意志（will），這正是他的主體意識。但是，他在現實生活裡，卻仍然擺脫不了七情六慾的糾纏，這與他在作品中表現出的幾分超脫，是相互矛盾的。

3.《雌木蘭》

《雌木蘭》與《女狀元》分別是《四聲猿》的第三聲與第四聲。《雌木蘭》以花木蘭代父從軍的故事為核心。這是一則家喻戶曉的故事，徐渭寫來卻特別感人。戲一開始，就是木蘭演武藝、著軍裝，直到出發準備見統帥。這短短的事件放在一出戲中，更顯出了她在出征之前的那份細膩的情感。從下決心替父從軍時的壯志凌雲，到著衣時的巧思、別家時的依依不捨、行軍思家的悲淒，及至最後，到了帥營時，感受到肅殺之氣而懼於

---

19 「本色」的理論是徐渭文藝創作論的中心思想，詳如李惠綿，《戲曲批評概念史考論》（臺北市：里仁，2002 年）。

威儀，寫盡了花木蘭出征前的心情。

第二出寫征東帥辛平點將，花木蘭（化名花弧，木蘭父親的名字）領兵攻打黑山賊，大獲全勝。皇上論功行賞，所謂：「花弧可授尙書郎。念其勞役多年，令馳驛還鄉，休息三月，仍聽取用。」後，兩位百夫長隨同木蘭返鄉，木蘭留她們在家午餐後再走。回家之後，木蘭換回女裝，「泥塑一金剛，忽變作嫦娥面。」兩位百夫長才赫然發現，原來與他們一同征戰多年的將軍，竟是個不折不扣的女子！最後，還留了一個伏筆，讓軍中的同袍王郎與她成親。

4.《女狀元》

《女狀元》的故事則是說山中孤女黃春桃與乳母黃姑，雙雙改扮化名，春桃改名崇嘏，黃姑改名黃科，上京赴試得中頭名狀元，最後爲周丞相賞識，收她作爲其長子鳳羽的媳婦。此劇爲四本中之最長者，共分五出。第一出寫春桃父母雙亡，與乳母黃姑悠居深山茅屋之中。年方二十，感嘆自己錯習女紅，滿腹經綸卻無用武之地，乃決定與乳母改扮化名，上京赴試。第二出寫黃崇嘏與賈臚、胡顏等三秀才，同由周丞相口試，因爲才學出衆，得中頭名狀元。

第三出寫黃官至成都府司戶參軍，不覺已經 3 年，周丞相發下三件成獄已久的冤案，要他重審。最後都在黃的妙計之下水落石出。第四出寫周丞相欲選黃爲婿，乃招至府中，一面詢問公務，一面令其飲酒賦詩，琴、棋、書、畫樣樣考驗。黃多次險些露出破綻，終於沒有被發現。之後黃還是決定，要向周丞相坦白一切。周聽後大驚，但仍有選爲媳婦之意。第五出寫周丞相之子鳳羽得中狀元，黃往相府致賀，周乃命人上書天子，免去黃的官職，作他的媳婦，並要黃立刻拜堂，以免反悔。

此二劇一武一文，都表現了女子的才華不輸男子。一般評論都說，這是徐渭已經有了男女平等的觀念。個人頗不以爲然。雖然根據歷史記載，

明代有不少婦女，常以男裝出現，展現了驚人的才華，[20] 但那時並沒有女權運動的出現，中國的女權運動，要遲到清朝中葉才出現。[21] 再說，如果徐渭是一個女權運動者，又為什麼會去買妾，最後還把她賣掉呢？又，如果徐渭是為女子抱不平，則此二劇求仁得仁，又何悲之有呢？

筆者認為：徐渭是在替他自己抱不平。這要分作兩點來說。第一，花木蘭與黃崇嘏最後的結局都是嫁人，女人出嫁總是幸福的，但婚後卻未必浪漫。事業無法繼續、婆媳問題、子女的照顧、教養問題等，都是極其惱人的。如果所嫁非人，感情生變，甚或是遭遇婚姻暴力，是很有可能發生的。像是花木蘭與黃崇嘏兩位女子，都是有奇才的，結婚對她們來說，無疑是宣告了事業的死亡，那麼，她們的奇才豈不是英雄無用武之地，落得一場空嗎？徐渭早年，曾在家鄉組織團練抗倭，又曾被胡宗憲延入幕府，因他的奇謀，打了好幾次漂亮的勝仗。胡宗憲被誣下獄之後，他丟了工作不說，滿腔愛國的情操和滿腹經世濟民的學問無處可用，這遭遇和花木蘭與黃崇嘏的出嫁有何二致？他因此畫了一幅《墨葡萄圖》，感嘆伯樂不再，千里馬只能伏櫪哀鳴；如果再遇伯樂，他也能成名將，也能做青天！

第二，徐渭作《女狀元》時，已是暮年殘生。在他心中，有件事一直不能釋懷，就是他的元配潘氏的早逝。他雖是入贅潘家，但岳父潘克敬很看重他，他與潘氏的感情也極好，潘氏還為他生下了長子徐枚。但好景不常，這段神仙因緣只維持了 5 年，就因為潘氏患上肺疾去世，而早早結束了。徐枚對母親的死一直頗不諒解，父子關係非常不好。次子徐枳雖然對他很孝順，後來也確實有一番作為，卻和他命運類似，也是入贅岳家。徐渭對亡妻潘氏的懷念，對徐枚的無奈，以及對徐枳的惋惜，在在都躍然紙上，化為對黃崇嘏的讚美和扼腕，絕不是單純的打抱不平。

---

20 見戚世雋前引書，頁 233，引田藝蘅《留青日札》言。

21 見中央研究院中國文哲研究所研究員華瑋，〈「色情」與「賢文」的對抗──以《才子牡丹亭》為例〉。1988 年 5 月，「禮教與情慾：前近代中國文化中的後／現代性研討會」。臺北市：中央研究院近代史研究所。

　　為什麼總名要叫做《四聲猿》呢？為什麼要把這四部戲合成一部呢？這四部戲有什麼共同的主題呢？這幾個問題，我們不妨倒過來看。第一，這四部戲，其實有一個共同的主題，就是「空」這個字。

　　在《狂鼓史漁陽三弄》中，禰衡罵得過癮，但那是在陰間，禰衡活在世上之時，曹操正如日中天，他擊鼓也好，罵曹也罷，能耐得了他何？不僅如此，禰衡罵完之後，竟說：「咳，俺且饒你吧，爭奈我漁陽三弄的鼓槌兒乏！」這豈不是一場幻象，一場空嗎。在《玉禪師翠鄉一夢》中，玉通和尚數十年苦修，為的是想要掩蓋「本色」，修飾人性，沒想到最後，仍然跳不出人性的圈套，豈不是一場幻象，一場空！《雌木蘭替父從軍》與《女狀元辭凰得鳳》中，結婚之後，她們的奇才豈不是英雄無用武之地，落得一場空嗎？

　　所以，這四部戲在表面上看，雖然是四個獨立的故事，互不相連屬，是非連續的，但就主題上來說，卻又是相互連屬的，是連續的。那麼《四聲猿》之名又是從何而來呢？一般說來，常見到的解釋，是從「四聲猿猴的哀鳴」論說的。[22] 中國文學上，的確常把猿猴的叫聲，和旅人的孤寂相關聯。請看杜甫的〈秋興〉：

> 夔府孤城落日斜，每依北斗望京華；
> 聽猿實下三聲淚，奉使虛隨八月槎。

　　《世說新語・黜免》中，記載了齊桓公入蜀，部將在三峽中捉到一隻小猿，母猿在岸上一邊追船，一邊哀嚎，追上船時便氣絕身亡。部將們開膛查看，母猿的腸子早已寸斷。《水經注》中也因此收錄了一首漁歌：

> 巴東三峽巫峽長，猿鳴三聲淚沾裳。

22　如清・顧公燮，《消夏閑記》：「蓋猿喪四子，啼四聲而腸斷，文人有感而發焉，皆不得意於時之所為也。」

李白更清楚地說：

> 朝辭白帝彩雲間，千里江陵一日還；
> 兩岸猿聲啼不住，輕舟已過萬重山。

雖說猿啼聽之令人鼻酸，但我們回顧《四聲猿》中的四個劇本，《狂鼓史》中，禰衡罵來，痛快淋漓，曹操毫無招架之力，何哀之有？《玉禪師》中，玉通一心報復，既已完成，又得師兄月明和尚的點化，而成正果。皆大歡喜，何哀之有？《雌木蘭》與《女狀元》皆以女子而成大業，傳爲佳話，又何哀之有？曾有倪某作詩諷刺，說《四聲猿》是「妄喧妄叫」，徐渭也作詩回罵：[23]

> 桃李成蹊不待言，鳥言人昧枉啾喧；
> 要知猿叫腸堪斷，除非儂身自作猿。

可見徐渭將之定名爲《四聲猿》，確是從「猿叫腸堪斷」的角度衡量的。其實，這四個劇本的悲哀都是內在的。從另一方面看，這《四聲猿》的「猿」字，似乎又透露著一些「禪機」。徐渭在他的詩文中，多次提到過「猿」。例如：[24]

> 欲向天臺去，先爲剡水尋。
> 秋行萬山出，夜宿一庵深。
> 燕語調花氣，猿歸帶講心。
> 年年時梁興，送爾益沉吟。

這裡以「猿」爲喻，定與「悟道」有關，這從《西遊記》中，如來佛給孫悟空取名字便可印證。徐渭在另一篇《猿獻果羅漢畫贊》中，更是直

23　見《徐渭集》，第三冊，頁854。

24　見《徐渭集》，頁176。

接給聽說法的小猿一記當頭棒喝：

> 爲狐爲猿，予則莫察。各具佛性，而聽説法。桃實以獻，乞師轉
> 語。不昧因果，免墮野狐。

這說明了心猿意馬，本性容易迷失，甚至會掉入到「野狐禪」，唯有反求諸己，回歸「本色」，才能修成正果。《四聲猿》的四部戲，正是給小猿的當頭棒喝。從心猿到本色，終而悟道。徐渭在劇中闡揚了本色，卻也很悲觀地指出：在這個社會中，本色只是幻象，是虛妄的。這樣的矛盾顯示了一個眞性情的人，活在這個荒謬的世界中，一種無奈、痛苦、深沉的悲哀！這才是徐渭眞正的哀嘆。

就雜劇的體製規律上說，《四聲猿》也作了一些突破。首先在折數上，《狂鼓史》僅一折，《玉禪師》兩折，《雌木蘭》兩折，《女狀元》五折，都不合雜劇的體例。在套曲上，除《雌木蘭》第一折爲純粹的北套（仙呂宮），且由木蘭一人獨唱外，其餘各折均各人皆可唱，且或是雜用南曲，或是插入其他宮調的曲子，也不合雜劇的體例。

第二節
花雅之爭

——

約從清康熙末葉至道光末葉（18 世紀初至 19 世紀中葉），戲曲發展的趨勢，乃是地方戲的興起。由於地方戲的興起，一方面打破了「聯曲體」戲曲獨大的局面，而把「板腔體」戲曲推上檯面；另一方面，從乾隆末至道光末（約爲 1775-1850），出現了「花雅之爭」。所謂「花」，是

相對於「雅」而言的。而所謂「雅」，指的是崑腔。[25] 因其爲御用聲腔，特別受王公貴族及文人士大夫所喜愛，故位列雅部，其餘亂彈諸腔，則稱爲花部。「花雅之爭」即是花部與雅部爭勝，也就是主流劇種與非主流劇種爭勝的局面。

一、花雅之爭時地與分期的爭議

其實，「花雅之爭」如何定義？分做幾個回合？戰場包括哪裡？這些問題在戲曲史的研究上有許多不同的見解。陳芳在〈論清代「花、雅之爭」的三個歷史階段〉一文的前言中，就清楚地論述了這種現象。略而言之，青木正兒《中國近世戲曲史》認爲：[26] 花雅之別應該上溯到明代萬曆以前弋陽腔對崑腔的威脅。張庚、郭漢城在《中國戲曲通史》[27] 中主張：「花雅之爭」的過程分爲三個回合，第一回合是弋陽腔系統的京腔與崑腔的爭勝，第二回合主要是秦腔與崑腔爭勝，第三回合則是皮黃腔的全面勝出。陸萼庭《崑劇演出史稿》以爲，[28] 眞正的花雅之爭開始於徽班進京，而結束於同、光年間徽班大舉南下江南，崑腔正式瓦解。

如此紛歧的意見，其實根源於對觀衆群的定義並不一致，[29] 但也標誌出與「花雅之爭」有關的四個時期及兩個主戰場，四個時期分別是：

25　清·吳太初《燕蘭小譜·例言》：「元時院本，凡旦色之塗抹科諢取妍者爲花，不傅粉而工歌者爲正，即唐雅樂部之意也。今以弋陽、梆子等曰花部，崑腔曰雅部，使彼此擅長，各不相掩。」（《清代燕都梨園史料（一）》，頁 73）。

26　青木正兒：王吉廬譯，《中國近世戲曲史》（臺北：商務印書館，1982 年），下冊，頁 437-438。

27　張庚；郭漢城，《中國戲曲通史》（臺北：丹青圖書公司，1985 年），第三冊，頁 10-14。

28　陸萼庭，《崑劇演出史稿》（上海：上海文藝出版社，1980 年），頁 173-174，頁 259-260。

29　文人士大夫的審美觀與一般觀衆的審美觀大異其趣，此點應該無庸置疑。文人士大夫喜愛崑腔，而名之爲雅部，不代表所有觀衆的興趣。

（一）明代萬曆以後到清代乾隆中葉，崑腔與弋陽腔二分天下的局面。

（二）崑腔逐漸衰微，京腔與秦腔「京秦不分」的局面。

（三）乾隆 55 年四大徽班進京，皮黃在北京逐漸成為劇壇主流的局面。

（四）南派京劇在作為崑腔原鄉的江南大行其道，崑腔全面敗下陣來。

而所謂兩個主戰場，即是北京和江南（特別是揚州）。以下，便將論述「花雅之爭」的種種，包括緣起、過程、意義等。

二、崑弋之爭

明代中葉大放異采的崑山腔，在吸收了其他各大聲腔（海鹽、餘姚、弋陽、溫州）的長處之後，迅速向全國各地發展。一方面以其流麗悠遠，受到了王公貴族和文人士大夫的喜愛；一方面因為城市民眾對戲曲藝術要求的提高，也得到了廣大群眾的喜愛。最後傳到了北京，立即成為主流的劇種，而以明萬曆至清康熙間最為盛行。萬曆宮中演出，就以崑腔為主，弋腔為輔。清初順治年間，宮中曾經禁戲，康熙朝解禁後，崑山腔又復成為御用聲腔。

清代初年，崑腔已流行於全國各大城市，雍正朝曾喻令王公貴族不准蓄養戲子。[30]

> 雍正二年十二月十八日，奉上諭：外官蓄養優伶，殊非好事，朕深知其弊。非倚仗勢力，擾害平民；則送與屬員鄉紳，多方討賞；甚至藉此交往，夤緣生事。二、三十人一年所費，不只數千

---

30 轉引自朱家溍：丁汝芹，《清代內廷演劇始末考》（北京市：中國書店，2007 年），頁 20，「雍正二年十二月禁外官蓄養優伶」。

金。……家有優伶，即非好官，著督撫不時訪察。至督府提鎮，若家有優伶者，亦得互相訪察，指明密折奏聞。其有先曾蓄養，聞此諭旨，不敢存留，即行驅逐者，免其具奏。既奉旨之後，督撫不細心訪察，所屬府道以上官員以及提鎮家中尚有私自蓄養者，或因事發覺，或被揭參，定將本省督撫照循隱不報之例從重議處。

　　規定之嚴，懲處之厲可見一斑。各王公貴族家班的演員因此散布民間，轉搭江湖班演唱，而逐漸地方化。另一方面，從康熙末葉到雍、乾兩朝（1700-1774），因為社會經濟的復甦，及戲曲藝術本身的發展承傳，全國各地新興地方劇種紛紛出現。這些新興的地方劇種，雖仍未完全成熟地運用板式變化體，但其生命力之強韌，是不能忽視的。許多王公貴族與文人雅士，因為聽不慣這些戲曲的俗，難以入耳，所以稱它們為「亂彈」。所謂「雅部」，就是崑腔，而所謂「花部」，就是「亂彈」。清・李斗《揚州畫舫錄》有如下的記載：[31]「兩淮鹽務，例蓄花雅兩部，以備大戲。雅部即崑山腔；花部為京腔、秦腔、弋陽腔、梆子腔、羅羅腔、二黃調，統謂之亂彈。」

　　「亂彈」諸腔最受下里巴人的喜愛。由於農村經濟的復甦，農村演劇也極為繁勝。戲曲的觀眾組成發生了不小的變化，戲曲藉由商人的活動，被帶到各大城市，而產生了相互競爭和交流的狀況，此即所謂「戲路隨商路」。當時的揚州和北京，就成了南、北的兩大戲曲中心。北京成為戲曲中心是很容易理解的；至於揚州，則因為水運交通發達，各省的來往客商絡繹不絕，當然把各地的地方戲給帶進揚州。《揚州畫舫錄》便有如下的記載：[32]

　　郡城花部，皆係土人，謂之本地亂彈，此土班也。至城外邵伯、

31　清・李斗，《揚州畫舫錄・卷五》（臺北市：世界，1979 年），頁 107。

32　同前註，頁 130-131。

宜陵、馬家橋、僧道橋、月來集、陳家集人，自集成班。戲文亦間用元人百種，而音節服飾極俚，謂之草臺戲，此又土班之甚者也。若郡城演唱，皆重崑腔，謂之堂戲。本地亂彈，祇行之禱祀，謂之臺戲。迨五月崑腔散班，亂彈不散，謂之火班。後句容有以梆子腔來者，湖廣有以羅羅腔來者，始行之於城外四鄉，繼或於暑月入城，謂之趕火班。

從以上的描述，即可看出亂彈諸腔在揚州盛行的局面。只是當時劇壇仍以雅部的崑腔爲主流，亂彈諸腔在以板式變化爲主的體製規律上，多未發展完整，所謂「音節服飾極俚」，可見仍是在小戲往大戲邁進的路上。唯有弋陽腔可與崑腔一爭高下，而列爲亂彈諸腔之首，成爲諸腔吸收、借鑑的對象。

弋陽腔在流播到河北的高陽時稱高腔，進入北京後稱京腔。清廷利用並規範高腔，使其從花部中分離出來，繼崑腔之後，也成爲御用聲腔，而與民間的高腔分道揚鑣。康熙時，宮中所演弋陽腔已與民間的弋陽腔有了很大的區隔：[33]

> 魏珠傳旨：爾等向之所司者，崑弋絲竹，各有職掌，豈可一日少閑？況食厚賜，家給人足，非常天恩，無以可報。崑山腔當勉聲依咏，律和聲察，板眼明出，調分南北，宮商不相混亂，絲竹與曲律相合爲一家，手足舉止，睛轉而成自然，可稱梨園之美何如也。又弋陽佳傳，其來久矣，自唐霓裳失傳之後，唯元人百種世所共喜。漸至有明，有院本北調不下數十種，今皆廢棄不問，只剩弋陽腔而已。近來弋陽亦被外邊俗曲亂道，所存十中無一二矣。獨大內因舊教習，口傳心授，故未失眞。爾等益加溫習，朝夕誦讀，細察平上去入，因字而得腔，因腔而得理。

33　懋勤殿藏清聖祖諭旨，轉引自《清代內廷演劇始末考》，頁6。

當時流行的四本清宮大戲（《勸善金科》、《昭代簫韶》、《昇平寶筏》、《鼎峙春秋》）的演出本中，記錄各折演出所用腔調，大約弋陽腔占十分之三，崑山腔占十分之七。

到了乾隆時期，北京甚至有崑、弋兩腔同臺演出的情況，而稱「崑弋班」。同臺之方式有三：

（一）某一劇本專演崑腔或弋陽腔。

（二）某一劇本可崑可弋。

（三）某一劇本某幾出演崑腔，其餘演弋陽腔。

至於內廷演劇，范麗敏根據大陸國家圖書館善本室藏乾隆時內府五色抄本《節節好音》統計，86 卷中崑腔 38 種，弋腔 48 種。[34] 比起康熙朝，乾隆年間，高腔在北京已有壓倒性的勝利，崑腔則因清廷攏絡並控制文人的政策，不再出現符合時代精神的好戲，而與民眾越走越遠。至於當時的民間崑腔，似乎也為了生存，改變了演出的策略：[35]

> 鄭三官。保和武部。名載興，字蘭生，江蘇吳縣人。崑曲中之花旦也。癸卯冬入京，雖近而立之年，淫冶妖嬈如壯妓迎歡，令人酣悅臺下，好聲鴉亂不減。婉卿初至時，嘗演《吃醋》、《打門》，摹寫姑婦春情褻語，覺委鬼之《滾樓》，不過陽臺幻景，未若是之既雌亦蕩也，惜豪客難逢，徒供酸丁餓眼，以身發財豈易言歟！

這是第一回合的花雅之爭。

---

34 范麗敏，〈南府、景山承應戲聲腔考〉，《中國戲曲學院學報 25：1》，2004 年 2 月，頁 67。

35 《燕蘭小譜・卷二》（清代燕都梨園史料・冊一），頁 97。

三、京秦不分

　　由於秦腔在這段時間略勝過京腔一籌，京腔也吸收秦腔的長處，相互交流，而出現「京秦不分」的情況。《燕蘭小譜》中記錄了秦腔名伶魏長生：[36]

> 魏三。永慶部。名長生，字婉卿，四川金堂人，伶中子都也。昔在雙慶部，以《滾樓》一劇奔走豪兒，士大夫亦爲心醉。其他雜劇子胄，無非科諢誨淫之狀，使京腔舊本置之高閣，一時歌樓觀者如堵，而六大班幾無人過問，或至散去。……壬寅秋奉禁入班，其風始息。今雖復演，與銀官分部改名永慶，然較前則殺（去聲）矣。而王、劉諸人乘風繼起，亦沿習魏狀，以超時好。余謂魏三作俑，可稱野狐教主。傷哉！幸年屆房老，近見其演貞烈之劇，聲容眞切，令人欲淚。則掃除脂粉，固猶是梨園佳子弟也。效顰者當先有其眞色，而後可免東家之誚耳。

　　相傳魏長生與宮中人有染，爲免橫生枝節，有損朝廷聲譽，而在乾隆50年，下令禁演秦腔。[37]

> 五十年議准，嗣後城外戲班除崑弋兩腔仍聽其演唱外，其秦腔戲班交步兵統領五城出示禁止。現在本班戲子，概令其改歸崑弋兩腔，如有不願者，聽其另謀生理。倘有怙惡不遵者，交該衙門查拿懲治，遞解回籍。

　　當然，說魏長生與宮中人有染，這是傳說，無法證實。但禁演秦腔另一個顯而易見的理由，則是秦腔中出現了許多「淫戲」，爲了社會風氣，

36　同前註，頁124-125。

37　光緒朝《大清會典事例・卷一○三九》，轉引自朱家溍前引書，頁38。

不得不禁。[38]

> 友人言：「近日歌樓老劇冶豔成風，凡報條有《大鬧銷金帳》者
> （以紅紙書所演之戲貼於門牌，名之曰「報條」），是日坐客必
> 滿。魏三《滾樓》之後，銀兒、玉官皆效之。又劉有《桂花亭》，
> 王有《葫蘆架》，究未若銀兒之《雙麒麟》裸裎揭帳，令人如觀
> 大體雙也。未演之前，場上先設帷榻、花亭，如結青廬，以待新
> 婦者，使年少神馳目眩，罔念作狂。淫靡之習，伊胡底歟？」

魏長生因此一度被迫加入崑班，但終於毅然離京，輾轉返還四川。這是第二回合的花雅之爭。

四、皮黃擅場

魏長生回到四川，安徽的高朗亭則把安慶花部帶來北京，合了京、秦兩腔，創發了新腔，因之名其班曰「三慶」。這是第一個進入北京的徽班。高朗亭的創發新腔，證明了亂彈諸腔對群眾的影響之大，對崑、弋這兩種御用聲腔，已造成了極大的衝擊。此後在乾隆 55 年，為了慶祝乾隆皇帝八十大壽，四大徽班進京，與漢戲結合，以西皮、二黃兩腔演唱新聲，即是京劇。京劇不僅在北京大行其道，在上海也形成了海派京劇，崑腔至此，已經全面潰敗。又，道光以來，白蓮教等農民抗暴不斷，清廷終於在嘉慶 3 年（1798）及 4 年（1799），連續發布禁演花部諸腔的命令。

這是第三回合的花雅之爭。

五、梆子腔系統

從康熙末至道光末的這一百五十餘年中，亂彈諸腔蓬勃發展。除了前文提到的高腔系統及秦腔系統外，主要還有三種腔系崛起，即是：梆子

---

38 《燕蘭小譜·卷五》（清代燕都梨園史料·冊一），頁 153。

腔系統、皮黃腔系統、弦索腔系統。而其向外流播的主要功臣，就是各省到外地經商的生意人。這些生意人到一地經商，必建「會館」。如現在北京的戲曲博物館，每天晚上都有戲曲演出，觀眾買了門票進去，除了可以參觀館中陳列的戲曲文物，更可以邊吃飯邊看戲。而其前身，就是清代的「湖廣會館」。又如蘇州的戲曲博物館，其前身則是「全晉會館」。商人們在此交流情報，因為帶來了廚子，也可吃到家鄉菜；因為帶來了戲子，更可看到家鄉戲。因此有句話說：「戲路隨商路」，就是這個意思。

　　梆子腔系統源於山、陝民歌與說唱。先是演變為民間小戲，繼而在小戲的基礎上，吸收各古老劇種的藝術經驗，發展成為大戲。由於其主要的節奏樂器是梆子，故稱。康、乾以來，山、陝二省的中心地帶晉南與關中地區，戰亂頻仍，人民乃要求在戲曲中反映其反抗的情緒。其板式變化的體製規律，正可以自由靈活地表達悲壯激昂的情緒。

六、弦索腔系統

　　有關皮黃腔系統，將在下章第一節中說明。至於弦索腔，是指這種腔調的主奏樂器是拉弦樂器（戲曲的伴奏樂器中，約略可分為弦樂、管樂、打擊樂三種，弦樂中又可分為拉弦樂器與撥彈樂器）。它是以自明以來所流傳的各種小曲為基礎，在河南、山東一帶興起，早期還多用聯曲體，開封與臨清是兩中心。

　　其中以山東的柳子腔發展最快。它集合青陽、高腔、亂彈（此處指梆子腔）、娃娃、羅羅、西皮等腔，以諸腔並用的姿態形成大戲。柳子腔的最大特色在於：它一方面創造了聯曲體與板腔體綜合運用的方法，同時又存在著聯曲體與板腔體在若干劇目中分別使用的情形。

　　花部諸腔之所以能夠在花雅之爭中脫穎而出，這和花部戲的特質有密切的關聯。根據清・焦循在《花部農譚》中的說法，花部戲有三項特質：[39]

39　焦循，《花部農譚・序》，《中國古典戲曲論著集成》，第八冊，頁225。

梨園共尚吳音。花部者，其曲文俚質，共稱爲「亂彈」者也，乃
余獨好之。蓋吳音繁縟，其曲雖極諧於律，而聽者使未睹本文，
無不茫然不知所謂。其《琵琶》、《殺狗》、《邯鄲夢》、《一
捧雪》十數本外，多男女猥褻，如《西樓》、《紅梨》之類，殊
無足觀。花部原本於元劇，其事多忠、孝、節、義，足以動人；
其詞直質，雖婦孺亦能解；其音慷慨，血氣爲之動盪。

可見花部戲的題材和表達方式，都比雅部的崑腔更爲貼近普羅大眾的
審美需求。當然，崑腔只有衰落一途。整體說來，花雅之爭最大的意義並
不在劇種間的鬥爭，而在於因爲各劇種的融合與借鑑，產生了新的劇種。
也因此間接促成了北崑的形成。

第八章

京劇

　　「京劇」又稱「京戲」、「皮黃」，早年也稱爲「平劇」或「國劇」。「京劇」與「京戲」之名乃因「戲」與「劇」得相互通借；稱「平劇」是因 1949 年之前北京稱爲北平；稱「國劇」是因爲齊如山在籌辦梅劇團出國巡演的時候，將「京劇」翻譯爲 Chinese Opera，且京劇中蒐羅吸納了許多其他的聲腔劇種。但「國劇」之名頗受爭議。現今，京劇已成爲中國第一大劇種，欣賞人口遠遠超越第二大的崑劇和第三大的越劇，稱爲「國劇」應當實至名歸。

　　西皮與二黃本湖北與安徽的地方腔調，長期交流後，因乾隆 55 年（1790）萬壽盛典，進京慶壽，逐漸形成京劇，甚至在花雅之爭中脫穎而出，開創了清末以至民國初年的戲曲盛世。其體製規律、表演藝術、劇場藝術健全而完整，又不失靈活，膾炙人口的作品之多，也是其他劇種所少見的。本章第一節探究京劇的淵源、形成與流變，第二節分析其體製規律，第三節談其表演藝術與劇場藝術，第四節介紹幾部名作。

第一節
京劇的起源與演變
—

一、京劇的形成

　　京劇的前身除了徽劇和漢劇之外，崑曲、秦腔、京腔及民間俗曲，基本上，都對京劇的發生起了影響。[1] 以徽劇來說，本來唱「石牌腔（吹腔）」和「安慶梆子（又稱高撥子）」，[2] 後來也吸收了崑曲和二

1　見馬少波等主編，《中國京劇史》（北京：中國戲劇出版社，1990 年），頁 6。

2　周貽白在《中國戲劇史長編》中，認爲「高撥子」是從「弋陽腔」到「平板二黃」過渡，以其高亢強烈，擅長抒發激越之情。

黃，[3]1790年進京演出的徽班，還增加了「柳枝腔」和「囉囉腔」等流布範圍較小的地方曲調。[4]

京劇和大部分其他的地方劇種一樣，在音樂的體制上，屬於板腔體的戲曲。也就是以一、二種聲腔作為主腔，並且用許多不同板式的曲子，來表達人物細膩的情緒。京劇的主腔是「西皮」、「二黃」兩種，合稱「皮黃」。有關「西皮」的起源問題，一般沒有什麼爭議，大多認為湖北人稱戲或曲為「皮」，「西皮」就是「西來之皮」，也就是「西來之戲」或「西來之曲」。湖北省的西北是陝西省，西邊是四川省，「西皮」就是由陝西經四川傳來湖北的「秦腔」，而後成為漢戲的主腔。

至於「二黃」，解釋就比較分歧。有從地名上說的，認為湖北有黃陂、黃岡二縣，分別在武漢的東北及東南，所以稱之為「二黃」；也有就樂器來說的，認為「二黃」腔的主奏樂器是嗩吶，嗩吶是雙簧管樂器，所以稱「二簧」，又稱「二黃」。此二說都很牽強，近來學者多半認為：「二黃」乃「宜黃」一音之轉，從方言的差異及「音近訛變」的觀點看，此說頗有幾分道理。宜黃在江西臨川之南，湯顯祖〈宜黃縣清源師戲神廟記〉一文中，曾經提到「宜黃」腔。[5]但此時的「宜黃」腔仍屬曲牌體，在清初地方戲興起的過程中，由曲牌體轉變成板腔體，再從江西流播到安徽，而成為徽戲的主腔，進而「音近訛變」，成為「二黃」，應是合理的推論。

有關西皮與二黃的結合，我們可以找到下列五條資料，茲按照時間的反順序條列如下：

（一）葉調元《漢皋竹枝詞》：

3　有關二黃腔的起源說法很多，有說出自湖北黃陂、黃岡二縣者，有說出自江西宜黃者，有說從吹腔演變成四平調再變為平板二簧者。

4　見《中國京劇史》，頁46。

5　為結合弋陽腔與海鹽腔的曲牌體戲曲聲腔。

曲中反調最淒涼

急是西皮緩二黃

（二）粟海居士《燕臺鴻爪集》：

記道光 8 年至 12 年（1828-1832）間湖北漢劇演員王洪貴、李六進京參加徽班。〈三小史詩·序〉：「京師尚楚調，樂工中如王洪貴、李六以善爲新聲稱於時。」

（三）范鍇實《漢口叢談》[6]：

卷六引虞常泰〈李翠官小傳〉云：「李翠官，鄂之通城人，幼習時曲於岳郡，[7]居『楚玉部』……初『榮慶部』有臺官者，皖人，容色皎好，喜爲跌宕跳擲之劇，而李以嫵媚風流之劇匹之，一時號稱兩美云。」

（四）吳太初《燕蘭小譜·卷四》：

記崑曲演員四喜官：「愛歌楚調一番新。」

（五）檀萃《檀萃編年詩集·滇南集·律詩》[8]：

絲絃競發雜敲梆

西曲二黃紛亂忙

酒館旗亭都走遍

更無人肯聽崑曲

　　第一條資料出現在道光 19 年，[9]此處可證明：道光 19 年之前，皮黃已經合奏，且皮黃已發展出「反調」，此是音樂上的一大進步，可見皮黃合

6　此書刊行於道光 2 年。

7　岳郡即今湖南岳陽。

8　「西曲二黃紛亂忙」附註：西調絃索，由來本古，因南曲興而掩之耳。怠南曲大興，而西曲廢，無學士潤色。其間下里巴人，徒傳其音，而不能舉其曲，雜以「吾伊吾」於其間，雜湊鄙噭，不堪入耳，故以亂彈呼之。而南曲分寸毫釐與笛合拍，拍板輕重，點次分明。數百年來，南曲爲中原大雅之音，而置西腔於不論，今尙西音，殆復古乎。

9　《中國京劇史》，頁 58。認爲此詩乃作者於道光 13 年看戲的狀況，不知其所據爲何。

奏已有一段時候。第二條資料將徽漢合流的時間點提早到道光 8 年至 12
年間。第三條資料在說明徽劇與漢劇風格上的差異，漢劇多嫵媚風流，而
徽劇則擅長跌宕跳擲的武戲。第四條資料的《燕蘭小譜》成書於乾隆 50
年，徽班進京前 5 年，可見當時北京已有漢劇演出，且雖爲新聲，已有凌
駕崑曲之勢。第五條資料記檀萃在滇南任官時，曾於乾隆 49 年督運滇南
銀器晉貢。在京中所見所聞，西皮二黃已經合奏，且無人再肯聽崑曲。

　　徽班進京本爲慶壽，任務完成後並未南返，當時在京的諸多徽班
中，以三慶、四喜、春臺、和春四班較富盛名，而合稱四大徽班。四大徽
班各有特色，所謂：「三慶的軸子，四喜的曲子，春臺的孩子，和春的把
子。」隨徽班而後進京的是漢班，其演出以漢戲爲主。《中國京劇史》對
漢戲有如下的解釋：[10]

> 漢戲的歷史較爲悠久，它是清代中葉以後，在流行於湖北的清戲
> （即弋陽腔的支流）的基礎上，吸收了來自安徽的二黃腔和來自
> 甘肅、陝西一帶的秦腔發展起來的戲曲劇種。

又說：[11]

> 湖北「襄陽調（即西皮調）」的形成，加上安徽二簧調的傳入，
> 使皮、簧合奏的局面首先在湖北的漢戲中出現。

　　在四大徽班進京後，[12] 漢戲班也跟著進京，並且搭入徽班，共同演
出。有關徽漢合演的情況，《中國京劇史》中有詳細的記載：[13]

10　見《中國京劇史》，頁 56。

11　見《中國京劇史》，頁 57。

12　早在乾隆年間，已有漢班進京，藝人則有四喜官、米應先等人。可參見吳太初，《燕蘭
　　小譜・詠四喜官》。

13　見《中國京劇史》上冊，頁 63。

徽戲和漢戲，在其進入北京之前，即已有頻繁的交往，無論是在聲腔曲調、演出劇本，乃至表演藝術方面，相互影響，藝術手段以及表演風格相近似之處頗多。特別是徽、漢二戲的演員，早在徽、漢二戲進入北京之前，就有著合作的歷史，因此，漢戲演員進入北京之後，並未單獨挑班演唱，而是投身於徽班之中。漢戲演員的搭入徽班，使徽班的演出出現了許多新的變化。

緊接著，《中國京劇史》說明了漢戲班對徽班的影響，主要在於以下四點：[14]

（一）加強了演員陣容，豐富了徽班演出的色彩。

（二）奠定了腳色陣容以生為主的局面。

（三）改造並提高了皮、黃聲腔曲調。

（四）演唱語言上的改造。

這包括了軸子戲及武戲的加入、中原音韻與湖廣音的交互運用、高腔系統與梆子腔系統的融合，並且確定了以皮黃腔為主的板式變化體戲曲形式。我們可以說，京劇至此，已經成形了。

但是，皮黃腔如果缺少了「京化」的過程，就不成其為京劇了。試想：廣東的粵劇中有皮黃，臺灣的北管戲中也有皮黃，但是粵劇不同於京劇，臺灣的北管戲也不同於京劇，為什麼？就是因為粵劇中的皮黃和北管戲中的皮黃沒有經過「京化」的過程。所謂「京化」，就是既要保留皮黃的本色，又要適應北京當地觀眾的興趣，而在藝術手法上做了一些調整。這些調整包括了「十三道轍口」的建立、「上口音」及「尖、團音」的運用、四聲的運用等，將在下一節中詳論。

這期間，有三位著名的演員，對徽、漢合流，並吸取崑腔、京腔、

14　同前註。

梆子腔的長處，使之形成京劇藝術有重要的貢獻，分別是余三勝（1802-1866）、程長庚（1811-1880）、張二奎（1814-1864），史家稱「前三鼎甲」。[15]

二、南派京劇的商業演出

南派京劇以上海為中心，絕不是沒有道理的。上海以其優越的地理條件，加上數百年來戰火不侵的安定局面，早就從一個小漁港一躍而為中國南方的商業中心，甚至成為全中國最大的商業中心。明清以來，許多南來的山陝富商，都雲集在上海、蘇州一帶，隨之而來的，則是為數頗眾的秦腔戲班（又稱為西梆子）。[16]

咸豐至同治初年，里下河一帶徽班的大量南來，[17] 取代了道光中葉以來，在上海擅場的崑曲戲班。加上上海本地的灘黃小戲「花鼓戲」（又名東鄉調），可見京劇南來之前的上海，是個諸腔並奏，百家爭鳴的興盛景象。

上海之有京劇，應該在同治 6 年（1867）。英裔華人羅漢卿在同治5 年，仿北京戲園的樣式，在上海建了一座「滿庭芳」戲園，第二年開張時，羅命人往天津置辦行頭，並邀請名腳前來演出。同年，又有劉維忠建「丹桂茶園」，並命人往北京三慶班挖腳，而往廣東置辦行頭，大有打對臺之勢。於是京、津兩地的京班藝人大批南下，上海儼然漸成中國南方的

15　科舉考試中殿試前三名稱「鼎甲」，「三鼎甲」意謂三位最傑出的人物。之所以稱「前三鼎甲」，是因為幾十年後，又出現了譚鑫培（1847-1917）、汪桂芬（1860-1906）、孫菊仙（1841-1931）等三位優秀的老生，被稱之為「後三鼎甲」。

16　「西梆子」是上海人對這些秦腔戲班的稱呼，這些秦腔戲班不僅在上海的各地會館演出，同治年間更專門設立了「詠霓」梆子戲園，專門演出山西梆子。參考《中國京劇史》，頁 248。

17　「里下河」（或稱內下河）是指蘇北的揚州附近，大運河以東的寶應、高郵、興化、鹽城一帶地勢低窪的地區，因常遭水患，故稱。

京劇中心。[18]

　　京戲南來後，不僅蔚成風氣，大受歡迎，且刺激了戲園的崛起，也間接地建立了完備的戲園管理體制。[19] 京劇南來之所以能廣受上海人的喜愛，《中國京劇史》中分析出如下三點：[20]

　　（一）京班戲園為觀眾提供了新穎舒適的觀劇場所。

　　（二）京劇藝術與上海地區群眾的戲劇欣賞習慣和審美心理比較一致。

　　（三）首批南來的京班藝人腳色齊備，具有較高的表演藝術水平。

　　在京班戲園的設備方面，其建築的樣式完全仿照「廣和樓」的結構，外形宏偉而典雅，內部明亮而不擁擠。達官巨賈有「官廳」、「包廂」，平民百姓則有「樓廳」、「邊廳」等，還有茶水點心供應。至如上海觀眾的觀劇習慣和審美心理，為何會與北方來的京劇相合呢？原來京劇本江南諸地方劇種所衍生，而上海為這些地方劇種的中心，另外，京白和中州韻白的有機組合，也使得往來上海的諸外地人觀之倍感親切。

　　當然，南來的京劇再怎麼受到上海觀眾的歡迎，它仍然是「京派」，而非「海派」。有關海派京劇的形成，盧前和周貽白兩位中國戲劇史家都有相當精闢的論述。盧前在其所著《中國戲劇概論》中說：[21]

　　　　皮黃本以北京為根據地，而具有完全的規模，各處演皮黃而不合

18　見姚民哀撰，《南北梨園略史》，載《菊部叢刊》第一冊，頁 203-211。當時南來的京班演員如老生劉益增、文武老生夏奎章、熊金桂、景四寶、周長華、周長山、架子花臉董三雄、寧天吉、王攀桂、武生胖羊兒、武丑張三、青衣王桂方、花旦陳雙喜、老生兼武生楊月樓及鼓師程章甫（程長庚之子）等數十人。

19　據《南北梨園略史》的記載，上海當時的戲園有「南丹桂」、「升平軒」、「金桂軒」等。又說「滬人初見，趨之若狂」。

20　見《中國京劇史》，頁 255-256。

21　見該書，頁 272。

乎規範的，都叫做「外江派」。

上海是流行外江派的。本來，上海的外江戲與別處本來無異，但後來大排其《狸貓換太子》、《諸葛亮出世》之類的戲，於是在外江派中，變成獨具一格的海派。

　　盧的觀點似乎是認為，海派京劇之所以形成，是和「大量地演出連臺本戲」[22] 有密不可分的關係。這種說法一直頗受重視，但周貽白在《中國戲曲發展史綱要》一書中，卻有不同的論點：[23]

京劇雖源出徽班，藝人中或本為南籍，但蛻變為京劇後，已多寄籍北京。茲既南行，為了適應當地觀眾，自不能不適應當地的民情風俗而作措施。故上海的京劇，從劇目到表演形式，和北京的京劇縱無根本上的不同，而其故事取材、場子的安排，乃至人物

22　連臺本戲，又稱軸子戲，相當於戲曲中的連續劇。《中國大百科戲曲藝卷》頁 207 有如下的說明：戲曲劇目中一種連日接演的整本大戲。最早出現於民間的節慶演出。據《東京夢華錄》所載，北宋時期就有連演數日的雜劇目連戲。清代乾隆、嘉慶年間，北京劇壇也常有連臺本戲的演出，如著名的四大徽班之一的三慶班，就以擅長連演整本大戲著稱。當時清宮廷所編制的許多崑、弋大戲，如《昇平寶筏》（演全部《西遊記》）、《鼎峙春秋》（演全本《三國志》）、《忠義璇圖》（演全部《水滸傳》）等等，都是連臺本戲。由於宮廷物質條件優厚，演出極盡奢華，與同時在民間地方戲中連臺本戲的演出完全不同。清同治 6 年（1867），上海丹桂茶園建成，從北京、天津聘請名藝人銅騾子、夏奎章等到上海演出「十本新戲」《五彩輿》，這是上海演出連臺本戲的開始，此後盛況，更較北京為烈。連臺本戲由於故事連續，通俗易懂，有文有武，排場熱鬧的特點，很受觀眾喜愛。但這種形式，也往往容易產生內容龐雜、藝術粗糙的毛病。辛亥革命時期，潘月樵和夏月珊、夏月潤的上海「新舞臺」，以及歐陽予倩、汪仲賢、周信芳等，都曾運用這種形式編演過許多取材於歷史或現實生活的劇目，其中一些劇目在鼓吹民主思想，宣傳愛國主義方面起了好的作用。但在近代……連臺本戲的創作也逐漸走上了歧途，內容荒誕庸俗，光怪陸離，如《火燒紅蓮寺》、《七劍十三俠》、《彭公案》之類，濫用機關布景，玩弄雜技魔術，甚至以賣弄色情的「四脫舞」、「風流椅」以及真狗上臺、大耍蟒蛇等招徠觀眾。

23　見該書，頁 431。

的表現、唱白氣勢，都有其分別。特別是一些武劇或新排之劇，前者翻跌之沖，起打之猛，已與北京講究穩練不同；後者，突破成規，大膽創新，亦不比北京之牢守矩矱。因此，這一時期的京劇或分爲京朝派與海派。

周則純粹從「因地制宜」的基礎觀念入手，認爲之所以有「京朝派」和「海派」的區別，和各地的「民俗風情」有絕大的關係。那上海的「民俗風情」究竟如何呢？周氏接著說：[24]

> 觀劇者有兩大派，一北派，一南派。北派之譽優也，必唱工佳，咬字眞，而於貌之美惡，初未介意，故雞皮鶴髮之陳德霖，獨爲北方社會所推重。南派譽優，則曰身段好，容貌善也；而藝之優劣仍未齒及。一言以蔽之，北人重藝，南人重色而已。

> 實則京朝派和海派，各有其獨善的劇目和著名藝人，兩者頗難軒輊，如目京朝派爲近於保守，則海派實以京朝派爲基礎；如認爲海派過於火野，則京劇實由此獲得一些新的發展。尤其是京劇的推行，與其說是京津藝人的藝事精湛有以致之，不如說是上海藝人發展能力較強，營謀之心較切，因而隨處找到它的立足點。

> 以新穎之劇目，精進之唱段，華麗之服裝，鮮明之伴奏而與當地劇種爭長。

南派京劇在光緒中葉時算是已經成形了。《中國京劇史》中點明了當時南派京劇的藝術特點：[25]

（一）舞臺表演身段動作強烈，誇張的風格特點已經初步形成。

24　見周著，《中國戲曲發展史綱要》，頁 432。

25　見《中國京劇史》，頁 276-279。

（二）唱功上求靈活、流暢，適應了當時上海觀眾的欣賞趣味和要求。

（三）上演劇目的擴大和演出形式的翻新，追求戲劇的情節性和趣味性。

（四）舞臺布景裝置充分運用近代科學技術（如燈光等），追求新奇，這一時期的主要標誌就是「燈彩戲」的興起，爲後來歌舞機關、幻影布景、電光魔術等舞臺機關布景的運用開了先例。

這其中最值得注意的應該是後面兩項。以上演的劇目和演出的形式而言，連臺本戲是很重要的一環。因爲連臺本戲的演出須時多日，自然就可以表現演員的技藝特長，並利用華麗的彩頭、砌末、布景等外在的景觀吸引觀眾。

至於舞臺布景的使用，是南派京劇另一吸引人的地方。對於光緒 6 年開始盛行於上海的所謂「燈彩戲」，我們可以找到如下的一段記載：[26]

> 紅氍乍展，光分月殿之輝；紫玉橫吹，新試霓裳之曲。每演一戲，蠟燭費至千餘條，古稱火樹銀花，當亦無此綺麗。

另外在《中國大百科・戲曲、曲藝》中也對「燈彩戲」的來源和演出樣式做了說明：[27]

> 泛指戲曲演出中區別於一般傳統砌末的早期燈光、布景。又稱「燈彩砌末」或「彩砌」、「彩頭」。

> 燈彩戲大都情節離奇，有神怪出末，用彩繪的景片和燈具種種點綴、渲染，借以吸引觀眾。至二十世紀二十年代前後，漸爲寫實

26　見清・黃協塤，《淞南夢影錄》（臺北市：新文豐，1996 年）。

27　見《中國大百科》，戲曲、曲藝卷，頁 59。

布景、機關布景所代替。

其實燈彩是明末家班的遺風，絕非南派京劇所首創。清・張岱在其《陶庵夢憶》中就記了《唐明皇遊月宮》一劇中運用燈彩演出的情形。[28]後來這種目眩的演出方式之所以能在上海的商業演出中占一席之地，無非是因爲滿足了上海觀衆強烈的好奇心和新鮮感，這和興起於紹興的「的篤調」最後到了上海，改稱「越劇」，反而成爲上海觀衆趨之若鶩的新劇種，道理是一樣的。[29]

從同治 12 年的「藍佃母」、「謀得利」等西式劇院落成，引進許多西方表演藝術，直到光緒 34 年仿日式劇場「新舞臺」的啓用，加以戲劇學校的紛紛設立、民國初年諸多文藝思潮的相互衝擊，戲劇改良運動終能在民國 8 年的五四運動前後，造成了文藝界前仆後繼的新風潮。[30]

三、民國初年京劇的改良運動

傳統中國之所以能形成儒釋道一體的「文化霸權（cultural hegemony）」，靠的主要是「宗教」和「戲曲」；但統治階層對「宗教」相對地比對「戲曲」關心得多。[31]義和團亂後，宗教迷信爲知識分子排斥與揚棄，相對地著重戲曲的「啓蒙」作用。戲曲改革就成爲了 1900 至 1920 年代的新論域。[32]

在這段時期中，諸大學問家如胡適、傅斯年等人，從西方美學的觀

28　見張岱，《陶庵夢憶・卷五》「劉暉吉女戲」條，頁 73-74。

29　見《中華戲曲誌浙江卷》（北京市：中國 ISBN 中心，1997 年），「越劇」條，頁 113-116。

30　參考《中國京劇史》，第八章。

31　見李孝悌，〈從中國傳統士庶文化的關係看二十世紀的新動向〉，刊中研院《中國近代史研究所集刊：19》，頁 299-339。

32　見李孝悌，〈清末下層社會啓蒙運動，1901-1911 年〉，刊中研院《中國近代史研究所集刊：67》，頁 149-168。

點，全盤否定了戲曲的價值；相對的，也出現了一批極力維護戲曲的學者，如張厚載、趙太侔、余上沅等人。另外，更有歐陽予倩、齊如山、焦菊隱等人中西合璧，賦予傳統戲曲以現代化的意義。對於當時戲曲改革的實務，我想應該是奠基在下列三點上的：[33]

（一）戲劇學校的紛紛設立，培養了京劇的演出人才。

（二）京劇期刊的產生，及新文藝思潮的蜂起，刺激了京劇改良理論的提出。

（三）文人作家的蝟興，提升了劇作的文學性。

就第一點來說，光是上海一地，就有六所戲劇學校，有科班的形式，也有西式學校的形式。北京、天津等地，也有不少戲曲學校，這對戲曲人才的培養，有著很深遠的影響。像是北京的「富連成」，日後兩岸許多知名的戲曲演員，都出自這個科班。

就第二點來說，19世紀末到20世紀初，列強打開了中國的大門，「改良運動」已成風氣，文化藝術的「改良運動」主要呈現在「詩界革命」、「新文體運動」、「小說界革命」。胡適創辦《新青年》，徐志摩主編的《晨報副鐫》，陳去病、汪笑儂等人的《二十世紀大舞臺》[34]，在在都呈現了京劇改良理論的發達景象。

與理論相輔相成的，就是新編或改編的京劇作品。在民國以後一直到抗戰以前，可以說是京劇的鼎盛時期。[35] 這段時期中，不僅名演員輩出，

---

33 見《中國京劇史》，頁291-324。

34 此為陳等在1904年10月於上海創刊，是第一本專門性的京劇期刊，宗旨為：「以改革惡習，開通民智，提倡民族主義，喚起國家思想為唯一之目的。」雖然本刊只發行了兩期便被清政府查封，但不可否認，它的誕生反映了上海當時諸多新編京劇的理論需求，也反映了京劇改良運動在上海的蓬勃發展。

35 《中國京劇史》中卷將京劇的鼎盛時期界定在1917至1937間的20年，也就是從五四運動前後一直到抗日戰爭爆發的這段時間。

京劇的編劇中也出現了不少受過高等教育，甚至留學國外的學者。最不可不提的，就是齊如山先生。他的《齊如山全集》[36]10 鉅冊，早為劇界及學界公認為最有價值的京劇基礎理論叢書。但齊如山先生對劇界最大的貢獻，還在於襄助梅蘭芳整理舊劇目、創作新劇目、嘗試排練時裝戲，並跟隨梅劇團兩次訪日、訪美、訪蘇聯[37]。前立法委員張道藩先生在為齊如山的《國劇概論》一書作序時，整理出齊如山的重要劇作如下：[38]

牢獄鴛鴦	嫦娥奔月	上元夫人	天女散花
洛神	黛玉葬花	晴雯撕扇	俊襲人
廉錦楓	木蘭從軍	西施	春燈謎
一縷麻	太真外傳	霸王別姬	紅線盜盒
鳳還巢	生死恨	空谷香	桃花扇
童女斬蛇	緹縈救父	新請醫	新項磚
珍珠塔	團花鳳	雙珠記	群美集豔
征衣緣	新打城隍	新送京娘	勾踐復國
新三娘教子	春秋配	宇宙鋒	遊龍戲鳳
天河配	竊符救趙	二度梅	

這些劇作或為創作（《勾踐復國》以上），或為改編（《二度梅》以上），許多都還在上演，而且膾炙人口。有了這群文人作家的加入，國劇劇本一脫原先的胡鬧陋習，而走向文學戲劇的道路。

36　這套書由聯經公司出版。1997 年 6 月，北京「中國戲曲學院」院長周育德先生來臺參加由中研院文哲所舉辦的「明清戲曲國際研討會」，曾私下談到，齊如山先生的京劇論著絕不止此十冊，大陸上還有許多資料，是全集沒有收錄進去的。

37　梅劇團兩次訪日的時間分別在 1919 年及 1924 年，訪美在 1930 年，訪問蘇聯在 1935 年。幾次出國訪問都成功地將京劇推向世界，特別在 1935 年的訪蘇之行，造成歐洲劇界極大的震撼，德國詩人布萊希特（Bertolt Brecht）的「疏離」理論雖不同於京劇，但受京劇啟發，則是無庸置疑的。

38　見齊如山，《國劇概論》，文藝創作出版社 1953 年出版，中華文藝獎金委員會叢書，文藝理論集第一集，序三。

四、1949年後大陸地區戲曲改革的過程與現況

根據蕭眞美在〈大陸京劇發展與兩岸交流〉一文中，將大陸地區戲曲改革的過程分爲三個時期，一是文革前，又分爲「平穩有效的八年」（1949-1956），「曲折多變的八年」（1957-1964），二是文革期間（1966-1976），三是文革之後。[39]

在「平穩有效的八年」中，由於毛澤東爲「中國戲曲研究院」題的兩句口號：「百花齊放，推陳出新」，中共正式於 1951 年 5 月，提出戲曲改革的主要內容爲「改戲、改人、改制」。[40]

在「改制」方面，革除了傳統梨園行的一些陋規，這包括了如下幾點：

（一）取消「經勵科」。

（二）取消養女制，改善師徒關係。

（三）取消撿場、飲場，及舞臺上的醜惡形象。

（四）劇團漸變爲國營。

（五）著名藝人高薪，使能無後顧之憂地從事創作。

在「改人」方面，這一時期的京劇演員，旦行中四大名旦的表演藝術已達爐火純青的地步；後進如張君秋、言慧珠、童芷苓、杜近芳等人，也已享譽舞臺。至於老生，則有麒麟童、馬連良、唐韻生、譚富英、奚嘯伯、楊寶森、李少春等人。淨腳有侯喜瑞、郝壽臣、袁世海、裘盛戎等。丑腳中最有名氣者則爲蕭長華。

除了已成氣候的名腳外，中國戲曲學校（即今天北京「中國戲曲學院」的前身）在培養後進的工作上，也有相當的貢獻。梅蘭芳和「通天教

39　見〈大陸京劇與兩岸交流〉，刊載於《中國大陸研究》，36：9。

40　見周令飛，《夢幻狂想奏鳴曲》，頁 184。

主」王瑤卿都曾先後擔任過這個學校的校長，培育出無數優秀的京劇演員。

另外，在「改戲」上，將傳統劇目分類、整理，是這個時期的重點。[41] 〈大陸京劇發展與兩岸交流〉一文對這一時期劇目的特點提出如下的看法：[42]

1. 以傳統戲爲主，只有爲數不多的新編歷史故事戲，還沒有出現表現現實生活的現代戲。

2. 各個流派的代表劇目，大都已經在舞臺上露面。

3. 有一大批傳統劇目經過加工處理，保持了傳統戲的精華，剔除了庸俗的零碎，而有利於京劇健康的發展。如裘盛戎主演的「姚期」，由於他刻意追求表現「伴君如伴虎」的沉重心情，戲的內涵豐富了，表演和歌唱就顯得生動又深刻了。

4. 新編戲、改編戲、移植戲數量雖不算多，但成功率大。

在「曲折多變的八年」中，1957 年的「反右派」運動，1958 年的「大躍進」和「人民公社」運動，1959 年的「反右傾」，以至 1962 年以後到文革前的「極端左傾」，使本來可以走到黃金時期的戲曲，卻因而不知所措。一方面來自於戲曲政策搖擺不定，一方面則是不少藝人被扣上「右派」的帽子而遭到整肅。[43]

在左傾的政策下，戲曲成了政治鬥爭的工具。而左傾政策的結果，也使得京劇界產生了「以現代戲爲綱」、「排斥傳統戲」、「寫中心、演中心、唱中心」的怪誕現象，連梅蘭芳、譚富英等大家都免不了要唱上兩句

41　中共華北戲劇工作委員會，在 1948 年曾針對所有的傳統劇目，提出「有利、無害、有害」的三分法，並在 1950 年禁演了 26 出戲；但在 1956 年又整理出大量的傳統劇目。

42　見蕭眞美前引文，頁 59。

43　見申鳳變，《中共文藝政策與文化戰線運作之研究》，頁 96-139。

現代戲。[44] 當然，在文革前，大陸的文化部門確定了「現代戲、傳統戲、新編歷史劇」三並舉的劇目政策，[45] 但仍以頌揚共產主義或紅軍勝利的時裝現代戲爲主，像是《紅色娘子軍》、《白毛女》、《六號門》等。而間接地也促成了文革期間江青主導的八大「樣板戲」的產生。[46]

所以，直到文革結束，戲曲在大陸都只是政治鬥爭的工具，像是吳晗的《海瑞罷官》以及《海瑞罵皇帝》，爲他帶來了殺身之禍，原因無他，只是被懷疑影涉彭德懷與毛澤東之間的矛盾。文革結束後，大師凋零，傳統劇目雖受歡迎，但京劇人才的青黃不接，加上外來文化的引進和刺激、傳統劇目的減少等諸多因素，都造成了新編歷史劇和現代戲的產生。

五、1949年後臺灣地區戲曲改革的過程與現況

與中國大陸的情況恰恰相反，臺灣地區在民國 38 年政府遷臺後，因爲政策的穩定，傳統戲曲也持續穩定地發展。來臺近 50 年，戲曲的發展無疑地偏向京劇。但近年來，由於本土意識的高張，歌仔戲等臺灣民間小戲，也有逐步發展爲大戲的趨勢。不過，從另一個角度看，京劇在臺灣，也像在大陸一樣，淪爲政治宣傳的工具。

在這 50 年的京劇發展中，民間劇團、軍中劇隊、劇校、電視國劇和兩岸京劇界的交流，都爲臺灣的京劇奠基與創新，做出了不可抹滅的貢獻。先以民間劇團來說，民國初年就有來自上海的戲班，但只做短期的停留，演罷仍返回上海。臺南的「金寶興科班」算是第一個臺灣本土成立的京劇團。[47] 光復後，民國 35 年由客家人組成的「宜人京班」是第一次組團

44　見周令飛前引書，頁 188。

45　這項政策在 1960 年確定，卻在 1962 年遭否定，許多歷史戲和鬼戲都遭到批判，如《李慧娘》和《謝瑤環》等。

46　八大樣板戲分別爲：《智取威虎山》、《紅燈記》、《沙家濱》、《紅色娘子軍》、《海港》、《龍江頌》、《奇襲白虎團》、《白毛女》。

47　見毛家華，《京劇二百年史話》上冊，頁 115。

在臺北演出的本土京班。另外，在臺灣光復前後，宜蘭地區許多醫生、富商、學校的老師，或因對祖國文化的嚮往，或因為附庸風雅，對京劇頗有興趣，組成了許多的票友京班，定期排練，也不以演出為目的。

至於由大陸來臺的演出，則以顧正秋所領銜的「顧正秋劇團」最為有名，陣容也最堅強。後來臺灣京劇界的一些名伶，旦腳如顧正秋、張正芬；老生如胡少安；丑腳如周金福、于金驊，甚至名噪一時的鼓王——侯佑宗，都出自這個劇團。顧劇團自民國 37 年 12 月來臺後在臺北的永樂戲院演出，一直維持了四年半之久，直到民國 42 年夏天，才因為劇目突破不易，且僅侷限在臺北一地演出，導致票房不足而解散。

由於受到電影電視等媒體的強大衝擊，加上傳統戲曲的劇情、身段、唱腔及虛擬的寫意美學不易討好年輕一輩的二度西潮，[48] 則觀眾的流失使京劇的推展遭受極大的影響。而年輕一輩的京劇演員在傳統與創新中游走、矛盾，有些隨波逐流，有些力圖創新，更在創新的方向上，呈現出五花八門的繁盛景象。如郭小莊的「雅音小集」，企圖將西方舞臺設計的概念引入京劇，並在文武場中增加西方樂器中的低音弦樂如大提琴、低音大提琴等，以中和京胡的高亢。又如吳興國與魏海敏的「當代傳奇劇場」，除了繼續「雅音小集」在舞臺技術上的革新之外，更重要的是改編外國劇本，如《慾望城國》改編自莎士比亞的《馬克白》；又如文化大學國劇組，也曾演出改編自《李爾王》的《分疆恨》；再如魏子雲曾改編法國劇作家尤涅斯可的荒謬劇《椅子》為《席》。這些改編之作，都企圖在文學性上，提高傳統京劇的可看性。近年來國光劇團在藝術總監王安祈的帶領下，也不斷進行各種戲曲現代化的實驗。像是改編舊劇，如京劇老戲《九更天》改為《未央天》、《御碑亭》改為《王有道休妻》；又像是創編歷史劇如《三個人兒兩盞燈》；甚至如將張愛玲的小說〈曹七巧〉改編

48　馬森先生認為中國近代的第一度西潮，是從清末一直到民國初年，近年來崇洋之風日盛，應可稱之為二度西潮。

成《金鎖記》。這些表演藝術家們，在京劇革新上的成就，主要可以歸因於以下數端：

（一）軍中劇隊的貢獻。

（二）戲劇學校的培育。

（三）文學家參與劇本的編寫工作。

（四）兩岸京劇的交流。

早在抗戰時期，有些部隊中就設有劇隊或康樂隊，其中一部分隨軍來臺，在顧劇團解散後，大部分的成員便加入這些劇隊，如顧劇團的老生胡少安就加入了海光劇團。這些劇隊分別隸屬於陸、海、空、聯勤總部，[49] 共四個團隊，包括：

（一）大鵬國劇隊。

（二）海光國劇隊。

（三）陸光國劇隊。

（四）明駝國劇隊。

民國 54 年 4 月，國防部舉辦第一屆國軍文藝大會，標舉出許多文藝政策，有關京劇的有如下數點：[50]

（一）各團隊除每月勞軍作業計 15 場外，每 3 個月輪值一次在國軍文藝活動中心對外演出 7 天。

（二）每年 10 月舉行國軍文藝金像獎大公演，選出最佳生旦各二名、淨丑及最佳配樂各一名、最佳團隊一名。

49　本來還有大宛國劇隊、龍吟國劇隊，屬於軍團級的藝工隊，以及干城國劇隊，屬於臺中陸訓司令部，均遭解散，併入其他團隊。

50　見毛家華前引書，頁 177。

（三）獎勵國軍人員創作劇本，並公開對外徵求新創劇本。

（四）國防部設「國劇指導小組」（後改爲「振興國劇發展委員會」），從事輔導各軍中劇團演出及整編老劇本之工作。

後來各軍中劇團雖再經合併而成現在的「國光劇團」，劇校也從原來的 4 所專職學校、3 個科系[51]減併爲 1 所專職學校、2 個科系（復興劇校、國光藝校國劇科、文化大學戲劇系國劇組），民國 88 年 7 月，更將復興與國光二校合併，成爲臺灣戲曲專科學校。（民國 95 年 8 月，臺灣戲曲專科學校改制爲學院）但國軍文藝金像獎的大公演，不僅培植了優秀的演員，也培植了優秀的編劇，如張啓超先生、及現在國光劇團的藝術總監王安祈教授，都曾在國軍文藝金像獎中嶄露頭角。這些受過專業文學訓練的專家參與京劇劇本的編寫，確實成爲京劇藝術的生力軍。

此外，民國 51 年臺灣電視公司創立後，電視國劇也爲京劇在臺灣的前途做出了貢獻，除錄影轉播現場演出外，更在電視臺本身的攝影棚，邀請相關團體錄製京劇播出。國立藝專戲劇科國劇組就曾與臺視長期合作，至臺視攝影棚錄製演出。電視國劇因有字幕，且深入家庭，不可否認地，對初次接觸京劇的觀眾來說，是最佳的選擇。

至於兩岸京劇界的交流，除了演技上的切磋之外，新編或改編劇本的流通，以及學術上的交流，才是最大的意義。新編或改編劇本的流通在解嚴後的初期，三軍劇隊及復興劇團大量演出 1949 年以後大陸新編和改編的本子，但多爲自己照著錄音帶學，且不得不對劇中的文字有所更動。[52]

---

51 四所高職爲大鵬、復興、陸光、海光，三個科系爲國光劇藝學校國劇科、中國文化大學戲劇系下設國劇組，國立藝專（現國立臺灣藝術大學的前身）先後兩次（民國 44 年、民國 71 年）設置國劇科。

52 見曾師永義撰，《兩岸傳統戲曲交流之現況與展望》，收於《論說戲曲》，頁 296-297。

第二節
京劇的體製規律
——

　　京劇曾被稱之爲「國劇」，其體製規律具備了大戲的規模，又發揮了小戲可以靈活運用的特長。所以從四大徽班進京慶壽以後，上到西太后，下到販夫走卒，無不爲之痴狂，其間縱有新派文人如胡適、傅斯年等人，以西方的審美觀，大力抨擊「舊劇」的不是，卻仍然無法撼動京劇在各階層群眾心中的地位，其吸引力可見一斑。以下將從句法、腔調與板式、自報家門的出場程式、音韻及唸法、腳色等方面，探討其體製規律。

一、句法

　　京劇的音樂體制，已如前述，是屬於板腔體。和這種體制相對應的文學體制，即是「詩贊系」。「詩贊系」的句法都是整齊句，也就是每一句的字數相等，偶有不等，則是加了襯字。京劇的唱詞多爲七字句與十字句，其中七字句爲基礎，十字句乃是從七字句上增三字而來。試各舉一例如後，七字句如：

> （倒板）讒臣當道謀漢朝，（原板）楚漢相爭動槍刀。^漢高祖咸陽登大寶，一統山河樂唐堯。……（《打鼓罵曹》生唱西皮倒板轉原板）[53]

十字句如：

> （慢板）楊延輝坐宮院自思自嘆，想起了當年事好不慘然。我好比籠中鳥有翅難展，我好比虎離山受了孤單；我好比南來雁失群

53　原板後接快板，略。

飛散，我好比淺水龍困在沙灘。想當年沙灘會（二六）一場血戰，
只殺得血成河屍骨堆山，只殺得眾兒郎滾下馬鞍，只殺得楊家將
東逃西散。……（《四郎探母・坐宮》生唱西皮慢板轉二六）

不管是七字句或是十字句，都可拆解爲適當的音步。如七字句可以拆
成 43 或 34，而以 43 爲常格，十字句則通常都是 334 的結構。[54]

二、腔調與板式

京劇所用腔調計有：二黃（52）、反二黃（15）、西皮（63）、反
西皮（26）、四平調、南梆子等。[55] 二黃的節奏比較緩慢，多用在感嘆與
悲哀的場景，用來表現端莊凝重的成分，其深厚之處，遠非西皮所能及。
西皮的表情能力很強，任何戲裡都可以用，它的節奏能緊能慢，無論悲、
喜、恨、愛、莊、諧，都可以適用。反二黃則可以用來表達悲痛的感情，
如生腳的《碰碑》，旦腳的《祭江》等。反西皮據說是譚鑫培從旦腳的
二六改造而成的，也多用在悲哀、祭靈、生離死別、或泣訴的場合，如
《魚藏劍》、《連營寨》等。四平調脫胎自吹腔，原由笛子伴奏，可以表
達多種情緒，如《戲鳳》中表調笑，《殺惜》中表憤恨，《瓊林宴》書房
一段表悲苦，《出箱》時兼表滑稽，但大多是風流瀟灑。南梆子乃是用京
胡伴奏，演唱梆子，與西皮性質是相同的。但只用於旦腳或小生，表現抒
懷、思索。

至於板式，就是指節奏的形式而言，節奏稱之爲板眼。比之西樂

---

54 不同的音步構成方式會產生不同的節奏感，如每句最後一個音步的字數是奇數，稱之爲
單式音節，若是偶數，則爲雙式音節。單式音節的節奏較快，雙式音節則較慢。曾師永
義最常舉的例子就是蘇軾【水調歌頭】中的「轉朱閣，低綺戶，照無眠」，此是雙式音
節，表現作者在月夜對蘇轍的思念，節奏是慢的，如果要成爲單式音節，改作「朱閣
轉，綺戶低，無眠照」，則節奏變得輕快，像是月亮在跳舞一般，哪裡見得到思念弟弟
的哀傷呢？

55 括弧中的數字爲胡琴的把式，（52）表示胡琴的內弦定爲 Sol，而外弦定爲 Re。

中，各種節奏形式的術語來看：一板三眼就是 4/4 拍，一板一眼就是 2/4 拍，有板無眼則是 1/4 拍。下表是京劇中的各種腔調，所運用的各種板式。透過腔調與板式的搭配變化，就能精準地表現出劇中人物複雜的感情。

表 8-1　京劇中各腔調所屬板式

腔調	板式					備攷
二黃	慢三眼	倒板	迴龍	原板	垛板	1. 散板的特色乃在緊打慢唱。
	快三眼	搖板	散板	碰板		2. 反二黃倒板原與二黃倒板同，後來漸生差異。
西皮	慢三眼	倒板	原板	二六	快板	
	快三眼	搖板	流水	散板	頂板	
反二黃	慢三眼	倒板	原板	搖板	快三眼	
四平調	三眼板	一眼板				
南梆子	三眼板	一眼板	倒板			
反西皮	原板	二六	倒板	搖板		

茲將幾種主要的板式之節奏、用法等說明如後：

（一）倒板：「倒」又作「導」。節奏較慢，拖腔很長，尾聲越翻越高。其用法如劇中人聽到某一消息，在極度的驚嚇，或昏厥醒來後。有時也利用來表現劇中人遠道而來。前者如《四郎探母・坐宮》，鐵鏡公主威脅楊四郎說出眞實身分，否則就要他的腦袋，楊四郎接唱西皮倒板：「未開言不由人珠淚滿面。」後者如《武家坡》，薛平貴在幕後唱：「一馬離了西涼界。」

（二）慢板：大多抒情之用，在一段曲詞中，通常有幾句傑作，稱之爲花腔。

（三）原板：不快不慢，有承上啓下的功能。（前承慢板，後轉二六、流水、或快板）劇中敘事、表情、寫景皆可用。

（四）二六：一板一眼，節奏較爲緊湊。句子中間沒有太長的胡琴

過門，不受句子多少的限制。多用在敘述、申辯、寫景，或表現內心的情緒。

（五）流水：節奏較爲緊湊，敘述性較強，適合輕鬆愉快或慷慨激昂的情緒。

（六）快板：節奏急促，比流水更快。多在情緒激昂處用之。

（七）搖板：緊拉慢唱，有板無眼，跨板伴奏。

（八）散板：慢拉慢唱，唱一句便打一聲鑼。

（九）迴龍：附屬於倒板、哭頭、或散板，很少獨立唱出，多表現委婉哀怨的情緒。如《四郎探母·見娘》，楊四郎唱：「娘啊！（唱西皮哭板）老娘親請上受兒（轉迴龍）拜。（轉二六）」

京劇雖然大體採用板腔體，但仍然有些地方用到曲牌。這些曲牌大多從崑劇中吸收而來，有純器樂曲，也有帶唱詞的。[56] 曲牌可以按照所表現的內容和情緒或是所用的樂器來分類。用所表現的內容和情緒來分，可分爲神樂、宴樂、舞樂、軍樂、喜樂、哀樂等六類。用樂器分可以有笛子、嗩吶、胡琴三類。笛子曲牌又稱之爲「細吹牌子」，多在所保留的崑劇劇目中，更衣、宴會、行禮、梳妝等場面使用，大約有三十多隻，如【山坡羊】、【漢東山】、【小開門】等。嗩吶曲牌又稱之爲「粗吹牌子」，多用在開臺之時，如【一枝花】、【將軍令】、【哪吒令】等。胡琴曲牌多由崑曲中的笛子曲牌、嗩吶曲牌移植過來，如【小開門】、【萬年歡】等。

三、自報家門：「引子—定場詩—表白」的出場程式

這是京劇人物第一次上場的陳套，但僅主腳第一次出場時必須使用

---

56 這些帶唱詞的曲牌因爲用較大的字體把唱詞記錄在工尺譜旁邊，所以又稱之爲「大字曲牌」。

全套，其他的人物上場，則可視情況安排。主腳如《四郎探母》中的楊四郎，在「坐宮」一場初次上場，先唸引子兩句：

金井鎖梧桐，長歎空隨一陣風。

第一句唸，第二句吟。接著唸定場詩四句：

沙灘赴會十五年，雁過衡陽各一天。
高堂老母難得見，怎不叫人淚漣漣。

接著是表白，說明他的身世、流落番邦的原因、探母的「意志（will）」、探母的動機：

本宮，四郎延輝。山後磁州人氏，我父令公，我母佘氏太君，所生我弟兄七男。只因十五年前，沙灘赴會，只殺得我楊家四走逃亡！本宮被擒，改名木易。多蒙太后不斬，反將公主匹配。昨日，韓昌奏道：蕭天佐在九龍飛虎峪，擺下天門大陣。宋王御駕親征，六弟掛帥，聞聽老娘，押糧前來。我有心，過關見母一面，怎奈，關口阻攔，插翅不能飛過。思想起來，好不傷感人也！

接下來的一大段西皮慢板轉二六（見前引），在敘事上並沒有進展，在抒情上，卻能更深入楊四郎的內心，更精準地表現他的情緒。

其他次要腳色登場或可省略引子，如《蘇三起解》一劇，老衙役崇公道的初次上場，先唸定場詩四句：

你說你公道，我說我公道。
公道不公道？^{吠！}自有天知道。

接著表白：

在下崇公道，在洪桐縣當差。因爲我上了幾歲年紀，爲人又老成，縣太爺命我代管女監。這且不言，按院大人在省中下馬，命我將蘇三解往太原複審。時候不早了，監中走走，官事官辦！

所謂引子，就是由出場的主腳，用幾句對仗排比的話，說出劇情大概，或說明自己的身世、處境、技能、事業等。引子又可分爲「小引子」與「大引子」，字數少者爲「小引子」，字數多者爲「大引子」。「小引子」如《法門寺》之劉瑾：「腰橫玉帶紫羅袍，赤膽忠心保皇朝。」僅 2 句 14 字；「大引子」如《空城計》之孔明：「羽扇綸巾，四輪車，快似風雲；陰陽反掌，定乾坤，保漢家，兩代賢臣。」定場詩介於引子與表白間，內容承上啓下，不外言志、敘事、寫景、抒情、諷世等作用。多爲五、七言四句，偶有六言的。如《宇宙鋒》中，趙高之定場詩爲「世人道我奸，我道世人偏；爲人若不奸，哪得富貴全。」表白內容多在向觀眾以人物的身分自我介紹。

四、音韻及唸法

京劇中特殊的音韻和唸法，正是皮黃「京化」的主要內容。前節曾經言及：所謂「京化」，就是既要保留皮黃的本色，又要適應北京當地觀眾的興趣，而在藝術手法上做了一些調整。這些調整包括了「十三道轍口」的建立、「上口音」及「尖、團音」的運用、四聲的問題。

（一）「十三道轍口」

「十三道轍口」是京劇用韻的依據，由於這只是民間約定俗成的一種韻部分類系統，雖然接近口語，容易運用，但比之《中原音韻》，韻腳很寬，不很符合聲韻學的原理。

茲將「十三道轍口」與《中原音韻》所規定的韻部，列表統計如下：

表 8-2　「十三道轍口」與《中原音韻》韻部比較

十三轍（十三韻部）												
東中	江陽	一七	姑蘇	灰堆	懷來	乜斜	發花	梭坡	遙條	油求	人辰	言前
中原音韻（十九韻部）												
東鍾	江陽	支思、齊微（一部分）	魚模	齊微（一部分）	皆來	車遮	家麻	歌戈	蕭豪	九侯	真文、庚文	先天、寒山、桓歡、廉纖、監咸

（二）「上口音」

　　所謂「上口音」，就是指與北京話不同的聲調和讀音而言，包括古音字和方音字。如「喊」，京劇韻白讀作ㄒㄧㄢˇ，「臉」讀作ㄐㄧㄢˇ，都是古音的念法；「六」讀作ㄌㄨˋ，是安徽方言。「上口音」中的齒音，又另稱「尖音」。簡單地說：凡是聲母為ㄗ、ㄘ、ㄙ的字，都要讀成尖音，聲母為ㄐ、ㄑ、ㄒ的字，都要讀成團音。趙元任就說過：[57]

> 在皮黃戲劇裡頭，用了所謂中州音，不是北平音，要分尖團。所以在北平生長的要學唱戲，他得特別每個字都重新學一道，碰到ㄐ、ㄑ、ㄒ的字，得要知道：尖音要改成ㄗ、ㄘ、ㄙ；團音就照原來的念法ㄐ、ㄑ、ㄒ。

　　另外，羅常培在〈舊劇中的幾個音韻問題〉一文中，將這個問題解釋

57　趙元任撰，《語言問題》，頁98。

得更爲詳盡：[58]

> 凡是屬於古精、清、從、心、邪五母齊齒撮口兩呼的字，換言
> 之，就是用注音聲符ㄗ、ㄘ、ㄙ和元音ㄧ、ㄩ或介音ㄧ、ㄩ所併
> 成的字叫做尖音；凡是屬於古見、溪、群、曉、匣五母齊齒撮口
> 兩呼的字，換言之，就是用注音符號ㄐ、ㄑ、ㄒ和元音ㄧ、ㄩ或
> 介音ㄧ、ㄩ所拼成的字叫做團音。凡是不合於上列兩個條件的都
> 和尖團沒有關係，可以不必混在一起來講。

這也就是說：在北平方言裡不讀ㄗ、ㄘ、ㄙ，而在京劇中要讀成ㄗ、ㄘ、ㄙ的，只限於以ㄐ、ㄑ、ㄒ和元音ㄧ、ㄩ或介音ㄧ、ㄩ拼合的一類字。像是「見」、「欠」、「現」，在京劇的韻白中，就要讀作「ㄗㄧㄢˋ」、「ㄘㄧㄢˋ」、「ㄙㄧㄢˋ」。

爲什麼京劇的韻白要用尖團音，而不直接照著北京話的發音唱唸呢？因爲戲曲的舞臺語言與日常生活的語言不同，是要讓觀眾聽得清晰，北京話中的團音太多，要是全照著北京話唱唸，聽來好像嘴裡咬著一個雞蛋在說話。再說，京劇的觀眾不一定是北京人，如果全用北京話唱唸，聽不慣北京話的觀眾會覺得太膩，這對其發展來說，足以造成負面的影響。因此，京劇中的說白，有以北京話說的「京白」、用十三轍說的「韻白」，和以各地方言說的，如「蘇白」、「魯白」等。表面上看，上口音與尖團音的問題，應該是演員的修養。但是劇作者如果不清楚其中的奧祕，在修辭上，必定難以「傳神」。

（三）「四聲」

至於「四聲」的問題，是外國人學中國話最難學的地方。所謂「四聲」，就是指字音的四種「聲調」，亦即國語注音中的第一聲、第二聲、

58　刊載於《東方雜誌》，33卷第一號。

第三聲、第四聲，也就是北京話裡的陰平、陽平、上、去四聲（北方方言中，很早就已經沒有入聲字了）。京劇是在北京產生的劇種，當然使用陰平、陽平、上、去四聲作爲韻白的聲調。記錄調值的方式有很多，趙元任曾發明「五度制」，也就是畫一個縱座標，分成五格，如表 8-3 所示。

則陰平的調值是 55，陽平是 35，上聲是 214，去聲是 51。但這是北京話的四聲，在京劇的演出中，北京話只出現在京白中，無論韻白或唱詞，大多時候是使用中州音和湖廣音（武漢音）。十三轍和中州音是分不開的，中州音的調值又和湖廣音最爲接近，所以十三轍的聲調應該以湖廣音爲基準。

表 8-4 是湖廣音的調值座標圖。則陰平的調值一樣是是 55，陽平則變成 213，上聲成了 42，去聲是 35。除了陰平與北京話相同之外，其餘三聲皆不同於北京話。這也是爲什麼從小學國語（北京話）長大的我們，開始接觸京劇，會很難聽得懂的原因。至於入聲字呢？大部分的入聲字都已經劃分到四聲之中。陰平如「出入」的「出」、「親戚」的「戚」，陽平如「伯父」的「伯」、「叔姪」的「叔」，上聲如「北方」的「北」，去聲如「嚴肅」的「肅」。

表 8-3　北京話聲調圖

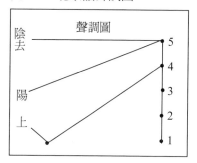

表 8-4　湖廣音聲調圖

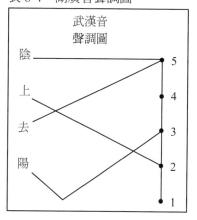

另外一個值得注意的問題，是同聲調的字聯用的問題。用得好時，可使語氣加強，用得不好，卻會詰屈聱牙。例如：急煎煎、淚潛潛、汗涔涔、來來來、去去去，這些詞彙，仍然可以唸作本調，而且可以加強語氣；如果聯

用兩個上聲，甚至三個上聲，就非變調不可，例如：「總統」的「總」要讀作陽平、「你打我」的「打」要讀作陽平。寫作修辭上，此點不可不慎。

五、賓白

京劇中的韻白約可分為表白、自白、背白、夾白、對白等五種，表白已如前述，茲將其他四種，分述如下。

（一）自白

一人自說自話，表明自己的心意。如《九更天》之馬義，為主申冤後，一人在場上所言。

> 哎呀，且住。好一個清如水明如鏡的太爺，這……這人頭叫我哪裡去尋？哪裡去找？這便如何是好？也罷，待我回家去與媽媽商議商議，將我親生女兒殺死，搭救二東人性命。我就是這個主意，哦，我就是這個主意。

（二）背白

如元雜劇中的「背云」（打背供），即背著場上其他的人，對觀眾說出自己的心意。如《武家坡》之王寶釧，在武家坡上挖野荣，遇到薛平貴假稱是代薛傳家書的使者，要她上前接信，她說：

> 哎呀，且住。想我丈夫離家一十八年，今日才有書信回來。我本當上前接取，怎奈衣衫襤褸。這這這便怎麼處？哦，有了。（向平貴）

（三）夾白

類似元雜劇中的「插白」，即插在兩句唱腔中間的說白。如《三堂會審》中，蘇三與藩臺的對答，藩臺所唸即是夾白。

蘇三：（唱西皮原板）公子二次把院進，（胡琴過門）

藩臺：（唸）帶來了多少銀子？

蘇三：（接唱）帶來了三萬六千銀。

藩臺：（唸）在妳院中住了幾載？

蘇三：（接唱）在院中未到一年整，三萬六千銀一概化了灰塵。

（四）對白

　　兩人或兩人以上的對話。如《連環套》中，竇爾墩與黃天霸的一段對白，節奏緊湊，十分精采。

竇爾墩：聽你之言，你與三泰有親？

黃天霸：有親。

竇爾墩：有故？

黃天霸：有故。非但有親有故，而且同桌用飯同塌安眠。

竇爾墩：三泰是你什麼人？

黃天霸：乃是俺的家父。

竇爾墩：你呢？

黃天霸：他子天霸。

六、京劇的腳色

　　籠統地說來，京劇的腳色可以分作「生」、「旦」、「淨」、「末」、「丑」、「流」、「武」等七行，但經過多年來的漸變，「末」已經併歸到「生」行，而以「生」、「旦」、「淨」、「丑」四行為主。茲將各行當的細項分類、藝術特質、扮飾人物等，說明如後。

（一）「生」

　　京劇中的「生」行，在各行當中，分類最為複雜，其所扮飾者，大

約爲元雜劇中的「末」腳，又大約相當於明清傳奇中的「生」、「末」、「外」三行。其分類如下表所示：

表 8-5　京劇生行分類

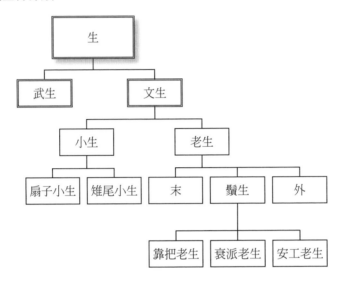

其中鬚生又叫「老生」、「正生」、「胡（鬍）子生」。一般扮演有正義感的人物，年紀大約是壯年至老年，但也有例外的。如《隆中對》的孔明，出山時三十歲不到，卻也用老生扮，這並不在說孔明的年紀大，而在表現他的老成持重。基本上，鬚生都是文人居多，但是也有扮演武人的。再細分下去，鬚生可以分爲「安工老生」、「衰派老生」和「靠把老生」三類。

「安工老生」所扮演的都是文人，也有皇帝，扮演皇帝者，又可稱爲「王帽老生」。所謂「安工」，乃指這類腳色所扮飾的人物，經常是安閑寧靜、雍容瀟灑的，如《上天臺》的劉秀、《捉放曹》的陳宮等。「衰派老生」所扮演的人物，通常都在精神上受了很大的刺激，或是窮途潦倒，如《當鐧賣馬》的秦瓊、《打棍出箱》的范仲禹、《坐樓殺惜》的宋江等。「靠把老生」所扮演的人物都是武將，身上紮（札）「靠」（盔甲），手持「刀槍把子」（兵刃），有開打的場面，因而命名。這三種類型並非

一成不變，因著扮演情節和人物處境的不同，有時會互相轉化，如《風波亭》的岳飛，前面意氣風發，準備直搗黃龍，由「靠把老生」扮演；後半部被秦檜連下十二道金牌打下天牢，就改由「衰派老生」扮演了。

至於「外」、「末」和「鬚生」的區別，主要還在性格上，「外」、「末」的性格通常較「鬚生」更為激烈，更為粗獷。「外」如《鹿臺恨》的比干、《趙氏孤兒》的趙盾、《鴻門宴》的范增、《甘露寺》的喬玄、《李陵碑》的楊繼業。「末」的行當有些接近傳奇中的「副末」，如《打漁殺家》的蕭恩，或是些「蒼頭」、「院子」之類的人物，如《一捧雪》的莫成。

另外有一種特殊的行當，稱之為「紅生」。意指勾紅臉的鬚生。如《華容道》的關羽，以唱工為主，便屬此類。但同是關羽，如《單刀會》，以舞蹈動作為主要表現，或如《過五關》，有「大開打」的場面，便應由「紅淨」扮演。另一說法則認為：老爺戲（即關公戲）中，由老生扮關公就稱「紅生」，由淨腳扮關公就稱「紅淨」，與劇目無關。

（二）「旦」行

旦行扮女子，約可分為九類：青衣、花旦、花衫、彩旦、老旦、武旦、刀馬旦、丑旦、宮女旦。茲分述如下：

1. 青衣：著重唱功，唸韻白。因著青黑色衣服，故稱。又因皆扮演正派婦女，且多為劇中的女主腳，故而又稱正旦。如《祭江》之孫尚香、《宇宙鋒》之趙豔容、《三擊掌》之王寶釧。

2. 花旦：著重做功，唸京白。又從其表演風格上看，可分為閨門旦、玩笑旦、潑辣旦（或刺殺旦）。閨門旦多飾尚未出嫁的小姑娘，如《梅龍鎮》之李鳳姐、《鴻鸞禧》之金玉奴、《拾玉鐲》之孫玉姣。玩笑旦多為表現人物的俏皮嬌憨，嬉笑怒罵，如《打麵缸》之臘梅、《打櫻桃》之平兒。潑辣旦（或刺殺旦）多飾演性格潑辣的女性，如《坐樓殺惜》之閻惜嬌、《雙釘計》之白金蓮。

3. 花衫：爲王瑤卿和梅蘭芳所創，介於青衣與花旦間的一種行當，唱唸的風格與青衣相同，做工則近乎於花旦，扮演穿著華麗，卻不玩笑的人物，如《玉堂春》之蘇三、《四郎探母》之鐵鏡公主。

4. 彩旦：一如元雜劇中之「搽旦」，具「女丑」的特性，如《風箏誤》之大小姐。

5. 老旦：扮飾年老的婦人，如《四郎探母》之佘太君、《打龍袍》之李后、《釣金龜》之康氏。

6. 武旦、刀馬旦：這兩個行當都是沿用自梆子班，咸同之前，並無區別，都是帶打的旦腳。此後漸以只有把子，而無唱做的戲爲武旦戲，把子外兼重唱做的，算作刀馬旦的戲。

7. 丑旦：又稱爲丑婆子，專扮上了年紀，又不怎麼正經的女子，如《拾玉鐲》之劉媒婆、《坐樓殺惜》之嬤嬤。

8. 宮女旦：例扮宮女丫環。大抵因徒弟倒嗓後嗓子不能回復，或有嗓但不能唱，只得扮演無唱工的宮女丫環。

（三）「淨」行

淨腳又稱花臉，扮演一些性格特殊的人物，約可分成銅錘、架子、摔打三類。茲分述如後。

1. 銅錘花臉：著重唱工。始自《二進宮》之徐延昭，因其懷抱銅錘，故稱。其他如包拯、姚期、《魚腸劍》之姬僚、《柳林認子》之尉遲敬德皆是。

2. 架子花臉：做工較爲繁重。如《連環套》之竇爾墩、《鬧江州》之李逵、《擊鼓罵曹》之曹操、《十三妹》之鄧九公，草莽、豪俠、奸雄皆有。

3. 摔打花臉：又稱武二花，已跌撲摔打爲主。如《白水灘》之青面

虎、《打焦贊》之焦贊。

（四）「丑」行

丑腳又稱小花臉，扮飾的人物種類繁多，如：太監、門客、衙役、報子、醫、卜、茶房、地方、漁、樵、書僮、僕役、轎夫、船家等。分文丑與武丑兩種，文丑如《群英會》之蔣幹、《烏龍院》之張文遠，因戴方巾，唸韻白，又稱「方巾丑」。武丑如《三岔口》之劉利華、《九龍杯》之楊香武，因其蹦跳摔打，且唸京白，又稱「開口跳」。

（五）「流」行

流行即一般所稱的「龍套」（因其行頭皆繡滿了龍紋，故稱），又有稱「打旗兒的」。扮演的人物範圍極雜，上自皇帝的內侍、衛士、宮娥、校尉，下至三班衙役、番邦兒郎、三軍人馬等。

（六）「武」行

武行又稱「上、下手」，凡跟隨正面人物者稱上手，跟隨反面人物者稱下手。他們大多不開口說話，只管摔打翻滾，所以戲界另有稱「觔斗匠」的。

第三節
京劇的演出
——

在本章第一節已經述及：京劇吸收了許多劇種的長處，而終於成就它被稱為「國劇」的地位。正因為吸收了多種劇種的長處，京劇的表演藝術與劇場藝術可以說是傳統戲曲中最為精緻的，甚至影響了許多地方劇種

的發展。以下，便從其「七科」、流派、行頭與砌末、化妝與臉譜、文武場、演出場合及舞臺裝置等方面，一窺京劇表演藝術與劇場藝術的堂奧。

一、七科

所謂「七科」，是指京劇劇團中，除了演員以外的七種分工，包括音樂科、盔箱科、劇裝科、容妝科、劇通科、經勵科、交通科。茲分述如下：

1. 音樂科。即負責文武場的人員。其中以武場中司鼓者為最尊，文場中胡琴次之，分為文武場之領奏，所以稱此二人為鼓佬、琴師。

2. 盔箱科。在後臺管理盔頭、把子、砌末的人，又稱之為「箱官」或「箱管」。

3. 劇裝科。管理劇中武人所穿行頭，並替演員紮扮。

4. 容妝科。專門替旦腳化妝的，又稱之為「包頭的」。

5. 劇通科。即「檢場的」，對照話劇演出中的工作，即是大小道具外加效果。

6. 經勵科。「經勵」即「經理」代表劇團對外交涉事務者。

7. 交通科。催場、傳信者，又稱「催戲的」。

二、流派

所謂流派，絕不是京劇才有，像是書法的顏、柳、歐、趙；唐詩的李、杜、元、白；宋詞的蘇、辛、柳、陸；元曲的關、鄭、白、馬。這些派別或流派的產生，是藝術形式已經成熟的明證。藝術越成熟，流派越精采。

流派不是自封的，也不是少數人可以炒作成功的，更不是由達官貴人

所捧出來的，當然也不是某一位祖師爺或祖師奶奶個人可以圈定的。流派必定是群眾認定、歷史認定的，是由觀者（或讀者）培育出來的。

京劇各行當皆有流派。徐城北在《中國京劇》一書中對京劇流派的產生有如下的見解。[59] 他說：

> 流派藝術是中國戲曲的一個獨特標誌，是京劇進入繁盛期後，優秀的藝人面臨生存競爭，有意識地根據自己的嗓音和身體條件，逐漸摸索完善，開創適宜自己發揮的、極富個性特色的唱腔和表演風格而形成的。只有自成一派，與同行區分開來，才能贏得更多的觀眾。

對於流派產生和發展的問題，徐城北在他的另一部著作《京劇與中國文化》中，有更深入的探討：[60]

> 流派是何時出現的？第一個流派應該是誰？我們查不到嚴格的史料，但公認的事實是：伴隨梅蘭芳在本世紀 20 年代的成名，稱其藝術爲「梅派」也就隨之出現。馬上，1927 年北京《順天時報》選舉產生了以梅爲首的「四大名旦」，於是梅派、尚派、程派、荀派頓時叫得天響……，當時的梨園界便從兩個方向恣意行動起來——其一是翻轉頭來，對以往的前輩藝術家給予「追認」，如譚鑫培的譚派、汪桂芬的汪派、孫菊仙的孫派、楊小樓的楊派、俞菊笙的俞派、王瑤卿的王派、蕭長華的蕭派……其二，是緊隨「四大名旦」的做法，仿效稱派的浪頭越來越高。老生當中，產生了不同階段的「四大鬚生」（最早是余叔岩、馬連良、言菊朋、高慶奎，稍後爲余叔岩、馬連良、言菊朋、譚富英，再後則是馬連良、譚富英、楊寶森、奚嘯伯），旦行也產生了「四小名

---

59 徐城北，《中國京劇》（北京市：五洲傳播出版社，2004 年，一版二刷），頁 72。

60 徐城北，《京劇與中國文化》（北京市：人民出版社，1999 年，一版），頁 97-98。

旦」（李世芳、張君秋、毛世來、宋德珠），……。在「四大名旦」稍後，出現了花旦中的筱（翠花）派。老旦方面則有龔（雲甫）派和李（多奎）派。武生當中，除楊（小樓）派繼續擔當京朝派武生的中流砥柱之外，北方又出現了尚（和玉）派。小生行中，有姜（妙香）派、俞（振飛）派、葉（盛蘭）派。淨行在30年代初期就有郝（壽臣）派和侯（喜瑞）派，1937年後又出現了金（少山）派。丑行中，在老資格的蕭（長華）派及其優秀傳人馬富祿之外，還出現了武丑敢於挑班的葉（盛章）派。上海方面，周信芳的麒派、蓋叫天的蓋派，大抵在此之前就已產生。稍晚，又出現了旦行的黃（桂秋）派。40年代末期，除張君秋的張派之外，裘盛戎的裘派開始嶄露頭角。50年代以後，又出現過「呼喚」趙（燕俠）派、厲（慧良）派、袁（世海）派的聲音。更有一位「不派之派」的李少春，早年文戲學余叔岩，武戲學楊小樓；中年以後先後又拜周信芳、蓋叫天爲師；……。

以上所述，幾乎包含了京劇各行當中所有的流派，名演員之多，無法一一介紹，茲將「四大名旦」、「四大鬚生」及「四大淨腳」簡介如下。

梅蘭芳（1894-1961），江蘇人。他善於吸收前輩演員的表演長處，吸收各方面的藝術修養，勇於創造而又認眞總結經驗。他的演唱，雍容華貴，典雅清麗，世稱「梅派」，大約從1920年代開始聲名大噪。他注重加工、提高最能代表梅派藝術的劇目如《霸王別姬》、《貴妃醉酒》、《宇宙鋒》等。唱腔音樂方面，大膽增加伴奏樂器二胡以及笙、九雲鑼等，使旦腳唱腔趨於委婉綺麗。他在《天女散花》、《洛神》、《貴妃醉酒》等劇目中舞姿極爲華美優雅。在《西施》中創造了「羽舞」，在《霸王別姬》中創造了「劍舞」等。與程硯秋、荀慧生、尙小雲並舉爲「四大名旦」。

程硯秋（1904-1958），北京人。先後受教於王瑤卿、梅蘭芳。擅長

劇目如《梨花記》、《紅拂傳》、《龍馬姻緣》、《花舫緣》等。他對發聲吐字、四聲音韻有深刻的研究，以此結合自身嗓音的特點，創造了一種「深邃沉郁、外柔內剛」的程腔。他創造了多種多樣的舞臺藝術形象，尤擅刻劃柔韌、堅毅、深沉的婦女性格。

荀慧生（1900-1968），河北人，師承王瑤卿。戲路廣，擅青衣、花旦、刀馬旦，尤以扮演天眞、熱情的少女見長。排演過許多新戲，如《丹青引》、《釵頭鳳》、《香羅帶》等。他吸收梆子的精華，豐富了京劇傳統藝術，創發出具有獨特藝術風格的「荀派」，在京劇界影響很大。

尙小雲（1899-1976），河北人，初習武生，後改旦腳。他嗓音寬亮剛勁，獨擅劇目有《昭君出塞》、《梁紅玉》、《雙陽公主》等。主辦榮春社科班，弟子很多，知名者有尙長麟、楊榮環、梁秀娟、李翔等，爲京劇舞臺培養了大量的人才。

余叔岩（1890-1943），湖北羅田人，余三勝之孫，少年時即以《捉放曹》等戲嶄露頭角。後拜譚鑫培爲師，繼承了「唱做並重、文武兼長」的「譚派」藝術並加以革新、發展，逐漸發展、形成了自己的藝術風格，被稱爲「新譚派」或「余派」。他的演唱講究字音聲韻，潤腔多用「擻音」，嗓音略帶沙音，行腔剛健蒼勁，更兼婉轉細膩，韻味醇厚，另有一層境界。《戰樊城》、《戰太平》等戲中的唱段，被視爲余派唱腔的經典。

高慶奎（1890-1940），山西榆次人。早年宗譚（鑫培），後改學劉鴻聲。擅長劇目如《逍遙津》、《斬黃袍》，唱腔高亢挺拔，氣力充沛，剛勁激昂，蕩氣迴腸，爲「高派」的代表作。他如《胭粉計》中飾諸葛亮、《贈綈袍》中飾范睢等，身段規範，表情細緻，其眼神的運用尤能傳情。

言菊朋（1890-1942），北京人。宗譚（鑫培），早年演唱《桑園寄子》等戲，頗得譚氏神韻。1916 年前後聲名漸起，1923 年隨梅蘭芳赴滬

演出，成爲專業演員。1920 年代後期自己挑班，在宗譚的基礎上，博采眾長，結合自身嗓音條件，研創新腔，逐漸形成別俱一格的演唱風格，人稱「言派」。代表劇目有《讓徐州》、《臥龍弔孝》等。

馬連良（1901-1966），北京人。先學武生，後學老生。他吸收譚、余等派藝術之長，結合自身條件，發展成爲獨樹一幟的「馬派」。其唱功嗓音圓潤，唱腔巧俏、清新；念白講究韻味，吐字清晰，節奏鮮明，瀟灑飄逸，貼近生活；做功在程式與生活之間不顯露任何不協調的痕跡，極其自如隨意。表演中的身段動作，都內含著堅實的武功根底。代表劇目有《借東風》、《甘露寺》等。

金少山（1889-1948），工「架子花臉」，與梅蘭芳合演《霸王別姬》，一舉成名，而有「金霸王」之譽，又因擅演包公戲，與擅演曹操的郝壽臣並稱爲「黑金白郝」。1937 年在北京組成松竹社，開花臉組班的先河。他並在《鍘美案》、《打龍袍》等戲中演「銅錘花臉」，嗓音洪亮。因其戲路寬廣，故被譽爲「十全大淨」。

郝壽臣（1886-1961），河北香河人。主張「架子花臉、銅錘的唱」，而熔銅錘、架子花臉於一爐。他的發音以口鼻共鳴，加上「擻音」的潤色，音色渾厚沉郁。所排新戲如《荊軻傳》、《桃花村》，改排幾乎失傳的老戲如《瓦口關》等，形成郝派獨特風格。與金少山、侯喜瑞，並稱爲「花臉三傑」。

裘盛戎（1915-1971），北京人，工花臉。13 歲入富連成科班。1940 年代後期自己挑班，以花臉爲主腳演大軸。裘盛戎繼承家學，在唱功方面有獨到建樹，世稱「裘派」。其唱腔雄渾豪放，並融合老生、青衣唱腔中低迴婉轉的抒情特色，形成「韻味醇厚、含蓄細膩」的獨特風格，把花臉唱腔推到了新的境界。代表劇目有《姚期》、《將相和》等。

袁世海（1916-2002），北京人。曾入富連成科班，工架子花臉。後拜郝壽臣爲師，繼承並發展了郝派的表演藝術。在與馬連良、尚小雲、周

信芳、蓋叫天等演員的合作中，廣泛吸取各家之長，逐漸形成自己的表演風格。在《將相和》中飾演的廉頗、《野豬林》中飾演的魯智深等人物形象，極其鮮明生動。

三、行頭與砌末

行頭即戲衣。京劇行頭之規格樣式乃「以明代服飾為基礎，吸收了歷代服飾的典型元素，以適合表演為原則，加以綜合和美化而成，而清裝戲則專有符合清制的戲服。」[61] 所以是寫意的而非寫實的。行頭大致分為七類，乃「蟒、靠、褶、帔、衣、靴鞋、盔頭」，茲分述如下。

（一）蟒：也稱為蟒袍，帝王將相或后妃、貴婦等，在正式的場合穿戴。（圖 8-1、8-2、8-3）

（二）靠：戎裝。武將穿戴，男女皆然。背後未紮靠旗者稱「軟靠」，紮靠旗者稱「硬靠」。（圖 8-4）

（三）褶：也稱為褶子，為一種大領、大襟、大袖、長及足的衣服，在戲中各種腳色皆可穿著。（圖 8-5）

（四）帔：又稱對襟長袍，為帝王將相或后妃、貴婦等，在非正式的場合穿戴。

（五）衣：凡不屬於蟒、靠、褶、帔四大體系的戲衣皆稱。如開氅、宮裝、官衣、箭衣、短衣等。另有稱三衣者，即水衣、護領、彩褲，是穿在戲衣裡面的衣物。（圖 8-6）

（六）靴鞋：社會地位較高之男腳多著厚底靴（厚底兒），以顯示其身分。文丑或行為不端的花花公子則穿「朝方」（形似厚底兒，底較薄）。人物身分較低者則穿著薄底快靴，方便行走。（圖 8-6）女鞋中以「彩鞋」居多，面用各色綢緞，並有繡花，鞋尖有穗，青衣、花旦、武旦

61　徐城北，《中國京劇》，頁 115。

皆可穿用。花旦踩蹻時著「蹻鞋」，以模仿古時女子三寸金蓮，走起路來婀娜多姿的模樣。（圖8-7）老旦穿著鞋面繡有「福」字的「福字履」。清宮戲的女腳穿旗袍時著「旗鞋」（又稱花盆底鞋），如《四郎探母》之鐵鏡公主。另有僧鞋、童鞋等，與現實生活中的鞋子無異。

（七）盔頭：帽子統稱爲盔頭，分冠、盔、巾、帽四類，另有配件如翎子、狐尾等。

（八）冠爲帝王貴族的禮帽。如「九龍冠」爲帝王便裝時所戴。「平天冠」爲帝王上朝時所戴。「鳳冠」爲后、妃及貴夫人所戴。

（九）盔爲武將所戴。「帥盔」爲一般的將帥穿戴（有時也戴「倒纓盔」）。「夫子盔」多爲名將穿戴，如綠色爲關羽專用，白色爲岳飛專用。

（十）巾爲軟質的帽子，各類人物穿著便服時皆戴。如皇巾、相巾、解元巾、鴨尾巾、札巾、八卦巾、文生巾、武生巾。

（十一）帽之種類繁多，如王帽、紗帽、羅帽、太監帽等。其中紗帽的帽翅（又稱爲展）有各種不同形狀，如長、扁、圓、菱形等，象徵各種不同的人物性格和身分。

京劇演出中的各種大小道具和軟景，統稱爲砌末，（圖8-8）具有高度的象徵性。如風旗象徵風、水旗代表水、馬鞭代替馬、一桌二椅等。一方面方便換場時檢場人員的更換，一方面講就形的美觀，與實物相仿，卻不用眞材實料。

四、化妝與臉譜

京劇的化妝因爲行當的不同而有很大的區別。生、旦多採「俊扮」，丑行用「丑扮」，淨行勾「臉譜」。「俊扮」以黑、紅、肉色在臉部勾畫，特別著重眉、眼、唇三個部位。除老旦外，其餘採「俊扮」的腳色都要吊眉，也就是用「勒頭帶」把臉部肌肉拉緊，以顯精神。生腳在眉心向

上畫一直線，有槍尖式（多用於武生及戴翎子的小生）、半圓式（多用於文小生）、豎條式（多用於老生）三種。

　　旦行除了老旦以外，還需要貼片子，一方面修改臉型，一方面展示性格。在髮式上，分為大頭、古裝頭、旗頭三種。大頭以古代婦女髮髻的樣式發展而來。古裝頭乃梅蘭芳從對古人仕女畫的體認中創造而來，主要的特徵是在腦後垂了一段散髮，以顯飄逸的神態。旗頭則從旗人貴婦在現實生活中的髮式加以藝術化，都用在清裝戲中。

　　丑扮的目的在醜化人物的臉型，務在滑稽。文丑在鼻梁處塗上白色的圖案，依形狀的不同，又分「豆腐塊」與「腰子臉」兩類。「豆腐塊」為方形，用於有些地位，穿著官衣或褶子者，如蔣幹；「腰子臉」形似元寶，多用於愛財如命之人。此外在眉、眼部分，文丑的共同特色為「八字眉」、「菱形眼」，與白色的鼻梁搭配，一出場便能引人發笑。武丑則將臉揉成暗紅色，鼻梁處畫上棗核形的白色圖案，所以稱為「棗核臉」。

　　臉譜都用在淨行，因與「俊扮」的「素面」相對，又稱「花面」。形成臉譜的要素有二，一是用色，二是造型。就用色來說，各種不同顏色的主色象徵了不同的性格，如紅、粉紅、紫、黑、白、黃、藍、綠、金、銀，茲表列如下。

表 8-6　臉譜色彩的性格象徵

顏色	性格	人物
紅	赤膽忠心，英勇無比	關羽、姜維、穎考叔
粉紅	與紅色同，年老者	楊林
紫	智勇剛毅	姚期、徐延昭、常遇春
黑	耿直剛烈	包公、張飛
白	奸詐自負	曹操、司馬懿
黃	驍勇善戰或殘暴性格	典韋、宇文成都、姬僚
藍、綠	暴躁	竇爾墩、單雄信
金、銀	用於神佛	如來佛、孫悟空

　　臉譜的基本譜式大約可分十大類，包括整臉、三塊瓦、十字門、六分臉、碎臉、歪臉、元寶臉、僧道臉、太監臉、象形臉。茲簡述如下。

　　（一）整臉：臉上僅用一色塗滿，代表性格完整。如關羽、曹操、包拯、趙匡胤。

　　（二）三塊瓦：指在眼窩、眉窩、鼻窩三處加寬，使整張臉被劃分為三塊。勾此臉者如專諸、馬謖、姜維等，性格皆沉著堅強。

　　（四）十字門：以三塊瓦為基礎，主色範圍縮小，與眼窩形成一「十」字構圖，故稱。大多表現年老英雄，如張飛、姚期。

　　（四）六分臉：由整臉演變而來。將腦門上的主色範圍縮小成一條狀，以白色突出眉形，眉毛約占全臉的十分之四，主色占十分之六，故稱。大多表現白髮蒼蒼，忠心耿耿的老將軍，如廉頗、黃蓋。

　　（五）碎臉：以三塊瓦為基礎，捨去兩頰的主色，除前額的主色外，其他部位用輔色勾出花紋，因色彩豐富，線條細碎，故稱。勾此臉者多為行格粗獷的人物，如李逵、竇爾墩。

　　（六）歪臉：把三塊瓦和碎臉以不對稱的方法勾畫出來，用以表現人物的面貌醜陋或反面人物的醜惡嘴臉。如祝彪、李七。

　　（七）元寶臉：以三塊瓦為基礎，腦門保留膚色，或以近似膚色的顏色呈現，兩頰塗成白色，形似元寶，故稱。多用於身分不高的下層人物。

　　（八）僧道臉：表現僧人或道士，臉型類似三塊瓦，腦門上繪有一圈紅色圓形光點或九個戒疤。

　　（九）太監臉：以紅、白兩色對太監的特色誇張處理，如以尖眉象徵其奸詐，眼窩似刀以象徵其魚肉百姓等。

　　（十）象形臉：如孫悟空畫猴臉，豬八戒畫豬臉。

　　京劇的化妝除臉譜外，男性腳色所戴的「髯口」也是一大特色。髯口象徵鬍鬚，種類很多，如滿髯：三綹髯、紮髯、二濤髯、丑三髯、八字

髯、一字髯、吊搭髯、四喜髯、五嘴髯、虯髯、一戳髯、王八髯等，各表
不同的身分、年齡、性格。又有黑、黲、白、紫、紅等色。黑色表壯年，
黲色表老年，白色表鬚髮皆白、年過花甲的老人，紫色則表示生理特徵，
戴紅色髯口的多為個性激烈者。分述如下。

（一）滿髯：滿腮、滿頦的不分綹的密髯鬚。如《鍘美案》之包拯、
《霸王別姬》之項羽、《宇宙鋒》之趙高、《大保國》之徐延昭、《甘露
寺》之孫權。

（二）三綹髯：兩腮和唇部，三綹狀的髯鬚。如《將相和》之藺相
如、《桑園會》之秋胡、《空城計》之孔明、《定軍山》之黃忠。另有一
種「大黑三」，即關公專用的髯口。

（三）紮髯：是形容人物生長滿腮、滿頦的不分綹的髯鬚。形狀與
「滿」類似而有區別。紮髯是在髯口的上唇部位，有一個方孔，將演員的
下頦露出來，故稱之為「開口」。一般都是些性格憨直、粗獷、勇猛、脾
氣暴躁者所戴。如《李逵探母》之李逵、《打焦贊》之焦贊、《造白袍》
之張飛、《界牌關》之王本超、《穆桂英》之孟良。

（四）二濤髯：比滿髯稍短，髯梢兩側略成圓弧。多為末腳所用。

（五）丑三髯：兩腮及唇部，各一綹較稀疏的黑色短鬚。多為丑腳所
用。如《打漁殺家》之葛先生。

（六）八字髯：上唇左右，兩撇尖翹的髭。有上髭八字和下髭八字之
分。上髭八字如《三盜九龍杯》之楊香武、《白水灘》之抓地虎。下髭八
字如《拿高登》之賈斯文，或店家、禁卒。

（七）一字髯：兩鬢、兩腮與上唇部位，相連而整齊的短髯鬚。

（八）吊搭髯：上唇呈八字形，頦下一撮似桃形狀的不規則的髯鬚。

（九）四喜髯：兩鬢和唇部，四撮不整齊的髯鬚。用於社會地位低下
的勞動階層。如《空城計》之老軍、《秋江》之艄翁。

（十）五嘴髯：兩鬢、唇部及下頦五撮不甚整齊的鬍鬚。

（十一）虯髯：兩鬢、兩腮、下頦及上唇，一排短而捲曲的鬍鬚。如《野豬林》之魯智深。

（十二）一戳髯：上唇正中部位一撮尖翹的髭。如《三盜九龍杯》之王伯彥。

（十三）王八髯：兩鬢、兩腮與上唇一排相連的鬍子，中間的鬚梢較長，兩邊的鬚梢較短，且不整齊。如《十字坡》之大解差、《四進士》之姚庭椿。

五、文武場

京劇演出時的伴奏樂隊稱為文武場，又稱為場面。文場為管弦樂器，以京胡主奏，輔以二胡、三弦、月琴輔奏，有時也會用到嗩吶和海笛，在現代京劇演出中為了中和京胡高亢的聲音，常加入低胡，甚至用到低音大提琴。武場為打擊樂器，以單皮鼓為主奏，輔以堂鼓、板、大鑼、小鑼、鈸等。

文武場所在的位置通常在左舞臺下場門前，但在民國以前，通常是在上舞臺上下場門之間的地方伴奏，稱為樂床。（請參考第四章第三節的描述）早年演出前，通常由武場打一通鑼鼓，因為京劇發源自鄉野草臺，為了招徠觀眾，這樣的做法很可以製造熱鬧的氣氛，但後來到了室內劇場演出，同樣的做法反而讓人覺得吵雜。[62]

六、演出場合及舞臺裝置

京劇的演出往往不是為了一種目的，演出的場合既多樣化，演出場所的形式與功能自然也有所不同。這些場合可以分為以下數端：宮廷、茶

62　見徐城北，《中國京劇》，頁 57。

園、廟會、堂會、票友。茲分述如下。

（一）宮廷演劇

　　第六章第三節曾討論到清代宮廷管理演劇諸機構的流變，與明代有很大的不同。首先是教坊司的藝人改由太監承應，其次，教坊司從明代的禮部改由內務府來管轄，雍正年間，更廢教坊司，而由和聲署負責其業務。至此，內庭承應改由乾隆 5 年新成立的「南府」[63]負責，和聲署負責外庭承應，並將其服務的對象擴及社會百姓。乾隆 16 年（1791），又從蘇州選了許多十齡男童入宮學藝，稱「外學」，以區別由太監組成的「內學」。南府以崑劇為演出主體，而外學則以儀典朝會為目的。道光 7 年，南府改為升平署，雖仍挑選民間藝人進宮演出，但與外學不同的是，宮中並不「養」這些民間藝人，只在需要時，透過「精忠廟」（相當於梨園公會的組織）[64]挑選藝人進宮。

　　光緒年間，崑劇氣數已盡，宮中因慈禧太后和光緒皇帝的喜愛，京劇演出特盛，進宮演出的民間藝人已經成為宮中戲劇演出的主力。宮中演戲除北京故宮的漱芳齋、倦勤齋、純一齋、西廠子、兩卷殿、壽皇殿、皇極殿、頤和園排雲殿、聽鸝館之外，在故宮、頤和園和熱河行宮中各有一座三層大戲臺。[65]

63　乾隆 5 年（1740），為慶祝乾隆皇帝五十大壽，增加了許多太監藝人在南府排練，後來即以「南府」指稱宮內所有的表演團體。

64　因為梨園公會設於精忠廟內，祭祀岳飛的大殿旁，一座「天喜宮」中，故稱梨園公會為精忠廟，梨園公會的會長則稱為精忠廟的廟首。先後有程長庚（老生）、劉趕三（丑）、徐小香（小生）、揚月樓（老生兼武生）、余玉琴（旦）、田際雲（旦）擔任廟首。1911 年，最後一任廟首田際雲與當時的北平政府商議，成立「正樂育化會」取代為精忠廟，推譚鑫培為會長，田則自任副會長。

65　曹心泉，〈前清內廷演戲回憶錄〉，收入《劇學月刊》二卷五期。三大戲臺依其大小，分別為承德避暑山莊福壽園的清音閣，故宮暢音閣和頤和園的德和園頤樂殿大戲臺，內監稱此三臺為大爺、二爺、三爺，皆三層，下各有坎井五座。

　　大戲臺的出現標誌了一個事實，就是有些宮廷大戲場面十分浩大，非大戲臺不行。如《寶塔莊嚴》一劇，其中一場需從坎井中以鐵鍊絞起寶塔五座；又如《地涌金蓮》一劇，其中一場需從坎井中絞起大金蓮花五朵，每朵蓮花中還坐著一尊大佛。再如《羅漢渡海》、《闡道除邪》中，都有從井中向臺上吸水的場面。更有甚者，如《三變福祿壽》，「最初第一層為福，二層為祿，三層為壽。一變而祿居上層，壽居中層，福居下層。……」[66]

（二）茶園演劇

　　早期京劇演出的場地多在廟會和市集，自乾、嘉以來，「茶園」式的劇場遍布北京全城，京劇演出主要是在這些「茶園」中演出。其舞臺多是三面伸出而敞開式的，上有垂沿、下有圍欄，臺後有板壁，後為「戲房」（後臺），左右兩側有上下場門。臺前平地為池，對面有廳，三面則有看臺和包廂。

　　既稱茶園，必定以賣茶為主，看戲只是附帶的節目，所以只收茶錢而不賣戲票，日本《唐土名勝圖繪》1805年重印本有〈茶樓舊景〉一幅，上繪「廣和查樓」演劇狀況，可供參考。[67] 後來出現所謂「戲園子」，仍然如此，且在戲開演後派專人至各桌收錢，戲園子與戲班三七分帳。到了民國成立之後，戲園子改為一人一座，對號入座，舞臺也成了半圓形，此後仿西式的劇院紛紛設立，逐漸取代了過去的茶園和戲園子。

（三）廟會演劇

　　除此之外，在民間還有臨時搭建的簡易戲臺及逐漸發展起來的廟會。廟會的出現，其實在唐代以前就有了明顯的例證，這在第三章說到變

66　同前註。

67　轉引自周貽白，《中國戲劇史長編》，頁570。圖出該書，頁572-573。

文的時候已經提過。廟會通常是十分熱鬧的，各種表演活動和各種流動攤商雲集，觀眾觀劇也比較自由，甚至有些品質或名氣不高的戲班，觀眾如果不滿意，還可以不給錢。以北京爲例，北京內城[68]最大的兩個廟會，東有隆福寺，西有護國寺。1950年代，又增加了白塔寺。

（四）堂會演劇

明、清時期，有錢有勢的富商或官紳之流，多在私宅或商會會館（如北京的湖廣會館、蘇州的全進會館等）中建造戲臺，請戲班演戲，稱之堂會。

自明末至1949年，堂會（堂會戲）成了在北京極流行的一種演劇形式。凡私人或臨時的團體，召請戲班子（有時請一個戲班子，有時請幾個班子中的名腳兒聯演）在商業劇場之外的地方包場唱戲（如在自家、會館、飯店中），都叫做堂會。除北京之外，上海也很流行堂會的演出，如上海的杜月笙，就常在家裡辦堂會，而且規模極大，許多名家像是楊小樓、梅蘭芳、荀慧生、馬連良、周信芳、李少春等，都曾登臺獻藝。

堂會有許多特點：首先，觀眾的來源受到主人的控制，不像在商業劇場中的混雜，則秩序、環境都較商業劇場舒適。其次，主辦堂會者可以揀選戲班、演員和戲碼，所以演出水準一般說來都高於商業劇場。第三，堂會的觀眾，不論主人自己或賓客中有戲癮的，都可以藉此粉墨登場。最後，是在堂會中可以飲宴，而且女眷可以看戲（有時須在垂簾之後，或婦孺只在樓上），這在商業劇場中是做不到的。

（五）票友演劇

票友即所謂「串客」、「清客」（見第六章第三節），也就是一群對

68　北京的內城與外城以現今的正陽門（又稱前門）爲界，以內稱內城，以外稱外城。早期北京京劇活動最盛的地區就在「前門外」，見徐城北，《中國京劇》，頁20。

戲曲十分有興趣，並且具備登臺演出能力的人。一般來說，他們通常有自己的工作，票戲純粹是興趣。

票友所組織的團體稱爲票房。票友們往往約定時間聚會練戲，各有各的腳色，各有各的流派，有些票房中自有能操琴的票友，有些則要外聘。筆者於民國 80 年青年節，往訪宜蘭的京劇活動，曾參與「森榮國劇社」和「宜商國劇社」在宜蘭縣政府禮堂排練的活動，他們的琴師就是從臺北請去的。

票友演戲大多是非營利的，有時還要自己貼錢演出。但是由於票友的知識水準一般都較專業演員來得高，對劇本的體認及對專業演出的揣摩都十分深刻，所以往往有可觀的演出。在臺灣，已經過世的辜振甫先生、前行政院長郝柏村先生，都是著名的票友。在北京，據說票友的活動，「慢慢竟就成了一種時髦的文化休閒方式」。[69]

（六）舞臺裝置

無論在哪一種場合演出京劇，只要有戲臺，其舞臺裝置就有一定的程式可以依循。京劇的舞臺裝置基本上沿襲自宋、元以至明、清的成規，舞臺分成前、後臺，中間以一板壁相隔。板壁上左右兩側各有一門洞，右上舞臺的稱上場門（出將），左上舞臺的稱下場門（入相）。板壁前綴以布幕一幅，上繪吉祥圖案，但與劇情無關，稱之爲「守舊」，與北雜劇演出時之「幕幔」相仿。爲使演員翻滾摔打之時不易受傷，舞臺地板上通常鋪設一塊地毯，實則是「紅氍毹」的化身。演員出上場門亮相處稱「九龍口」，左舞臺稱「大邊」，右舞臺稱「小邊」，下舞臺稱「臺口」。演出時以「一桌二椅」象徵各種場景，通常在桌椅上也綴以與守舊花色相同的布套，稱爲「桌圍」、「椅帔」。（圖8-9）

---

69 徐城北，《中國京劇》，頁98。筆者於2005年暑假往訪北京時，就曾在著名的天壇景區遇到一群票友在練唱，演唱水準直逼專業演員。

第四節
京劇的作家與作品

——

　　由於京劇從形成至今，不過二百年左右，且仍在持續上演中，所以文獻資料和劇目保存之多，也應列所有劇種之冠。不僅優秀的老戲不斷被搬上舞臺，也有許多新編的劇目出現。但除了少數作者外，大部分的劇作已經無從知道作者是誰。有關京劇劇本之取材，周貽白在《中國戲劇史長編》附錄〈中國戲劇本事取材之沿襲〉中，有一表列，值得參考。[70] 從此表的陳述中可以得知，京劇大部分的劇目都有所本，或是宋、元南戲改編，或是金、元雜劇改編，或是明、清傳奇、雜劇改編，或是歷史故事、小說、說唱、地方劇種改編。

　　京劇的作品又有一種系列但未必連續的特色，也就是以某一些人物為主軸，發展出一系列未必具有連續性的劇目。如三國戲，便是以《三國演義》為基礎；包公戲，便是以《包公案》為基礎；水滸戲，便是以《水滸傳》為基礎；楊家將故事戲，便是以《楊家將》為基礎。但以楊家將故事戲為例，《四郎探母》和《八郎探母》就沒有情節上的連續性。

　　京劇的劇目又有唱工戲、做工戲，或是文戲、武戲之分。一般認為唱工戲和文戲是給內行人看門道的，做工戲和武戲則是給外行人看熱鬧的。當然，如果從表演技巧的角度欣賞，熱鬧的做工戲和武戲也極有價值的。

　　以下，選擇楊家將故事戲的《四郎探母》、唱工戲的《鎖麟囊》、《玉堂春》、做工戲的《打漁殺家》、《拾玉鐲》等劇，作一簡介。

70　見周貽白，《中國戲劇史長編》，頁 615-641。

一、《四郎探母》

四郎探母，故事見於《楊家將演義》（明代萬曆年間出版）第四十一回，有〈獨思〉、〈坐宮〉、〈盜令〉、〈候箭〉、〈出關〉、〈巡營〉、〈見弟〉、〈見娘〉、〈見妻〉、〈哭堂〉、〈回令〉，共11場。

故事敘述宋遼兩國在金沙灘一役，因潘仁美奸計誆聖駕親征，戰況慘烈。楊家將四郎楊延輝被俘，流落遼邦，改名木易，蕭太后惜其才，不僅不殺，反以女兒鐵鏡公主妻之。15年後，遼邦蕭天佐擺下天門陣，宋遼再起戰端，宋朝命六郎楊延昭掛帥，佘太君押糧。四郎聞訊，思母情切，鬱鬱不樂，事為鐵鏡公主看破，乃告以實情。公主計盜令箭，幫助他出雁門關，返回宋營，母子、兄弟、夫妻相會，不勝唏噓。然五鼓天明，慘然而別，仍趕回遼邦繳回令箭。四郎出關後，守關的二位國舅已經看出端倪，將此事稟報蕭太后知道。四郎才返遼邦，便遭活逮，蕭太后按律當斬四郎，後經國舅獻計，鐵鏡公主以襁褓中的阿哥代為求情，終得以免除死刑，派四郎鎮守北關。

此劇唱詞、唱腔、劇情皆好，在京劇中是很難得的佳作。由於民國38年以後，大陸來臺人士思鄉情切，尤其「我好比籠中鳥有翅難展，我好比虎離山受了孤單；我好比南來雁失群飛散，我好比淺水龍困在沙灘。」四句，完全道出了戲迷們的心情。此劇和《鎖麟囊》大受歡迎，一時間幾乎人人傳唱。但也因此，政府曾經下令禁演此劇。

二、《鎖麟囊》

此劇為程派名劇，為翁偶虹所作。故事敘述登州富家女薛湘靈嫁予同鄉周家前夕，母親依當地習俗，贈與湘靈鎖麟囊一只，內裝珠寶首飾，取早生貴子，一世富貴之意。同鄉貧女趙守貞嫁往盧家前夕，父親趙祿寒仍借貸無門。次日，兩頂花轎同時在春秋亭避雨，湘靈得知守貞貧窮，乃將鎖麟囊慨然相贈，並不留姓名。雨停後，各奔前程。（圖8-10）

6 年後某日，登州大水，湘靈母子、夫妻相離散，輾轉到了萊州。在大善人盧勝籌施粥之粥棚，巧遇從前的丫鬟梅香，得知盧府徵老媽子，乃前往應徵。一日，盧家幼子天麟將球丟到後院樓上，要湘靈上樓撿球。然盧夫人曾千叮萬囑，此樓絕不可上，只是拗不過天麟要求，湘靈才一上樓，天麟便告訴母親。湘靈在樓上找球，赫然發現自己當年所贈之鎖麟囊高掛堂中。盧夫人將湘靈喚來，責問為何上樓。一問之下，湘靈才知盧夫人就是當年在春秋亭避雨的窮新娘趙守貞，盧夫人也才知湘靈就是當年贈囊之人，於是慨然將財產的一半分給湘靈，並幫她尋回家人。

民國 38 年前後，除軍人、公務員和學生、老師隨政府播遷來臺，也有一批富家子弟來臺避難，滿心以為幾個月內就可還鄉，所以財物帶的不多。未料臺海交通阻隔，貲財散盡，竟由富家子弟一變而為一無所有的窮人。又，先祖父曾任中將軍醫局長，只是未能及時來臺，先父從將軍之子一變竟成孤兒。此情此景，與薛湘靈的命運豈不相通。先父每念及此，不勝唏噓。則以一醫生而能唱全本《鎖麟囊》，便無可怪之處了。

三、《玉堂春》

這是梅派的擅長劇目之一，全劇分〈嫖院〉、〈起解〉、〈會審〉、〈團圓〉四場。故事敘述淮安書生王金龍，因與狐朋吳義、卜興至妓院嫖妓，得以認識名妓蘇三（玉堂春），兩人感情甚篤，發誓共偕白首。後因貲財散盡，被老鴇趕出院外。王金龍避居關王廟中，落魄無依，幸遇賣花郎金哥好心傳信。蘇三得知，乃往相會贈金，王金龍得以返回南京。

王金龍去後，蘇三拒不接客，老鴇將她賣與山西富戶沈延林為妾。沈妻皮氏善妒，趙監生與之私通，獻計將沈毒死，誣告蘇三謀害親夫。縣官因受趙監生賄賂，刻意將蘇三問成死罪。解差崇公道將蘇三自山西洪桐縣解往太原覆審，中途透過崇公道與蘇三的答問，將蘇三的遭遇娓娓道出，崇公道甚為同情，加以勸慰，並收為義女。其中最為人津津樂道的唱詞，就是蘇三在洪桐縣大街上唱的幾句西皮流水：

蘇三離了洪桐縣，將身來在大街前；那一位去往南京轉，與^我那三
郎把信傳，言說蘇三把命短，來世^變犬馬^{我就}當報還。

蘇三被押解至太原，三堂會審之時，堂上之主審，恰爲巡按王金
龍。王金龍認出蘇三，不能自持，卻又不便在陪審官員之前與蘇三敘前
情，甚爲尷尬，不能終審。此情爲陪審之藩司潘必正、臬司劉秉義看破。
後終將冤獄平反，蘇三、王金龍破鏡重圓。

四、《打漁殺家》

該劇又稱《慶頂珠》，1935 年，梅蘭芳的梅劇團應邀赴莫斯科演出，
其中就有這出戲。當時許多世界知名的戲劇家，如俄國的導演丹欽科、史
坦尼斯拉夫斯基、電影導演艾森斯坦、德國戲劇家布雷希特皆在座中。特
別是劇中搖船的動作，讓正在苦思非亞里斯多德戲劇理論的布雷希特找到
明確的例證，終於成就了作爲「史詩劇場（Epic Theatre）」的中心理論，
他因而成名的「陌生化效果（verfremdungseffekt）」理論。

此劇故事敘述綠林英雄蕭恩，晚年與女兒桂英打魚爲生，桂英許配花
家，花家以一慶頂珠爲聘。一日，蕭恩巧遇好友李俊與倪榮，留之船中飲
酒。適當地土豪丁家差人催討魚稅，李俊與倪榮爲好友抱不平，來人回府
稟報，又差教師爺前去催討，被打了回來。

蕭恩料想丁家必不甘心，就先往縣衙告官，哪知縣令已收賄賂，不問
青紅皂白，將蕭恩一頓毒打，轟了出去。蕭恩回到家來，與女兒商議，收
拾細軟，潛去丁家，假意送慶頂珠謝罪，實則趁其不備，將丁家滅門，暗
夜逃往他處。

五、《拾玉鐲》

這是京劇《法門寺》中的一折，一出著名的小戲。《法門寺》，又名
《雙姣奇緣》。敘述明武宗正德年間，太后至法門寺進香，大殿上突然闖

來郿鄔縣民女宋巧姣告狀，惡貫滿盈的太監劉瑾因而歪打正著地辦了一件好事。

《拾玉鐲》（圖 8-11）所述，正是宋巧姣所告之事。故事敘述孫玉姣餵過了雞，坐在門口刺繡，宋巧姣的未婚夫傅朋經過，對孫玉姣動了念，就脫下手上的玉鐲，要送給孫玉姣。孫玉姣假意含羞不接，傅朋便把玉鐲放在地上，揚長而去，傅朋走後，孫玉姣看清四下無人，拾起了玉鐲。未料此事被鄰居劉媒婆發現，便向孫玉姣要來繡鞋一只，作為回禮。

劇中有一大段精彩的默劇表演，包括孫玉姣餵雞、刺繡、拾鐲，趣味橫生。因為有其獨特性，經常獨立演出。

第九章

回顧與前瞻

　　本章一方面對過去戲曲的發展做一回顧；一方面對戲曲未來的走向進行前瞻。

　　第一節將從縱、橫兩個方向交叉探討，進行對戲曲史的「回顧」。所謂縱，是指戲曲史上每個橫斷面的連接。如四大小戲的形成、從小戲到大戲、南戲、北劇、傳奇與南雜劇、花雅之爭、京劇等。所謂橫，指的是戲曲發展中的幾個縱剖面（也就是曾師定義戲曲大戲時，標舉出的九個要素）的發展性。

　　第二節將針對「戲曲現代化」的必要性、途徑、瓶頸進行探討，最後，個人以為，戲曲現代化的「藍海策略」，其關鍵就在於發展兒童戲曲及戲曲小劇場。也就是說，唯有向下扎根，戲曲藝術普遍化之後，其精緻化才不會使戲曲成為「小眾文化」。

第一節
回顧
——

　　上古時代的歌舞和儺儀與周代以前的文學作品，在周代形成詩經與楚辭。最晚在楚辭的《九歌》中，已經結合了歌舞、故事、代言體與扮演，形成了早期的小戲，但觀眾是人抑或是神？仍是一個難解的問題。接著，小戲又吸收了百戲雜技，而在秦、漢之際，在百戲表演中出現了《東海黃公》這樣一個節目。此後，先是在北齊，於民間形成《踏謠娘》；又在後趙的宮廷，形成以優人諷刺罪臣的《參軍戲》。這《九歌》中的〈山鬼〉、百戲中的《東海黃公》、北齊民間的《踏謠娘》、後趙宮廷的《參軍戲》，就是文獻上的「四大小戲」。

　　總的來說，《九歌》標示了戲曲四大要素的結合，在宗教祭祀儀式

的基礎上，形成了早期的小戲。在《東海黃公》這個節目的演出中，一方面以表演雜技爲基礎，形成了故事性更強的小戲；另一方面，在「觀演關係」上更加明確。到了魏晉南北朝，同樣以「角牴」爲概念，在民間，結合傳說故事、歌謠與舞蹈，形成了《踏謠娘》；在宮廷，則以春秋戰國時代的「優」，諷刺犯官罪臣，而形成了《參軍戲》。

另一方面，詩經的傳統在漢代形成了結合歌、詩、舞、樂，有抒情及敘事成分的「大曲」。「大曲」到了唐代，體制已經完備，分成器樂演奏、聲樂演唱、舞蹈表演三大段落。到了宋代，小戲結合了說唱藝術（如俗講、變文、唱賺、諸宮調等），已經可以用「大曲」演出故事，形成了「雜劇」。

北宋年間，「雜劇」雖然仍是「小戲群」的藝術型態，但是到了南宋，一方面隨著北人南遷，雜劇結合了溫州的地方小戲，逐步演變成「南戲」，而成爲戲曲史上的第一個大戲劇種；另一方面，留在北方的雜劇先在金朝形成「院本」，再依循著「院么」、「么末」、「么麼院本」的途徑，在金末演變成另一個大戲劇種「北劇」。而這一南一北的光輝，也在元代造就了戲曲史上的第一個黃金時代。

南戲與北劇在由元至明中葉的將近 300 年間，於元代中葉、元代末葉、明代嘉靖朝產生了三次較大的變化，分別是北劇的「文士化」與「南曲化」、南戲的「北曲化」與「文士化」，以及嘉靖朝南戲與北劇的「崑山腔水磨調化」，史家稱之爲南戲與北劇的「三化」。在南戲與北劇的「崑山腔水磨調化」之後，產生了「傳奇」與「南雜劇」，同時也展開了由明代中葉到清代中葉將近 250 年間，戲曲史上的第二個黃金時代。

到了清代中葉，一方面因爲崑腔傳奇一成不變，南雜劇又專擅文人作家寫心，而逐漸僵化；一方面由於地方劇種的方興未艾，使得這個時期的北京劇壇，出現了主流劇種與非主流劇種爭勝的局面，史家稱之爲「花雅之爭」。後來戰場從北京延伸到了崑腔的原鄉——江南，導致崑腔全面敗

下陣來，而由以徽劇及漢劇為主體，在乾隆 55 年（1790）以後，於北京形成的「京劇」擅場。

經過無數名伶與文人的努力經營與改良，在民國初年至民國 50 年代間，出現了京劇的全盛時期。但就在民國 50 年代，大陸發生文革，全國只能演所謂「政治正確」的樣板戲，京劇遭到空前的浩劫。幾乎與此同時，京劇在臺灣因為文化復興政策的推動、電視國劇與軍中劇隊的大量演出，加上京劇專業教育的人才培養，延續了京劇藝術的生命力。

民國 60 年代以後，老戲迷逐漸凋零，年輕觀眾因為二度西潮的影響，對京劇興趣缺缺，京劇界開始出現思變的聲音，雅音小集與當代傳奇的成立，就是尋思以新的手法找到新的觀眾。到了民國 70 年代末期，「本土意識」的抬頭使得劇校和劇團紛紛減併，臺灣的京劇進入了寒冬。

另一方面，大陸在文革結束以後，傳統的京劇已經不能滿足觀眾的口味，於是出現了大量的新編戲和改編戲，在演法上也出現了許多新的藝術手段。由於海峽兩岸交流的逐漸頻繁，「戲曲現代化」成為一個風潮。

我們在此回顧了戲曲史上每個橫斷面的連接，接著，將要檢視戲曲發展中的幾個縱剖面（也就是曾師定義戲曲大戲時，標舉出的九個要素）的發展性。

曾師所標舉出來的九個要素，分別是詩歌、音樂、舞蹈、雜技、故事、講唱文學的敘述方式、俳優妝扮、代言體、狹隘的劇場。其中故事、詩歌、講唱文學的敘述方式、代言體等四個要素是形成戲劇文學特質的主要因素；音樂、舞蹈、雜技、俳優妝扮、狹隘的劇場等五個要素則建構了戲曲的劇場藝術。這兩組要素又相互配合，相互影響。所以，這九個要素結合而產生戲曲的過程，並不是混合，而是化合。以下，便分述這九個要素發展的過程。

一、故事

　　最早在《九歌》中，故事、詩歌、音樂、舞蹈、俳優妝扮、代言體、狹隘的劇場已經結合，而產生了最早的小戲。在《九歌》中，故事是極為簡單的，多半是人與神或是神與神間的戀歌，或是表現對亡靈的思念和對神的敬意。例如〈山鬼〉表現了純情公子與山神的戀愛；〈湘夫人〉表現了湘水之神與妻子的感情；〈國殤〉對為國捐軀的將士表達了思念；〈東皇太一〉則對東邊至高無上的天神表達了最崇高的敬意。

　　到了《東海黃公》，描寫人與虎鬥，《踏謠娘》敘述夫妻間的爭吵鬥毆，《參軍戲》戲弄罪臣，這三大小戲所演述的故事，不僅較《九歌》更為複雜，內容也擺脫了鬼神，而更加人性化、生活化。

　　從唐到宋的幾百年，可以說是戲曲從雛型到成熟的重要關鍵。各種歌舞漢說唱藝術如大曲、變文、諸宮調、鼓子詞等，以及唐代甚為風行的傳奇小說和滑稽戲，為戲曲提供了許多膾炙人口的故事，像是目連、孟姜女、伍子胥等，都是明證。

　　另一方面，雖然沒有劇本流傳下來，但經過各方考證，從其名目看來，宋金雜劇院本所演述的故事似乎以調笑為主，所以想必也不會太複雜。

　　到了南宋時，南方的南戲和流行在中國北方的北劇幾乎同時成為中國最早的大戲。此後，戲曲故事越趨複雜。北劇以四折為主，篇幅雖短，但情節曲折；南戲動輒四、五十出，情節排場更得以盡情發揮。從故事的內容來看，北劇多悲壯的豪俠殺伐之事，南戲則較多地闡述男女相戀的故事。此外，由於元代是外族統治，在政治上對讀書人與漢人的打壓，及社會上權豪勢要對小老百姓的恣意欺凌，也往往被戲劇家們當作故事題材加以表現。

　　南戲與北劇經過「三化」，產生了兩個混血兒，一是傳奇，二是南雜劇。這兩個劇種雖然都在明代中葉至清代中葉間成為主流劇種，也都著

力表現文人士代夫所喜愛和關心的故事。但傳奇繼承南戲的體例，篇幅很長，人物眾多，故事複雜曲折；南雜劇多在十折以內，因爲篇幅短小，難以發展大型故事，所以多用來抒發作者的情緒。

到了清代中葉，花雅之爭使得地方戲迅速發展，最後由京劇成爲劇壇主流。地方戲偏重在表現市井小民所關心的事物，當然故事取材與傳奇和南雜劇有了不同，而充分表現了「草根性」的風貌。

二、詩歌

詩歌可以說是中國傳統藝術的本質，所有藝術都與詩歌相結合，即便是繪畫，也要求「詩中有畫，畫中有詩」。詩是高度精煉的語言，詩所表現的是寫意而非寫實，這也使得中國傳統藝術一直發展寫意的風格，而走了一條與西方藝術完全不同的道路。

《九歌》中所使用的詩歌是以楚辭寫成，祭祀鬼神的歌詞，以七言爲主體。其他三大小戲中所運用的詩歌，在文獻中並沒有完整地呈現。但早在漢代，敘事詩和以詩爲載體的民歌就極爲發達。

由唐至宋，詩歌的發展走入高峰，唐代以固定字數的「詩」作爲文學的主流，宋代以長短句的「詞」擅場。詩在變文和漢唐大曲中，及詞在宋大曲和說唱藝術中，都有很好的發展。因爲宋金雜劇院本在宋代出現，當然以詞爲戲劇文學的唱詞。

這種長短句的文學型態造就了許多用嚴格規範的格律創作的「詞牌」，經過整個金代由「詞牌」到「曲牌」的過渡，隨後出現的南戲和北劇，當然也就以曲牌作爲其唱詞的結構單位，而從大曲、變文、諸宮調等說唱藝術中，發展出各種曲牌聯套的規律，也因此成就了「詞曲系」的風格。

清初以後，由於農村經濟的復甦，各地地方戲興起。地方戲曲既然根植於民間，當然不可能使用有著嚴格格律限制的曲牌體，因此，轉而向民

歌吸取經驗。從漢代以降，民歌就以固定字數的「詩」作爲載體，以詩的聯綴來敘事或抒情，便成了「詩贊系」。清代中葉以後，地方戲中的京劇脫穎而出，用的就是這種「詩贊系」。

三、「代言體」與「講唱文學的敘述方式」

沒有代言體，就不能稱其爲戲曲。代言體最早在《九歌》中已經出現，歌詞中的「余」、「予」、「我」等字，都表示了演員以劇中人的身分說話。但此時代言體也還與敘述體同時存在，技巧尚未成熟。《東海黃公》中，黃老先生口唸咒語；《踏謠娘》中，踏謠娘「自爲怨苦之詞」；《參軍戲》中，伶人問：「汝何官？入我輩中。」及扮演周延的伶人答：「正坐取是，故入汝輩中。」都是代言體。

唐末、五代以來，從佛教用以傳教的「變文」開始，各種說唱藝術在民間表演藝術中也占有極爲重要的地位，而在宋代發展出「鼓子詞」、「諸宮調」、「唱賺」等說唱藝術。說唱藝術的敘述方式是說唱者以第三人稱的口吻向聽眾介紹故事中的人物與事件，有時也會跳入故事中，以代言體來描述人物間對話的場面。

從此，戲曲的「代言體」與說唱藝術的「敘述體」相結合，產生了一種特有的敘事方式。也就是以演員代替說書人，用第一人稱的方式，向觀眾介紹人物。早期的南戲中，甚至有「代言體」與「敘述體」並存，或戲曲中夾雜說唱的情形出現，像是《張協狀元》以諸宮調開場，就是明證。

除了人稱的問題，爲了因應演出時觀眾出入自由的特性，說唱藝術中，說唱者也會適時地插入曾經說唱過的情節，好讓沒有聽過的觀眾了解前情；戲曲也同樣吸收這種方式，所以像是《四郎探母》，光是在〈坐宮〉一場，楊延輝就三次敘述了他的身世。

這種特殊的人稱結構和重複敘述的現象，從南戲開始直到現代，成爲戲曲最重要的特色之一。

四、俳優妝扮

所謂「俳優妝扮」，說穿了，就是形構一個人物的相關技巧。這包括了劇中腳色的分化、演員的表演、穿戴的行頭，以及臉部化妝等等。

就腳色的分化來說，在四大小戲的階段，是沒有腳色分化的問題的。《九歌》中，由巫與覡分別扮演人或神，只有兩個演員，兩個人物，沒有腳色的概念。《東海黃公》中，一人扮黃老先生，另一人扮老虎，也是只有演員和人物的關係，而沒有出現腳色。《踏謠娘》裡，除了旁觀的鄰居，依然只有兩個演員，沒有腳色。《參軍戲》的演出雖說有「參軍」與「蒼鶻」兩個腳色，但這兩個腳色是否存在了類型化的模式？由於現存的史料不足，實在難以論斷。

到了宋金雜劇院本，出現了所謂的「五花爨弄」，腳色的分化應該已經產生。而且由於這五個腳色所扮飾人物的風格有很大的差異，類型化的概念促成了表演「程式」的漸趨成熟。可見宋代在戲曲史上實在居於一個轉捩點的地位。

南戲和北劇在腳色的演化上更見系統化：南戲有生、旦、淨、丑、外、末、貼七大腳色；北劇有末、旦、淨、雜等四大腳色。經過「三化」的演變，清代初年的傳奇演出已經確立了「江湖十二腳色」的系統。到了京劇中，更出現了「生」、「旦」、「淨」、「末」、「丑」、「流」、「武」等七行，七行下又更細分為二十多種行當。

腳色行當的存在，標誌了「程式化」表演的特色。戲曲的表演體系，與史坦尼斯拉夫斯基的「心理寫實表演體系」、布雷希特的「陌生化表演體系」鼎足而三，成為世界三大表演體系。「心理寫實表演體系」要求「演員的我」進入「人物的我」；「陌生化表演體系」要求「演員的我」詮釋與再現「人物的我」。而戲曲的表演體系卻同時存在著四重自我，即：「演員」進入「腳色」，運用「程式」扮飾「人物」。

很多人誤以為「心理寫實表演體系」和「陌生化表演體系」塑造人物

的過程是由內而外，戲曲則因爲有了程式的運用，在塑造人物時是由外而內。其實，程式只是再現人物的工具，演員熟悉程式後，還是要經過詮釋的過程，所以，還是由內而外的。也因爲演員運用程式的多樣化，產生了各種風格，即所謂「流派」。

不穿戴行頭當然也可以表演，但難免粗糙。《九歌》的演出者是否穿著適合人物的服裝，我們不得而知，但可能性是極小的。當然，也可能已經有了某些面具。《東海黃公》中扮飾「黃公」的演員，顯然已經有了某些裝扮，如「佩赤金刀，以絳繒束髮」。至於扮演老虎的演員，雖然文獻中沒有明確的交代，但根據同一時代《西京賦》的記載，應該也有了類似老虎的裝扮。《踏謠娘》中的蘇中郎或蘇郎中「皰鼻」、「著緋戴帽面正赤。蓋狀其醉也」，和《參軍戲》中參軍的「著介幘，黃絹單衣」等都證明了在小戲階段，戲曲的演出已經有了適當的服裝、化妝和道具。甚至如同時的舞劇《代面》中，也出現了面具，而成爲後世戲曲臉譜的來源。

宋金雜劇院本的演出，根據出土文物觀察，應該是穿著當時人生活的常服。稍晚的南戲雖然沒有留下明確的資料，但從文本的提示中已經看到了配合不同的人物身分和場合，而穿著不同的服裝。北雜劇因爲有「穿關本」流傳，我們得知當時的演出，穿著的是「繪畫之服」，也就是將生活的常服加以藝術化的服裝。這種「繪畫之服」發展到了明代，已近乎成熟，今天戲曲舞臺上的行頭，除了少數清代的服裝和西域諸國人物的服裝外，大都以明代的服裝爲主。

至於臉部化妝的技巧，南戲和北劇已經有了臉部化妝，正面人物用「素面」，僅描繪眉、眼，加深臉部的線條而已；滑稽逗笑的人物和反面人物，則用「花面」，即在臉上「搽灰抹土」，類似今天京劇中丑腳的模樣。另外有一些性格剛烈的正面人物，採用「勾臉」的方式，突出臉部的線條。臉部色彩的運用，在此時也已經開始發展。年紀較長的男性腳色，也戴上了髯口。神鬼戲中也有戴面具的。在這樣的基礎上，明代的戲曲已經出現花樣繁多臉譜，像是梅蘭芳先生家傳的「綴玉軒世藏明代臉譜」，

有「明朝人員臉譜」及「明朝神怪臉譜」各十一幅，頗具參考價值。其基本色彩基本上，已經能顯示出人物的性格特徵。到了清代，臉譜的發展更加多樣化，有整臉、碎臉、歪臉等，而且各種不同的劇種，甚至不同的流派，都有不同的臉譜。

五、音樂、舞蹈和雜技

音樂在戲曲的文本中，與詩歌的體制相配合，而具現為「歌」；在表演中則表現為演員的「唱」與「唸」，因為語言和演員本身特質的差異，而有不同的唱腔與流派；同時也表現在戲曲演出的伴奏上。舞蹈在戲曲的表演中具現為「做」與「打」。這三種要素組合起來，就構成了戲曲最核心的表現工具──「歌舞」，也就是戲曲表演的「四功」。《九歌》中的音樂和舞蹈表現為祭祀時的歌舞；其後在《東海黃公》之中，又吸收了雜技表演，而在《踏謠娘》和《參軍戲》中，更充分發揚了相互鬥毆的角牴精神。

到了唐、宋，結合詩歌、音樂、舞蹈的「大曲」已經定型，各種說唱藝術和演唱技巧也已成熟，由詞牌和曲牌譜曲形成的曲牌聯套體當然成為戲曲音樂的主流形式。早期南戲由於是「士夫罕有留意者」，則其創作在音樂上「不協宮調」的情況比比皆是。北雜劇因較多為文人創作，在音樂格律上自然十分嚴格而精確。

除了格律的規定日趨繁複之外，在聯套的規律上也發展出多種曲牌運用的形式，而有所謂前腔、換頭，或北曲雜劇中的么篇、轉調等。到了明代的傳奇，因為抒情的歌曲已經不敷使用，而運用「集曲」的手法創造新的曲牌。

有關作曲與演唱的技巧，自元代以來，諸家著作如燕南芝庵的《唱論》、周德清的《中原音韻》、明代朱權的《太和正音譜》、王驥德的《曲律》、魏良輔的《曲律》、沈寵綏的《弦索辨訛》、《度曲須知》、

清代李漁的《閑情偶寄・詞曲部》、徐大椿的《樂府傳聲》等頗見討論。

到了清代花雅之爭以後，花部亂彈從民歌及說唱的基礎上，配合詩贊系的歌詞，逐漸發展出板式變化體的音樂體制。板式變化體雖然不像曲牌聯套體那樣有嚴格的格律限制，但創作更為自由，以幾種主要的聲腔配合不同的節奏，敘事和抒情的能力極強。

至於「做」與「打」，「做」指身段，與舞蹈關係密切；「打」則是從雜技和武術演化出來。其實，雜技和舞蹈的來源可能十分接近。蚩尤戲中頭戴牛角而相抵觸的情況，可能和上古時代的「百獸率舞」有相當的關係。從舞蹈來說，先人民智未開，萬物皆有祭祀，祭必有舞，而產生了「巫舞」。另一方面，自從周公制禮作樂，以教化天下百姓，而有了「頌舞」，其中又分作文舞和武舞。至此，舞蹈的功能從祭祀儀式轉化為教育的工具。《大武》之舞的「六成」已經具現了相當的敘事功能，闡述了周朝從起兵前到建國後的相關歷史，我們甚至可以視之為「六幕舞劇」。到了《九歌》，「巫舞」和「頌舞」似已結合，敘事性更強，配合帶有代言體的歌唱，已經能精緻地描述人神戀愛的故事。

從雜技的演化來說，蚩尤的形象在周代轉化成方相氏，到了秦、漢，一則由於雜技本身的發展，一則吸收了西域諸國的表演技藝，《西京賦》中的《魚龍曼延》、《總會仙倡》、《東海黃公》等節目，舞蹈和雜技相結合，隊後世戲曲的影響十分深遠。如第二章註10中談到的「禹步」，其動作零碎，以象徵大禹病足之狀，想來似乎與後世戲曲表演中的「跑圓場」相似。至於其人虎相鬥的廝殺場面，更可視為後世戲曲武打套數的先河。

隋、唐時代，各種樂舞大量出現。像是《蘭陵王入陣曲》中「為此舞以效其指揮擊刺之容」、《撥頭》中「其子求獸殺之，為此舞以象之」、《踏謠娘》中「徐步入場行歌，⋯⋯及其夫至，則做毆鬥之狀，以為笑樂」，及《參軍戲》中，優人戲弄贓官的角牴精神，在在展現了舞蹈與雜

技的結合。

到了宋金時期，各種雜技表演透過衝州撞府、打野呵的方式，或是廟會、社火等活動，更爲熱鬧，甚至往往與雜劇院本綁在一起演出。至北宋末年，雜劇似已從百戲雜技中分立出來，成爲一種獨立的表演藝術，南宋時，教坊十三部以雜劇爲正色。但其五大腳色中的「副末色打諢，副淨色發喬」，正是後世戲曲的「插科打諢」，足見其角牴的精神，延續了四大小戲以來的傳統。

南戲的前身既稱「溫州雜劇」，其中必然帶了許多雜技表演的基因。除了在表演中，大量的運用各種雜技，如《張協狀元》第二十三出及第五十二出中，運用口技模仿犬吠、雞叫、馬嘶之外，在曲牌的運用上，也產生了許多從雜技表演的音樂改編而來的曲牌。如【川鮑老】出自「舞鮑老」；【大影戲】是皮影戲的一種；【蠻牌令】出自軍中百戲「蠻牌」。類似例子之多，不勝枚舉。

北曲雜劇也從宋金雜劇院本而來，但在表演技巧上已見成熟，而有了歸納性的著作如《青樓集》，記錄了當時著名的演員。另外，戲曲中的武打場面在北劇中有了很好的發展，這在眾多的綠林雜劇與脫膊雜劇中，可以明顯發現。

明清傳奇雖然大多以男女情愛爲故事題材，但其中戰爭的場面仍然很多，像是《長生殿》、《拜月亭》、《桃花扇》，所以也發展出許多翻滾摔打及兵器對打的程式，到了京劇和許多地方戲中，就成了「毯子功」與「把子功」。

六、狹隘的劇場

戲曲的演出脫離不了劇場。《九歌》的時代，在祭壇演出，則這祭壇，就成了《九歌》的劇場。《東海黃公》的演出確立了以「人」爲觀衆，從此，演出的劇場脫離了祭壇，或是在廣場上（如平樂觀），或是在室內

（如百戲樓），或是在宮中，甚或是「除地爲場」，展現了多樣的風貌。

　　唐、宋、金、元時期，是戲曲邁向成熟的重要關鍵。在演出體制上，此時開始有了多樣化的演出場地和場合：有些書會才人爲了提高知名度，進行業餘的演出競賽；有些路歧人在熱鬧的街市除地爲場；有些以家庭爲班底的職業劇團在固定的勾欄進行商業演出；也有些配合寺廟的祭祀活動，在廟中的固定戲臺或廟外臨時搭建的戲臺演出；甚至在妓院或茶坊酒肆中，也有演劇活動；有些劇團受到官方「喚官身」，而在官府的廳堂演出；更有宮廷的藝人在宮廷宴會上演出。

　　此時劇場的名稱、形式與功能之多，令人目不暇給：有露臺、山棚、舞臺、舞廳、舞亭、舞樓等，但總的說來，似可分爲業餘演出、職業演出、節慶演劇、祠廟演劇、家宅演劇、宮廷演劇等不同的場合。這些不同的場合到了明代以後繼續得到發展，不僅各類戲臺的建構更爲精緻，也發展出像是山亭演劇、水上戲臺等特殊的演出場地。到了清代，由於宮廷演出活動的繁盛，戲臺建築也呈現多樣化，有室內的小戲臺，也有三層大戲臺。另外，茶園演劇的形式，也使得「戲園子」成爲當時戲曲演出的主要場地。

　　一般舞臺上的基本構造，在漢代的百戲樓中已經顯現：前後臺分隔，有上、下場門。到了宋代，三面觀眾的戲臺圍以低矮的勾欄，上舞臺區有樂床，是後行伴奏、女演員休息的地方。元代，舞臺上張起一張漂亮的幕幔，作爲前後臺的區隔，以後的各種舞臺，基本上都依循著這樣的規格，只是運用更加進步的科技，追求更好的視聽效果罷了。例如運用水的回音效果，或是在舞臺前面多砌上兩道像喇叭一樣的「攏音壁」，或是在舞臺上方利用各式各樣的「斗拱」和「藻井」來聚音。

　　「一桌二椅」的概念在宋、元時代應該已經成熟。狹隘的劇場，利用桌椅不同的擺放方式，及簡單的各種帳子與旗子，加上演員的口述和表演，卻創造出千變萬化的場景。

第二節
前瞻

——

　　無疑地，當代戲曲的發展是以現代化爲目標，事實上，從上一節的回顧中，我們不難發現：戲曲自形成以來，就不斷地在追求現代化。歷朝歷代的戲曲藝術家們，不斷地向古人的經驗借鑑，也不斷地吸收當代的新觀念，所以，時時有突破，代代有創新。我們可以說：整部戲曲史就是一部戲曲現代化的歷史。

　　民國以後，西風東漸，在強大的西潮影響之下，胡適等人倡言廢戲曲而主張完全西化。兩岸分治以來，傳統戲曲在大陸，受到政治的迫害；在臺灣，傳統戲曲雖然受到政策的保護，卻也在「本土化」的風潮及二度西潮的影響下，加之老戲迷逐漸凋零，戲曲觀衆銳減，從極盛而至苟延殘喘。大陸「改革開放」以後，兩岸的戲曲藝術家不約而同地投身戲曲改革，期能使之現代化，以尋回戲曲的觀衆。當然，近二十年來，當代戲曲現代化的工程確實積累了相當豐富的經驗。

　　以下，我們要從幾個不同的角度來看戲曲現代化的問題。

一、什麼是現代化？戲曲爲什麼要現代化？

　　所謂「現代化」，按照教育部重編國語辭典的解釋：「傳統社會、經濟及政治制度，逐漸演變到現代、都市及工業社會的過程。」換句話說，也就是表現當代，或是符合當代的標準。至於什麼是當代呢？就一般的認知來說，所謂當代，就是當下的這個時代。它隱含了一種「突破現狀、打破規律、重視非主流」的涵義，而與古代——或是反當代——形成對立的概念。如果從整個戲曲史來看，每一個時期都可以被視爲當代，每一個時期的戲曲都在現代化。正因爲戲曲史存在著不可分割的特性，傳統與當代

的界定將是個棘手的問題。王安祈教授在《當代戲曲》一書中，借用中國文學史的概念，將鴉片戰爭到五四運動之間的戲曲歸類爲「近代」，此後至 1949 年兩岸分治之前歸類爲「現代」，1949 年以後的則歸類爲「當代」。[1] 這裡所謂的當代，是指 1980 年代迄今。這個時代正是戲曲工作者開始大幅度思變的開始，也是兩岸在戲曲藝術上交流頻繁的時代。

至於戲曲爲什麼要現代化呢？不外乎「表現新形式」與「爭取新觀衆」這兩個理由。

就「表現新形式」來說，任何藝術發展到定型以後，都力求突破，文學上如此，繪畫上如此；西方戲劇如此，戲曲也如此。我們從前一節的回顧中，便可以發現這個現象。「表現新形式」不僅是藝術創作的精神，更是各類藝術突破瓶頸的好方法。

就「爭取新觀衆」來說，傳統戲曲的忠實觀衆大多上了年紀，逐漸流失；年輕的觀衆對戲曲又大多沒有興趣。如果不找出一條活路，恐怕戲曲會成爲小衆文化，而逐漸被觀衆淘汰。爲了求生存，戲曲必須現代化。但是，戲曲爲什麼不受年輕觀衆的歡迎呢？

二、戲曲爲什麼不受年輕觀衆的歡迎？

或許有些熱愛戲曲的人乍見此言，會衝口而出：「誰說戲曲不受歡迎？」但不可否認，年輕一輩的觀衆去看戲曲的實在不多，尤其是傳統的戲曲。即便是戲劇系的學生，對此也興趣缺缺，若不是老師上課強迫他們看，他們多半是不會主動去看的。

我曾在課堂上要求學生們討論這個話題，他們提出了四個理由：第一，他們認爲傳統戲曲忠孝節義的主旨及封建舊禮教思想，與現代社會打破權威的主流思想相衝突。第二，他們認爲戲曲的程式性與後現代藝術解

1　王安祈，《當代戲曲》（臺北市：三民，2002 年），頁 5。

構的思想不符。第三，他們認為戲曲描述的人事物與現代生活脫節，形象不容易建立。第四，他們認為戲曲的唱白脫離生活語言，不易懂。

但推究下去，我們又發現這些理由都似是而非。首先就思想主旨來說，傳統戲曲中打破權威的作品其實很多，以忠孝節義或是男尊女卑為主旨的戲曲，似乎只存在於某種特定的社會現象之中。再說，後現代的「解構」是在解「現代主義」的結構，而且解構了之後還要重新結構。反觀戲曲程式，不是一成不變的，它如同後現代主義一樣，也是不斷地解構，又不斷地重新結構。第三，戲曲現代戲從梅蘭芳的時代就推出過，觀眾卻未必接納，總覺得在藝術風格上有些東拼西湊，牛頭對不上馬嘴。若從語言上看，如果你聽不懂義大利文或英文，卻又能接受歌劇或是歌舞劇，又為什麼不能接受戲曲呢？

綜上所述，我們認為，傳統戲曲不受當代年輕人歡迎的真正理由，與其說是其本身藝術手段與內容的因素使然，毋寧說是受到近、現代兩次西潮，及本土意識與去中國化等政治運動（或風潮）的影響要來得大些吧！

其實文化本身沒有好壞之分，但霸權文化透過政治、經濟、傳播媒體等等管道，去詮釋與再現其他的文化，霸權文化就成了主流的、好的、先進的；而其他文化則成了非主流的、不好的、落伍的。從晚清時期列強帝國主義入侵，以歐美為主的西方文化成為霸權文化，古代中國「尊王壤夷」的霸權文化，至此就成了非主流文化。至今，我們的年輕人仍然以西方文化為追求的目標，而把自己的文化看作是落伍的。

但是，話說回來，既然「表現新形式」是藝術創作的精神，也是突破瓶頸的好方法。戲曲藝術的現代化似乎是箭在弦上，不得不發。那麼，這些年來，戲曲現代化的現況與策略又是如何呢？

三、當代戲曲現代化的現況與策略

從第八章第一節的論述，我們知道無論在臺灣或是在大陸，戲曲受到

政策的利用，或是被保護，或是被迫害。但當這種政策的干預越來越淡以後，為了求生存、求發展，在大陸，出現了新編歷史劇。在思想上，以當代的思想觀念詮釋古典的故事；在舞臺藝術的手法上，運用了許多現代劇場的科技和觀念。像是淮劇《金龍與蜉蝣》、漢劇《徐九經升官記》、越劇《西施歸越》、川劇《荒誕潘金蓮》等都是。

另一方面，在臺灣，民國 67 年郭小莊的「雅音小集」成立，把臺灣的京劇帶入一個「轉型期」。「雅音小集」最大的突破，在於透過精緻的製作與深入校園的宣傳策略，把京劇從「前一時代通俗文化的殘存」轉化成為「現代新興精緻文化藝術」。[2] 此外，「雅音小集」在製作上大量採用經過設計的舞臺布景與燈光，並在文武場中運用西方樂器如低音大提琴與定音鼓，使得演出更能配合現代劇場得氛圍。

民國 75 年，另一個改變傳統京劇的團體——「當代傳奇劇場」，在吳興國和林秀偉夫妻的努力下成立了。和「雅音小集」相比，「當代傳奇劇場」更大膽地「向西方取經」，從莎劇和希臘悲劇中創編了像是《慾望城國》、《王子復仇記》、《樓蘭女》、《暴風雨》等多部「新型態」的京劇。這所謂的「新型態」，不僅在思想性上做了提升，更在表演體系上有了突破。

民國 84 年，「國光劇團」成立，在「雅音」和「當代」努力的基礎上，加上大陸劇團來臺交流演出，所帶來新編及改編戲的刺激，大膽地嘗試新編或改編。如【臺灣三部曲】（《媽祖》、《鄭成功與臺灣》、《廖添丁》），是向臺灣的民間文學傳說取材所創編。其他新編戲如《大將春秋》、《地久天長釵鈿情》、《牛郎織女天狼星》、《天地一秀才——閻羅夢》、《王熙鳳——大鬧寧國府》、《李世民與魏徵》、《三個人兒兩盞燈》、首部臺灣自製崑劇《梁山伯與祝英臺》、《金鎖記》。老戲新編的如《未央天》（從京劇老戲《九更天》改編）、京劇小劇場《王有道休

2　見王安祈，《傳統戲曲的現代表現》，頁 94。

妻》（取材自京劇老戲《御碑亭》）等。[3]

　　除了新編或改編，「國光劇團」在開發兒童觀眾的工作上也不遺餘力，每年暑假都有辦理兒童夏令營，並出版《拍案京奇》DVD。這樣向下扎根的藝術教育政策，成功地擴展了京劇的觀眾層面。在兒童京劇的編演上，有「國光劇團」的《風火小子紅孩兒》、《禧龍珠》、《錢要搬家啦！？》（豫劇隊），「復興國劇團」的《新嫦娥奔月》、《森林七矮人》，及 2005 年戲專京劇科的畢業公演《四海龍王鬥哪吒》，也開發了不少新的觀眾。

　　當然，創新是突破現狀的做法，幾十年來不管在臺灣或大陸，針對戲曲現代化工作的態度與策略，都難免產生許多負面的評價。但不可否認，當代戲曲現代化發展至今，對於改變傳統戲曲的體質來說，已經起了極大的作用。

　　綜觀這些年來戲曲現代化的策略，我們可以歸納為以下幾項：

　　（一）在文本的取材上，除了歷代傳說、歷史故事，更廣泛地從現代文學、西方戲劇與文學來借鏡。

　　（二）因為戲曲現代戲的出現（如大陸的新編京劇《梅蘭芳》）及外國人入戲的情況（如復興京劇團的《出埃及》、國光劇團《鄭成功與臺灣》中的荷蘭人），戲曲的行頭也運用了現代人的服裝。

　　（三）在人物的塑造上，有「反類型化」的現象。一方面減少，甚至完全取消淨、丑的臉譜；髯口也改為貼在臉上的假鬍子。另一方面，也有融合幾種腳色的表現技巧，來塑造一個人物的情況。像是《徐九經升官記》中的徐九經（圖 9-1），就是融合了老生和文丑兩種行當。

　　（四）在文武場的表現上，加入西方樂器，使得戲曲的音樂伴奏表現

3　見國光劇團網站，〈https://www.ncfta.gov.tw〉，上網日期：2021 年 6 月 28 日。

出更豐富的層次感。

（五）在舞臺表現上，大量運用布景、燈光、實體道具及各種現代劇場的元素，改變了傳統戲曲「一桌二椅」的虛擬特質。

（六）「唱」的大量減少與「白」的大量增加。敘述清代以後故事的戲，甚至大量運用京白，如國光劇團的《紅頂商人胡雪巖》、《天下第一家》。

（七）在作家的主體意識上，採用了許多現、當代的思想觀念。像是國光劇團的《三個人兒兩盞燈》、《金鎖記》，用了「女性主義」的觀點；另外如曾師永義新編的《青白蛇》，一改過去白蛇故事以白蛇為主的情況，而從青蛇的角度去描寫。

（八）在類型上說，有新編歷史劇、改編外國戲、戲曲現代戲、兒童戲曲、戲曲小劇場等。

個人以為，就上述的八大策略來說，戲曲現代化的藍海策略，應該是以發展兒童戲曲、戲曲小劇場這兩大領域為主軸。「重組性」和「實驗性」可以說是小劇場的兩項重要特性。但是重組什麼？實驗什麼呢？或許我們可以粗淺地這麼說：小劇場是對「主流戲劇」——或者說是「正統戲劇」——透過顛覆、解構、重組的手段，實驗一種新的戲劇形式或新的思維模式。

戲曲現代化的追求，正就是透過對戲曲傳統規律的顛覆、解構與重組，企圖實驗現代化概念與戲曲傳統規律「和諧」存在的可能性。戲曲傳統規律的精神大致表現為「象徵性」、「寫意性」、「程式性」、「抒情性」。

小劇場的概念其實和小戲的概念類似，它們都具有高度的普遍性和實驗精神，可以擺脫許多成規，而創造出多樣的可能性。所以我們可以說，戲曲小劇場就是現代的戲曲小戲。

　　從戲曲史的角度看，戲曲從九歌時期到宋金雜劇院本，一直都是以小戲的形式呈現，所以廣大的平民百姓早已熟悉這種審美的方式，在南宋的南戲和金元北曲雜劇形成以後，自然就很容易接受這種精緻化的大戲。

　　另一方面，傳奇在成為主流劇種之後，忽略了普遍性的建立，而一味以讀書人的興趣為依歸，終於敗給花部亂彈，成為小眾文化。

　　今天的普羅大眾，雖然知識水準提高，但尚友古人的興趣仍然只存在於少數知識分子之中。所以戲曲如要普遍化，唯有向下扎根，在下一代的生活環境中，建立欣賞戲曲的生態和習慣，並且企圖在戲曲中置入現代文化。那麼，發展兒童戲曲及推動戲曲小劇場，似乎就成了戲曲現代化的藍海策略。

　　就戲曲小劇場來說，兩千多年下來，戲曲從作為雛形的小戲，逐步發展到越趨精緻的大戲，這其中有許多定型化的程式，作為戲曲藝術家與觀眾溝通的符號。要如何去改變這些符號，才能讓創作者表現他們對戲的詮釋，而又不會令觀眾覺得突兀，是需要實驗的。戲曲小劇場正就可以提供這種實驗的作用。

　　另一方面，小劇場最能提供現代化的元素。但在臺灣的劇界，創作戲曲的人與創作小劇場的人好像活在兩個不同的世界，完全沒有交集。如果能結合戲曲的符號和小劇場中現代化的元素，不管是腳色界線的模糊化，或是布景、燈光、文武場與戲的配合，抑或是新的敘事方式、主體意識，都可以在小劇場中加以實驗。等有了一定的結果，再將之移植到大劇場，戲曲便能出現全新的風貌。「重組性」和「實驗性」可以說是小劇場的兩項重要特性。但是重組什麼？實驗什麼呢？或許我們可以粗淺地這麼說：小劇場是對「主流戲劇」──或者說是「正統戲劇」──透過顛覆、解構、重組的手段，實驗一種新的戲劇形式或新的思維模式。

　　戲曲現代化的追求，正就是透過對戲曲傳統規律的顛覆、解構與重組，企圖實驗現代化概念與戲曲傳統規律「和諧」存在的可能性。戲曲傳

統規律的精神大致表現為「象徵性」、「寫意性」、「程式性」、「抒情性」。

　　小劇場的概念其實和小戲的概念類似，它們都具有高度的普遍性和實驗精神，可以擺脫許多成規，而創造出多樣的可能性。所以我們可以說，戲曲小劇場就是現代的戲曲小戲。戲曲小劇場就在製造這些可能性。透過鼓勵非戲曲專業人員的加入實驗，一方面可以開發出多種可能的觀念提供參考，一方面透過實驗的過程，這些非戲曲專業人員對傳統戲曲的內容與形式逐漸深入了解，自身也會逐漸接受而欣賞傳統戲曲。

　　就兒童戲曲來說，沒有觀眾，就沒有戲劇。唯有使觀眾去親近戲曲，戲曲的發展才有前途。推對兒童戲曲的目的在培養未來的觀眾。因為兒童的世界充滿了想像的空間，兒童對任何型態的文學和藝術，不像大人一樣，受到成長歷程中許許多多政治意識的紛擾和定見的左右，兒童觀眾可以接受一切的可能性。另外，當家長們帶著兒童走進劇場，他們也能慢慢認識戲曲，進而喜歡戲曲。所以推展兒童戲曲是擴展戲曲觀眾，向下扎根的最佳策略。

　　但是兒童戲曲就像兒童劇一樣，必須用兒童熟悉的語彙和題材，以活潑的方式探討兒童感興趣的問題，並引導兒童朝正向去思考。用強迫的手段逼而同去看戲，是會適得其反的。筆者在民國 65 年就讀國中二年級的時候，當時的臺北市政府教育局規定：臺北市的國中生，每週六下午要輪流去國父紀念館欣賞京劇。戲演得很好，我還記得有一出《打龍袍》，但小觀眾們大多沒興趣，連睡覺都嫌太吵，原本只是沒興趣，經過這樣一攪，反而心生厭惡，完全辜負了當政者推動文化的美意。

四、作品賞析：《原野》

　　2006 年 5 月 27 日晚間，在國家劇院觀賞了由李寶春改編主演的《原野》，簡單地說，這是我近幾年來看過最讓我感動的一部戲。

　　首先，這出戲的原本是大戲劇家曹禺的話劇作品，改編掌握了原作中的恩怨情仇，並透過戲曲程式（包括唱腔和身段）節奏化的加強，更能感人肺腑。其次，我不知道要稱其爲話劇抑或是戲曲。這出戲顯然介乎於話劇和戲曲之間，劇中雖有戲曲寫意的程式，但舞臺布景、燈光、道具、服裝等，卻又十分寫實，完全顛覆了戲曲特質中的寫意精神。但這樣寫意與寫實的組合，能夠讓觀衆不以爲突兀，是十分不容易的。

　　以下，先從分場大綱，探究其文本結構的藝術性。

　　序幕以迎親隊伍的喜氣開場：花金子嫁給了兒時的玩伴焦大星。但是迎親隊伍才到了焦家門口，氣氛一轉，金子扯下蓋頭，推開大星，似乎怒不可遏。焦大星沒了法子，竟像個孩子般，向著後臺高喊了一聲：「媽——！」這樣的安排不僅展現了焦大星的懦弱無能，也預示了這段婚姻暗藏了危機，金子不是自願嫁來的！

　　第二場的地點安排在鐵道旁。在一列火車疾駛而過之後，仇虎拖著腳鐐，從左上區上場，遇見白傻子提著斧頭。他從白傻子口中得知他的仇人——也是他的乾爹，焦大星的父親，人稱焦閻王——已經過世了，他的未婚妻金子，也嫁給了焦大星做繼室！看到金子的身影，他挾持白傻子躲了起來，並借用白傻子的斧頭，砍斷了身上的鎖鏈。

　　接著他見到了金子抱著大星和前妻生的小孩，大星奉母命出外收帳。焦母是個瞎眼而心狠手辣的老太婆，她對兒子和孫子疼愛有加，卻對金子格外提防。焦母走後，仇虎出來與金子相見，兩人從陌生、誤會、相認到最後的相擁，細膩而寫實地描述了這一對老情人在時空阻隔之後的重逢。同時也交代了全劇的中心事件——仇虎爲了報復焦閻王逼死父親和妹妹，誣陷他下獄的仇恨，他在蹲了 10 年的黑牢之後，越獄回鄉。而這也正是全劇動作（Action）——即：仇虎從回鄉復仇到一切歸於平靜的一系列發展過程——的開始。

　　第三場中呈現了兩段連續時間中的兩個不同空間，即焦家的院子和

客廳。前半場金子和仇虎打情罵俏，常五突然前來焦家，仇虎因此躲進屋裡，景也順理成章地轉到了客廳。原來是焦母託這個嗜酒如命的傢伙監看金子是否藏了別的男人。焦母得知仇虎逃獄回來，立刻差人去自衛隊報案。

第四場仇虎和焦母針鋒相對，你來我往，衝突一觸即發，危機逐漸升高。焦母擔心金子和仇虎舊情復燃，又擔心仇虎向焦家復仇，所以一方面趕緊差人把大星找回家，一方面假意要金子和仇虎一起離去。焦大星先是氣憤金子有外遇，在與仇虎對飲之時，又聽仇虎把他與焦家的仇恨全盤托出，一時間如五雷轟頂，不知該如何是好。

第五場是劇情從糾葛到解決的關鍵。仇虎既是來報仇的，但仇人焦閻王已死，仇虎因此陷入了該不該父債子還的兩難之中。最後在他為難地舉刀刺向大星之前，大星說他什麼都明白了，就抓著仇虎的刀刺了下去。另一方面，焦母聽常五說最好趁仇虎睡著的時候把他弄死，就衝到房間，舉起鐵拐往床上用力一擊，沒想到打死的不是仇虎，卻是大星的兒子。

第六場正是劇情最後解決的部分。仇虎帶著金子逃到森林中，兩人對未來抱著憧憬，卻在迷霧中失了方向。仇虎不慎被遠方的暗槍射中，竟在金子的懷中死去。

第七場在火車通過後，原野上一切歸於平靜。

從以上的敘述中清楚看到了本劇完整的動作：仇虎從回鄉復仇到一切歸於平靜的一系列發展過程。所有的情節圍繞著這個動作，而有起、接、中段敷演與後段收煞。起的部分從序場到第二場，點出了全劇的中心事件；接的部分敘述仇虎的到來帶給所有人不同的感受；中段敷演深刻地描寫仇虎從復仇前的心理糾結到復仇完成的過程；後段收煞則展示了仇虎在復仇之後從空虛、失望到最後坦然面對死亡的心路歷程。

在這樣統一而緊湊的情節中，作者完整表達了全劇的主旨，就在一個「恕」字，這與原作的「恨」大不相同。作者似乎認為：冤冤相報並不能

消除心中的仇恨，反而因此又添了新的惆悵。特別是在中段敷演與後段收煞裡，可以清楚地感受到作者的企圖。

除了文本的表現之外，在舞臺的處理上，也有兩點特別值得談談。第一是寫實的布景，第二是「移動的森林」。戲曲演出使用寫實的布景道具，這在正處於「戲曲現代化」風潮中的現代戲曲而言，本來不足為奇，但在本劇中，寫實的程度甚至比許多寫實風格的話劇還要寫實。

原野上火車的通過，就是一個最好的例證。第二場和第七場都有火車急駛而過的場景。一般在寫實的話劇中，大概頂多利用寫實的火車聲表現距離感和方向性；此劇的表現方式卻令人「驚豔」，從右舞臺天幕前，隨著火車蒸氣的聲音，伸出了一只黑色的煙囪，上面還噴著白煙，呼嘯著向左舞臺移去，而擋在這假想的鐵軌前面的土坡，由右舞臺向左舞臺逐漸升高，這使得火車的煙囪漸漸隱沒在土坡後面，造成了一種延伸的空間感。景寫實，表演也很寫實。當觀眾透過寫實布景中的寫實表演而對本劇發生了同一的幻覺之後，屬於戲曲元素的歌舞寫意，觀眾自然而然能夠接受，信以為真，而不會覺得和寫實風格發生突兀了。

至於「移動的森林」，是說在第六場中，仇虎帶著金子逃亡，在森林中迷了路，這時舞臺上出現了幾位身披「樹裝」的龍套，以京劇「打出手」的基本模式，圍繞著仇虎和金子，他們因此而被沖散，迷路了。其實這種手法顯然是從莎士比亞名劇《馬克白》中借來的，但目的和效果完全不同。《馬克白》中移動的森林是在第五幕第四場，英格蘭將軍瑪爾康命令士兵：每人砍下一根勃南森林的樹枝擋在面前，向馬克白的城堡鄧斯南挺進，此時觀眾認知的，是士兵假扮森林移動，目的是掩護，要對方分不清楚人數。在《原野》中移動的森林，導演則是以樹的移動象徵了舞臺的移動；表面上我們看到穿著「樹裝」的人是扮演樹，而非扮演人。更重要的是，這樣的做法是借用戲曲的元素，擴展了戲劇的空間，森林變大了，大到不是這個舞臺所能容納的。再深入地探究，導演似乎有意藉由樹的舞動，象徵仇虎和金子內心的不安和波動。

　　由此觀之，李寶春顯然掌握了謝晉導演的提示：不要被框框給框住。舞臺沒被寫實布景框住，整體表現又沒被京劇和話劇的成規陳套框住，而造就了一種既有京劇，又有話劇；既不是京劇，又不是話劇的新劇種。所以總的來說，這出戲在「戲曲現代化」這一目標下是極為成功的。

　　但如果稱其為「新編京劇」，個人頗不以為然。「戲曲現代化」說穿了就是一種革命，革命是破壞之後再建設的一種過程。此劇既然破壞了京劇諸多元素的組合方式，還加入了許多非京劇的元素，它就不再是京劇了。既然不是京劇，何以能稱為「新編京劇」呢？或許有人認為一個新的劇種總不如舊的名聲響亮，就假藉舊劇種的名號，稱為新編，但這是既不誠實，也沒有自信的做法。試想：夫妻二人生下子女，子女承襲了來自父親的基因，也承襲了來自母親的基因。如此，則這子女與父母雖有血緣關係，但他與父親是同一人嗎？或是與母親為同一人呢？

　　如果有勇氣「放手搞破壞，積極作建設」，又何必巴著京劇之名不放呢？稱之為「新編戲曲」不是更沒有包袱，創作的空間更廣嗎？

五、戲曲現代化風潮下的一些反向思考

　　自 1980 年代至今，一則受西潮影響，一則因老成凋零，傳統戲曲的觀眾銳減。臺灣的戲曲工作者無不以「救亡圖存」為職志。因此，借鑑大陸在「改革開放」後，新編戲曲和老戲新演的經驗，一時間，戲曲現代化已成風潮，銳不可當，各種類型的新編和改編戲曲紛紛出籠，戲曲創作邁入一個「戰國時代」。此點已如前述。我們可以說：傳統戲曲與當代的新編戲曲，正在進行一場主流與非主流之爭，也就是一場新的「花雅之爭」。

　　所不同的是：歷史上的花雅之爭，其劇種間的融合與借鑑，是新劇種成形與進步的原動力，更是舊劇種「敗部復活」的關鍵力量。而今天的戲曲現代化，雖以「救亡圖存」為號召，卻大有要將傳統戲曲「置於死地」

的味道。

本此，我們不免提出幾個疑問：傳統與當代真的是對立的嗎？要現代化一定要消滅傳統嗎？如果傳統被消滅了，以現代化為手段的「救亡圖存」，救的又是什麼東西？傳統與現代有沒有「雙贏」的可能？這些問題好像不成問題，卻又相當複雜。

我認為傳統戲曲是被淬鍊出來的文化，是需要給予高度尊重和保護的。如果文化遺產滅絕了，將充分展現了一個國家或民族的沒有文化，這是很可怕的事。所以在創新之餘，也該要好好保留下一些經典。

在戲曲人口逐漸流失的危機意識刺激下，戲曲現代化已成風潮。回顧這幾年來國內的戲曲演出，新戲越來越多，老戲越來越少。這固然因應了藝術求新求變的本質，但若從反向思考，我們除了要求新求變，還應該以文化的傳承這一觀點來看，思考如何保留經典劇目。

任何一種藝術都有經典，例如說到國畫，似乎不能不談《谿山行旅圖》；說到二胡樂曲，似乎不能不談《二泉映月》；說到西方戲劇，似乎不能不談莎士比亞；說到崑劇，似乎不能不談《牡丹亭》；說到京劇，似乎不能不談《四郎探母》。這些都是經典，雖然它們都未必符合現代精神，但這是一種傳統。如果沒了傳統，就像一個家族忘了祖先，數典忘祖不僅是一種罪過，更可怕的是，他不敢面對自己的過去，他又如何有勇氣面對自己的未來？就好像一個強盜的小孩，別人不會因為他一天到晚在人前數落自己父親的行為，而特別尊敬他，相反的，還會因此而看不起他。

那麼如何保留經典劇目呢？新戲曲的觀眾在觀賞之餘，必然想要對傳統戲曲有多一點認識，這理想先談一談網師園的經驗。2006 年 6 月 27 日，我們一家四口搭乘港龍航空的班機經香港飛抵上海，展開為期 12 天的江浙名城之旅。12 天中，從上海到蘇州，蘇州到諸暨，諸暨到紹興（當天來回），諸暨到杭州，杭州到上海。

6 月 28 日中午，從上海搭乘火車，經過 40 分鐘就到了蘇州。到了下

榻的南林飯店，休息片刻，用過晚飯後，步行約 20 分鐘，來到著名的網師園，這個園林是蘇州唯一一座有在夜間開放的，但我覺得它應該還有另一項蘇州之最，就是它的票價之高，夜間入園要人民幣 150 元。入得園中，立刻有導遊帶領參觀。園中共有八處表演，包括古箏演奏、詩詞演唱、簫笛演奏、跳加官、舞蹈、評彈、崑劇《牡丹亭・遊園》、崑劇《十五貫・測字》，表演的地點包括了廳堂、水榭、亭臺、甚至廊簷下。

或許正如兩天後的一位計程車司機所言：蘇州的文化產業被觀光客養刁了，門票之貴，當地人很少有興趣，那些文化官員個個吃得肥滋滋的。但古蹟如果和生活脫了節，則這古蹟和廢墟又有什麼區別？同樣的，傳統藝術如果離開了現實生活，恐怕也只能是空中樓閣。

蘇州那些肥滋滋的文化官員想出了這麼個巧妙的辦法，把傳統藝術放到古蹟中，帶領觀光客體會古人的生活，古蹟活了，傳統藝術也活了；那麼臺灣的文化官員呢？他們殫精竭慮的，是本土，是去中國化！請問去了中國化之後，臺灣還有什麼？除了東洋和西洋外，大概就是傳統文化的墳場吧。

蘇州有網師園，臺北有林家花園，雖然林家花園的面積不到網師園的四分之一，但也有兩個戲臺，有一堆的亭臺樓閣，廳堂水榭，網師園能，林家花園為什麼不能？我們在教科書上談到的經典如果能放到傳統的表演空間，就像日本為能劇建立特別的表演場地一樣，觀眾接受的程度應該會是很可觀的。

所幸目前國光劇團、臺北新劇團、戲曲學院京劇團在保存經典京劇上不遺餘力，曾師永義和洪惟助教授對崑劇的推廣也貢獻卓著。期盼這些經驗能被其他劇種所吸收，更期盼不久的將來，傳統與現代能夠雙贏。

參考文獻

一、古籍

不注撰人，《筆記小說大觀》，臺北市：新興書局，1978 年。

前蜀‧馮鑑，《續事始》，上海：商務，1927 年。

唐‧趙璘撰，《因話錄》，臺北市：臺灣商務，1966 年。

唐‧釋道宣，《續高僧傳》，上海：上海古籍，1995 年。

宋‧李昉，《太平御覽》，臺北市：臺灣商務，1975 年。

宋‧李昉，《太平廣記》，臺北市：新興書局，1994 年。

宋‧莊綽，《雞肋編》，北京市：中華書局，2004 年。

梁‧釋慧皎《高僧傳十三卷》，臺北市：廣文，1971 年。

金‧董解元《西廂記諸宮調》，臺北市：世界書局，1977 年。

元‧姚桐壽，《樂郊私語》一卷，收入《百部叢書集成‧寶顏堂祕笈正函》，臺北市：藝文印書館，1955 年。影印〔明〕陳繼儒輯萬曆三十四年繡水沈氏尚白齋刊本。

元‧胡祇遹，《紫山大全集》，臺北市：臺灣商務，1973 年。

元‧陶宗儀《南村輟耕錄》，臺北市：世界，1987 年。

元‧陶宗儀，《說郛》，上海：古籍，1988 年。

明‧田汝成，《西湖游覽志》，臺北市：世界，1982 年。

明‧朱權，《太和正音譜》，臺北市：學海，1980 年再版。

明‧李日華，《紫桃軒雜綴》（《四庫全書存目叢書‧子部第一○八冊》），臺南市：莊嚴文化，1995 年。

明‧沈泰輯，《盛明雜劇二集三十種》，臺北市：文光，1963 年。

明‧沈德符，《萬曆野獲編》，臺北市：新興，1984 年。

明‧周元暐，《涇林續記》，上海市：上海商務，1936 年。（《叢書集成‧初編》：440。）

明‧范濂，《雲間據目抄》。《筆記小說大觀》第二十二輯，臺北市：新興書局，1978 年。

明‧徐子室編撰，《九宮正始》，臺北市：臺灣學生書局，1984 年。

明‧徐渭撰，周中明校注，《四聲猿附歌代歗》，臺北市：華正，1985 年。

明‧徐渭撰，《徐渭集》，北京市，中華書局，1982 年。

明‧祝允明，《猥談》，上海：國學扶輪社，1915 年。

明‧張岱，《陶庵夢憶》，臺北市：開明，1982 年。

明‧都穆，《都公談纂》，收入《明代筆記小說大觀》，上海：上海古籍，2005 年。

明‧湯顯祖，《湯顯祖集》，上海：上海人民，1973 年。

明·路容,《菽園雜記》,北京市:中華書局,1985 年。

明·臧晉叔《元曲選》,臺北市:中華書局,1958 年。

明·醉西湖心月主人,《弁而釵》,臺北市:臺灣大英百科,1995 年。

清·顧公燮,《消夏閑記摘抄》,上海:上海商務,1917 年。

清·吳太初,《燕蘭小譜》(收入張次溪編,《清代燕都梨園史料(一)》),臺北市:學
　　　生,1965 年。

清·李斗,《揚州畫舫錄》,臺北市:世界,1979 年。

清·黃協塤,《淞南夢影錄》,臺北市:新文豐,1996 年。

日·釋圓仁,《入唐求法巡禮行記四卷》,臺北市:文海,1971 年。

孟元老等,《東京夢華錄外四種》,臺北市:大立,1980 年。

二、專書

中國戲曲研究院,《中國古典戲曲論著集成》,北京市:中國戲劇出版社,1980 年。

毛家華,《京劇二百年史話》,臺北市:文建會,1995 年。

王永健,《崑腔傳奇與南雜劇》,臺北市:國家,2006 年。

王安祈,《明代傳奇之劇場及其藝術》,臺北市:臺灣學生書局,1986 年。

王安祈,《明代戲曲五論》,臺北市:大安,1990 年。

王安祈,《傳統戲曲的現代表現》,臺北市:里仁,1996 年。

王安祈,《當代戲曲》,臺北市:三民,2002 年。

王芷章,《清昇平署志略》,北京市:商務,2006 年。

王國維,《王國維戲曲論文集》,臺北市:里仁書局,1993 年。

任半塘,《唐戲弄》,臺北市:漢京圖書公司,1985 年。

朱之祥,《戲曲多元化發展的探討》,臺北市:學海,2000 年。

朱家溍、丁汝芹,《清代內廷演劇始末考》,北京市:中國書店,2007 年。

吳釗、劉東升,《中國音樂史略》,北京市:人民音樂出版社,1983 年。

李肖冰等編,《中國戲劇起源》,上海市:上海知識出版社,1990 年。

李星可,《南洋與中國戲》,新加坡:南洋學會,1962 年。

李惠綿,《戲曲批評概念史考論》,臺北市:里仁,2002 年。

李漢秋、袁有芬合編,《關漢卿研究資料彙編》,上海市:上海古籍出版社,1988 年。

周令飛,《夢幻狂想奏鳴曲》,臺北市:時報,1992 年。

周紹良、白化文編,《敦煌變文論文錄》,上海:上海古籍,1982 年。

周華斌、朱聯群主編,《中國劇場史論》,北京市:北京廣播學院出版社,2002 年。

周貽白，《中國戲劇史長編》，上海市：上海書店，2004 年。

周貽白，《中國戲劇發展史》，臺北市：學藝，1977 年。

季國平，《元雜劇發展史》，臺北市：文津，1993 年。

林河，《九歌與沅湘民俗》，上海：三聯書店，1990 年。

日·青木正兒著，王吉廬譯，《中國近世戲曲史》，臺北市：臺灣商務，1982 年。

施德玉，《中國地方小戲之研究》，臺北市：學海出版社，2001 年。

胡忌，《宋金雜劇考》，上海：古典文學，1957 年。

凌景埏校注，《諸宮調兩種》，臺北市：里仁，1985 年。

孫鳳翼編撰，《四庫全書輯永樂大典本書目》，臺北市：新文豐出版社，1989 年。

徐子方，《明雜劇研究》，臺北市：文津，1998 年。

徐城北，《中國京劇》，北京市：五洲傳播出版社，2004 年。

徐城北，《京劇與中國文化》，北京市：人民出版社，1999 年。

馬少波等主編，《中國京劇史》，北京市：中國戲劇出版社，1990 年。

張庚、郭漢城，《中國戲曲通史》，臺北市：丹青，1987 年。

戚世雋，《明代雜劇研究》，廣州市：廣東高等教育出版社，2001 年。

曹國宰，《迎神賽社禮節傳簿四十曲宮調》，山西：山西人民出版社，1987 年。

陸萼庭，《崑劇演出史稿》，臺北市：國家，2002 年。

景李虎，《宋金雜劇概論》，廣州：廣東高等教育出版社，1996 年。

曾永義，《明雜劇概論》，臺北市：學海，1999 年。

曾永義，《參軍戲與元雜劇》，臺北市：聯經，1992 年。

曾永義，《詩歌與戲曲》，臺北市：聯經，1988 年。

曾永義，《說俗文學》，臺北市：聯經，1980 年。

曾永義，《論說戲曲》，臺北市：聯經，1997 年。

曾永義，《戲曲源流新論》，臺北市：立緒，2000 年。

楊蔭瀏，《中國古代音樂史稿》，臺北市：丹青，1985 年。

葉長海，《戲劇發生與生態》，臺北縣：駱駝出版社，1990 年。

路工，《訪書見聞錄》，上海：上海古籍，1985 年。

趙元任撰，《語言問題》，臺北市：臺灣商務，1968 年。

齊如山，《國劇概論》，臺北市：文藝創作，1953 年。

齊如山，《齊如山全集》，臺北市：聯經出版社，1979 年。

劉念茲，《南戲新證》，北京市：中華書局，1986 年。

劉紹唐、沈葦窗主編，《平劇史料叢刊第一輯》，臺北市：傳記文學，1974 年。

劉彥君，《圖說中國戲曲史》，臺北市：揚智，2003 年。

鄭振鐸，《中國俗文學史》，湖南長沙：商務，1938 年。

鄭騫，《北曲套式彙錄詳解》，臺北市：藝文，1973 年。

鄭騫校訂，《校訂元刊雜劇三十種》，臺北市：世界書局，1962 年。

鄭騫，《景午叢編》，臺北市：中華書局，1972 年。

鄧綏甯，《中國戲劇史》，臺北縣：國立臺灣藝術學院印行，1995 年。

盧前，《明清戲曲史》，臺北市：臺灣商務，1988 年。

錢南揚校注，《永樂大典戲文三種校注》，臺北市：華正書局，1990 年。

錢南揚，《戲文概論》，臺北市：木鐸，1988 年。

羅錦堂，《現存元人雜劇本事考》，臺北市：中國文化，1960 年。

羅錦堂，《錦堂論曲》，臺北市：聯經，1977 年。

龔鵬程導讀，《笑林廣記》，臺北市：大鴻，1988 年。

Clayton Hamilton, *The Theory of the Theatre, and Other Principles of Dramatic Criticism*. New York: Octagon Books, 1976, c1967.

三、學位論文

申鳳爕，《中共文藝政策與文化戰線運作之研究》，臺北市：國立政治大學東亞所碩士論文，1989 年。

四、期刊論文

朱鴻，〈試論諸宮調對宋元戲曲的影響〉，《華僑大學學報哲學社會科學版》，1994 年第 2 期，93-94 頁。

李孝悌，〈從中國傳統士庶文化的關係看二十世紀的新動向〉，中研院《中國近代史研究所集刊》，第 19 期，299-339 頁。

李孝悌，〈清末下層社會啓蒙運動，1901-1911〉，中研院《中國近代史研究所集刊》，第 67 期，149-168 頁。

施德玉，〈集曲體式初探〉，《戲曲學報》2007 年，第 2 期，125-149 頁。

范麗敏，〈南府、景山承應戲聲腔考〉，《中國戲曲學院學報》，第 25 卷第 1 期，2004 年，66-69 頁。

曹心泉，〈前清內廷演戲回憶錄〉，《劇學月刊》，第 2 卷第 5 期。

寒聲，〈「五花爨弄」考析〉，北京：《戲曲研究》，第 36 輯，1991 年。

蕭眞美，〈大陸京劇發展與兩岸交流〉，《中國大陸研究》，第 36 卷第 9 期，251-263 頁。

羅常培，〈舊劇中的幾個音韻問題〉，《東方雜誌》，第 33 卷第 1 期。

五、研討會論文

施德玉，〈曲牌體與板腔體初探—論其名義、體製與異同〉，宜蘭：兩岸地方戲曲研討會，2002 年。

陳芳，〈論清代「花、雅之爭」的三個歷史階段〉，第三屆通俗文學與雅正文學學術研討會，臺中：中興大學中文系，2001 年。

華瑋，〈「色情」與「賢文」的對抗——以《才子牡丹亭》爲例〉，禮教與情慾：前近代中國文化中的後 / 現代性研討會，臺北市：中央研究院近代史研究所，1988 年 5 月。

六、辭書

齊森華、陳多、葉長海主編，《中國曲學大辭典》，杭州：浙江教育出版社，1997 年。

《中國大百科全書・戲曲、曲藝卷》編輯委員會主編，《中國大百科全書・戲曲、曲藝卷》，北京市：中國大百科全書出版社，1983 年。

《中華戲曲誌浙江卷》編輯委員會主編，《中華戲曲誌・浙江卷》，北京市：中國 ISBN 中心，1997 年。

附錄一　《九歌》　　　　　　　　　　　　　　　　　屈原

東皇太一 [1]

　　吉日兮辰良　穆 [2] 將愉兮上皇 [3]

　　撫長劍兮玉珥　璆鏘鳴兮琳琅 [4]

　　瑤 [5] 席 [6] 兮玉瑱 [7]　盍將把兮瓊芳

　　蕙肴蒸兮蘭藉　奠桂酒兮椒 [8] 漿

　　揚枹兮拊鼓　疏緩節兮安歌

　　陳竽瑟兮浩倡 [9]

　　靈 [10] 偃蹇 [11] 兮姣服　芳菲菲兮滿堂

　　五音紛兮繁會 [12]　君欣欣兮樂康

雲中君 [13]

　　浴蘭湯兮沐芳　華采衣兮若英 [14]

1　東邊至高無上的天帝。祭禮之初，請神入席之意。

2　肅穆。

3　指東皇太一，第三人稱，發語者為巫。

4　此句主詞不明。

5　美好的。

6　草編者稱席，竹編者稱筵。

7　玉做的鎮尺。

8　香。皇后住的宮殿稱為「椒房」。

9　唱。

10　神明。

11　舞蹈貌。

12　亂，合奏之意。

13　巫之代言。述人神間不可及之戀。

14　讀作「央」。

靈連蜷 [15] 兮既留　爛昭昭兮未央 [16]

騫將憺兮壽宮　與日月兮齊光

龍駕兮帝服　聊翱游兮周章

靈皇皇兮既降　猋遠舉兮雲中

覽冀州兮有餘　橫四海兮焉窮

思夫君兮太息　極勞心兮忡忡 [17]

湘君 [18]

巫：君不行兮夷猶　蹇誰留兮中洲

覡：美要眇兮宜脩　沛吾乘兮桂舟

　　令沅湘兮無波　使江 [19] 水兮安流

巫：望夫君兮未來　吹參差兮誰思 [20]

覡：駕飛龍兮北征　邅 [21] 吾道兮洞庭

　　薜荔柏 [22] 兮蕙綢　蓀橈兮蘭旌

　　望涔陽 [23] 兮極浦　橫大江兮揚靈

巫：揚靈兮未極　女嬋媛 [24] 兮爲余太息

　　橫流涕兮潺湲　隱思君兮陫惻

15　形容雲貌。

16　「央」作停止解。

17　忡，音義同忡。

18　此首爲巫覡對唱。湘君即湘水之神。

19　先秦詩中，江指長江，河指黃河。

20　來，讀離，思，讀希。參差指鳳簫，爲一種多管樂器。

21　北，讀播；邅，轉也。

22　柏同舶，指船艙。

23　山南水北謂之陽。

24　嬋媛，婉轉貌。

現：桂櫂兮蘭枻 [25]　斲 [26] 冰兮積雪

采薜荔兮水中　搴芙蓉兮木末

心不同兮媒勞　恩不甚兮輕絕

巫：石瀨兮淺淺　飛龍兮翩翩

交不忠兮怨長　期不信兮告余以不閒

現：朝騁騖兮江皋　夕弭節 [27] 兮北渚

鳥次兮屋上　水周兮堂下 [28]

巫：捐余玦兮江中　遺余佩 [29] 兮醴浦

采芳洲兮杜若　將以遺兮下女

時不可兮再得　聊逍遙兮容與

湘夫人

現：帝子降兮北渚　目眇眇兮愁予 [30]

嫋嫋兮秋風　洞庭波兮木葉下

登白蘋兮騁望　與佳期 [31] 兮夕張

鳥何萃兮蘋中　罾 [32] 何爲兮木上

巫：沅有茝 [33] 兮醴有蘭　思公子兮未敢言

荒忽兮遠望　觀流水兮潺湲

25　櫂，讀照，枻，讀易，皆槳也。

26　斲，讀卓，斷也。

27　皋指水邊溼地；節指車駕。

28　下，讀胡。

29　玉石圓者稱璧，璧中空者稱環，環環相扣稱連環，環有缺口者稱玦，繫玉石以佩稱玉珮。

30　帝子指皇帝的女兒，此處即指湘君之夫人，此句意謂帝子之可望而不可及。

31　佳指佳人，期指約會。

32　罾同罟，漁網也。

33　茝音止，義白芷。

麋何食兮庭中　蛟何爲兮水裔

朝馳余馬兮江皋　夕濟兮西澨

覡：聞佳人兮召予　將騰駕兮偕逝 [34]

築室兮水中　葺之兮荷蓋

蓀壁兮紫壇　播芳椒兮成堂

桂棟兮蘭橑　辛夷楣兮藥房

罔薜荔兮爲帷　擗蕙櫋兮既張

白玉兮爲鎭　疏石蘭兮爲芳

芷葺兮荷屋　繚之兮杜衡

合百草兮實庭　建芳馨兮廡門

九嶷繽兮並迎　靈之來兮如雲

捐余袂兮江中　遺余褋兮醴浦

搴汀洲兮杜若　將以遺兮遠者

時不可兮驟得　聊逍遙兮容與

大司命 [35]

覡：廣開兮天門　紛吾乘兮玄雲

　　令飄風兮先驅　使凍雨兮灑塵

巫：君迴翔兮以下　踰空桑兮從女 [36]

覡：紛總總 [37] 兮九州　何壽夭兮在予

巫：高飛兮安翔　乘清氣兮御陰陽

34　逝，往也。

35　巫覡對唱。大司命爲掌管人之生死的神祇。

36　從，追隨；女，汝也。

37　總，總的俗體。

吾與君分齋速　導³⁸ 帝之分九坑³⁹

雲衣分被被　玉佩分陸離⁴⁰

現：壹陰分壹陽　眾莫知分余所爲

巫：折疏麻分瑤華　將以遺分離居

老冉冉分既極　不寖⁴¹ 近分愈疏

現：乘龍分轔轔　高馳分沖天

巫：結桂枝分延佇⁴² 羌愈思分愁人

愁人分奈何　願若今分無虧

現：固人命分有當　孰離合分可爲

少司命⁴³

秋蘭分麋蕪　羅生分堂下

綠葉分素華　芳菲菲分襲予

夫人自有分美子　蓀⁴⁴ 何以分愁苦

秋蘭分青清　綠葉分紫莖

滿堂分美人⁴⁵ 忽獨與余分目成⁴⁶

入不言分出不辭　乘回風分載雲旗

悲莫悲分生別離　樂莫樂分心相知

---

38 導，引導也。

39 九坑，地名。坑讀康。

40 陸離，華麗貌。

41 寖，讀進，逐漸之謂也。

42 佇，音義同佇。

43 巫之獨歌。少司命爲主宰生育之神祇。

44 蓀，香草，指少司命。

45 表演時應有群巫舞蹈。

46 目成，看對眼，來電也。

荷衣兮蕙帶　儵而來兮忽而逝

夕宿兮帝郊　君誰須兮雲之際

與女沐兮咸池　晞[47]女髮兮陽之阿[48]

望美人兮未來　臨風怳兮浩歌[49]

孔蓋兮翠旌[50]　登九天兮撫彗星

竦長劍兮擁幼艾　蓀獨宜兮爲民正

東君[51]

現：暾將出兮東方　照吾檻兮扶桑[52]

　　撫余馬兮安驅　夜皎皎兮既明[53]

　　駕龍輈[54]兮乘雷　載雲旗兮委蛇

　　長太息兮將上　心低佪兮顧懷

　　羌聲色兮娛人　觀者憺兮忘歸

巫：緪瑟兮交鼓　簫鍾兮瑤簴[55]

　　鳴鷈[56]兮吹竽　思靈保兮賢姱

　　翾[57]飛兮翠曾　展詩兮會舞

47　晞，晒也。

48　陽之阿，神話中之陽谷，太陽出來的地方。

49　長歌可以當泣，遠望可以當歸。

50　旍，孔蓋，大車蓋。

51　巫覡對唱。東君指太陽神。

52　扶桑，太陽出來的地方，故日本古稱扶桑。

53　明，讀作忙。

54　輈，音週，古代馬車上的縱軸長木。主帥兵車之輈於紮營時可取下立於帥帳外地上爲轅。

55　簴，簫鍾，意指配合簫演奏之鐘。

56　鷈，一種笛。古代貴族家樂，堂上爲弦樂，如琴、瑟之屬；堂下爲管樂及鐘、磬之流。

57　翾，音宣。

應律兮合節　靈之來兮蔽日

覡：青雲衣兮白霓裳　舉長矢兮射天狼

操余弧兮反淪降 [58]　援北斗兮酌桂漿

撰余轡兮高馳翔　杳冥冥兮以東行

河伯 [59]

與女遊兮九河　衝風 [60] 起兮橫波

乘水車兮荷蓋　駕兩龍兮驂螭 [61]

登崑崙兮四望　心飛揚兮浩蕩

日將暮兮悵忘歸　惟極浦兮寤懷 [62]

魚鱗屋兮龍堂　紫貝闕兮朱宮

靈何為兮水中　乘白黿 [63] 逐文魚

與女遊兮河之渚　流澌紛兮將來下

子交手兮東行　送美人兮南浦

波滔滔兮來迎　魚隣隣 [64] 兮媵予

山鬼 [65]

覡：若有人兮山之阿　被薜荔兮帶女蘿

既含睇兮又宜笑　子慕予兮善窈窕

58　淪降，來到人間之意。

59　河伯指黃河的河神，此首為巫之獨歌。

60　衝風，當面吹來的風。

61　螭，音池（或讀為吃）。

62　寤懷，談心之謂也。

63　黿，音元。

64　隣，鄰的俗字。

65　山中之鬼。此首巫覡對唱。

巫：乘赤豹兮從文狸　　辛夷車兮結桂旗

被石蘭兮帶杜衡　　折芳馨兮遺所思

余處幽篁兮終不見天　路險難兮獨後來

覡：表獨立兮山之上　　雲容容兮而在下

杳冥冥兮羌晝晦　　東風飄兮神靈雨

留靈修兮憺忘歸　　歲既晏兮孰華予

巫：采三秀兮於山間　　石磊磊兮葛蔓蔓

怨公子兮悵忘歸　　君思我兮不得閒

覡：山中人兮芳杜若　　飲石泉兮蔭松柏

君思我兮然疑作

巫：雷填填兮雨冥冥　　猨[66]啾啾兮狖夜鳴

風颯颯兮木蕭蕭　　思公子兮徒離憂

國殤[67]

操吳戈兮被犀甲　　車錯轂兮短兵接

旌蔽日兮敵若雲　　矢交墜兮士爭先

凌余陣兮躐余行　　左驂殪兮右刃傷

霾兩輪兮縶[68]四馬　　援玉枹兮擊鳴鼓

天時墜兮威靈怒　　嚴殺盡兮棄原野

出不入兮往不反　　平原忽[69]兮路超遠

帶長劍兮挾秦弓　　首身離兮心不懲[70]

誠既勇兮又以武　　終剛強兮不可凌

66　猨，音義同猿。

67　國殤，追懷爲國捐軀的烈士之意。此首或爲巫覡同唱，以示對亡魂的敬意。

68　縶，纏住。

69　忽，恍惚也，指平原廣大，一眼看不完。

70　懲，後悔也。

身既死兮神以靈　魂魄毅兮爲鬼雄

禮魂 [71]

成禮兮會鼓 [72]　傳芭兮代舞

姱女倡兮容與

春蘭兮秋菊　長無絕兮終古

71　祭禮已成，送魂歸去之意。

72　皷，鼓原用俗字。

附錄二　《新校本宋書・樂志》（卷二十一 志第十一／樂三）

大曲（選錄）

東門　　　　　東門行　　　　　古詞四解

出東門，不顧歸；來入門，悵欲悲。盎中無斗儲，還視桁上無縣衣。一解

拔劍出門去，兒女牽衣啼。它家但願富貴，賤妾與君共餔糜。二解

共餔糜，上用倉浪天故，下爲黃口小兒。今時清廉，難犯教言，君復自愛
莫爲非。三解

今時清廉，難犯教言，君復自愛莫爲非。行！吾去爲遲，平愼行，望吾
歸。四解

西山　　　　　折楊柳行　　　　　文帝詞四解

西山一何高，高高殊無極。上有兩仙僮，不飲亦不食。與我一丸藥，光耀
有五色。一解

服藥四五日，身體生羽翼。輕舉乘浮雲，倏忽行萬億。瀏覽觀四海，芒芒
非所識。二解

彭祖稱七百，悠悠安可原。老聃適西戎，于今竟不還。王喬假虛詞，赤松
垂空言。三解

達人識眞僞，愚夫好妄傳。追念往古事，憒憒千萬端。百家多迂怪，聖道
我所觀。四解

西門　　　　　西門行　　　　　古詞六解

出西門，步念之。今日不作樂，當待何時。一解

夫爲樂，爲樂當及時。何能坐愁怫鬱，當復待來茲。二解

飲醇酒，炙肥牛。請呼心所歡，可用解愁憂。三解

人生不滿百，常懷千歲憂。畫短而夜長，何不秉燭游。四解

自非仙人王子喬，計會壽命難與期。五解

人壽非金石，年命安可期；貪財愛惜費，但爲後世嗤。六解。

※一本「燭游」後「行去之，如雲除，弊車羸馬爲自推」，無「自非」以
　下四十八字。

默默　　　　折楊柳行　　　　古詞四解

默默施行違，厥罰隨事來。末喜殺龍逢，桀放於鳴條。一解
祖伊言不用，紂頭縣白旄。指鹿用爲馬，胡亥以喪軀。二解
夫差臨命絕，乃云負子胥。戎王納女樂，以亡其由余。璧馬禍及虢，二國
俱爲墟。三解
三夫成市虎，慈母投杼趨。卞和之刖足，接予歸草廬。四解

爲樂　　　　滿歌行　　　　古詞四解

爲樂未幾時，遭世險巇，逢此百離；伶丁荼毒，愁懣難支。遙望辰極，天
曉月移。憂來闐心，誰當我知。一解
戚戚多思慮，耿耿不寧。禍福無形，唯念古人，遜位躬耕。遂我所願，以
茲自寧。自鄙山樓，守此一榮。二解
莫秋冽風起。西蹈滄海，心不能安。攬衣起瞻夜，北斗闌干。星漢照我，
去去自無它。奉事二親，勞心可言。三解
窮達天所爲，智者不愁，多爲少憂。安貧樂正道，師彼莊周。遺名者貴，
子熙同巇。往者二賢，名垂千秋。四解
飲酒歌舞，不樂何須！善哉照觀日月，日月馳驅。轗軻世間，何有何無！
貪財惜費，此一何愚！命如鑿石見火，居世竟能幾時？但當歡樂自娛，盡
心極所熙怡。安善養君德性，百年保此期頤。

※「飲酒」下爲趨。

王者布大化　　　　櫂歌行　　　　明帝詞五解

王者布大化，配乾稽后祇。陽育則陰殺，晷景應度移。一解

文德以時振，武功伐不隨。重華舞干戚，有苗服從嬀。二解
蠢爾吳蜀虜，憑江棲山阻。哀哀王士民，瞻仰靡依怙。三解
皇上悼愍斯，宿昔奮天怒。發我許昌宮，列舟于長浦。四解
翌日乘波揚，棹歌悲且涼。大常拂白日，旗幟紛設張。五解
將抗旄與鉞，燿威於彼方。伐罪以弔民，清我東南疆。

※「將抗」下爲趨。

白頭吟　　　　與櫂歌同調　　　　古詞五解

晴如山上雲，皎若雲間月。聞君有兩意，故來相決絕。一解
平生共城中，何嘗斗酒會。今日斗酒會，明旦溝水頭。蹀躞御溝上，溝水
東西流。二解
郭東亦有樵，郭西亦有樵。兩樵相推與，無親爲誰驕？三解
淒淒重淒淒，嫁娶亦不啼：願得一心人，白頭不相離。四解
竹竿何嫋嫋，魚尾何離簁，男兒欲相知，何用錢刀爲？如五馬噉萁，川上
高士嬉。今日相對樂，延年萬歲期。五解

明月　　　楚調怨詩　　東阿王詞七解

明月照高樓，流光正裴回。上有愁思婦，悲歎有餘哀。一解
借問歎者誰？自云客子妻。夫行踰十載，賤妾常獨棲。二解
念君過於渴，思君劇於飢。君爲高山柏，妾爲濁水泥。三解
北風行蕭蕭，烈烈入吾耳。心中念故人，淚墮不能止。四解
沉浮各異路，會合當何諧？願作東北風，吹我入君懷。五解
君懷常不開，賤妾當何依。恩情中道絕，流止任東西。六解
我欲竟此曲，此曲悲且長。今日樂相樂，別後莫相忘！七解

附圖

圖 1-1　王國維肖像

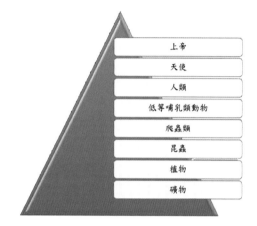

圖 1-2　「存有之巨鍊」說萬物之階序。圖出 Peter J. Bowler，*Evolution: The History of an Idea* (Berkely: University of California Press, 1984)，Fig.6 The Chain of Being(p.57)。

圖 2-1　山東沂南北寨村東漢墓儺儀石刻

圖 2-2　四川郫縣東漢墓石棺儺儀石刻

圖 2-3　漢代百戲石刻

圖 2-6
成都天回山
東漢百戲俑

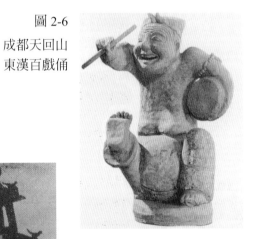

圖 2-4　運城縣侯村漢墓
百戲樓模型

圖 2-5　安徽渦陽漢
墓出土百戲樓模型

圖 2-7　湖北江陵秦墓木篦角
抵圖

圖 2-8　山東臨沂漢墓帛畫角抵圖

圖 2-10 日本《大面舞》面具

圖 2-9　山東微山漢墓百戲畫像石

圖 2-12　　1173 年
日本缽頭面具

圖 2-11　　日本鐮倉時代（13
世紀）《蘭陵王》面具

圖 3-1　　張家口 1 號遼墓大曲
壁畫

圖 3-2　張家口 6 號遼墓大曲壁畫

圖 3-3　莫高窟唐 144 窟伎樂壁畫

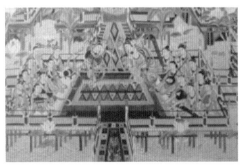

圖 3-4　莫高窟唐 172 窟伎樂壁畫《西方淨土變》

圖 3-5　莫高窟唐 445 窟伎樂壁畫《彌勒變》局部

圖 3-6　山西平定西關村一號金墓雜劇壁畫

圖 3-7　山西侯馬金代董氏墓雜劇雕磚及舞臺模型

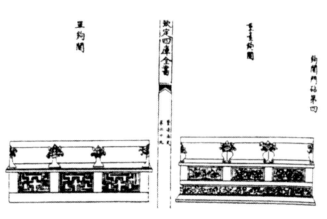

圖 3-9　單勾欄及重臺勾欄。圖出《欽定四庫全書‧營造法式‧卷 29》

圖 3-8　河南修武金墓雜劇雕磚

圖 3-10　清院本清明上河圖戲臺

圖 3-11　明仇英臨本清明上河圖戲臺

圖 3-12　惲公孚藏本清明上河圖戲臺

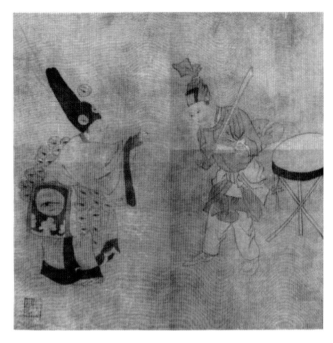

圖 3-13　宋雜劇《眼藥酸》絹畫

圖 4-1　南戲《荊釵記》插圖

圖 4-2　明富春堂本《白兔記》插圖　圖 4-3　戲曲郵票《拜月亭》

圖 4-4　明玩虎軒刊《琵琶記》插圖

圖 4-5　清代惠山泥塑《朱買臣休妻記》

圖 5-1　成吉思汗像　　　　　圖 5-2　元世祖忽必烈像

圖 5-3　元代疆域圖

圖 5-4　山西右玉寶寧寺水陸壁畫元代
戲班趕路圖

圖 5-5　山西洪洞明應王廟元雜劇壁畫

圖 5-6　山西臨汾魏村牛王廟元戲臺

圖 5-7　關漢卿（1962 年李斛所繪）

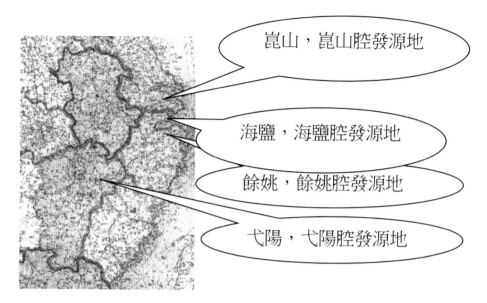

崑山，崑山腔發源地

海鹽，海鹽腔發源地

餘姚，餘姚腔發源地

弋陽，弋陽腔發源地

圖 6-1　四大聲腔發源地

圖 6-2 海鹽子弟演出《玉環記》　　圖 6-3　《荷花蕩》插圖，庭院演劇

圖 6-4　《比目魚》傳奇插圖

圖 8-1　團龍黃蟒，皇帝所穿

圖 8-2　黑蟒，包公所穿

圖 8-3　旗蟒，《四郎探母》中鐵鏡公主所穿　圖 8-4　靠，武將的盔甲

圖 8-5　富貴衣，乞丐所穿的褶子　　　　圖 8-6　抱衣褲、硬質羅帽、薄底，短
　　　　　　　　　　　　　　　　　　　　　　　　打武生所穿

圖 8-7　軟蹻　　　　　　　　　　　　　圖 8-8　自左至右爲馬鞭、枷、鍊銬、
　　　　　　　　　　　　　　　　　　　　　　　　拂塵

圖 8-9　桌圍、椅帔。臺灣戲曲學院京劇團提供

圖 8-11　《拾玉鐲》之孫玉姣。臺灣戲曲學院京
劇團提供

圖 8-10　《鎖麟囊》之薛湘靈。
臺灣戲曲學院京劇團提供

圖 9-1　《徐九經升官記》。臺灣戲曲
學院京劇團提供

附註：本書附圖主要參考劉彥君撰《圖說中國戲劇史》（臺北市，揚智，2003 年）
　　　等。

國家圖書館出版品預行編目資料

中國戲劇與劇場史／徐之卉著. -- 初版.
-- 新北市：國立臺灣藝術大學, 2021.12
　　面；　公分
　　ISBN 978-626-95474-0-1 (平裝)

1.戲曲史　2.中國戲劇

820.94　　　　　　　　　　110019985

4Y1B

中國戲劇與劇場史

作　　者 ─ 徐之卉

發 行 人 ─ 陳志誠

出版單位 ─ 國立臺灣藝術大學

地　　址：220新北市板橋區大觀路1段59號

電　　話：(02)2272-2181　　傳　　真：(02)8965-9641

總 策 劃 ─ 呂允在

執行編輯 ─ 蔡秀琴

共同出版 ─ 五南圖書出版股份有限公司

責任編輯 ─ 唐　筠

文字校對 ─ 許馨尹、黃志誠

封面設計 ─ 王麗娟

總 經 理 ─ 楊士清

總 編 輯 ─ 楊秀麗

副總編輯 ─ 張毓芬

出版經銷 ─ 五南圖書出版股份有限公司

地　　址：106台北市大安區和平東路二段339號4樓

電　　話：(02)2705-5066　　傳　　真：(02)2706-6100

網　　址：https://www.wunan.com.tw

電子郵件：wunan@wunan.com.tw

劃撥帳號：01068953

戶　　名：五南圖書出版股份有限公司

法律顧問　林勝安律師事務所　林勝安律師

出版日期　2021年12月初版一刷

定　　價　新臺幣500元

GPN：1011002010